삼키는 칼
2

삼키는 칼

2

이중세 장편소설

마음지기

2권

3부

17
사특한 꿈

잠에서 깼다고 다윗은 생각했다. 그는 누군가를 부르려 했다.

그러나 말이 나오지 않았다.

눈꺼풀이 무거웠고, 몸이 움직여지지 않았다. 어디선가 소리가 들려오는 듯했다.

소리는 가까우면서 멀었다. 귓가에서 들리는 듯 흐릿하면서도, 지평선에서 울리는 듯 또렷했다. 다윗은 미간을 찌푸렸다.

그건 개 짖는 소리였다.

짖음은 메아리쳤는데 그 때문에 두어 마리가 함께 짖는 것인지 한 마리가 바투 짖는 것인지, 가까운지 먼지조차 구분되지 않았다.

숨을 가삐 내쉬며 다윗은 소리를 분별하려 애썼다. 잘 들어보니 소리는 왼쪽 어딘가에서 나는 것 같았다. 한번 울릴 때마다 소리는 한 발자국만큼 가까워졌다가 반 발자국만큼 멀어졌다. 짖는 속도는 조금씩 빨라졌다. 소리 간격은 좁아졌고, 다가옴은 가빠졌다. 다윗은 고개를 돌려 소리를 돌아보려 했다.

그러나 몸이 조금도 움직이지 않았다.

여긴 동굴인가 보구나. 엔게디의 수많은 동굴 중 하나인 것 같다고 다윗은 생각했다. 그날처럼 다윗은 몸을 구부리고 있었다. 땀에 젖은 이마엔 머리칼이 덕지덕지 엉겨 붙어 있었다.

사울이 동굴에 들어섰을 때처럼, 다윗을 덮은 어둠이 사뭇 짙어졌다. 왕의 걸음이 가까워졌을 때처럼, 그의 사지는 뻣뻣이 곱아들었다. 오, 주여.

광야의 다윗에게 사울은 신기루처럼 흐릿하고 막연했었다. 비천한 도망자로 전락한 다윗에게 사울의 왕성 기브아에서의 나날들은, 골리앗을 죽이고 블레셋에게 승리를 거두며 우울증 앓는 왕을 위해 수금을 타고 후파 아래서 사울의 딸 미갈을 겉옷으로 덮어 안으며 왕의 식탁에서 함께 빵을 떼었던 기억 모두는, 작열하는 햇빛 아래에서 하얗게 탈색되어 버렸다.

광야 어디에서도 그를 찌르려는 사울의 칼이 느껴졌다. 지평선을 돌아보기만 하면 어김없이 여전히. 위협이 강렬해질수록 사울은 흐릿해져 갔다. 사울이라는 존재는 사라지고, 그가 내뿜는 증오만이 불꽃처럼 꿈틀대는 듯했다. 그렇기에 엔게디 동굴에서 사울을 보았을 때 다윗은 눈앞에 나타난 그 존재를 믿을 수 없었다.

광야는 곧잘 몽환을 일으켰다. 광야에서는 사실 같은 꿈이 꿈같은 사실이 되었다. 막연했던 실체는 손 뻗으면 잡힐 허상이 되어 다윗의 코앞에 자리했다. 칼을 건네받은 다윗은 몸을 떨었었다. 찔러요, 그를 찔러 이 모든 걸 끝장내요!

칼 닿을 거리에 사울이 있었다.

젖은 이불 속에서 다윗은 몸을 뒤척였다. 그의 육신은 잠들었지만, 그의 정신은 허우적거리고 있었다. 흐리고 막연한 잠에 그의 쇠약한 육체는 짓눌린 것만 같았다. 허물어지는 실체를 지닌 다윗은, 뼈와 살을 지닌 미망 속을 한없이 떠내려가는 중이었다.

세계가 무너지고 있었다.

다윗이 확실하다고 생각했던 것들이 으깨지고 이내 한 움큼 재가 되더니 메마른 남풍에 흩어져갔다. 모든 게 불확실했고 미심쩍었다. 나는 정말 여호와의 기름을 받았던 걸까. 내가 이스라엘 왕이 된 게 옳은 일이었을까. 충직한 부하의 아내를 꼬드겨 간음하고, 비열한 수단으로 부하를 살해하고, 평생 봉사해 온 장로와 장군을 속인 내게 용서를 빌 자격이 있을까.

사울처럼, 나도 버림받는 게 아닐까?

다윗이 세우려 애썼던 모든 것이 나부끼는 꺼먼 바람에, 재처럼 시커멓고 맹렬한 해일에 무너졌다. 무엇 하나 확실하지 않구나. 경련하는 그의 손가락이 이불 깊이 박혔다. 침상 깊이 몸이 잠기는 것만 같았다. 커다란 입술처럼 도도록해진 침상 바닥이 고단한 육신을 천천히 삼키려는 것만 같다고 다윗은 생각했다.

다윗에게는 약속이 있었다. 계시가 있었다. 말씀이 있었다. 환희와 감동과 묵시와 예언이 열린 하늘에서 쏟아지던 기억이 있었다. 다시 붙들기 위해 다윗은 달려나갔지만, 그것들은 까마득히 멀어져 만 갔다. 그가 잡을 수 없는 거리로, 개 짖는 소리에 겁을 먹기라도 한 듯이.

엔게디 동굴에서 나는 겁먹었던가? 그랬던가? 모르겠어. 기억나지 않아. 모든 게 흐릿해. 사울을 만났던가? 그래. 아니. 사울……? 사 울…… 그가 누구더라. 기억나는 건 아몬드 빛 눈동자뿐이었다. 사울 의 눈동자가 아몬드 빛이었던가? 어느새 그는 세상에서 가장 낮은 곳 에 웅크리고 있었다. 시커멓고 더러운 물이, 모든 죄악과 혐오가 엎드 린 그에게 쏟아져 내리고 있었다. 잠에서 깨어나려 다윗이 비명을 질 렀던가? 그렇다. 그는 그러려고 했다.

땀에 젖은 이스라엘 왕이 눈을 번쩍 뜬 채 숨을 헐떡였다. 목구멍 이 바늘만큼 가늘어진 것 같았고 온몸이 쑤시고 아팠다. 무더운 침 전은 그가 누웠던 동굴, 아니 돌로 막고 회로 표시한 무덤 같았다. 흘 렀던 땀이 금세 식어 끈적거렸다. 그가 문밖을 향해 간신히 소리를 냈 다. 달려온 어린 시종이 자신은 아무 소리도 듣지 못했으며, 왕이 아 주 짧게 잠을 잤노라고 대답했다.

시종이 고개를 들자 다윗이 침전 구석을 가리켰다.

"불을 밝혀라."

수십 개의 등잔불에 모조리 밀려 나갈 때까지, 다윗은 어둠을 노려 보았다.

"오늘이 몇째 날이냐?"

"날이 밝으면 안식일입니다."

그날 이후 수많은 안식일이 지났건만, 다윗의 육체는 안식을 몰랐다. 작년에 암몬 원정을 다녀온 뒤부터 다윗은 자주 앓았다. 몸이 가뿐했던 기억은 태고처럼 아득했고 단잠을 이룬 날은 꿈처럼 멀었다. 광야의 태양처럼 번쩍거렸던, 불붙은 나뭇가지처럼 달아올랐던 나단의 경이로운 모습을 떠올리며 다윗은 몸을 떨었다.

어린 시종이 물러갔다. 왕궁 업무를 익히느라 밤낮으로 바쁜 저 아이에게 잠은 얼마나 풍성하고 달콤할 것인가. 여호와께서 사랑하는 자에게 단잠을 주시도다. 다윗이 몸을 뒤척였다.

밧세바가 낳은 아기는 이레 동안 앓다가 죽었다. 나단이 예언한 그대로였다. 지금처럼 매끄러운 바람이 창 가리개를 흔들면 문득 울음소리가 들리곤 했다. 내 아기가 지금껏 우는구나. 토한 젖을 턱으로 흘리며 몸을 뒤트는 아기의 몸은 검고 붉은 얼룩으로 뒤덮여 있었다. 낮에는 볕이 풍성하고 밤에는 별이 가득한 올리브 산 중턱 먼 무덤에 묻힌 뒤에도, 지금처럼 간혹 아기 울음이 들려와 다윗의 텅 빈 가슴을 한 겹 더 도려냈다. 아가, 무슨 말이 하고 싶으니. 내 죄악이 잉태시킨 생명아. 만지기도 겁이 날 정도로 아기는 열이 높았다. 아기는 기진한 울음을 흘렸고, 어린 몸을 달구는 고통은 떠날 기미가 없었다.

내 아기를 살려줘!

경험이 풍부한 산파 네댓 명이 불려왔고, 눈에 핏발선 밧세바가 그녀들을 잡아 흔들며 악을 썼다. 벧메르학의 별궁에 도착한 다윗은 밧세바의 비명에 저도 모르게 귀를 틀어막았다.

그는 빌었다. 그와 눈이 마주친 모든 사람에게 그는 죄를 빌었다. 모두의 눈에서 징벌이 쏟아지는 것만 같았다.

다윗은 곤혹스러워했다. 다윗은 자신을 자랑스레 여겼고, 다른 모든 이들 또한 그랬다. 나는 모두의 신뢰를 저버렸어! 그 생각에 다윗은 괴로웠고, 그래서 아팠다.

왕관을 땅에 내던진 다윗은 비탄을 드러내기 위해 옷을 찢었다. 가죽 신을 벗어 던지고 머리를 산발한 그가 성막으로 향하는 언덕을 올랐다. 주님, 제발 내 아들을 살려주세요. 아무것도 입에 대지 않은 다윗이 성막 바깥 마른 땅을 쥐어뜯었다.

그러나 아들이, 자궁에서부터 죽음을 달고 나온 아기의 생명이 거둬지리라는 걸 다윗은 알고 있었다. 세마포를 통해 느껴질 정도로 아기 체온은 높았고, 어린 생명을 뒤덮은 얼룩은 흉측할 정도로 검붉었다. 이 아기가 곧 죽으리란 걸 모두 한눈에 알아보았다.

성막 바깥에서 비탄에 잠긴 뒤에야, 다윗은 우리아를 묶었던 사슬이 아기의 숨통까지 옭아맸음을 깨달았다. 그가 스스로를 타락시키면서까지 지키려 했던 아기였었다.

그러나 아기가 죽자 다윗은 금식을 풀었다. 몸에 기름을 바르고 새 옷을 입은 그는 먹고 마셨다. 혹시나 여호와께서 내 비참함을 보시고 아기를 살려줄까 했었지. 모든 사람이 왕이 아기를 떠나보냈다고 생각했다. 그러나 그는 아기를 결코 잊지 못했다. 이름도 받지 못한 내 작은 아들아. 오후 햇살에 우묵하게 괴인 바위 그림자를 보아도, 늦은 비 흩뿌리는 바람에 잠긴 문이 덜컹거려도, 그는 아기를 떠올렸다. 회랑 돌기둥 뒤에서, 테라스 난간 옆에서, 설핏 든 꿈 언저리에서 아기는 검붉은 얼룩 가득한 얼굴로 팔다리를 허우적거렸다. 다윗의 잠은 메말라버렸고 몸은 열에 들떴다. 아버지의 손가락을 꽉 쥐던 다섯 손가락의 부드러운 세참이 떠오를 때마다 다윗은 고통스러웠다.

죄를 묵상할 때마다, 아기는 결국 내 손에 죽은 것과 다름없다고 자책할 때마다, 다윗의 이마는 땀으로 젖었고 글을 쓰지 못할 정도로 손발이 떨렸다. 무뚝뚝한 엘리암은 상황을 있는 그대로 받아들였지만 완고한 아히도벨은 다윗을 만나보려고 하지도 않았다. 용서를 구하는 편지를 다윗이 보냈지만 전령은 전하지 못한 편지를 지닌 채 되돌아왔다.

다윗 성 안팎으로 다윗의 위신은 크게 떨어졌다. 그의 명성은 부풀어진 타락의 뒷이야기와 연결되며 비참하게 썩어갔다. 추문은 이내 망각에 덮였지만, 사람들은 잡담거리가 막막할 때마다 그것을 들춰내 이야깃거리 삼았다.

얼마나 뒤척였을까. 창 가리개 틈이 희멀건 해졌다. 몸을 일으킨 다윗이 침상 아래로 내려왔다. 이마를 땅에 댄 그가 벌린 손을 위로 올렸다. 그는 큰 소리로 기도하지 않았다. 입술을 달싹거리며 마음의 은밀한 소원을 속삭일 뿐이었다. 그는 고통받는 육신에 기도가 깊이 스미도록, 여호와의 은혜가 거기 고이도록, 침묵 속에서 오래 기도했다. 내밀한 기도를 통해 자신의 고통이, 여호와의 질책이,

신이 다윗의 집에 내리기로 한 모든 저주가 사해지기를 그는 간절히 바랐다.

창 가리개 틈으로 비치는 햇살이 부서질 듯 연약했다.

귀에 익은 목소리가 들렸다. 암논이 고개를 돌렸다.

사촌 요나답을 돌아보는 그의 표정은 심드렁했다. 안뜰이 내려다보이는 왕궁 지붕에 암논은 나앉아 있었다. 살랑대는 바람이 감미로운, 해 저물 즈음이었다.

암논은 갈색 머리에 갈색 눈을 지닌 창백하고 메마른 왕자였다. 가늘고 마른 암논은 뽀얀 피부에 코가 좁고 높으며 눈두덩이 깊었다. 아늠이 적은 뺨에 숱이 적당한 눈썹을 지닌 암논의 얼굴에서 가장 인상적인 곳은 얇고 붉은 입술이었다. 선이 또렷한 입술은 창백한 피부와 어우러졌고, 멀리서 왕자를 본 몇몇 여인은 그 입술에서 희미한 퇴폐의 기미를 가뭇없이 읽어내곤 했다. 말수가 적은 암논은 자기 생각을 말하는 걸 귀찮아했지만, 내키면 능란한 말을 상대방 면상에 퍼부을 줄도 알았다. 왕자의 가는 몸을 감싼 쿠토네트가 바람에 풀썩였다.

다윗은 이스르엘 여인 아히노암에게서 암논을, 길엘 사람 아비가일에게서 길르압을, 북쪽 그술 땅의 공주 마아가에게서 압살롬을, 학깃에게서 아도니야를, 아비달에게서 스바댜를, 에글라에게서 이드르암을 낳았다. 이들은 다윗이 여부스 성을 치고 다윗 성을 차지하기 전에 얻은 아들들이었다. 십 대 후반인 암논을 필두로 왕자들은 한두 살찍 터울이 지거나 나이가 같았다.

암논 옆에 앉은 요나답은 다윗의 셋째 형 삼마의 아들이었다. 삼마
는 사울 치세 때 블레셋과의 전쟁에 몇 번 참전했고, 이후에도 여러
전투에서 다윗을 도왔다. 그의 아들인 요나답은 몇 해 전 블레셋과
의 전투에서 요행히 가드 출신 거한을 죽이는 전공을 올려 장군의 직
위를 받았었다. 하지만 이른 성공을 거둔 요나답의 평판은 그리 좋지
않았다. 장군 요나답은 왕자들이 떨어뜨리는 고기 조각을 얻어먹으려
식탁 주변을 들개처럼 어정거리는, 자신을 혐오하는 눈길에 번들거리
는 웃음으로 대응하는 어린 아첨꾼이었다. 너무 어린 나이에 영광을
누린 요나답은 무척 교만해 남을 잘 깔보는 한편, 힘을 가진 사람들
에게는 지나치게 알랑거렸다. 그는 요즘 왕자들과 교제를 돈독히 하
려 애썼는데, 차후에 높은 지위를 허락받을까 싶어 미리 공을 들이려
는 속셈이었다. 나이 든 뒤로 나랏일에 관심을 끊은 삼마와 달리 요
나답은 나서서 주목받길 갈망했고, 자신의 빠른 머리 회전을 자랑하
길 즐겼다. 그는 저와 흡사한 무리를 이끄는 지도자였고 다윗 성 남
쪽에 자리한 창녀의 집에서 새벽을 맞길 좋아하는 무뢰배였으며 추
종자를 규합해 이리저리 몰려다니면서도 늘 그럴듯한 변명을 끌어댈
줄 아는 비열한 협잡꾼이었다.

"여기 계신 줄 몰랐네요."

"네가 두리번거리는 모습을 지켜보고 있었지."

암논이 낮게 우물거렸다. 왕자는 그러모은 무릎 위에 턱을 올려놓
고 있었다.

발로 툭 차면 지붕 아래로 굴러갈 것 같군. 자기 생각을 감추기 위해 요나답은 이를 드러내며 활짝 웃었다.

"저녁에 제 집에 건너오세요."

암논은 허공을 바라볼 뿐이었다.

"양 두 마리를 잡았어요. 지금쯤 피가 거의 빠졌을 거예요."

"축하할 일이 있던가?"

"맥주 두 단지를 들였거든요."

레바논 북쪽에서 내려온 대상들이 나귀 허리 양쪽에 동여맨 맥주 단지는 밀랍으로 단단히 봉해져 있었다.

"맥주는 너무 걸쭉해." 암논의 콧잔등이 씰룩거렸다.

"그럼 왕자님을 위해 포도주를 마련하죠. 달콤할 거예요. 양 하나는 삶고 다른 건 구우라고 했어요. 가장 연한 부분은 양념을 쳐서 따로 익힐 거예요. 향신료를 듬뿍 넣고 불을 세게 때서 뜨거운 기름에 급히 볶아 내는 거죠."

요나답의 상체가 암논을 향해 점점 기울어져 갔다.

"악단도 불렀어요. 다마스쿠스에서 활동하는 녀석들인데, 특별히 웃돈을 주고 데려왔지요. 다윗 성에는 단 사흘만 묵을 거랍니다. 와서 꼭 보셔야 해요. 지빠귀 날개 퍼덕이는 것처럼 북을 마구 두들겨 대는데, 장막 뒤에서 뛰쳐나온 계집들의 허리가 북장단보다 더 빨리 돌아가요."

"아."

"그래요. 대단하겠죠!" 요나답이 손바닥을 마주 비볐다. "계약금 주기 전에 잠깐 맛을 보았죠. 기가 막히더군요. 후끈 달아오를 겁니다! 주사위도 굴리고 버들가지로 만든 공도 찰 거예요."

"오늘은 그믐이야."

"마당 여기저기에 횃불을 켜두죠. 그래요. 횃불이 달빛보다 낫겠어요. 불이 일렁일렁하는 게 더 멋져 보일 겁니다."

손을 흔들어가며 요나답이 말을 늘어놓았지만 암논의 시선은 텅 빈 허공 너머에 머물 뿐이었다. 불굴의 요나답이 눈을 굴려 가며 열을 올렸다.

"수금 연주자도 불렀어요. 달을 보고 뽑는 노래가 기가 막히던데요. 애절함에 가슴을 저미는 것 같더군요."

"그믐이라니까."

"그래요. 그믐이군요. 그러면 그 작자에게 깎은 손톱이라도 보면서 눈물을 짜내라고 일러두죠."

입술을 빨며 요나답이 초조해했다. 왕궁에 들어오기 전 그는 암논과의 친분을 추종자들에게 떠벌여놨고, 오늘 밤 연회에 왕자가 참석할 거라는 헛소리를 쏟아 냈었다. 혀가 미끄러지는 바람에 일어난 참사였다. 몇 마디 부추기면 고개를 끄덕일 줄 알았는데 요지부동이로군. 대체 무슨 생각을 하는지 요나답은 짐작조차 가지 않았다. 암논을 꼬드길 꿀 바른 말을 떠올리기 위해 요나답은 잠시 눈을 굴렸다.

그때 암논이 요나답을 돌아보았다.

"요나답, 넌 참 행복해 보여."

사촌을 향해, 암논의 갈색 눈동자는 환히 열려 있었다. 대꾸를 해야 할지 그저 고개만 끄덕이고 말아야 할지 몰라 요나답은 눈을 깜빡였다. 암논이 겹친 자기 팔에 도로 턱을 댔다.

"행복이라뇨? 왕자님이야말로 뭐든 다 할 수 있잖습니까."

"뭘 할 수 있지?"

"원하는 뭐든지요."

암논이 요나답을 다시 돌아보았다. 덤덤했던 표정에 웃음기가 퍼지며 얼굴이 왈칵, 일그러졌다.

"그렇게 생각해?"

"사실이잖아요."

"뭐든 그렇진 않아. 원하는 걸 다 갖진 못하지."

원하는 걸 다 가지진 못 한다고? 정말 그래? 좋아, 그럼 당신이 원하지만 가질 수 없는 걸 내가 구해 준다면……? 그리된다면 일이 어떻게 돌아가게 되지? 이스라엘 왕의 창백한 맏아들을 내가 든든한 배경으로 두게 되나? 요나답 또한 왕의 조카였다. 내가 요압처럼 살지 못할 이유가 뭐란 말인가. 요나답이 빙그레 웃었다.

"그게 무엇이죠? 제가 구해 드릴게요. 말해 보세요. 뭘 원하세요?"

어깨를 들썩이며 암논이 키득거렸다. 요나답을 힐끔대는 암논은 쉽게 웃음을 그치지 못했다.

웃음은 별안간 멈췄다. 요나답을 깊이 들여다보던 암논이 아래를 굽어보며 손가락을 길게 뻗었다. 요나답의 시선이 암논의 손가락을 따라 안뜰로 향했다.

처녀는 소매가 긴 쿠토네트 파씸을 입고 있었다. 푸른색으로 짙게 염색한 세마포 너울 아래, 풍성한 머리카락이 굽이치는 갈대처럼 찰랑거렸다. 엷은 금색 머리를 매듭지어 묶은 그녀의 맑은 이마는 봉긋했고 사뿐거리는 걸음걸이에 꽃을 어루만지는 몸짓의 선은 몹시 고왔다. 붉은 꽃잎이 겹겹이 층을 이룬 양귀비와 검은 물방울 같은 암술을 지닌 붉은 아네모네와 진해진 노란 꽃잎이 햇빛으로 인해 단단해진 쑥갓이 그녀의 치맛단에 스쳤다. 발그레한 뺨과 가늘고 섬세한 손가락을 지닌 그녀의 이름은 다말히브리 말로 대추야자나무이었다. 다말을 둘러싼 네댓 명의 시녀는 지붕 위의 시선을 알아차리지 못했다. 꽃대를 흔들어 일으킨 향을 깊이 들이 맡는 다말은 평안하고 행복해 보였다. 만물을 충만케 만드는 봄의 짧은 기운이 그녀의 가슴에 기쁨으로 번진 것 같았다.

고개 돌린 요나답은 암논의 표정에 깜짝 놀랐다. 아늠이 적은 그의 뺨이 씰룩거렸고 꽉 움켜쥔 손이 덜덜 떨렸다.

"가질 수 없는 게 있다. 가질 수 없는 게 있어."

암논의 욕망이 무엇인지를 알아차린 요나답이 눈을 가늘게 떴다. 다말을 깊이 들여다보려는 듯 암논은 턱을 가슴 쪽으로 깊이 당겼다. 피식 웃으며 암논이 고개를 끄덕였다.

"알아, 나도 알아."

아람 족속 여러 나라 중 하나인 아람 그술은 다른 형제 국가들과 사이가 좋지 않았는데, 그 때문인지 이스라엘과 좋은 관계를 형성하려 들었다. 오래전부터 이뤄진 이 우호 관계의 정점이 바로 다윗과 마아가의 결혼이었다. 마아가는 몇 년 전에 병을 얻어 죽었지만, 그들 사이에서 난 남매 압살롬과 다말은 잔병치레 한 번 없이 건강하고 아름답게 자라 있었다. 요나답이 침을 꿀꺽 삼켰다. 그랬다. 암논이 가지고 싶다는 건 그의 이복 여동생이었다.

다말에 대한 암논의 비밀한 갈망은 꽤 오래 묵었다. 그 시작을 암논은 기억하지 못했다. 목소리가 굵어지고 수염이 자라면서 불거진 성적 욕구가 원인이었지만, 그게 전부는 아니었다. 어쩌면 암논의 어머니 아히노암의 죽음이 전환점이었을지도 몰랐다. 어머니의 죽음에 암논의 세계는 도끼 맞은 나무처럼 쪼개졌고, 세계를 바라보는 암논 또한 쪼개져 버렸다.

소년의 삶 전체가 막연해졌고, 소년의 중심에는 허전함이 자리 잡았다. 암논은 제 속에서 일어나는 일에 대해 말하고 싶었지만 마땅한 사람이 없었다. 어머니 잃은 소년은 갈 곳을 몰랐고, 우리아로 인해 넘어진 다윗은 누군가를 돌볼 겨를이 없었다.

아히노암이 죽은 그해 여름 소년의 키는 한 규빗이나 자랐고, 그의 내부에 도사린 공허도 그만큼 커졌다. 잡아 늘인 가죽이 얇아지는 것처럼, 훌쩍 자라난 소년 또한 얄팍해졌다. 암논은 동생들과 서서히 멀어졌고 홀로 이런저런 공상을 즐기는 몽상가가 되었다. 왕자를 모시던 시종들은 암논이 음습해지고 탁해져 간다고 수군거렸다. 빈들처럼 허무한 소년의 내면에는 한껏 지어 올린 음울한 신기루가 거대하게 자리 잡아갔다.

그런데 그 망상의 끝에 희한하게도 다말이 있었다.

암논조차 이유를 몰랐다. 그는 왜 다말이 꿈의 여신이 되었는지, 자기 환상 속에서 어떻게 그렇게 커져 갔는지, 자신의 정념을 빼앗는 고혹의 보랏빛 연기가 왜 이복 여동생에게 흘러가는지 알지 못했다. 그는 그저 그렇게 느낄 뿐이었다. 그 아이만 보면 암논의 이마에는 땀이 솟았고 차가워진 손발은 찐득거렸다. 그는 다말을 품에 안고 꿈을 꾸고 싶었다. 그 보드라운 목에 입을 맞추면 불가능했던 꿈들이 이 세계로 한가득 밀려들 것만 같았다.

목마른 자가 바닷물을 바라보며 눈물 흘리는 것처럼, 암논은 다말을 훔쳐보며 성취될 수 없는 갈망을 원망했다. 알 수 없는 충동에 휩싸인 암논은 욕망과 자기혐오와 죄를 행하고픈 못된 열정과 이 모든 것에 대한 두려움 사이를 추처럼 오갔다. 그는 자신이 사슬에 얽힌 포획물 같다고 생각하곤 했다.

그들은 계단이나 복도나 뜰이나 회랑에서 마주치면 아직 몇 마디쯤 나누는 사이였다. 다말은 언제나 시녀들에게 둘러싸여 있었다. 그녀를 지키는 잎사귀처럼 시퍼런 손길 속에서, 다말은 채 피지 못한 꽃송이 같았다. 다말과 엇갈린 암논이 소녀의 몸을 훑으려 타는 듯한 시선을 돌릴 즈음에는, 시녀의 장막에 그녀는 금세 가려지곤 했다.

이거, 들어서는 안 될 말을 들어버렸군. 요나답은 말을 이을 수 없을 지경이었다. 이해할 수 없는 건 아니었다. 엄격한 금지가 오히려 소유에 대한 열망을 부추긴다는 걸, 이 젊은 장군은 잘 알았다. 자신이 창녀의 집에 들락거리고 질 나쁜 자들과 분탕질에 열중하는 것도 그

때문 아닌가.

그렇게 생각하니 또 아무려면 어떤가 싶었다. 남자란 모름지기 불가능한 꿈을 꾸도록 설계되었어. 암논은 왕자고 높은 직위에는 더 많은 자유가 허용되잖아? 어째서인지 요나답은 유쾌해졌다. 으르렁거리고 싶다가 갑자기 헤죽거리며 낑낑거리고 싶어졌다. 진흙 속을 뒹구는 한 마리 개가 된 것처럼, 요나답은 자꾸 웃음기가 돌았다.

"다말 공주와 결혼이라도 할 생각인가요?"

요나답이 웃음을 터뜨리며 묻자 암논이 얼떨떨해 했다. 왕자가 얼굴을 찡그렸다. 저 호리호리한 아가씨에 대한 욕구가, 오래전부터 품어와 지금은 주체할 수 없이 커져 버린 기괴한 욕정이 저도 모르게 불거진 걸, 암논은 후회했다.

"가능할 리 없잖아." 암논이 얼굴을 찌푸리며 대답했다. "이복형제 사이니까."

"그러면 다말의 비밀스러운 사랑을 받고 싶은 거예요? 그녀의 가슴을 밤마다 뒤흔들고, 왕자님을 떠올릴 때마다 심장이 툭 떨어지게 만들고 싶은 거예요?"

입을 다문 채 암논은 침묵에 빠져들었다. 한참 후 암논이 손등으로 입술을 닦았다.

"굶주려 죽게 된 자가 음식이 누구 거냐고 물어보겠어? 내 눈앞에 보이는 음식을 허겁지겁 먹을 게 아니겠어?"

"그래요. 열망하는 자는 뒤가 없는 법이죠."

요나답이 마주 키득거렸다. 그는 암논이 드러낸 순수한 욕망이 마음에 들었다. 아, 나란 놈은 어쩌자고 이런 싱싱한 대화가 이다지도 좋단 말이냐.

피가 뚝뚝 흐르는 날 것의.

혐오스러울 정도로 낱낱이 까발려진.

남이 볼까 두려워 깊이 묻어두었던 이 순수한 더러움이.

요나답이 암논을 바라보았다. 어디까지 결심했는지를 가늠하려 깊이 들여다보는 눈빛이었다. 요나답의 의문을 알아본 암논이 대꾸했다.

"모르는구나, 요나답." 암논이 고개를 가로저었다. "상관없어." 암논은 제 말에 취해버렸다. "정말로 상관없어."

다윗의 창백한 맏왕자가 사촌을 향해 돌아앉았다. 열에 들뜬 눈가가 흥분으로 벌겠다.

"나는 왕자야. 내 아버지가 이 나라 왕이라고. 내가 누굴 두려워해야지? 단 한 사람뿐이야."

그러나 그분은 나를 해치지 못하지. 그분이 절대로 그럴 수 없다는 걸 나는 알지. 해친다 한들, 다른 죄인처럼 목과 팔다리가 잘려 우물가에 내걸린들 어쩌겠는가. 암논은 오래 묵은 이 갈망을 내리누를 힘이 이젠 없었다. 아니, 내리누르고 싶지 않았다. 그는 목말랐다. 뼛속까지 온통 메말라버렸다.

당장, 지금 당장.

비어버린 자신을 채울 무언가가 암논은 필요했다.

요나답의 가슴에 도사린 어스레한 그림자가 그제야 고개를 들었다.

"우선 해둘 말이 있어요." 요나답이 조건을 걸었다. "이 계획은 왕자님 혼자 세운 겁니다. 저는 몰라요. 절 끌어들이진 마세요. 아시겠어요?"

다급해진 암논이 재촉했다.

"저 빛나는 몸을 어떻게 거머쥐게 만들지만 얘기해. 내가 뭘 어째야 하는지만 얘기하라고."

요나답이 안뜰 바깥에서 시시덕거리는 시녀들을 가리켰다. "저것들이 문제죠?"

"내가 원하는 건 단 하나." 몸을 바짝 기울인 암논이 벌린 엄지와 검지를 흔들며 강조했다. "아주 약간의 시간이야. 저 애와 단둘이 있을, 누구의 방해도 받지 않을 아주 짧은 시간."

"아주 쉽죠." 그랬다. 그건 아주 쉬웠다.

암논이 입을 벌려 웃자 누런 이가 드러났다.

"일을 벌인 뒤에 잘 다독여야 해요."

요나답이 약삭빠르고 미묘한 시선으로 암논을 훑어보았다.

"왜 그래야 하지?"

"길들인 말에는 아무 때고 오를 수 있거든요."

암논이 어깨를 부들거리며 낄낄거렸고 요나답이 팔꿈치로 사촌을 툭 쳤다.

"아주 중요해요. 마무리를 잘해야죠. 다말을 다독여서 둘 사이의 일이 퍼져나가지 않게 해야 합니다. 잘 달래서 체념한 그녀가 상황을 받아들이게 만들어야 해요."

"귀찮은 얘기는 그만하고." 암논의 정신은 다른 데 팔려 있었다. "어떻게 시작해야 할지나 얘기해."

요나답이 어깨를 들었다 내렸다.

"벌어진 일을 수습하기가 까다롭지, 일 벌이는 건 아무것도 아니라니까요."

다급히 고개를 끄덕이던 암논이 요나답의 팔을 붙들었다. "아무에게도 말하지 않겠어." 가느다란 팔에서 나온 힘이라고는 믿어지지 않았다. "내가 소원을 이룬다면 그 은혜는 반드시 갚겠어. 여호와의 이름으로 맹세하지."

신의 이름과 더러운 언약을 한데 묶은 암논은 자신이 얼마나 큰 잘못을 하는지도 몰랐다. 그만큼이나 이스라엘 맏왕자는 미숙하고 얼떴고 무능했다. 열이 오른 그의 깊은 눈자위가 붉었다.

그랬다. 해가 저물 즈음이었고 살랑거리는 바람에 쿠토네트가 가볍게 흔들리는 때였고 나단을 통해 선포된 여호와의 예언이 실현되는 순간이었다.

"어서 말해라. 다말과 내가 단둘이 따로 있을 방법을."

"이렇게 해봐요."

누가 들을세라 요나답은 목소리를 낮췄다. 암논의 귀에 들어간 간악한 충고로 사특한 꿈이 영글었다. 숨죽인 채 요나답은 암논을 찬찬히 살폈다. 그는 암논의 아늠 없는 얄팍한 볼을 들여다보는 중이었다. 환심을 사기 위해 자아낸 요나답의 악한 꾀에, 뜸을 들이며 다듬어온 그 굽은 바늘에 맏왕자의 뺨은 단단히 꿰여 있었다.

얇은 입술을 혀로 축이며 암논은 요나답의 방법을 가만 되뇌었다. 그의 시선은 꽃밭을 거니는 다말에게 여전히 붙들려 있었다. 요나답이 부은 사특한 꾀가 아래로 흘러내려가며 죄악의 벌린 입속으로 쏟아져 그것들을 배불렸다.

왕의 자리

식사가 끝날 즈음에야 압살롬은 왕궁에 도착했다.

가쁜 숨을 내쉬며 왕자는 향기 속으로 들어갔다. 부드럽게 먹먹해지는 빵 냄새를 바탕으로 으스러진 월계수 잎 향이 났고, 불의 자극을 받아 매끈하게 흘러 고인 염소 갈빗살 기름과 노릇하게 구워진 양파 냄새가 코를 뜨끈하게 자극했다.

다윗의 셋째 아들 압살롬은 몸매가 늘씬하고 키도 컸지만, 아무래도 시선을 주목시키는 건 숱 많은 검정 머리카락이었다. 무겁고 윤이나는 압살롬의 머리카락은 사람들의 감탄을 불러일으켰는데, 반들거리고 짙고 무거운 머리카락은 왕성한 생기와 굳센 정력을 상징하기 때문이었다. 머리카락을 매듭지게 묶어 멋을 낸 그는 자신에게 쏠리는 사람들의 이목을 은근히 즐기는 사람이었다.

앞머리를 뒤로 빗어 넘겨 널찍하고 잘 생긴 이마를 드러내길 좋아하는 압살롬은 이제 막 수염이 자라기 시작한 풋내기였다. 크고 둥근 눈매에 입술이 도톰해 순해 보였고 높이 선 콧날이 잘 생겼으면서도 생김생김이 조화롭지 않아 어딘지 모르게 전체 균형이 틀어진 얼굴로 보였다.

자리에 앉으려던 압살롬이 미간을 찌푸렸다. 아버지 다윗 왕이 앉는 식탁 상석에 맏형 암논이 앉아 있었던 것이다. 그는 식탁을 둘러보았다. 열세 살 동갑 이복형제여서 늘 붙어 다니는 스바댜와 이드르암도 그렇고, 물 탄 포도주를 홀짝이는 아도니야의 앉은 곳도 평소와 같았다. 바뀐 건 암논의 자리뿐이었다. 아버지의 아내들과 다른 이복형제들은 이미 식사를 마치고 돌아간 모양이었다. 시종이 올린 놋대야에 손을 닦은 압살롬이 식탁 끝에 앉은 므비보셋에게 묵례를 보냈다.

므비보셋의 아버지는 사울의 아들인 요나단이었다. 다윗과 절친했던 요나단은 친구를 향한 아버지의 질투를 옳지 않다고 여겼고, 다윗을 몰래 구해 주기도 했다. 그러던 요나단은 길보아 전투에서 사울과 함께 목숨을 잃었다. 이스라엘 왕이 된 뒤에도 다윗은 요나단의 호의를 여전히 기억했다. 다윗은 숨어 살던 므비보셋을 불러들였고, 사울의 시종이었던 시바에게 므비보셋을 모시게 했다. 시바의 집에 살면서 므비보셋은 왕궁에서 왕의 가족과 같은 대접을 받았고, 종종 다윗의 식탁에서 식사를 했다. 올해 마흔이 된 므비보셋은 어릴 적 사고로 양발을 절었지만, 천성이 유순하고 행실이 착해 왕궁 안팎에 친구가 많았다.

시종들이 빈 접시를 치웠고 늦게 온 압살롬을 위해 떼어둔 요리를 데워 날랐다. 급히 주무른 반죽이 달궈진 화덕에 들어갔다.

왕궁 식당이 지닌 화덕 열 개가 한꺼번에 달궈지는 일은 흔치 않았다. 두꺼운 나무 조리대 쪽에 붙은 세 개의 화덕에 주로 불이 지펴져 왕과 그의 가족이 먹을 넓적한 빵을 구워냈다. 손가락 두께의 나무 조리대엔 보통 그날 조리할 재료가 쌓여 있곤 했다. 사해에서 가져온 소금돌이 바닥 깊은 바구니에 보관되었고, 밭에서 거둬온 지 얼마 안되는 부추와 양파와 파와 호박과 오이와 납작한 렌즈콩과 향을 내는 다채로운 채소가 바닥 넓은 바구니에 넉넉히 담겼다. 중앙 골짜기의 서늘한 경사로에서 굳은 치즈는 우묵한 질그릇에, 방금 짠 신신한 염소젖은 커다란 단지에, 꿀에 절일 아몬드와 미리 까놓은 피스타치오와 꿀보다 단 대추야자열매는 나무 그릇에 가득 쌓였다. 갓 딴 열매도 한 편에 자리했다. 늦은 무화과는 언제나 인기가 있었고, 제때 말린 과일은 철 지난 뒤까지 남아 입을 즐겁게 했다. 수문으로 실려 온 물이 저수조에 쏟아지면 화덕은 그제야 후끈하게 달아올랐다. 피를 뺀 고기와 칼로 잔 비늘을 긁어낸 물고기가 도마에서 내려지면 통통한 밀은 보드랍고 폭신한 밀가루가 되어 맷돌을 뿌옇게 덮었다. 조리대 밑에 나란히 놓였던 새 포도주 주머니들이 부풀 대로 부풀었던 몸을 말끔히 비워 오그라들면 화덕의 불은 어느새 식었고 물에 씻기고 헹궈진 조리대와 그릇은 그제야 쉼을 얻었다.

빵을 뜯어 씹으며 압살롬은 음식을 기다렸다. 건포도와 잣을 넣고 후추와 소금물을 뿌린 뒤 올리브기름에 구운 어린 닭 한 마리가 식탁에 놓였고, 대추야자열매와 무화과와 호두와 아몬드를 넣고 계피와 백두구와 꿀을 섞어 구운 견과 케이크가 접시에 담겨 나왔다. 물을 한 잔 들이켠 압살롬이 음식에 달려들었다. 뒤적일 새도 없이, 소년은 고기를 찢고 케이크를 떼었다. 붉은 병아리콩과 양파를 넣고 끓인 걸쭉한 스튜를 떠먹기 위해 압살롬은 막 나온 따끈한 빵을 손으로 찢었다.

식탁은 조용했다. 근래 들어 왕궁은 은자가 거하는 암굴에 가까워지는 듯했다. 왕궁 전체에 스민 엄숙함은 다윗 왕의 병이 깊어진 뒤로 차츰 육중해졌는데, 과묵했던 시종들의 표정은 종종 침통해 보이기까지 했다.

압살롬을 슬쩍 돌아본 암논은 다른 것에 열중하고 있었다. 음식을 먹어치우는 이복동생에게서 등을 돌린 그는 빵에 꿀을 듬뿍 찍은 뒤 흘러내리는 모양을 들여다보는 중이었다.

"시장하겠어. 많이 먹도록 해."

암논 옆에 앉은 요나답이 압살롬에게 상냥히 말했다. 압살롬이 고개를 까딱거렸다. 얇게 뜬 눈으로 사람 표정을 은근히 살펴 버릇하는 이 사촌을 압살롬은 그리 좋아하지 않았다.

"돌아오는 길에 말발굽이 깨졌어요."

요즘 변성기를 겪고 있는 압살롬의 목소리가 자못 탁했다. 저녁 식사 직전의 승마는 압살롬의 오랜 습관이었다. 아직 솜털이 보송보송한 스바댜와 이드르암이 압살롬의 거뭇한 턱밑을 부러운 눈으로 바라보았다. 요나답이 말을 받았다.

"며칠 전 좋은 말을 들였어. 북쪽에서 공수해 왔지."

"북쪽 말이 좋을 리 없어."

암논이 비웃자 요나답이 항변했다.

"아람 소바 왕이 타던 말이라고요."

"하닷에셀이 탔던 말이라면 재수가 없겠군. 그 주인이 나라를 잃었으니."

튼튼하고 아름다운 갈색 말에 올라타려 쏟아부은 은 덩어리를 떠올리며 요나답이 핏대를 세웠다.

"얼마나 빠른지, 발굽에서 불꽃이 튀고 갈기가 땅과 수평을 이룬다고요." 압살롬에게 고개 돌린 요나답이 빙긋 웃었다. "한 번 타보겠어?"

"글쎄요." 납작한 빵을 찢은 압살롬이 하미쯔가 되직하게 담긴 단지를 끌어당겼다. "지금 말도 괜찮은 녀석이에요."

왜 아니겠냐는 듯 양손을 활짝 벌린 요나답이 실실 웃었다.

"자고로 말이란 동물은 질긴 고삐와 단단한 쇠막대기로 길들여야 해." 빵으로 꿀단지를 휘저으며 암논이 아무도 묻지 않은 자기 의견을 툭 던졌다. 몽롱한 말투였다. "말은 원래 이스라엘 동물이 아니야." 맏왕자가 턱을 괴던 손을 들어 공중 어딘가를 가리켰다. "저 멀리 어디선가 온 거라고."

"그럼 이스라엘 동물은 뭐였어, 형?" 메추라기 뼈를 주무르던 이드르암이 물었다.

암논이 입 열지 않자 압살롬이 대신 대답했다.

"우리는 전통적으로 나귀를 타지. 땅딸하고 고집 세지만, 힘이 세고 적게 먹거든."

"나귀는 멋이 없어." 스바댜가 퉁명스레 대꾸했다. "나귀는 멍청한 동물이라고."

"너보다 더할까. 넌 오늘도 셈을 틀렸잖아." 이드르암이 낄낄거렸다.

"셈을 할 머리는 빌리면 돼." 스바댜가 입술을 삐죽거렸다.

"기름을 먹어둬라, 아우야. 그래야 빽빽한 머리가 조금이라도 돌아갈 테니."

압살롬이 놀려대자 이드르암이 배를 쥐고 웃어댔다. 스바댜가 돌돌 뭉친 빵을 내던져진 뒤에야 키득거림은 잦아들었다.

"말 위에 앉으면 나귀 따위는 한심해 보이지." 요나답은 아직 말에 대해 생각하는 중이었다. "아쉬운 건 이스라엘에는 언덕이 많다는 거야. 돌도 너무 많고. 말이 오르지 못할 높은 산과 발목이 부러지기 쉬운 협곡은 끔찍하기까지 하지."

이스라엘은 간혹 산과 언덕을 잇는 수많은 뒤틀린 길로 표현되곤 했다. 군데군데 풀밭과 평원이 없진 않았지만 근원적으로 이스라엘은 산악지대였고, 거기에는 땅딸막하고 인내심이 강한 나귀가 알맞았다.

"다시 편찮으신 모양이야."

암논이 젖은 빵을 들었다 내렸다. 흘러내리는 꿀이 거미줄처럼 가느다랬다.

"땀을 몹시 흘리셔서 옷을 세 차례나 갈아입으셨다 합니다." 식탁에 앉기 전에 왕을 뵙고 나온 므비보셋이 조심스레 끼어들었다.

그들은 적막함을 메우기 위해 요리를 들추거나 매만지던 음식조각을 입에 털어 넣었다. 압살롬은 배를 채우는 간간이 암논이 앉은 자리를 힐끔거렸다. 그는 여전히 꿀이 흘러내리는 모양에 넋을 잃고 있었다.

"신경 쓰이냐?"

고개도 돌리지 않은 암논이 멍하니 물었다. 압살롬이 눈을 깜빡였다. 음식을 가지고 노는 모양새를 일컫는 건지, 아버지가 앉아야 할 상석을 차지한 걸 가리키는 건지 헷갈렸다.

"조금요."

이드르암이 피스타치오를 깨물었고, 스바댜의 손짓을 알아본 시종이 단지를 기울여 물을 따랐다. 미묘한 분위기를 알아차린 므비보셋이 몸을 벌떡 일으켰다. 양쪽 겨드랑이에 목발을 끼운 그가 먼저 일어나게 되어 애석하다는 표정을 지었다.

"왕자님들, 즐거운 이야기 나누세요."

스바댜만이 므비보셋에게 미소를 보냈을 뿐, 아무도 그에게 관심을 두지 않았다. 일어선 채로 므비보셋은 왕자 한 사람 한 사람에게 일일이 묵례를 보내고는 식당을 떠났다. 목발이 바닥 찧는 소리가 멀어지고 문이 닫혔지만, 암논은 흘러내리는 부드러운 직선을 바라볼 뿐이었다.

"아우야, 아버지께서는 편찮으시지."

그가 어떤 아우를 가리키는지 모두 알고 있었다.

"그렇지요."

"누군가는 이 식탁에서 빵을 떼어야 했었다. 편찮은 아버지를 대신해 맏아들이 잔을 채우고 음식을 나눈 게 흠은 아니잖니."

아버지를 좀 더 존중했더라면 그 자리를 비워두었을 테죠. 하지만 어린 이복형제들 앞에서 언쟁하고 싶지 않았던 압살롬은 항변하지 않았다.

"네 양은 어떠하지?"

고개를 돌려 압살롬을 바라보는 암논의 눈빛이 묘하게 반짝였다. 다윗은 아들들에게 왕가의 재산을 관리하게 했는데, 암논은 다윗 성 근방의 포도원을 맡았고 압살롬은 실로 남쪽 바알하솔의 양을 관리했으며 아도니야는 죽은 길르압 왕자가 돌보던 마구간을 떠맡았다.

"수가 그럭저럭 돼요."

"아하."

갈색 꿀 속에 빵을 짓이기듯 쑤셔 박은 암논이 접시를 멀찌감치 밀어버렸다. 메추라기 날개를 입에 가져가던 요나답이 떨어지려는 접시를 재빨리 잡았다. 눈치 빠른 요나답이 낄낄 웃음을 흘렸지만, 그들 모두를 짓누르는 묘한 긴장을 깰 수는 없었다. 다윗의 아들들은 꽉 움켜쥔 빵 조각을 서로에게 던지거나 거친 말로 면박을 주는 장난을 즐겼지만, 지금은 뭔가 평소와 달랐다. 아도니야의 시선이 암논과 압살롬 사이를 오갔다.

"나는 포도 가지를 만지기보다는 늘 양과 함께 나뒹굴고 싶었다."

견과 케이크를 떼어 문 압살롬에게 시선을 고정한 채, 암논이 의자에 몸을 묻었다. "양 말이다."

요나답이 만왕자 쪽으로 몸을 기울였지만 암논은 이를 알아차리지 못했다.

"작고 여리고 부드럽게 울음을 토하는 새끼 암양. 너는 그 사랑스러운 암양과 함께 지내겠지? 하얗고 부들부들한 암양 털에 얼굴을 파묻고 풀이 우거진 언덕을 함께 쏘다니겠지. 만족할 때까지 함께 먹고 마시고 뛰어놀다가 아름다운 석양을 바라보며 사랑스러운 눈망울에 입 맞출 거야. 안 그러냐?"

압살롬을 바라보며 턱을 괸 암논이 눈을 가늘게 떴다.

"너는 그 암양과 지내겠지만 밤을 함께 보내진 않을 거야. 잇몸 튼튼하고 털이 고르고 발굽 말끔하고 엉덩이 바짝 들린 말 따위에 관심을 쏟느라 바쁠 테지."

"그렇지 않아요. 바알하솔에 얼마나 자주 다녀오는데요. 그곳을 항상 살피고 있어요."

"그래, 그래. 털이 풍성한 암양의 두툼한 꼬리엔 지방이 꽉 들어차 있겠지. 사랑스러운 암양 같으니. 얼마나 어여쁘냐. 매일 빗질하겠지?"

압살롬이 웃었다.

"암논 형이야말로 양에 대해 전혀 모르네요. 어떻게 그 많은 양의 털을 빗기겠어요? 그놈들 털은 똥과 흙먼지로 범벅이 되어 있다고요."

암논이 낄낄거리며 대꾸했다.

"모든 양에게 그리하겠느냐. 하지만 꿀처럼 달콤한 눈동자를 지닌 특별한 새끼 암양이라면 그래도 좋을 거다. 매일 빗질을 해주겠어. 나 같으면. 빗질을. 매일매일."

식탁 아래로 요나답에게 무릎이 잡히고서야 암논은 제멋대로 움직이는 혀를 멈춰 세울 수 있었다. 평소 즐기던 대로, 압살롬은 넓고 둥근 빵 위에 올리브기름으로 무친 채소와 구운 고기를 올려놓고 반으로 접어 베어 물었다. 우물거리던 압살롬이 고개를 갸우뚱거렸다.

"직접 해보면 꽤 다를 겁니다."

압살롬을 향해 몸을 바짝 기울였던 암논이 얼떨떨한 미소를 지었다. 어리석은 아우야. 네 대답에는 의미들이 덩이져 있구나. 그럴까. 직접 해볼까. 그러면 정말 다를까. 나를 태우고 있는 불의 씨앗을 다말에게 쏟아 버리고 나면, 내 몸과 영혼이 깡그리 식어버리려나? 나 암논을 열광케 하는 유일한 다말, 이스라엘 맏왕자를 미치게 하는 그 오랜 열망이, 직접 품어보면 꽤 다를까? 정말?

요나답이 곁눈으로 암논을 보았다. 친애하는 사촌, 그대는 왜 이래야만 하는가. 네가 원한다면 네 아버지는 좋은 집을 주고, 아름다운 여인들을 네 품에 두고, 이스라엘과 유다 족속을 네게 맡길 텐데. 그게 부족하다고 말한다면 그가 더 줄 것인데. 다말, 꽃같이 아름답고 시내처럼 싱그러운 여동생을 왜 갈망하는가? 왜 네게 보장된 모든 지위를 집어던지면서 이복 여동생에게 뛰어들려 하는가?

암논 자신도 답을 알진 못하리라. 요나답은 암논이 제 안에 번진 불을 끌 수 없다는 걸 알았다. 암논은 그 불이 다말에 의해 지펴졌다고 믿지. 그러니 오직 그녀만이 그 불을 끌 수 있다고 생각하고. 그녀가 목구멍을 그을리게 하고 눈을 지지며 속을 끓게 만드는 저 지독한 불을 꺼줄 거라고 생각하지.

갑자기 진저리가 난 요나답이 손에 쥔 음식을 접시에 툭 던지고는 입을 물로 헹궜다.

"형님이 양을 기르는 일에 그렇게 관심이 많을 줄 몰랐어요." 암논의 저의를 모르는 압살롬이 농담을 했다. "어때요? 저와 일을 바꾸면."

암논이 고개를 갸웃거렸다.

"가지고 싶은 걸 다 가질 수 있을까?"

"어려울 것 없잖아요."

"아우야. 난 요즘 가질 수 있는 것과 없는 것에 대해 골몰한단다."

암논은 말을 덧붙이지 않았고 대화는 토막 났다. 식탁 아래로 낄낄거리며 발장난을 하느라 정신없는 스바댜와 이드르암에게 아도니야가 건포도를 던졌다. 뿌루퉁해진 두 왕자가 아도니야의 턱짓을 보고는 식당 밖으로 나갔다.

손에 묻은 기름기를 빵 조각에 닦던 요나답은 어떻게 이 멍청한 떠버리를 밖으로 빼낼까 궁리하는 중이었다. 요나답이 혀를 털어 이 사이에 낀 고기 조각을 빼내었다. 어리석은 비유를 늘어놓으며 낄낄거리는 암논이 요나답은 못마땅했다. 그는 자신과 암논의 발목을 음모의 끈으로 한데 묶었지만, 굴러떨어질 그를 따라 깊은 곳에 딸려갈 정도의 의리는 당연히 없었다.

"난 요새 이런 생각을 해." 암논은 다른 화제로 열을 냈다. "아버지는 많은 왕자와 공주를 낳았는데, 그분을 닮은 자녀는 왜 이리 적은 걸까."

"왜 그런 생각을 하죠? 사람들은 우리와 아버지가 닮은 구석이 많다고 하던데요."

믿을 수 없다는 표정을 짓는 아도니야를 향해 암논이 몸을 돌렸다.

"아우야, 나도 너와 비슷한 생각을 했지. 그런데 차분히 생각해 보니 묘한 차이점이 있더구나. 나와 너희 각각과 우리의 아버지 사이에 말이다."

암논이 몸을 돌렸다. 그는 압살롬을 바라보았다. 가죽끈으로 동여맨 검은 머리카락은 헝클어져 어깨를 덮었고, 뾰족한 턱은 수염으로 까슬거렸다. 암논은 매일의 승마와 씨름으로 부푸는 압살롬의 가슴과 팔을, 가늘게 뻗어 무척 섬세해 보이는 기름 젖은 손가락을, 격정으로 쉬이 불붙을 것처럼 보이는 석탄 같은 눈동자를 보았다.

"압살롬에겐 아버지가 젊었을 때 지녔던 생생한 활력이 있지. 저녀석의 발그레하고 생기로운 뺨을 봐라. 너는 사람들을 홀리게 할 매력을 지녔지. 아우야, 그건 굉장한 이점이야. 하지만 넌 너무나 곧아서 틀린 걸 참아내지 못하지. 그것 또한 아버지를 닮았어. 옳지 않은 일을 강박적으로 미워하는 것 말이야. 그러나 아우야. 세상엔 꽃도 있지만 배설물도 있지. 뱉은 침은 더럽지만 그것 없이 어떻게 음식을 삼킬까? 더러운 것과 미운 것 또한 함께 얼싸안으며 가야하는 게 인생이야. 진창을 구르며 구주콩나무열매를 주워 먹는 돼지가 왜 꿀꿀거리겠냐?"

행복하니까. 그건 아주 오래전 그들이 블레셋 사람이 키우는 돼지 떼를 함께 보았을 때 어린 스바댜가 더듬더듬 외친 대답이었고, 그들끼리 알아듣는 농담 중 하나였다.

암논은 머릿속에 떠오른 빛나는 영감을 일목요연하게 늘어놓는다고 생각했지만, 다른 배석자의 눈에는 충동적이고 착란적인 훈시로 보였다. 암논은 아도니야 쪽으로 고개를 돌렸다. 이복동생의 높이 솟은 매부리코와 작지만 앙칼진 눈과 날카롭게 드러나는 턱선을 손가락으로 모호하게 가리키며 암논이 입을 열었다.

"아도니야, 우리와 달리 너는 진정한 왕자지. 우리를 낳았을 때 아버지는 왕이 된 지 얼마 안 되었어. 당시만 해도 그분의 지위는 위태위태했지. 너는 그분이 다윗 성을 손에 넣은 뒤에야 태어났다. 우린 다윗의 아들로 자랐지만 너는 왕의 아들로 태어났지. 널 보는 사람들은 색다른 품격을 느껴. 넌 다른 공기를 마시는 것처럼 보인다."

입술을 축이러 내민 암논의 혀가 붉었다.

"하지만 네겐 극단으로 흐르는 마음이 없어. 아우야, 얻으려면 모든 걸 걸어야 해. 압살롬은 네가 갖지 못한 고집을 지녔지. 그 고집이 저 애를 끝까지 내던지게 만들 거야. 반면에 넌 경계를 넘지 못해. 안락한 지위를 누리며 고결한 삶을 살아온 너는 너 자신을 끝내 내던지지 못할 거야. 네 쿠토네트에 물든 빛깔과 겉옷에 새겨진 문양을 봐라. 너무도 화려하지. 하지만 모든 사람이 네 외양에 열광하진 않아.

눈먼 자만큼 눈 뜬 자도 많거든."

접시와 음식 부스러기로 지저분한 식탁에 적막이 감돌았다. 암논이 별안간 벌떡 일어섰다.

"몸이 좋지 않아. 머릿속이 들끓는 것 같군." 시종들이 붙들려 했지만, 암논이 손을 내저었다. "뒤라. 쉬겠어. 누울 거야."

암논이 식당을 나섰고 요나답이 뒤를 따랐다. 닫힌 문을 바라보던 압살롬이 길게 트림을 했다. 맞은편의 이복형을 바라보던 아도니야가 시틋한 얼굴로 어깨를 들었다 놓았다. 압살롬이 잔에 부은 물로 입을 헹구었고 시종이 가져다준 세마포수건으로 이를 닦았다. 자기 이마로 쏟아졌던 궤변의 괴이한 궤적을 찬찬히 곱씹는 압살롬의 시선이 텅 빈 듯 멍했다.

뭔가를 입에 문 제비가 창 이편에서 저편을 가로질렀다. 날개를 바짝 붙이고 공중에서 미끄러지던 제비가 날개를 퍼덕여 몸을 다시 끌어올렸다. 바람결에 몸을 기울인 색색의 꽃 사이를 벌과 나비가 오갔다. 뭉텅이로 피어오르던 꽃향기가 창턱을 넘었다. 지팡이를 기대놓은 창턱에는 노란 꽃가루가 내려앉아 있었다.

오랫동안 입 열지 않은 채, 다윗과 암논 두 사람은 창밖을 바라보았다.

암논의 집은 왕궁에서 백 걸음도 떨어져 있지 않았다. 다윗은 변성기가 지난 왕자들에게 왕가의 일을 분담시켰고, 왕궁에서 가까운 집을 사들여 그들이 집안 다스리는 훈련을 미리 하게 만들었다. 암논은 이미 집을 받았고 압살롬은 며칠 안에 이사할 예정이었다. 다윗은 아들들의 집이 왕궁을 에워싸기를 바랐고, 그들의 삶이 자신이 세운 집안을 그처럼 든든히 감싸기를 원했다.

다윗이 맏아들의 늘어진 손을 붙들었다. 암논의 손은 축축했다. 맏아들이 병을 앓는다는 소식에 다윗은 잠을 설쳤다. 암논은 가슴 통증과 근육 경련을 호소했고, 의사 몇 명이 약을 올렸지만 잘 듣지 않는 모양이었다. 더는 잃을 순 없어. 하지만 꼿꼿이 선 그가 팔을 벌려 가로막는다 해도 죽음은 묵묵히 제 할 일을 해나갈 게 분명했다. 누구도 죽음의 손짓을 거부할 수 없었다.

다윗은 운이 좋은 편이었다. 그가 여전히 양치기였다면 죽음의 손아귀에 딸려갈 자식은 훨씬 많았을 것이었다. 그는 아비가일이 낳은 길르압과 밧세바가 낳은 갓난아이를 잃었으며, 이는 평균을 훨씬 밑도는 수였다. 그와 아비가일 사이를 영원히 찢어버린 길르압의 죽음은 의사들조차 손을 놓아버린 무지막지한 열병 때문이었다.

어쩔 도리 없이 밧세바의 아기가 떠올랐고, 다윗의 상처에는 피가 흘렀다.

그가 지키려고 했던 그 아기는 그의 죄로 인해 태어났고 그 때문에 죽어갔다.

다시는 어떤 아이도 잃지 않으리. 다윗이 그렇게 결심하고 의지를 굳힌 건 아니었다. 그의 영혼에 지펴진 불이 다윗 자신이 모르는 다윗을 그리 달궈놨을 뿐이었다. 다시는 어떤 아이도 잃지 않겠노라. 그러나 그 생각이 부풀수록 죄책감 또한 커졌다. 우묵한 그림자 속에 드러누운 아기는 밤이 짙어지면 아비만 듣는 가련한 울음을 가늘게 울어댔다.

"처방을 잘 따라야 해."

암논의 이불을 끌어올려 준 다윗이 돌아보자 작은 돌절구에 약초를 찧던 의사들이 머리를 조아렸다.

짓이긴 약초로 독하고 떫은 풀즙을 배합해 내는 의사를, 다윗은 믿지 않았다. 그들은 기분을 나쁘게 만드는 다진 약초를 질그릇에 개어 올렸고, 본래 무엇이었는지 짐작도 안 가는 재를 가슴에 바르라고 권했으며, 그 둘을 방금 짠 신선한 나드 기름과 박 넝쿨 기름에 개어 관자놀이에 붙이라고 처방했다. 다윗은 올라온 약을 몸에 붙였고 말없이 그 쓴 물을 삼켰지만, 뼈를 찌르는 두려움과 이루지 못하는 잠 때문에 얻은 이 질병을 여호와의 형벌로 여겼고, 인간의 방식으로는 치유할 수 없다고 믿었다.

그러나 이 아들에게는 알맞으리라. 오랫동안 체득한 지혜로 그들은 암논을 움켜쥔 고통의 완악한 손아귀를 늦추고, 시르죽은 활력을 도로 강하게 일으킬 것이었다. 암, 그래야만 하리라.

암논이 아버지를 올려다보았다. 아이의 창백한 피부에는 푸른 기미까지 비쳐 보였다.

"내가 네게 무엇을 해줄까?"

다윗은 암논을 유쾌하게 만들어주고 싶었다. 쓴 약과 번잡한 처방을 잘 견디게 도와주고 싶었던 것이다. 네가 원하는 건 무엇이든 줄 거야. 내가 손을 뻗어 움켜쥘 수 있는 거라면 무엇이든.

암논이 웃었다. 그랬던 적이 언제였던지 가물가물한 미소를 눈이 부실 정도로 환하게.

"뭔가 먹고 싶어요."

"특별한 요리를 올리라고 주방에 말해둘까? 먹는 즐거움으로 몸의 괴로움을 잊는 거야."

"좋아요. 하지만 제가 바라는 음식은 따로 있어요."

"말만 해라. 구해다 주마."

"예전에 먹던 케이크가 기억나요."

"어떤 케이크였지?"

"곱게 빻은 밀가루를 오랫동안 반죽해서 꿀과 호두열매와 피스타치오를 섞어 구웠어요. 양젖으로 빵을 부드럽게 하고, 감칠맛만 내게끔 꿀을 적게 썼는데, 그 맛이 잊히질 않아요."

"식사 때 나왔더냐?"

"아뇨. 다말이 구워서 맛을 보라며 모두에게 조금씩 나눠주었던 케이크였어요."

암논이 마른 입술을 적셨다.

"제 방에 와서 그 케이크를 구워주라고 다말에게 말해 주세요."

다윗이 암논을 바라보았고 암논 또한 시선을 돌리지 않았다. 이 순간이 암논에게는 영원처럼 느껴졌다.

다윗이 웃음을 띠었다.

"그게 그렇게 맛있다니, 나도 나중에 부탁해 봐야겠구나."

다윗이 흡족한 얼굴로 창밖을 보았다. 빳빳했던 암논의 몸에 어렸던 긴장이 아래쪽으로 스르르 빠져나갔다.

한담을 나누던 다윗은 한참 후에야 지팡이를 집어 들었다. 시종들이 왕의 양옆을 부축했다. 종들의 도움을 받은 암논이 문가까지 배웅을 나왔다. 아들의 집을 나서던 다윗이 문설주에 붙인 메주자히브리 사람들이 문설주에 붙인 문양이나 글귀가 새겨진 패. 오갈 때 매만지며 짧게 기도 올리는 풍습이 있었다를 만지며 짧게 기도를 올렸다. 손가락 두 개 너비의 쇠로 만든 메주자에는 포도나무 잎과 열매가 풍성한 대추야자나무가 새겨져 있었다. 다윗과 눈이 맞은 암논이 뜻 모를 웃음을 흘렸다.

아버지가 떠난 후 암논은 손을 저어 의사들을 내보냈다. 혼합을 기다리는 색색의 가루와 잘린 단면에서 신선한 향을 뿜는 약초와 돌절구를 집어 든 그들이 뒷걸음쳤다. 비틀거리며 문에 다가가 빗장을 지른 암논이 멀쩡한 걸음으로 되돌아왔다. 탁자에 놓인 바구니에서 말린 무화과를 찢은 암논이 침상에 벌렁 드러누워 입을 오물거렸다.

초지를 오가는 암양처럼 활기차고, 물기를 담뿍 빨아들인 버드나무처럼 싱싱한 소녀를 떠올린 암논이 조용히 미소 지었다. 소녀가 가져다준 경탄을 이제 한껏 맛볼 수 있겠다는 기대감이 그를 붙들었다. 그는 이복 여동생이 지닌 아름다움을 기억에서 되살리며 감탄했다. 오, 나는 그걸 훼손하고 제멋대로 움키고 싶어! 부풀어 오르는 욕망을 내리누를 방법을 암논을 찾을 도리가 없었다. 그의 삐뚤어진 마음은, 소녀가 지닌 순수한 기쁨을 휘저어 헝클어뜨리고 싶다는 갈망은, 괜스레 물웅덩이를 밟아 물을 튀게 만들고 싶은 어린아이의 심술궂

음과 닮아 있었다.

마침내 암논이 기쁨을 이기지 못하고 낄낄거렸다. 그의 손에 쥔 말린 무화과가 찌그러졌고 헝클어진 이불 위로 암갈색 과육을 흘려내렸다.

짐이 들어서고 있었다. 종들이 물건이 가야 할 위치를 물었고 압살롬이 안과 밖을 오가며 손끝으로 이곳저곳을 가리켜댔다. 공주를 모시고 온 시녀들이 안마당에 서서 이사하는 광경을 지켜보았다. 일꾼을 위로하기 위한 포도주와 먹을거리가 시녀들 발 앞에 놓인 바구니에 가득 담겨 있었다.

시종장 스마야가 수배해 준 집은 왕궁에서 꽤 가까웠다. 크진 않았지만 작은 화덕과 단독으로 쓰는 빵 굽는 가마와 전망이 좋은 테라스를 지닌 돌로 지은 이층집이었다. 몇 달 후 왕궁을 나설 아도니야를 위해 집을 수배해야 하는 스마야가 근처 집을 멀찍이 둘러보다 돌아갔다.

들인 가구를 꼼꼼히 살핀 압살롬은 하자가 발견될 때마다 상인들을 불러댔고, 언성을 높여서 그들이 도로 내갈 물건보다 훨씬 값비싼 가구를 갖다 주게 만들었다. 상아 장식으로 마감된 이집트 산 오목나무 장이 들어섰고, 싯딤나무로 만든 썩 훌륭한 식탁은 레바논 산 노간주나무 식탁으로 대체되었다.

왕자는 짐이 많지 않았고, 넓은 집은 휑했다. 그술 사람들이 왕자의 지시에 따라 짐 나르는 종들을 부렸다. 남매의 어머니 마아가 공주를 모셨던 그들은 여주인의 유언과 그들 자신의 결심에 따라 남매 곁에 남았다.

물건들이 자리할 위치를 일러주던 압살롬이 어깨너머로 돌아보았다. "다말, 나는 양 떼에게 가봐야 해."

가을에 교미한 양들이 예민하게 굴며 부푼 배를 핥으면, 새끼 낳을 자리를 봐줘야 하는 양치기들은 분주해지기 시작했다. 새끼 양을 먹이고 남은 젖을 짜 치즈를 만들어야 했는데, 그러려면 서늘한 장소와 젖을 굳힐 단지 또한 많이 확보해 두어야 했다. 요즘이 바로 그런 시기였다. 가는 모래로 문지른 묵은 단지 바닥을 여인들은 어깨까지 집어 넣어가며 벅벅 닦았다. 음문 사이로 드러나는 태에 싸인 새끼 양 대가리를 맞이하며 목동들은 둔덕 너머로 기쁜 노래를 불러댔다. 젖을 낼 암양을 부지런히 먹이려 양 떼를 잘게 찢은 목동들이 가야 할 풀밭을 나누려 모닥불 옆에서 긴 협의를 거치는, 새끼를 부르는 암양의 울음소리가 울타리를 넘나드는 아름다운 시기가 바로 지금이었다. 이 중요한 때를 감독하기 위해, 압살롬은 바알하솔로 떠나야 했다.

다말은 꿋꿋한 태도를 보이려 애썼고 압살롬도 속을 드러내지 않았다. 그가 나가 살게 된 집은 왕궁에서 가까웠고 다말은 언제라도 오빠를 만날 수 있었다. 하지만 벌어지기 시작한 둘 사이의 거리가 차츰 넓어질 거라는 걸 남매는 이미 알았다. 결혼과 자녀를 낳고 기르는 일과 인생의 당연하고도 불가피한 간섭들로 인해 서로 다르게 채워질 각자의 삶이, 그 간격을 계속 벌릴 것이었다.

어머니 마아가를 여읜 그 날만큼이나 지금의 작별이 잊히지 않을 거라고 다말은 생각했다. 그들은 분기점에, 갈라지는 두 개의 길 앞에 서 있었다. 그래도 소녀는 의연함을 잃고 싶지 않았다.

"바알하솔로 아예 가는 것도 아니잖아."

그래도 양을 돌보는 일은 한 해 내내 땀과 수고를 요구했고, 바알하솔의 사업이 잘 이뤄질수록 다윗 성에 머무는 날은 줄어들 게 분명했다.

"지금처럼 바쁠 때만 얼굴 비칠 거니까, 뭐."

다말을 보고 웃던 압살롬이 잠시 암논을 떠올렸다. 내가 포도원을 맡으면 다말과 멀리 떨어지지 않아도 될 텐데. 형은 되레 멀리 가는 걸 좋아할지도 몰라. 그가 그렇게 새끼 양을 좋아한다면 그에게 그걸 주는 것도 좋을 테지.

압살롬이 마지막 짐을 확인하는 동안, 다말은 새집의 빵 굽는 가마를 시험했다. 우선 옆집에서 불씨를 좀 얻어와야겠어. 그릇은 전부 어디 둔 거지? 그녀가 여종 하나를 가까이 불렀다.

"여기 불 좀 지펴줘. 케이크 좀 굽자."

초막절 뒤 열린 성회聖會를 기념하려 만든 케이크가 그런 기쁨을 주었으리라고는 다말은 생각지 못했다. 별다른 평이 돌아오지 않았기에, 다말은 암논에게도 케이크 한 덩어리를 보냈다는 사실조차 잊어버렸다.

밀가루는 아침에 미리 갈아두었다. 넓적한 암 맷돌에 초승달 모양의 숫 맷돌을 문질러 갈아낸 밀가루는 물에 개어진 뒤 누룩과 함께 버무려져 반죽그릇에 가득 담겨 있었다. 집기를 정리하는 종들을 둘러본 압살롬이 화덕 옆에 앉았다. 케이크를 구울 준비를 하는 내내 다말은 재잘거렸다.

"왕궁에서 한 걸음 나가 사니 아픈지 어쩐지도 모르게 되네."

"몸이 안 좋다고는 했었지." 며칠 전 식당에서의 대화를 떠올리며 압살롬이 대답했다.

"지독한 감기가 틀림없어. 내가 구운 케이크를 맛보고 싶다니 해줘야지."

"건너가려고?"

"따끈한 케이크가 먹고 싶다니 가서 구워야지, 뭐."

나이가 찬 공주가 왕궁 밖에 나가는 일은 드물었다. 압살롬이 뚱한 얼굴로 끄덕였다.

"바깥 공기 잘 쐬렴."

다말이 코를 찡긋거렸다. "왕궁 문에서 몇 걸음 안 되는걸."

시녀들이 왕궁에서 가져온 재료를 그릇에 담아 반죽그릇 근처에 놓았다. 불을 살핀 다말이 바삐 움직였다. 서툰 손길에 밀가루 담긴 그릇이 달그락거렸고, 재료가 든 그릇이 희고 가는 손가락에 걸려 뒤뚱거렸다. 다말은 종달새처럼 쉬지 않고 지저귀었다. 어떻게 저리 입을 쉬지 않으면서 해야 할 일을 놓치지 않는지, 압살롬은 신기하기만 했다. 소금돌이 잠긴 물그릇을 뒤적여 손에 소금기를 묻힌 다말이 피스타치오와 아몬드와 말린 무화과 조각이 잘 섞이도록 반죽된 밀가루를 주물렀다.

팔을 쭉 펴고 반죽에 무게를 싣던 다말이 압살롬의 **뺨**을 보며 웃었다. "숯가루 같네." 빽빽한 수염자리를 가리키며 소녀가 깔깔거렸다.

"오라버니도 이제 신붓감을 구할 나이구나." 팔뚝으로 코를 문지른 다말이 새삼스레 말했다. "정말 남자가 되어 가나 봐."

그 순간 압살롬은 빨리 결혼해야겠다는 생각을 했다. 유쾌한 어조로 과묵한 자신을 입 열게 만들 세밀하고 다감한 여인을 만나고 싶다는 생각이 들었다. 그런 사람이라면 다말에게 좋은 자매가 되어주어 저 애의 얇은 활달함 아래 자리한 깊은 슬픔을 흩어지게 만들 것 같았다.

저 애의 신랑감은 누가 마땅할까. 압살롬 또한 새삼스레 누이를 바라보았다. 밀가루를 뭉치는 다말의 표정에 심난함이 묻어났다. 누이의 **뺨**은 그녀가 구울 케이크처럼 밝은 갈색을 띠었고 어깨너머로 찰랑이는 얇은 금빛 머리칼은 무르익은 밀밭 같았다. 여자아이의 귀여움과 현숙한 여인의 사랑스러움을 동반한 그녀의 선線은 어느새 그윽한 매혹을 드러내고 있었다.

"쓸쓸할 것 같지?"

"아직은 괜찮아." 다말이 입을 삐죽 내밀었다. "애도 아니고."

"이틀 뒤에 바알하솔에 갈 거야. 보름은 족히 걸리겠지."

"가장 바쁠 때니까."

꿀의 달콤함을 전체에 배게 만들기 위해, 다말은 반죽을 뒤집어가며 부지런히 내리눌렀다. 그릇에 손을 뻗어 피스타치오를 움킨 압살롬이 말했다.

"네 말대로 신붓감을 구해야겠어."

다말이 눈썹을 치켜세웠다 내렸다. 끝을 내는 자기만의 표시로 밀가루 반죽을 주먹으로 툭툭 두들긴 다말이 표독스럽게 선언했다. "난 악독한 시누이가 될 테야!"

가마에 들어갈 빵 받침에 올리브기름을 발라주며 압살롬이 응수했다. "내키는 대로 해."

둥글게 모양을 낸 반죽에 피스타치오와 아몬드 가루가 뿌려졌다. 반죽이 올라간 받침을 다말은 불가로 밀어 넣었다. 조리대에 몸을 기댄 그녀가 화덕 안을 기우뚱한 시선으로 들여다보았다. 그녀의 눈빛이 아득해 보였다. 압살롬이 조리대 앞에, 동생 옆에 기대어 섰다. 아주 오랫동안 그들은 먼 하늘을 묵묵히 바라보았다.

"오빠를 절절매게 만들 거라고."

"네 덕에 결혼은 글렀구나."

압살롬이 피식거렸지만 다말은 다른 생각을 하는 중이었다.

"내 남편이 될 사람도 내가 만든 음식을 좋아할까?"

압살롬이 고개를 끄덕였다. "네 음식은 꽤 맛있으니까."

"오빠랑 잘 지냈으면 좋겠어, 내 신랑이."

다말이 압살롬을 향해 히죽 웃었다. 압살롬이 다말을 보며 마주 웃었다. 두 사람의 웃는 표정이 빼다 박은 듯 닮아 있었다. 그때 코를 쿵쿵거리던 다말이 비명을 질렀다.

"어머, 어떡해!"

두꺼운 천을 겹쳐 받침 손잡이를 잡은 다말이 그을린 케이크를 조리대 위로 미끄러뜨렸다. 집게를 든 압살롬이 케이크를 찔러가며 다 말을 놀려댔고, 얼굴이 빨개진 처녀가 반죽을 새로 떼어 무너진 명성을 회복하려 들었다. 압살롬이 집어 든 새카만 과자가 집게 사이에서 바스러졌다.

19

비린내

버둥거리던 다말이 네발로 기었다. 작은 탁자가 넘어졌고, 떨어진 그릇이 밟히며 케이크와 함께 문드러졌다. 몸을 일으키던 다말이 다시 넘어졌다. 암논의 가늘고 흰 손은 놀랍도록 억셌다. 암논이 헐떡이며 다말을 타고 오르려 했다. 다말의 손톱이 암논의 팔뚝을 긁자 창백한 피부가 벗겨지며 피가 솟았다. 버둥거리는 다말을 암논이 무릎으로 찍어 눌렀다. 암논에게 손목을 붙들린 그녀가 맹렬히 고개를 가로저었다. 가득 맺혔던 눈물이 사방으로 흩날렸다. 암논의 콧김이 목덜미에 닿자 오돌토돌한 소름이 돋았다.

그 입에서는 구운 마늘 냄새가 났다.

다말은 암논이 속삭이는 역겨운 요구를 조금도 알아듣지 못했다. 귓가에 부어진 끈적이는 말들이 독처럼 온몸에 퍼져 몸을 마비시키는 것만 같았다. 그녀는 비명을 지르려 했다. 지를 수 있는 것보다 훨씬 더 크게. 하지만 컥컥 숨이 막혀 아무 소리도 낼 수 없었다. 종아리를 덮는 긴 쿠토네트 파씸을 당겨 올리려 암논이 손을 뻗자 다말이 손톱을 세워 암논의 뺨을 할퀴었다. 다말의 갸름한 얼굴에 무지막지한 주먹이 날아들었다. 뼈가 울렸고 맞은 자리가 부어올랐다. 미소를 지으면 우아하게 벌어지던 소녀의 입에서 고통스러운 신음이 흘렀다. 보기 좋게 뻗은 매끈한 다리가 두려움으로 덜덜 떨렸다.

허물어졌건만 다말은 포기를 몰랐다. 그녀는 자기 자신을 구하려 죽을힘을 다했다. 그러나 그때마다 주먹이 날아들었다. 다말은 아주 서서히 무너져 내렸다. 가슴을 모으고 다리를 접었건만, 손아귀는 악랄히 달려들어 오그라든 몸을 구부려 폈다.

그리고 마침내 어쩔 수 없는 벼락이 그녀를 때렸다. 다말의 몸과 마음이 동시에 찢겼고 그을린 그녀의 명예가 잔인하게 바스러졌다. 쓰라린 고통에 그녀는 몸을 뒤틀었다. 암논의 살은 몹시 끈끈했다. 울던 다말이 무서운 힘으로 암논의 귀와 뺨을 쥐어뜯었다. 주먹이, 암논의 앙갚음이 그녀를 다시 내리쳤다.

실신했던 다말은 한참 후에야 정신을 찾았다. 자신의 벌어진 몸 사이로 다말은 암논을 느꼈다. 다말이 끔찍한 소리를 내질렀다. 고통 속에서 그녀는 고개를 홱 돌렸다. 닫힌 문이 보였다. 빗장이 내질러진 문 너머에서 새소리가 들리는 것 같았다. 그랬다. 세상은 저 너머에 있었다. 그녀가 건너온 문지방 너머에, 다시는 열 수 없는 문 건너편에, 바람결에 한들거리는 꽃대들과 함께.

암논의 눈동자에는 경이로움이 가득 차 있었다. 무엇으로 이 놀라움을 표현하겠는가. 암논은 얼음에 갇힌 불꽃을 보았고 침묵하는 소리를 들었다. 빛은 어둠과 더불어 존재했고 환희는 절망과 함께 있었으며 그것 모두가 암논이라는 잔에 넘치도록 출렁였다. 그는 불편하면서 편안했고 괴롭게 안락했다. 흡족해하며 화내는 암논은 슬픈 행복을 느끼는 중이었다.

그는 아버지를 생각했다.

내 사랑하는 암양아. 그는 반쯤은 양이, 나머지는 그 비슷한 뭔가가 된 것만 같았다. 침통한 그는 행복해했고, 기쁜 얼굴로 괴로워했다. 아버지가 만들어 늘어뜨린 고리 뒤에 자신이 엮은 고리가 이어지며, 죄의 사슬이 더 길어지고 무거워졌다는 걸 암논은 알지 못했다. 다말이 다시금 비명을 내질렀다. 그건 입 다문 세상을 뒤흔들려는 고통스러운 절규였다. 그러나 암논에게는 아무 소리도 들리지 않았다. 그는 죄의 열매가 지닌 부드러운 과육과 달콤한 과즙에 매료되어 있었다. 온몸 가득 번지는 참을 수 없는 희열과 환락에 그는 열광했다. 들불이 마른 갈대밭을 집어삼키는 것 같이, 그의 중심에서 시작한 열락의 기쁨은 온몸을 내 덮으며 순식간에 번져나갔다. 몸을 기울인 암논이 다말 안에 제 안에 고였던 죄악을 쏟아 내었다.

그렇게 모든 게 끝났다.

그러나 아직도 새가 울었고 바람이 불었다.

흐트러진 이부자리와 찢어진 옷가지는 다말의 눈물 속에서 뿌옇게 보였다. 비릿한 냄새가 났다. 그녀는 끕끕하게 밴 지저분한 흔적에서 역겨운 냄새를 맡았다.

상반신을 벽에 기댄 암논은 몽롱한 눈빛으로 너저분하게 드러누운 이복 여동생을 훑어보는 중이었다. 아, 생각해 보면 그 얼마나 오랜 갈망이었던가. 하지만 이젠 지루하기까지 해. 그는 피곤했다. 그토록 피곤해 본 적이 없었을 정도로 피로는 무거웠다. 다말은 암고양이처럼 사나웠고 그녀의 안은 서리처럼 날카로웠다. 이름값을 못하는구나, 이복누이야. 대추야자열매처럼 달콤하질 못하니.

머리칼을 쥐어뜯으며 다말이 몸을 오그렸다. 절규를 깨문 다말이 턱을 부들거렸다. 휘갈긴 채찍이 남긴 것 같은 시커먼 멍 자국이, 빛나던 그녀의 살결에 지독한 흉터로 남았다.

그 꼴을 지켜보며 암논은 짜증을 냈다. 저게 내가 그토록 꺾고 싶던 꽃이었단 말인가. 그는 다말을 향해 품었던 오랜 열광이, 그랬던 자기 자신이 이해되지 않았다. "내가 가질 수 없던 것들이 있었지." 암논의 목소리는 축 처져 있었다. "너도 알다시피, 많진 않았다." 일어선 그가 넘어진 탁자를 지나 깨진 그릇을 집어 포갰다. "막상 가져보니 별것 아니로구나."

다말의 눈동자가 숯불처럼 달아올랐다.

"나가."

암논이 내뱉은 그 말에 다말 안에 껌뻑이던 무언가도 그나마 죽어 버렸다.

"내 꼴을 봐, 내 꼴을." 다말이 온몸을 떨었다. "나를 이 꼴로 쫓아낼 거야? 그건 내게 한 짓보다 더 나빠!"

주먹을 움켜쥔 다말이 소리를 질렀지만 암논은 심드렁했다. 금지는 얼마나 격렬한 충동을 일으키는가. 신이 막아놓지 않았다면 하와가 굳이 열매를 삼켰겠는가. 그는 자신이 품어온 환상이 진실을 얼마나 왜곡시켜왔는지를 그제야 깨달았다. 그는 다말이 참을 수 없이 역겨웠다. 이게 대체 무슨 냄새야? 속이 다 울렁거리는군. 그는 얼굴을 찌푸리며 고개를 흔들었다.

"내가 왜 너한테 미쳤던 거지? 대체 왜?"

암논이 쏟아부은 말이 다말의 영혼을 내리쳐 지워지지 않을 균열을 남겼다. 암논의 혀가 떨어낸 말에 가슴을 찢기지 않으려 다말은 두 팔을 오그라뜨렸다. 물 단지에서 쏟아진 물에 융단은 흠뻑 젖었고, 촉촉한 주둥이에서는 물방울이 아직 뚝뚝 떨어지고 있었다. 다시금 다말은 지독한 비린내를 맡았다. 그것이 어디서 풍기는지 그녀는 짐작조차 할 수 없었다. 어쩌면 평생 이 냄새를 맡으며 살아가야 할지도 몰라. 공포에 붙들린 다말이 몸서리쳤다. 비참함이 그녀의 목구멍까지 차올랐고, 분노와 고통이 머릿속을 휩쓸었다. 암논의 말이 제 머릿속에 들어차는 걸 막으려 그녀는 새된 비명을 질러댔다.

쿠토네트를 걸친 암논이 빗장을 당겼다. 종들이 들어서다가 피가 흐르는 암논의 발뒤꿈치를 가리켰다. 다말을 제압하려다 밟은 질그릇조각이 거기 박혀 있었다. "피가 나잖아." 암논이 인상을 찌푸렸다. "빌어먹을. 피가 난다고."

암논이 손가락질을 하자 종들이 다말을 붙들었다.

"이 계집을 내보내고 문에 빗장을 질러."

찢긴 옷을 단속할 새도 없이 다말이 질질 끌려 나갔다. 구부러진 다리 때문에 자꾸 꼬꾸라지는 다말을 종들이 세차게 잡아끌었다. 문밖으로 끌려 나간 다말이 허우적거렸다. 종들의 완악한 손가락에서 풀려난 그녀가 땅을 짚으며 구역질을 해댔다. 자기 안에 비린내가 가득 찬 것만 같았다. 그걸 쏟아 내지 않으면 질식해 죽을 것 같았다.

땅 위를 기던 그녀가 돌을 집어 들었다. 암논의 종들이 뒷걸음질 쳤고, 핏발 선 눈을 부릅뜬 다말이 악을 써댔다. 힘없이 땅에 처박힌 돌이 종들의 발치를 굴렀다. 눈을 질끈 감자 눈물이 볼을 타고 흘렀다. 부들거리는 울음이 악문 이 사이에서 흘러나왔다.

문을 닫은 암논이 침상에 엎드렸다. 따라 들어온 종이 파편을 빼내고 거기에 고약을 이겨 붙이고는 도로 나갔다. 묵직한 피로가 암논을 뒤덮고 있었다. 모든 게 귀찮고 권태로워진 암논은 잠깐의 잠 속으로, 죄의 추궁이 미치지 못할 그곳으로 순식간에 빠져들었다.

간신히 일어선 다말이 터덜터덜 몇 걸음 걸었다. 암논의 집 뒤쪽으로 주방과 화덕이 보였다. 염소고기와 마늘을 구운 자리엔 재가 수북했다. 그 하얀 재를 다말은 움켰다. 다말의 가슴에서 부글부글 울음이 끓었다. 검은 머리칼 위로 그녀는 움킨 재를 뿌렸다. 둥글고 정갈한 이마와 도톰한 콧날과 발그레한 뺨에, 시커메진 눈두덩이의 멍과 커다랗게 부어오른 관자놀이에, 아직 따뜻한 재가 엉겼다.

비참함이 그녀를 뒤덮었다.

경련으로 턱을 오들거리며 다말은 걸었다. 움직일 때마다 다리 사이가 불로 지진 것처럼 쓰라렸다. 칼에 찔린 사람처럼, 그녀는 가랑이를 오그라뜨리고 절절맸다. 눈물이 재에 얼룩을 남겼다. 저 멀리 보이는 압살롬의 집으로 그녀는 걸어갔다. 그녀는 고개를 숙여 자기 모습을 살펴보았다. 푸른 쿠토네트 파씸은 구겨지고 더럽혀져 있었다. 옷에 새겨진 아름다운 문양이 눈물 속에서 흔들렸다. 이젠 더이상 이런 아름다운 옷을 입지 못할 거라는 생각이 들었다. 상처 입은 여인은 동정받을 뿐, 사랑받을 순 없었다. 그걸 알 정도로 다말은 현명했다. 이제 손끝과 발끝을 덮는 검은 과부의 옷이, 모욕받은 얼굴을 감쌀 얼굴 가리개가 그녀의 남은 삶을 가리리라. 그녀는 자기 미래에 드리워진 빗줄기와 한기를 바라보았다. 울음이 그쳐지질 않았다. 쿠토네트 파씸의 긴 옷소매를 그녀는 잡아 뜯었다. 감당할 수 없는 비탄이 세계를 찢어버리도록 그녀를 종용하는 것만 같았다.

문은 열려 있었다. 놀란 눈들을 뒤로하고 그녀는 집 안을 천천히 가로질렀다. 납덩이를 달아놓은 듯 그녀의 걸음이 느적였다. 고개를 든 압살롬이 벌떡 일어났다. 재에 덮인 공주가 머리를 쥐어뜯으며 자기 안의 비탄을 쏟아부었다.

압살롬의 집이 비명으로 뒤덮였다.

요압은 왕궁 입구를 빠른 걸음으로 통과했다. 그의 집 문을 두들긴 전령은 지금 당장 왕궁으로 들어오라는 왕의 명령을 전달했다. 한밤의 소집명령이 낭보일 리 없었다. 대체 무슨 일이 벌어진 거지. 발생 가능한 사안을 일일이 가늠하느라 그의 머리는 복잡했다.

왕궁 입구에는 브나야가 서 있었다. 호위대장의 표정은 좋지 않았다.

"무슨 일이오?"

브나야는 고개를 가로젓기만 했다.

사관 여호사밧을 알아본 요압이 그에게 다가갔다. 여호사밧은 횃불을 움켜잡고 있었다. 그의 뒤로 길게 늘어져 휘청거리는 그림자가 몹시 불길해 보였다.

"브나야는 조개처럼 입을 다물었던걸."

철문 같은 분께서 무슨 말을 흘리겠습니까? 여호사밧이 고개를 가로저었다.

"귀띔이라도 해봐."

요압이 다그치자 여호사밧이 한숨을 쉬었다.

"죄송합니다. 제 입으로는 못하겠습니다. 내키지 않습니다."

사관을 골똘히 쳐다보던 사령관이 알현실로 걸어갔다. 여호사밧이 요압의 뒤를 따랐다.

왕좌 아래를 이스라엘 유력자들이 둘러싸고 있었다. 왕좌는 비어 있었다. 두엇씩 모여 수군거리는 그들은 초조해 보였다.

젊은 여호야다를 발견한 요압이 그에게로 다가갔다. 왕의 총애를 받는 이 서기관은 왕좌 가까이 놓인 책상에서 뭔가를 정리하는 중이었다. 요압을 확인한 여호야다가 넓적한 돌로 눌러 펴던 양피지를 도로 둘둘 말았다.

"무슨 일이 일어나는 거야. 당장 알아야겠어."

"왕의 명령을 받아 적을 준비를 하는 중입니다." 여호야다가 팔을 벌렸다. "아직 아무 명령도 떨어지지 않았고요."

"알고 있는 걸 다 말해. 아무것도 모른 채 왕 앞에 서게 만들 거야?"

"말씀 안 드렸어?"

여호야다의 물음에 여호사밧이 고개를 살살 저었다. 여호야다가 고개를 살짝 돌려 주변을 살폈다.

"말하지 않으려는 게 아니라, 말할 수 없는 겁니다. 너무나 참담해서요."

여호야다가 최대한 짧게 설명했다. 그 옆에 선 여호사밧이 기가 차다는 표정을 지으며 고개를 설설 저었다.

이복 여동생에게 왕의 맏아들이 행한 미친 짓에 대해 요압은 덧붙일 말이 없었다.

"개가 뜯어먹을 때까지 매달아두어야 해."

그들 곁을 지나던 누군가가 뇌까렸고, 요압 또한 거기에 기꺼이 한 표 던지고픈 마음이었다.

"대책을 논의할 거예요." 여호야다가 바닥에 시선을 준 채 조그맣게 말했다.

"누가 조언하지?"

여호야다가 양손을 벌렸다. "조언이라뇨? 뭐 때문에요?"

요압이 눈살을 찌푸렸다. "아버지가 아들을 죽이게 할 거야?"

"왕이 그분의 백성을 다스리는 겁니다. 이스라엘에서 죄를 도려내는 것이죠."

여호야다가 양피지를 부드럽게 만들기 위해 표면을 쓱쓱 문질렀다. 곁에 선 여호사밧이 다른 양피지를 펴들어 친구를 거들었다.

"자네를 비롯한 서기관 모두 같은 의견인가?"

여호야다가 고개를 끄덕였다. "그렇습니다. 하지만 저희는 표결권이 없지요."

"발언권도요." 여호사밧이 낮은 목소리로 동조했다.

여호야다가 문드러진 골풀을 다듬어 깎았다.

"고발이 이뤄지질 않았잖아." 요압이 다른 측면을 가리켰다. "암논이 고발당했나? 고빌인이 있어?"

"통상적으로 피해자 부모가 고발하지요." 여호사밧이 대답했다. "하지만 아직 없습니다. 당사자인 다말 공주나 가족인 압살롬 왕자도 아직 고발하진 않았습니다."

"고발이 들어오지 않은 사건을 재판할 수도 있나?" 요압이 여호사밧을 돌아보며 물었다.

"하지만 모두가 이 사건을 압니다. 그냥 덮고 지나갈 순 없습니다."

요압이 터무니없다는 듯 투덜거렸다.

"너희가 왕의 신하가 맞아? 암논의 불알을 자른다고 나아질 게 뭐야?" 난감한 표정으로 요압이 덧붙였다. "이번 일이 도드라질수록 왕의 상처는 커지기만 할걸."

사령관은 대체 무슨 생각을 하는 거지? 골풀과 먹물을 정리하던 여호사밧이 자리에 앉았다. 이 일을 덮자니 제정신인가.

"다말 공주는 어떻게 합니까?" 여호사밧이 요압을 올려다보며 물었다. 감추려 애썼지만 불쾌한 표정은 숨겨지지 않았다.

"왕을 보호해야 해. 그게 가장 중요한 거야." 요압이 여호사밧과 여호야다를 번갈아 보았다. "어떤 무엇보다도 중요하지. 왕이 다쳐선 결코 안 돼."

그분의 명성은, 더더욱.

"이미 벌어진 일을 어쩌겠어? 호들갑 떨어 사건을 크게 만들다니 다말 공주가 잘못했어."

여호사밧이 오 자 모양으로 입술을 벌렸고, 요압의 말에 놀란 여호야다가 항의의 표시로 팔을 넓게 벌렸다.

"압살롬 왕자는요?" 여호야다가 발끈했다. "그가 요구할 정당한 처결은요?"

"정당하다고? 자네가 뭘 알지? 아직 아무것도 드러나지 않았어. 판결 나지 않은 사건을 제멋대로 규정짓지 말게."

"옷이 죄다 찢긴 공주가 재를 뒤집어쓴 채 집에 돌아왔어요. 그걸 사람들이 길거리에서 봤고요. 뭐가 더 필요하죠?"

"암논이 무죄하다고 주장하는 게 아냐. 다만 우리가 가장 우선해야 할 게 왕의 평안과 그분의 체면이라는 뜻일세. 피할 수 없는 추문이 일어났어. 사람들이 암논에게 손가락질할까? 아니면 왕에게 할까?" 게다가 되돌릴 수도 없잖나. 요압이 주변을 쓱 돌아보았다. "물을 준다고 시든 꽃이 다시 피겠는가."

"아까도 말씀드렸지만." 손을 펴든 여호사밧이 달아오른 요압과 여호야다 사이에서 김을 빼려 들었다. "그게 이 사건의 쟁점입니다." 두 사람에게 번갈아 시선을 주던 사관이 말을 이었다. "재판을 벌이자니 왕가의 체면이 흙바닥에 나뒹굴게 생겼고, 덮자니 덮일 일이 아닌 겁니다."

"그래도 여호사밧, 재판을 벌여야 해." 우리아의 이름을 꺼내지 않으려 애쓰며 여호야다는 단어를 신중히 골랐다. "사람이 덮으려고 하면 여호와께서 드러내십니다. 덮어두면 끝내 곪을 겁니다. 다말 공주의 일을 정당하게 처리하면 왕실 권위도 언젠가 되살아날 겁니다."

"재판이 성립되려면 누군가 암논을 고발해야 해. 왕께서 아들을 고발해야 하나? 아니면 형제가 다른 형제를 고발해야 해? 재판장에 강간당한 공주를 세울 거야? 사람들이 모두 보는 가운데서?" 요압이 한숨을 쉬었다. "그 순간부터 왕실은 조롱거리가 된다 이 말일세."

"지독하게 골치 아픈 사건입니다." 여호사밧이 손끝으로 이마를 문질렀다. "피해자의 아버지가 가해자의 아버지이기도 하니까요."

"왕께서 조언할 분을 엄선할 것입니다." 여호야다가 의미심장한 눈빛으로 요압을 보았다. "너무 많은 조언은 나아갈 방향을 정할 수 없게 만드니까요."

"둘 중 하나야. 삼키거나 뱉어야겠지."

요압이 뇌까리자 여호야다가 물었다.

"뱉으면, 그러니까 왕께서 이 일을 공개적으로 처벌하지 않기로 결정하시면, 사람들은 어떤 표정을 지을까요?"

"구경꾼의 입방아가 걱정인가?"

여호사밧이 고개를 흔들었다.

"사령관이시여. 그 구경꾼들이 왕을 떠받치고 있습니다. 왕의 발등상이 달궈지기 시작하면, 발 둘 곳이 없어진 그분은 땅에 내려서야 할 겁니다."

그것이 얼마나 놀라운 예언이었는지 모른 채, 여호사밧은 방금 낸 말을 얼마 못 가 까맣게 잊고 말았다.

"왕께서 그걸 삼키게 도와드려야 합니다."

요압이 여호야다를 돌아보았다.

"무엇을 위해?"

"미래를 위해 그리해야 합니다. 이 일은 다가올 날의 준엄한 기준이 될 테니까요."

세상은 바뀌는 법이고 기준 또한 변하기 마련이었다. 오지 않은 내일을 염려해 오늘의 화급한 일을 그런 식으로 처리할 순 없었다. 비난이 있겠지. 하지만 감수해야 해. 요압은 이를 악물었다.

스마야가 나오자 문가에 선 시종 하나가 은종을 흔들었다. 스마야가 세 사람의 이름을 불렀다. 왕께서 그 세 사람만 만나길 원한다고 시종장은 덧붙였다. 요압이 돌아보자 젊은 여호야다가 슬픈 미소를 지었다.

지팡이를 짚은 대제사장 여호야다와 다윗의 형 삼마와 함께 요압은 침전에 들어섰다. 올해 일흔이 된 여호야다는 호위대장 브나야의 아버지이자 요압과 논쟁을 벌인 젊은 여호야다의 할아버지였다. 그는 면면히 이어지는 아론 집안의 족장이며 제사장들을 다스리는 가장 큰 제사장이었다.

삼마는 통통한 체형의 동생과 달리 훤칠했고 움푹 팬 뺨이 도드라져 보이는 엄숙한 사람이었다. 완고한 삼마는 간혹 성마르게 굴긴 했지만 동생인 다윗을 깊이 사랑했다. 주름도 없는 아이들과 논쟁하는 대신 침울한 삼마와 상의할 걸 그랬어. 요압은 짧게 후회했다.

계피와 피마자기름 향이 세 사람을 향해 왈칵 달려들었다. 다윗은 그것들이 자신의 병에 효력이 있다고 믿었고 자기 주변에 늘 가까이 두게 했다.

어둑한 침전에 이스라엘 왕은 늘어져 있었다. 왕은 그가 감당해야 하는 사실 만큼이나 끔찍한 몰골이었다. 땀에 푹 젖은 수염이 가슴 언저리에 눌러붙어 있었고, 관절의 기름이 말라붙은 듯 느릿느릿한 움직임은 고통스럽고 뻣뻣해 보였다. 시든 팔로 다윗은 의자를 가리켰다. 시종들이 왕을 반쯤 일으키고 등과 팔꿈치에 쿠션을 대주었다. 연기 피어나는 심지를 자르고, 타오르는 향로에 향을 한 줌 넣은 시종들이 밖으로 물러났다.

"샬롬."

"왕이시여, 평안을 빕니다."

말은 그저 말일 뿐이로구나. 삼마는 한탄했다. 걱정과 비탄으로 갈가리 찢긴 다윗에게 어떤 평안이 가능하단 말인가. 근심스러운 표정을 짓던 대제사장 여호야다가 퉁퉁 부운 왕의 뺨에 입술을 대려 몸을 구부렸다.

쿠션에 기댄 다윗은 자신이 부른 세 유력자를 겁에 질린 눈초리로 힐끔거렸다. 옷소매 안으로 보이는 팔 근육들이 가볍고 느슨해 보였다.

"다들 들었겠지."

그의 목소리는 잔뜩 쉬어 있었다. 사이를 둔 왕이 웅얼거렸다.

"너무나 부끄러워."

아무도 입 열지 못했다. 다윗이 고개를 돌려 세 사람을 바라보았다. 다윗은 제사장을 대표해 대제사장 여호야다를, 집안을 대표해 형이자 용사인 삼마를, 장군을 대표해 사령관 요압을 불렀다고 설명했다. 그제야 그들은 왕의 뜻을 이해했다. 다윗이 대제사장 여호야다를 보았다.

"여호와의 법은 어떻소. 가해자에게 어떤 처벌을 내려야 하오?"

"사형에 처해야 합니다." 여호야다가 천천히 덧붙였다. "약혼자가 있는 처녀를 강간한 자는 쳐서 죽이는데, 약혼자가 없는 경우라도 같은 율법을 적용합니다."

요압은 왕의 눈가에 어린 절망을 읽었다. 왕과 부모의 상반된 입장이 다윗의 병든 육신 안에서 격렬히 부딪히고 있었다. 바짝 타들어간 입술을 혀끝으로 축이면서 다윗은 마음을 가다듬으려 어둑한 침전 구석으로 시선을 던졌다.

"끔찍한 일이오. 내 가슴이 타버렸소."

왕의 어조가 거칠어졌다. 둥글게 만 손을 입가에 가져간 다윗이 콜록거렸다. 거칠게 몰아쉬는 가쁜 숨에 갈비뼈가 들썩였다. 작년에 랍바 정복을 마무리한 뒤부터 그의 건강은 내리막으로 치달았다.

"당연히 벌을 받아야지. 그런 짓거리를 누가 참아내겠소?" 다윗이 잠시 숨을 골랐다. "하지만 아버지가 아들을 죽여서야 되겠소?"

측은한 눈초리로 여호야다의 눈치를 보며 다윗은 진땀을 흘렸다. 왕의 마음이 어느 방향을 가리키는지 알아차린 요압이 몸을 쓱 기울였다.

"왕께서 암논을 죽이면 제 자식을 불에 던진 암몬 사람들과 뭐가 다르겠습니까?"

대제사장이 사령관을 돌아보았다. "여호와의 법은 지켜져야 하오." 여호야다는 완고했다.

"여호와께서 강간한 자를 죽이라 하셨지만, 아들을 죽이라는 법을 세우진 않았습니다."

궤변이야. 하지만 여호야다는 그 생각을 입 밖에 내진 않았다. 왕의 아들을 죽이자고 드는 일이 여호야다 또한 곤혹스러웠다. 백성의 돌로 맏왕자의 뼈를 부수고 살을 찢을 생각에 완고한 그조차도 부담을 느꼈다.

한참 후에야 다윗은 입을 열었다.

"이리된 이상 두 아이가 한 가정을 이루는 건 어떻겠소."

세 사람을 돌아보는 왕의 눈빛에는 절박함이 담겨 있었다. 내 동생이 결국 미쳐버렸구나. 삼마가 숨을 몰아쉬었다. 목동으로 태어나 장군으로 자랐고 마침내 왕이 된 이 애가 끝내 돌아버리고 말았어. 토라를 들춰볼 필요도 없었다. 여호야다가 고개를 가로저었고 왕이 한숨을 내쉬었다.

"다말의 일을 온 이스라엘이 알게 되었잖소. 누가 그 애를 후파 아래로 들이겠소? 그 애는 평생 어떤 가정도 꾸리지 못하게 되었어. 죽은 것과 다름없지."

검은 옷으로 팔과 다리를 덮고 땋지 않은 머리를 얼굴 가리개로 감싼 다말은, 햇살 같은 눈초리들로부터 달아나기 위해 구석진 곳에 영원히 몸을 웅크려야 할 것이었다. 다윗의 이마가 땀으로 축축했다.

"그 불쌍한 아이를 어떻게 해야 하지?"

"지금 압살롬 왕자의 집에 머문다니 거기 두고 제 오빠가 돌보게 하세요." 삼마가 제의했다. "다말을 위로하는 물품을 내려보내세요. 그 애가 시련을 견디게요."

그 애가 잊어도 이스라엘이 잊지 않을 거야. 이 거대하고도 자극적인 불행이 모든 이의 흥미를 한없이 돋울 테니까. 이스라엘이 잊지 않으면 그 애도 잊을 수 없겠지. 그러나 다윗은 고개를 끄덕였다. 아아, 그 애는 내 부탁으로 그 집에 들어갔었지. "내 왕궁이라도 주겠소. 내 왕궁이라도." 푸르뎅뎅한 뺨을 눈물이 가로질렀다.

"재판은."

다윗이 입을 떼자 요압이 가로막았다.

"재판은 열려선 안 됩니다." 강조하기 위해, 특히 대제사장의 이견을 미리 차단하기 위해 요압이 재빨리 말을 이었다. "암논이 죽어도 다말의 불행은 잊히지 않아요. 일은 이미 벌어진 겁니다. 상상해 보세요. 이 비극에 대한 증언들로 재판정이 출렁일 때 공주가 그 수치를 어떻게 견디겠어요? 결국 죽고 말 겁니다."

"하지만, 조카. 그냥 넘어갈 순 없어. 일단락 지어야 해." 삼마가 얼굴을 붉혔다. "이스라엘 사람 모두가 이 일을 알아. 모든 눈과 귀와 손가락이 여기를 향하고 있단 말이야."

그 모든 손가락은 다윗을 가리킬 것이었다. 손가락들은 일의 근원이자 뿌리이며 내일이 굴러갈 방향을 오늘 결정할 다윗을, 오래도록 찌를 것이었다. 그러나 다윗은 요압의 주장에 이미 마음을 빼앗긴 뒤였다.

"재판을 열어선 안 됩니다. 왕과 왕의 집안을 보호할 마지막 수단이에요."

요압의 강조를 알아들은 다윗이 곰곰 생각에 잠겼다. 아아, 그 애는 왜 참담한 짓거리로 약속된 왕관을 내팽개쳤는가. 따져 묻고 싶은 마음이 굴뚝같았지만, 다윗은 암논을 마주하고 싶은 생각이 조금도 없었다. 그랬다간 남은 가슴마저 모조리 무너질 것 같았다. 아아, 어쩌면 이 비극을 총괄하는 거대한 힘이 존재하는 건 아닐까. 불안해진 그가 땀을 몹시 흘렸다.

"그 아이는 왕관을 쓰지 못할 거요, 그건 확실하지."

그게 처벌이 아니라는 걸 다윗 또한 모르지 않았다. 고개를 떨어뜨렸던 다윗이 요압을 돌아보았다.

"너는 사령관인 동시에 내 조카다. 왕가의 일원이지. 지금의 내겐 왕자들을 다룰 기력조차 없다. 누군가 그 애들을 통제해야 해. 왕자들이 서로를 찌를까 봐 두렵구나." 대제사장을 힐끔 본 다윗이 말을 이었다. "암논을 제 거처에 연금시켜라."

이 명령은 이도 저도 아니로군. 삼마가 한숨을 내쉬었다. 눈을 깜빡이던 대제사장이 수긍의 뜻으로 고개를 끄덕였다. 사이를 둔 왕이 말을 이었다.

"재판은 없소. 알겠소? 재판은 없어. 요압의 말도 맞고 대제사장의 말도 옳소. 하지만 재판은 없어. 나도, 다말도, 우리 모두가 못 견딜 거요. 그 과정을."

왕의 몸이 급하게 꺾였다. 삼마가 화급히 다가가 다윗을 붙들었다. 바짝 마른 짚단을 붙잡은 기분이었다. 빈속에 뜨거운 바람을 머금은 비쩍 마른 풀단.

삼마의 부름을 들은 스마야가 젊은 시종들을 대동하며 침전에 들어섰고, 뒤따른 의사들이 탁자와 바닥에 약재와 도구를 늘어놓았다.

스무 명이면 암논의 집을 둘러싸는 데 충분하리라. 예순 명을 셋으로 쪼개 세 번 교대시키면 되겠지. 요압은 모든 편의가 다 갖춰진 맏왕자의 널찍한 집을 떠올렸다. 갇힌다는 표현을 쓰기에 암논의 집은 너무도 편안했다. 그가 정말 징계받는 걸까.

혹시 암논은 밖에서 달려들 칼로부터 보호를 받는 게 아닐까?

생각을 품기만 한 채 요압은 힘없이 뻗은 다윗의 손에, 왕의 명과 늘 함께하는 인장 반지에 입을 맞추었다.

그렇게 암논에 대한 처벌은 미루어졌다.

압살롬은 어두운 방 안에 웅크린 중이었다. 멀리서 뭔가가 낮게 울었다.

그 일이 벌어지고서 열흘이 지났다. 늘어지는 기다림 속에서 압살롬의 집은 우울한 침묵에 깊이 잠겼다. 간간히 발작 같은 비명이 일었고, 그들 모두는 진저리를 쳤다.

무엇을 기대했던가. 많은 것이 압살롬 속에서 거품처럼 끓다가 현기증을 내며 가루처럼 바스러졌다. 검게 탄 케이크가 문드러지는 것처럼, 희멀겋던 희망은 끝내 바스러지고 말았다.

아무 일도 일어나지 않았다.

재를 뒤집어쓴 공주는 시도 때도 없이 새된 비명을 질러댔고, 손톱을 세워 자기 옷과 피부를 찢어댔다. 겁에 질린 여종들은 외마디소리를 낼 뿐 차마 다가가지 못했다. 압살롬이 덜덜 떨며 손을 내밀자 다말은 제 머리를 쥐어뜯으며 바닥에 나뒹굴었다. 자신을 짓누르는 너무나 큰 비통함을 다말의 작은 몸뚱이는 견뎌내지 못했다. 나이든 여종들이 담요로 공주를 덮었고 힘주어 내리눌렀다. 다말이 탈진할 때까지 압살롬은 그 곁에서 울었다.

광란과 비명을 쏟아 낸 다말은 껍질만 남은 것 같았다. 강제로 먹인 독한 포도주에 실신하듯 잠들었던 다말은 수면에 다다른 잠수부처럼 꺼억 숨을 내뱉으며 다시 이불을 잡아 뜯었다. 사흘이 지나자 압살롬은 다말의 방에 들어가지 않았다. 다말을 보면 죽고 싶거나 누군가를 죽이고 싶어질 것 같았기에, 압살롬은 일부러 동생을 보지 않았다.

정의가 이뤄지리라.

다말은 사랑스러운 공주였고 아버지가 아끼던 딸이었다. 아버지가 자신에게 촉구된 정의를, 딸의 가련한 울부짖음을 외면할 거라는 의심을, 압살롬은 손톱만큼도 하지 않았다. 압살롬은 믿었다. 기름을 받은 분, 왕관을 거머쥔 분, 적들의 뿔을 꺾고 성막의 영광을 떨친 분이 평소 받아온 존경과 사랑에 보답할 거라고, 그러한 사랑과 존경을 받을 자격을 스스로 증명할 거라고 압살롬은 믿었다.

그러나 나흘이 지나고 닷새가 되어도 암논을 돌로 쳐 죽인다는 판결은 하달되지 않았다.

그리고 그사이 편지가 도착했다. 대제사장 여호야다가 보낸 양피지엔 이번 일에 대한 깊은 위로와 여호와께 처벌을 맡기라는 나직한 충고가 어지러이 널려 있었다. 왕자님, 신은 신실하시며 공정하십니다. 그분을 믿고 그분께 호소하십시오. 사람이 갚을 수 없는 것을 신께서는 능히 갚으십니다. 빌어먹을, 스올로 꺼져버려. 왕자님, 가장 준엄할 여호와의 처결을 기도하며 제사를 드리세요. 미친 늙은이야, 저 비명을 들으며 참고 견디라는 건가?

아, 죽이리라. 반드시 죽이리라. 내 속에 벼려진 칼로 암논의 살을 찌르고 뼈를 가르리라.

그는 대제사장의 편지를 태워버렸다.

닷새가 넘어도 여전히 다말은 음식을 삼키지 않았다. 멍하니 앉은

소녀는 어떤 음식을 올려도 고개를 돌렸다. 구역질하며 그녀는 악을
썼다.

"비린내가 나!"

수만 갈래로 찢기고 나서야, 압살롬은 그만큼 잘게 찢길 정도로 자
신이 지닌 세계가 커다랬다는 사실을 깨달았다. 압살롬이 거리로 내
보낸 그술 사람들이 소식을 물어왔다. 편찮은 다윗 왕이 기력을 회복
하자마자 재판을 열 거라는 소문이 있었고, 암논을 제집에 감금한다
는 공포公佈가 있었다. 사령관이 보낸 병사들이 암논의 이층집을 밤낮
으로 지키고 선 걸 옥상에 나간 압살롬도 보았다. 암논이 머무는 방
에는 늦도록 등불이 켜져 있었다. 이레째 되는 날, 새벽녘 압살롬은
암논의 집에 밀가루와 과일과 기름과 포도주가 들어가는 믿지 못할
광경을 지켜보았다.

스마야는 곤혹스러워했다.

"왕의 명령입니다. 그분께서 그 물품을 들이라고 명령하셨습니
다."

화가 난 압살롬이 왕궁으로 갔지만 병환 중인 아버지를 만날 수는
없었다. 집으로 되돌아온 압살롬은 문가에서 다말의 비명을 들으며
분노로 몸을 떨었다.

"그분께서 정말 편찮으신 거냐? 아니면 나를 따돌리려는 핑계인 거
냐?"

충직한 그술 사람들은 대답하지 못했다.

집으로 찾아온 아도니야 왕자는 아버지의 병환이 심각하다고 전

했다.

"그러면 나와 내 누이의 비통은 누가 잠재운단 말이냐?" 압살롬이 길길이 날뛰었다.

하루의 길이만큼 신뢰는 닳아 없어졌고 불신의 벽은 그만큼 높아졌다. 창가에 앉은 왕자는 밤이 이슥해지면 터져 나오는 동생의 비명을 들으며 증오를 곱씹었다.

몸을 일으킨 압살롬은 방을 가로질러 창가로 갔다. 소리라도 질러 답답한 가슴을 풀어내고 싶었다.

그 순간 압살롬은 암논이 말했던 어린 암양이 무엇이었는지 깨달았다.

소를 모는 쇠막대가 벽에 기대어져 있었다. 압살롬이 내려친 쇠막대에 탁자가 부서졌고, 박살 난 그릇 조각이 벽 아래에서 나뒹굴었다.

그는 다말을 짓이긴 암논의 육체를 증오했다.

그는 사악한 비유를 떠올린 암논의 머리를 증오했다.

그는 역겨운 욕정을 떨쳐버리지 않은 암논의 가슴을 증오했다.

그는 생기로운 누이를 망가뜨린 암논의 그 얇은 손가락을 증오했다.

압살롬이 휘두른 쇠막대에 나무 창 가리개가 부스러졌다.

어디선가 짐승 우는 소리가 들렸다. 헐떡이던 압살롬은 개들이 짖고 있다고 생각했다, 서너 마리의 개들. 아니 개를 연상시키지만 그와는 사뭇 다른 짐승 소리였다. 그것들은 거푸 짖고 있었다. 압살롬은 짖는 소리가 헐뜯는 자들의 고함임을, 또 다른 죄를 끌어내려는 죄의 거듭된 아우성임을 알아듣지 못했다. 그저 소리가 배가시키는 분노에, 점점 차오르는 격동에 스스로를 내어 맡길 뿐이었다.

흐리고 컴컴한 어둠 너머에서 소리는 짖어댔다. 쇠막대를 내던진 압살롬이 주저앉았다. 그의 머릿속에서 다말의 괴로운 비명과 암논의 비열한 웃음소리가 메아리쳤다. 질끈 깨문 아랫입술에서 피가 흘렀다. 짙은 피비린내를 삼킨 압살롬의 눈이 차오른 분노로 붉었다.

20
빛

다말이 가증한 일을 당한 지 이 년이 지났다.

각자의 삶을 살던 사람들은 비탄에 잠긴 공주를 간혹 떠올렸다.

아무 일이 없진 않았다. 뜨거운 남풍을 등진 낙타가 때때로 마른 울음을 토해냈고, 결혼과 장례가 아기의 탄생과 소년의 성인식 사이에 드문드문 이뤄졌다. 굵직하게 여문 올리브나무열매가 떨어져 언덕과 산 사면을 굴렀고, 아직 죽지 않은 암몬 귀족들이 정과 망치로 돌을 다듬는 매운 소리가 새벽녘 이른 바람을 타고 먼 언덕에 스몄다. 감역관 아도니람은 지치는 법이 없었다. 여명이 틀 즈음 성벽으로 나온 그는 암몬 사람들을 굽어보며 이렇게 묻는 듯했다. 너희 고통을 너희 신에게 간구하지 그러느냐. 어린 생명을 불에 던지던 어리석은 짐승들아. 너희 황소에게 다시 한 번 빌려무나.

성막에 모인 제사장들과 레위 사람들이 왕의 쾌유와 안녕을 빌며 제물을 잡았다. 소망이 간절한 날이면 질퍽한 기름기를 머금은 성한 연기가 성막 위 광활한 공간을 가득 채웠다. 그러나 그들이 피워 올린 향긋한 연기를 저 높은 곳까지 끌어올릴 청량하고 강한 바람은, 아직 불어오지 않았다. 제사장들은 토라가 정한 향을 화로에 넣어 성막 안에서 흔들었고, 금으로 만든 빵 상에 빵을 올렸다가 물렸다.

그러나 다윗 왕의 잃어버린 생기는 돌아오지 않았다.

쉬파리가 왕궁 어귀를 날았고, 그늘 밑을 기던 손가락만 한 도마뱀들이 어둑한 돌 틈으로 스미듯 사라졌다. 뜨거운 바람이 길게 불자 묵직한 낙타털 친막이 느긋하게 풀썩였다.

후새가 다윗 성을 일부러 멀리한 건 아니었다. 수년 동안 정성을 쏟았던 왕의 대로 복원을 마치느라 진을 뺀 그 또한 건강이 좋지 않았다. 칩거한 그는 요양에 전념했고, 돌아보지 못한 집안과 고향 아렉을 돌보았다. 지난가을에 세 번째 손자를 안은 후새는 어느덧 아렉에서 네 번째로 나이 많은 남자가 되어 있었다. 이스보셋을 통해 이스라엘 왕궁 깊이 스민 고름을 보았던 젊은 장로는 이제 오십 줄의 반 늙은이가 되어 있었다. 아브넬이 죽은 해로부터 이십육 년이 지났다.

아주 가끔 후새는 왕에게 답장을 썼다. 내킬 때만 그는 먹물을 찍을 골풀을 깎았고, 그래서인지 그의 책상에는 늘 얇게 먼지가 내려앉아 있었다. 그는 간혹 토라를 꺼내 펴 읽기도 했다. 손에 남은 물방울을 수건에 닦아낸 그는 신의 법과 법의 뜻을 더듬으려 빽빽한 글자의 숲을 맹인처럼 더듬었다. 그러면서 후새는 지혜로운 말이 언제나 위로가 되지는 않는다는 사실을 깨달았다. 다윗 왕이 밧세바에게 품었던 음란한 마음이 암논이 다말에게 품었던 욕정과 비슷하다는 지적을, 부하의 아내와 이복 여동생이라는 금기가 상당히 유사하다는 언급을, 후새는 굳이 적지 않았다. 왕이 보낸 편지엔 담즙처럼 쓰디쓴 고통이 잔뜩 배어 있었다. 그래서 그는 다만 이렇게 썼다. 샬롬, 왕이시여, 샬롬.

하지만 언제까지 아렉에 머물 수만은 없었다. 다윗은 몇 번이고 그를 불렀다.

친구여, 내 기력이 조금씩 회복되고 있으니.

그대가 지금 내게 빨리 돌아와야 할 것은.

오직 내 근심을 덜어줄 사람은 그대밖에 없으니.

여행하기에 나쁘지 않은 계절이었다. 충분히 먹고 느긋하게 부려진 나귀는 불평 없이 오래 걸었다. 나귀 등에 오른 후새는 다윗을 위해 기도했다. 그는 왕의 영혼이 평안을 되찾기를 진심으로 기원했다. 다윗 왕이 그에게 주었던 신뢰와 호의는 남다른 것이었다. 왕의 친구라고 불리는 영광은 오직 후새 한 사람에게만 허락된 것이었다. 그는 왕과 나란히 앉아 보았던 붉게 물드는 서쪽 하늘을 떠올렸다. 그날의 고즈넉함을 떠올릴 때마다 후새는 마음의 빛을 느꼈다.

알현실은 텅 비어 있었다. 청원자로 늘 가득 차던 곳이었는데.

"이제 그들은 다른 곳에서 불평을 늘어놓습니다." 스마야가 설명했다. "하급 서기들이 그들의 고통과 불만을 담아내면 선별을 거쳐 왕의 대신들에게 올라갑니다."

관리들의 직위와 직임이 상세히 규정된 건 아니었다. 아주 적은 관직들만이 고유한 명칭과 정확한 직책을 지녔고, 그 외엔 상황과 편의에 따라 어중간하게 마련되어 이런저런 사람이 체계 없이 쓰였다.

"왕의 대신들이라."

그건 아히도벨이 붙였을 법한 별칭이었다.

"충분한 교육을 받는 왕자들을 그런 별칭으로 부릅니다. 다양한 조언자들이 그분들의 결정을 돕지요."

암논 왕자는 여전히 유폐 중인가. 후새는 스마야에게 그 질문을 하지는 않았다.

"압살롬 왕자와 아도니아 왕자가 서기관을 비롯한 실무진의 보좌를 받으며 결재를 합니다. 간혹 왕께 올라가는 사안도 있지요."

"얼마나 많이 올라가지?"

"거의 없어요. 왕자들이 열심히 하니까요."

섭정이나 다름없군. 제사장들과 서기관들과 장군들에게 견제받겠지만, 실제 다윗이 하던 일을 두 왕자가 해내고 있어. 왕자들이 자기 권한의 한계를 명확히 책정하며 움직이는지 후새는 궁금했다. 스무 살도 안 된 왕자들이 균형 잡힌 사고를 지녔을까. 위험해. 그들이 엉뚱한 생각으로 가슴을 부풀리지 않더라도, 누군가 그들의 귀에 뜻밖의 꿈을 속삭일 수도 있었다. 이런 걱정을 왕께 말씀드려야 하나. 후새는 혼란스러웠다.

"잠깐 계세요. 곧 나오실 겁니다."

마지막 편지에는 뼈마디가 몹시 쑤신다는 하소연이 있었다.

"날이 따뜻해졌으니까요. 요 며칠은 자꾸 걸으려고 하세요."

스마야가 나간 문은 한참 뒤에나 열렸다. 알현실에 들어선 호위병들이 칼 손잡이를 움켜쥔 채 엄정한 태도로 문 양쪽에 붙어 섰다. 후새는 엎드렸다. 바닥을 두드리는 지팡이 소리가 천천히 가까워졌다. "친구여, 일어서게." 쉬고 갈라진 목소리를 내며 다윗이 손짓했다.

"샬롬. 왕이시여."

"친구여, 샬롬."

그들은 서로의 뺨에 입을 맞췄다. 오래도록 부둥켜안은 그들은 고통스러운 시선으로 서로의 얼굴을 바라보았다. 미소 지은 다윗이 후새의 반듯한 등과 팽팽한 뺨과 풍성한 잿빛 턱수염을 살폈다. 왕의 부은 얼굴과 축 처진 눈 밑 살과 듬성듬성 가늘어진 반백의 머리칼이 후새의 가슴을 아리게 했다. 아, 불의 날들이 이분을 지나갔구나.

그들은 함께 안뜰로 나섰다. 후새는 잠자코 귀를 기울였고 다윗이 간간히 입을 열었다. 왕의 말은 그의 걸음만큼이나 느렸다.

후새는 왕의 대로에 관한 화제로 말문을 틔웠다. 다윗이 왕의 대로를 만든 건 아니었다. 왕의 대로는 고대 상인들이 개척한 무역로였다. 길의 안전을 확보하고 세율을 낮춰 무역을 장려하려는 정책 또한 다윗이 처음 세운 게 아니었다. 그는 그저 그런 지혜를 새로이 되살렸을 뿐이었다. 다윗이 확보한 건 안정성이었다. 시장은 예측 가능한 내일을 중요시했다. 인근 국가의 잦은 침입과 도적 떼의 창궐은 거래 자체를 말려버렸다. 다윗은 안정을 제공함으로써 교역이 이뤄지고 물자가 이동하도록 도왔다.

왕의 대로를 통해 발생하는 세입은 엄청났다. 랍바 공략 즈음부터 활발해진 무역량은 이후 엄청난 폭으로 증가했다. 이스라엘은 부유한 이집트와 강대한 메소포타미아와 풍요로운 레바논 사이에 놓인 중심축이었다. 아히도벨의 예측대로, 각 나라들에 긴요한 물품을 중간무역 형태로 공급하자 이스라엘로 황금이 쏟아져 들어왔다. 후새는 아렉에서 만난 무역상과의 대화를 들려주었고, 다윗의 얼굴에는 잠깐 웃음기가 돌았다.

지빠귀 우는 소리가 들렸다. 두 사람은 고개를 슬쩍 돌려가며 우북한 엘라나무 잎사귀 사이를 들여다보았다. 왕이 다시 걸음을 뗐고 손을 모은 후새가 그를 따랐다. 마른 풀이 발아래에서 기분 좋게 사각거렸다. 그들은 말없이 한동안 걸었다.

한참 뒤에야 다윗은 자기 마음에 허무가 들어섰던 첫날을 설명할 수 있었다.

"많은 사람의 환호가 시큰둥해져 갔어. 그토록 환대와 박수가 거대했건만 나는 자꾸 오그라들기만 했지. 이상하게도 내 안은 비어만 갔고, 공허는 점점 커져갔어."

다윗은 자기 안에 그토록 많던 교만과 그것이 불러온 사특한 생각에 대해 고백했다.

"정욕을 빼놓을 수 있겠나."

자신을 망친 쾌락에 대한 탐식을 떠올리며 다윗은 주름진 눈을 가늘게 떴다. 그는 밧세바의 몸에 들어섰던 새 생명과 그것을 지키기 위해 벌였던 끔찍한 악행에 대해 이야기했다. 그래. 나는 그를 죽이라는 명령이 담긴 편지를 우리아에게 쥐어주며 미소 짓기까지 했다네. 그 순간을 떠올리며 다윗은 잠시 몸을 떨었다. 우리아의 죽음을 들었을 때 뇌까렸던 잔인한 언사는 얼마나 차가웠던가. 나단을 통해 내려졌던 여호와의 꾸짖음을 입에 올릴 때, 다윗은 너무나 떨린 나머지 한동안 말을 잇지 못했다. 네 집에서 영영 칼이 떠나지 않으리라. 예언을 곱씹으며 다윗은 괴롭게 침묵했다.

"다말의 일을 들었겠지?" 왕의 음성 속에서 깊은 애통이 진동했다. "난 암논을 죽일 수 없었다네."

왕의 침묵과 미뤄진 처벌에 불만을 가진 사람도 많았다. 온전한 정의를 입에 올리며, 그들은 미적거리는 왕의 행태를 비꼬았다. 하지만 암논을 목 베고 그의 팔다리를 헤브론 우물가에 내어 걸었다면 왕에 대한 찬사가 가득했을까. 맏아들을 죽여 사지를 절단해 내건 비정한 아버지에게 그들이 열광했을까.

후새는 다윗에게 말하고 싶었다. 이해합니다. 어느 판단을 내릴 수 있겠습니까. 이해해요. 그럴 수밖에 없었어요.

하지만 그는 입을 떼지 못했다. 그저 왕의 차가운 손등을 움켜쥐었을 뿐이었다.

"나는 잘못된 길을 걸었어."

올바른 길을 걷지 않았던 거지. 다윗은 왕이 되던 날을, 이스라엘 장로들에게 기름 부음 받던 그날에 엄습했던 두려움을 떠올렸다. 그의 앞에 놓였던 수많은 가능성 중에 지금의 암담한 길 또한 존재했던 걸까. 다윗은 가야할 길에 대한 두려움을 지금껏 걸어온 길에 대한 자부심으로 이겨냈었다. 하지만 길 위엔 다윗 혼자만 존재했던 게 아니었다. 길의 양쪽에는 조롱과 손가락질을 퍼부을 기회를 노리는 무수한 눈동자들이 박혀 있었고, 그의 뒤에는 아비의 발자국을 따라 밟을 자식들이 서 있었다. 여호와여, 제가 무슨 짓을 한 겁니까. 그는 자괴감에 입술을 깨물었다. 다윗 또한 암논의 악행이 자신의 음행과 맞물려 있다는 확신을 지니고 있었다.

그 확신이 다윗을 천천히 죽이는 중이었다.

"여호와께서 나단을 통해 하신 말씀이 나를 떠나질 않아. 두려워. 두려움이 잠을 죽인다네. 쉬지 못한 내 뼈들이 비명을 질러."

다윗이 후새의 겉옷 자락을 잡았다.

"예언이 성취될 거야."

"왕이시여."

"그게 곧 일어날 거야. 난 알아."

네 집에서 칼이 떠나지 않고 재액과 환란이 일어나며 네 처를 빼앗기리라.

눈동자에 가득 차오른 두려움과 시들어버린 손의 떨림을 본 후새가 이스보셋을 떠올렸다. 어둑한 침전에서 고독과 증오를 삼키던 이스보셋과 자책과 두려움으로 앙상해져버린 다윗은 놀랄 만큼 닮아 있었다. 또렷이 겹쳐지는 두 집의 형상에 후새는 두려움을 느꼈다.

"내 딸이 내 아들에 의해 몸을 망쳤어. 다말, 그 사랑스럽던 아이가 이제 어떻게 살아가겠는가. 얼굴가리개로 낯을 가린 그 애의 남은 삶에 어둠만이 자리할 텐데."

두 사람은 한참 동안 말을 잇지 못했다.

"암논을 왕 삼을 생각은 애당초 하지 않았어. 하지만 그 애는 내 첫 아들이고, 내 자긍심의 근원이었지. 그 사건이 나자마자 암논을 집에 유폐시켰다네. 단 한 번의 외출도 허락하지 않았어. 이보게, 후새. 내 자식들이 찢어졌네. 칼 때문이겠지? 내가 부른 칼 말일세! 떠나지 않으리라던 여호와의 칼날…… 그게 지금 어디로 향하고 있지? 그 칼이 어느 자식에게 박히려 하지? 차라리 내 가슴에 박혔으면! 그래서 이 괴로움이 그쳤으면, 제발!"

폐허가 되어버린 다윗의 가슴에, 텅 비어 무엇으로도 채워지지 않는 그의 머릿속에 절규가 긴 잔상을 남기며 되울렸다. 다윗은 입을 닫았다. 입을 떼면 찢긴 상처에서 흐른 사념이, 사악한 염원으로 뼈를 이룬 완악한 말이 튀어나올 것만 같았다. 그는 침묵으로 제 안을 채우려 했고, 제 안에 꽉 찬 슬픔과 분노를 멀리로 밀어내려 들었다. 저 너머에서 따오기 우는 소리가 들렸다.

"내 아들이 오는군."

뒤를 돌아본 후새가 한 청년을 보았다. 반듯한 눈매가 다윗을 쏙 빼닮았고 말끔한 피부는 흠이 없었으며 내딛는 걸음은 흐트러짐 없이 반듯했다. 후새가 몸을 일으켰다.

"샬롬."

그들이 목을 어긋매끼고 서로의 뺨에 입을 맞추었다.

길에서 만나면 못 알아볼 뻔했군. 하지만 어깨너머로 다시 쳐다볼 게 분명했다. 그만큼 압살롬은 매혹적이었고 인상이 강렬했다. 다윗이 옆자리를 툭툭 치자 압살롬이 거기 앉았다.

"여기 계신지 모르고 한참 돌아다녔습니다." 압살롬의 말투가 몹시 상냥했다.

"내 친구가 나를 위로하러 먼 길을 와 주었구나."

빙긋 웃은 압살롬이 후새를 돌아보았다.

"아버지께서 친구라 부르는 분은 후새 님이 유일하지요."

황공한 표정을 지은 후새가 고개 숙여 왕자의 말을 받았다. 열일곱 살의 압살롬은 화사하고 생기로워 보였다.

"손님이 계신 줄 알았더라면 늦게 찾아왔을 텐데요."

"무슨 일이지?"

"침전 밖으로 나가셨다는 말을 듣고 놀라서 찾아 나섰습니다."

"지팡이를 썼다, 지팡이를 써야 했어, 얘야."

"그래도 이게 얼마 만인가요? 회복되고 있는 거예요. 더 좋아질 겁니다. 훨씬 더요."

압살롬이 고개를 크게 끄덕였다. 다윗이 나지막이 숨을 몰아쉬었다.

몇 마디 말을 더 나눈 압살롬이 일어서 왕에게 절했다.

"물러가겠습니다. 몇 걸음 걸으셨다는 소식에 너무나 기뻐서 하던 일도 팽개치고 왔거든요."

압살롬이 뜰을 떠났다. 등 뒤로 넘겨 한데 묶은 묵직한 머리 타래가 걸음걸이에 맞춰 추처럼 흔들렸다. 다윗이 아들의 뒷모습을 물끄러미 바라보았다.

"저 애가 분노에 몸을 맡길까봐 걱정했었지."

"원수를 갚을까 봐서요?"

"맞아. 레위와 시므온처럼 말이야."

이스라엘의 위대한 조상 중 하나인 야곱에게는 디나라는 딸이 있었는데, 세겜이라는 사내에게 강간당했다. 세겜에겐 연애감정이 있었는지 디나와 결혼하고 싶어 했고, 야곱의 아들인 레위와 시므온은 세겜과 그의 가족들이 할례를 받으면 허락하겠다는 약속을 했다. 세겜은 집안 남자들을 설득했고, 양피를 잘라낸 그들은 장막 안에 드러누워 고통스러운 며칠을 보내야 했다. 그날 새벽 칼을 든 레위와 시므온이 장막에 들어섰고, 신음하는 세겜과 그의 집안 남자들을 살해하고 남은 가족까지 전부 찔러 죽였다.

다윗이 쓸쓸히 말했다. "명예가 달린 일이니까."

야곱은 폭력적인 복수를 벌인 레위와 시므온을 꾸짖었지만, 사람들은 디나와 집안의 명예를 지킨 그들을 칭송했다. 명예를 아는 사내라면 응당 해야 할 일이라고 사람들은 믿었다. 히브리 사람들은 집안의 명예를 수호하고 가족의 치욕을 되갚는 강한 남자를 높이 평가했다.

만일 압살롬이 암논을 죽였더라면, 레위와 시므온처럼 꾀를 써서 칼로, 아니 그렇게 멀리까지 갈 것 없이 부하를 시켜 교묘히 꼬드긴 뒤 성문 앞에서 동생의 원수를 갚겠다며 칼로 배를 찔렀다면, 다윗은 그를 용서했을까.

압살롬이 칼로 방패를 두들기며 성벽 위에서 알 수 없는 외침을 내뱉은 뒤에야?

"난 저 애가 칼을 빼 들까 봐 노심초사했었지. 얼마나 조마조마했으면 요압의 손에 암논의 목숨을 맡겼겠나?"

"암논을 연금시킨 게 처벌이 아니라 보호였나요?"

"그 둘을 구분할 수 있었겠나? 난 자식들이 더 죽어가는 걸 보고 싶지 않았어. 더군다나 한 자식이 다른 자식을……."

죽은 자식들이 우묵한 그림자 속에서 밤마다 울어댈 걸 더 이상 어찌 견디겠나. 한 아기의 기진한 울음조차 견딜 수 없는 지금의 내가.

"그런데 저 아이가 표정을 되돌렸지. 내 마음을 안 아프게 하려고 원한을 모두 떠나보냈어."

멀어지는 새소리를 후새는 한동안 들었다. 그는 왕의 기쁨에 동조하지도, 자신의 우려를 드러내지도 않았다. 그는 레갑과 바아나를 떠올렸다. 원한은 쉽게 잊히지 않지. 후새는 압살롬을 칭찬하는 사람이, 이 잘생긴 왕자를 좋아하는 사람이 많다는 사실을 알고 있었다. 그렇게 많은 사람이 빤한 진실을 못 본다는 게 후새는 놀라웠다. 총명한 이스라엘 왕조차도 보이는 사실이 아닌 보고 싶은 사실만을 바라본다는 이 상황이, 후새에게는 그토록.

그러나 후새는 자신의 예단을 확신할 정도로 왕궁의 상황을 꿰고 있진 못했다. 그는 암논과 압살롬을 분리시키면 괜찮을 거라는 왕의 믿음이 걱정스러웠다. 뜰 구석엔 붉은 아도니스와 아네모네가 분홍색 시클라멘과 함께 피어 있었다. 저 흐드러지도록 격렬한 섭리의 몸짓을 보면, 짧은 생을 사는 인간들의 우북한 고뇌는 무망하게만 느껴졌다. 떠올려보면 랍바가 함락하던 날로부터 겨우 삼 년이 지났을 뿐이었다. 그처럼 강건하고 지혜롭던 나의 왕 다윗이 어떻게 이처럼 처절히. 무참함이 후새의 마음 가득 끼얹어졌다.

한참 뒤 다윗이 입을 열었다.

"부탁할 게 있어."

"명령하세요."

"아니야. 친구인 자네에게 나 다윗이 부탁하는 거야."

후새가 고개를 숙여 들을 채비를 했다. 다윗이 깊은 한숨을 내쉬었다.

"아히도벨에게 용서를 구하고 싶어."

정산할 엄두도 나지 않을 정도의 많은 빚이 나와 그 사이에 있지. 무엇으로 아히도벨의 마음을 돌릴 수 있겠는가. 밧세바와의 일이 온 세상에 알려지고 아기가 죽기 전에, 다윗은 랍바에 머물던 엘리암을 불러 사죄하고 용서를 구했다. 미리 한 말씀만 하셨더라도. 단 한 마디만 하셨더라도. 장군은 구부러진 어깨를 떨며 괴롭게 웅얼거릴 뿐이었다.

그러나 길로에 있던 아히도벨은 부름에 응하지도, 편지에 반응하지도, 전령을 맞아들이지도 않았다. 어떤 힐난의 말도, 어떤 원망도 그에게서 나오지 않았다. 그렇기 때문에 다윗은 아히도벨을 떠올릴 때마다 아직 맞닥뜨리지 못한 그의 마땅한 분노를 상상하며 몸을 떨어야 했다.

아히도벨은 다윗 성에 다시 걸음하지 않았다. 첫 아기를 잃은 밧세바가 다시 임신해 다른 아기를 낳았지만, 아히도벨은 증손자를 돌아보지 않았다. 소문에 의하면 아히도벨은 빗장을 지른 채 손님을 맞지도 않고 바깥출입을 하지도 않는 모양이었다. 다윗의 미간에 드리워진 주름골이 깊었다.

"아히도벨이 내치지 않을 사람은 자네밖에 없을 거야. 자네가 길로까지 갔는데 문을 내걸진 않겠지. 길로로 가주게. 가서 내가 그에게 안긴 치욕에 대해 부끄러워하더라고 전해 줘. 엎드린 내가 그의 용서를 구하고 있노라고 전해 주게."

"저를 만나줄까요?" 후새는 확신이 들지 않았다.

"아히도벨은 헤브론에서부터 나를 도왔고 이스라엘을 위해 많은 모략을 제공했지. 위대한 조언자였던 그는 내 그림자였고 내 꿈이 실현되게 도와준 뛰어난 조력자였다네."

치즈를 만들었다고, 잘 숙성되었기에 보낸다는 편지가 치즈 두 단지와 함께 올라왔었다. 메뚜기 떼가 지나갔지만 영근 밀이 실해 풍작이 기대된다는 편지가 온 적도 있었다. 알모니가 대필한 리스바의 편지였다. 그들은 서너 달에 한 번 가족의 소식을 아렉으로 보내왔다. 모든 편지 말미에는 아히도벨과 후새의 은혜에 감사한다는 문장이 빠지지 않았다. 그랬다. 아히도벨에게라면 후새도 적잖은 빚이 있었다.

"내가 정말 회개하더라고, 그 댁 사위에게 해를 입혀 미안해하더라고, 손녀딸을 유혹해 그녀의 명예를 더럽힌 걸 몹시 후회한다고 전해 주게. 내가 그에게 갚지 못할 빚을 졌다며 괴로워하더라고…… 말해 주게, 친구여."

다윗의 목소리가 떨렸다. 왕의 손을 후새가 뜨겁게 움켜쥐었다. 푸른 정맥이 우둥퉁한 왕의 손에 잔주름이 가득했다. 오그라든 몸의 떨림이 후새의 가슴을 뒤흔들었다. 시려 오는 눈가를 추스르려 후새는 입술을 깨물었다. 마음을 다독이던 그가 쇠락해진 다윗을 향해 간신히 고개를 끄덕였다.

저도 모르게, 아히도벨은 귀를 기울였다. 인정하긴 싫지만 후새의 방문은 그의 호기심을 동하게 만들고 있었다.

이윽고, 단호한 표정을 지은 그가 문가를 등졌다. 비틀거린 아히도벨이 벽을 짚었다. 한 걸음 떼기가 이리도 어렵구나. 신음을 삼킨 노인이 어깨너머로 통로 저편을 돌아보았다. 그대는 좀 더 빨리 왔어야 해. 지난 몇 년간 수많은 전령이, 간곡한 문장을 담았을 왕의 편지가 아히도벨의 집 근처를 어물거리다 사라졌었다. 후새에게 예외를 허락한다면, 지금까지 공고히 쌓아 올린 모든 의지마저 무너지고 말 게 분명했다. 그럴 순 없지.

그럼에도 불구하고 아히도벨은 문을 열어주라는 말을 입 밖에 거의 낼 뻔했다. 그는 다윗의 부당한 행위에 대해 함께 분개할 정도로 후새가 정직하다는 걸, 우리아의 죽음에 눈물을 비칠 정도로 그가 온당하다는 걸, 손녀의 기구한 운명을 개탄할 정도로 후새가 다정한 친구라는 걸 잘 알았다.

그러나 아히도벨은 끝내 마음을 바꾸지 않았다. 이보게, 후새. 그대를 만나는 게 무슨 소용이 있나. 우리아는 진즉 죽었고, 다윗의 또 다른 아내가 되어 아들을 낳은 손녀딸 또한 죽은 것과 다름없는데. 왕이라? 내가 그에 대해 몇 마디 언급해야만 하나? 이보게, 다윗은 죽었다네. 내가 그런 악한 자에게 평생의 수고를 바쳤을 리 없어. 나는 그 정도로 어리석지 않아. 내 눈은 그 정도로 흐리지 않단 말일세. 그래, 내가 길로로 돌아오던 그즈음에 다윗은 죽은 것이지.

문 너머에서 들리는 후새의 목소리를 아히도벨은 우두커니 선 채 들었다.

"후새입니다. 부디 문을 열어주세요."

그대의 입술엔 꿀이 담겼을 테지. 원하기만 한다면 그대는 그럴 수 있는 사람이니까. 하지만 그 달콤함에 내 마음을 빼앗기긴 싫어.

문 주변에 선 종들이 아히도벨의 기색을 살폈다. 침울한 표정으로 문을 돌아보던 아히도벨이 고개를 가로저으며 계단을 천천히 올랐다. 아히도벨은 지난 이 년간 쌓아 온 왕에 대한 증오와 분개를 무너뜨리고 싶지 않았다. 빛이 가득할 문지방 너머로부터 미움을 지키기 위해, 그는 후새를 들이지 않았다.

층계에 오르는 아히도벨에게 문가에 선 종들의 낮은 목소리가 들렸다.

"벌써 이 층에 올라가셨습니다."

문 너머에서 후새가 낸 대답은 아히도벨에게 들리지 않았다. 그가 걸음을 멈추었다.

"아닙니다. 그럴 것 같지 않으세요. 그냥 돌아가시는 게 낫겠습니다."

아히도벨은 창 가리개가 모두 내려진 널찍한 이 층 방에 들어갔다. 창 가리개 틈을 메운 햇살이 빛나는 실 같았다. 그가 문에 빗장을 질렀다. 몸을 구부린 늙은이의 호흡이 거칠었다. 안타까운 표정을 지은 후새가 창 가리개로 막힌 이 층 창을 올려다보는 광경을 아히도벨은 떠올려보았다. 불을 켜지 않으면 아무것도 구분 못 할 정도로 어두웠지만, 아히도벨은 익숙한 이 방이 편안했다.

밧세바가 왕궁에 들어갔다는 말을 아히도벨은 도저히 믿을 수 없었다. 그는 왕이 손녀딸의 존재를 알고 있으리라는 생각조차 하지 못했었다. 밧세바가 과부의 옷과 얼굴가리개를 벗은 건 우리아가 죽은 지 이레 만이었다. 왕궁에 자신을 들이려는 왕의 제안에 당황했더라면, 밧세바는 그 일을 할아버지와 아버지에게 상의했을 것이다. 이레 만이라니. 남편이 죽은 지 겨우 이레 만에 다른 남자와 침상에서, 함부로, 불경하게, 감히…… 왜.

그 애는 시커먼 상복과, 집안의 명망과, 가장들의 명예를 함께 내던졌어.

한참 뒤에야 아히도벨은 나단의 책망에 대해 들었다.

애야, 너는 너무도 어리석은 아이였구나. 명민하지 못한 어수룩함이 도리어 사랑스럽게 느껴졌던 내 손녀 밧세바야. 조금만 교묘했더라면, 그 애는 좀 더 부드러운 방식으로 다윗의 또 다른 아내가 되었을 것이다. 애야, 그게 최선이었느냐. 그럴 수밖에 없었느냐. 그러나 늙은 아히도벨은 어리석은 밧세바를, 아들의 명예와 자신의 자긍심을 깊이 할퀸 손녀를 사랑했다. 내가 이렇게나 높이 날았었던가. 길고 긴 추락에 늙은 아히도벨은 깊은 고통을 느꼈다.

아히도벨은 밧세바를 사랑했다. 그러나 그의 어여쁜 손녀가 저지른 악덕은 너무나 거대했고, 그는 용서에 능한 사람도 아니었다. 자신을 죽이라는 명령서를 직접 들고 가게 한 다윗의 잔인함에 대해 들었을 때, 우리아에 대한 아히도벨의 동정은 더욱 커졌다. 다윗과 관련된, 밧세바와 연관된 행복한 기억이 너무나 많아, 어둑한 방에 홀로 앉은 아히도벨은 그것들을 망각으로 밀어낼 시간을 아주 오래 가져야만 했다. 구겨버린 기억을 내던지긴 쉬웠다. 그러나 잊었던 옛일은 예고 없는 발작처럼 불쑥불쑥 떠올랐고, 그때마다 고통이 늙은 아히도벨의 몸을 가로질렀다.

단 한 번, 다시 임신한 밧세바가 아들을 낳았다는 소식이 길로에 닿았을 때, 아히도벨은 다윗 성에 가고 싶었다. 골짜기 사이에 들어선 왕성을 다시 한 번, 그리고 마지막으로 보고 싶었다. 자부심을 주었던 그 높은 기치를 자기 눈으로 다시금 어루만지길 원했다. 솔로몬이라는 이름을 받은 증손자를 마음껏 축복하고 싶었다.

그러나 그는 가지 않았다. 아히도벨은 자신이 지켜온 신념을 깨뜨리면서까지 왕과 손녀와 증손자를 보고 싶지 않았다. 그는 자기 기준을 넘어서는 짓을 하고 싶지 않았다. 그는 모든 문을 걸어 잠그고 모든 사람을 문밖에서 돌려보내며 오직 집 안에만 머물렀다.

그는 그런 방식으로 세상과 이스라엘과 그가 평생 도왔던 다윗에 대한 역겨움을 드러냈다.

생각에 잠겼던 아히도벨이 창 가리개 틈으로 밖을 바라보았다. 햇살에 눈이 시렸다. 후새와 그의 종들이 지평선의 로뎀나무들과 구분되지 않을 정도로 작아질 때까지, 그는 창 가리개에 댄 이마를 떼지 않았다. 너무나 많은 생각이 머릿속을 부유하고 있었다. 그는 분노에 사로잡힌 자신이 올바른 판단을 내렸는지 확신하지 못했다. 그는 모든 것이 미웠고, 자기 자신이 특히 그랬다.

그는 왕을 증오했다. 그 증오가 너무도 컸기에, 지혜로운 아히도벨은 다윗이 나단을 통해 이미 여호와의 용서를 받았다는 사실을 떠올리지 못했다.

겉옷을 받아든 여종의 말에 압살롬은 귀를 기울였다. 공주님은 여전히 늦도록 주무시고 이르게 잠자리에 들며 한낮에만 잠시 집안을 돌아다니시다가 강제로 들이민 음식을 몇 입 삼키신답니다. 손을 가지런히 모은 여종이 또박또박 아뢰었다. 여전했고, 특별한 건 없었다. 그랬다. 비린내가 지독하다는 몇 마디 웅얼거림마저도 새긴 듯 똑같았다. 그는 동생의 방으로 가보았다.

침상에 앉은 다말은 자고 있지 않았다. 침상 곁에 의자를 붙이려하자 다말은 창가로 물러앉았다. 압살롬은 의자를 문가로 뺐다.

남매는 오래도록 말이 없었다. 다말은 이불에 놓인 자수를 손톱으로 긁으며 손장난을 치다가 보름달을 힐끔거렸고, 압살롬은 무릎 위에 올려놓은 제 손등만 보았다. 조금 더 가까워지면 다말의 얼굴에 경련이 일고 손발이 뻣뻣해질 걸 알았기에, 압살롬은 동생에게 다가가지 못했다. 압살롬이 여종을 불렀다. 몸을 일으킨 압살롬을 다말이 힐끗거렸다. 손톱에 긁힌 자수에 보풀이 일어 있었다.

뜰을 가로질러 제 방으로 돌아온 압살롬의 얼굴은 무섭게 굳어 있었다. 너무도 급격히 악감정이 몰려들어 어지러울 지경이었다. 책상에 팔꿈치를 댄 압살롬이 눈을 감고 숨을 몰아쉬었다. 암논, 감옥이라기엔 너무나 넓은 곳에서 왕의 시종들이 들이는 진귀한 음식으로 배를 불리고 먼 곳에서 실어온 술로 만족을 취하는 미친 왕자여.

압살롬이 피우는 불꽃이 날마다 새로웠기에, 증오는 차라리 새삼스러웠다.

압살롬은 얼마 떨어지지 않은 암논의 집 문을 걷어차고 식탁 앞에 늘어진 제 이복형을 칼로 찌르는 자신을 상상했다. 두 해가 다되어가도록 갇혀 지내는 그의 맏형이 어떤 몰골을 하고 있을지 압살롬은 상상했다. 자기 집에서 갇히는 게 징벌이었던가.

오직 피만이.

이미 흘린 검붉은 피는.

피를 흘리게 한 자의 피로써만.

압살롬은 증오의 칼날을 가리개로 덮어놓았을 뿐이었다. 그는 요압이 간혹 자신을 주시한다는 걸 알았다. 벼린 칼날을 굳이 드러낼 필요는 없었다. 치즈를 숙성시키려면 어두운 곳에 깊이 담아두어야 했다.

압살롬이 장을 열어 큼직한 버드나무 상자를 꺼냈다. 다말의 찢긴 쿠토네트 파씸에는 그 애가 흘렸던 피와 암논이 쏟았던 모욕과 그날 그들이 받았던 모든 충격이 고스란히 남아 있었다. 이 아름다운 옷을 입은 다말은 아버지의 명을 받들기 위해 케이크를 구웠었다. 케이크를 굽는 모습을 유심히 지켜보던 주인이 손짓으로 자신들을 내보냈다고 암논의 종들은 증언했다. 압살롬처럼, 암논도 케이크를 만드는 다말의 곁에서 불을 지펴주었는지도 몰랐다. 그는 희롱에 많은 시간을 쓰지 않았다. 완력으로 그는 다말을, 그녀가 지녔던 모든 기쁨을, 그녀가 앞으로 지닐 모든 행복을 영원토록 꺾어버렸다.

압살롬은 옷의 찢긴 단면을 손끝으로 어루만졌다. 거기에 담겼던 다말의 명예와 행복과 충만할 기쁨은 비탄과 함께 모조리 찢겨 나갔다. 암논이 만든 상처가 절대로 회복될 수 없는 것이었기에, 압살롬은 그가 흐르게 했던 피를 그가 흘리도록 강제하는 것밖엔 이 빚을 갚을 방법을 떠올릴 수 없었다. 멀리서 짐승 우는 소리가 들렸다. 피는 오직 피로써만 씻길 수 있다고, 복수를 통해서만 찢긴 명예가 회복될 수 있다고 압살롬은 믿었다.

누이야. 지금은 잠잠히 있고, 이것으로 인해 근심하지 마라.

그는 아버지를 이해할 수 있었지만, 왕을 이해할 수는 없었다. 정의를 부르짖던 목소리는 지금 어디에 있는가. 아들의 죄를 외면하는 왕의 무르고 여린 속을 비웃으며, 장막 뒤 입술들은 비열하게 지껄여댔다. 늙고 쇠약해진 다윗이 마침내 처참한 몰골이 되어버렸어. 다윗은 끝났어, 끝났다고!

비참하게도, 사실이었다. 압살롬은 불행에 빠진 아버지를 동정하면서도, 정의를 구현하지 못하는 왕을 미워했다. 암논의 일은 시간에 묻히고 있었고, 악을 행한 자는 아직 숨이 붙어 있었다.

다윗 왕은 딸을 강간한 아들을 처벌하지 않았다.

그렇다면 아들을 죽인 아들은 어떨까.

야곱, 어리석고 속 좁은 자여. 그는 레위와 시므이의 올바른 복수를 꾸짖었었다. 야곱, 너는 어째서 강간당한 딸의 아픔을 무시했는가.

레위와 시므이는 세겜의 집안을 꾀로 속여 강성한 그들을 한꺼번에 죽여 없앴다. 그들은 그들 자신뿐만 아니라 능욕 당한 디나와 복수를 미룬 야곱의 명예까지 회복시킨 것이었다. 그러나 아버지는, 야곱에 비해 몇 십 배나 큰 권력을 쥔 다말의 아버지 다윗은, 다말과 자신의 잃어버린 명예를 어둠 속에 내팽개치고 돌아보지 않았다.

정의가 집행될 기회를 압살롬은 이 년 동안 주었다. 그러는 동안 인내는 닳아 없어졌고, 분노는 조금도 가라앉지 못했다. 복수다. 복수야. 땅이 암논의 누추한 피를 받게 하겠다. 피가 흐르리라. 저 깊은 스올에 이르기까지, 뜨거운 피가 천천히. 온당함을 이룰 피가 미뤄진 복수를 통해 깊은 곳으로 흘러내릴 것이었다.

다말의 옷을 집어넣은 압살롬이 깊은 숨을 내쉬었다. 시선을 멍하게 둔 그가 생각에 잠겼다. 어스름 어딘가를 헤매며 압살롬은 어두운 방에서 오래도록 홀로 서 있었다.

21

양의 털

다시 몇 달이 흘러갔다. 기묘한 평안이 불안하게 자리 잡은 한적한 나날이었다. 적당한 비가 내렸고 높은 지대가 얼어붙었다. 몸을 감싼 겉옷을 허리띠로 붙들어 맨 사람들이 차디찬 유월절을 위해 양을 잡았고, 누룩이 남은 반죽그릇을 문 앞에 쌓아 두었고, 시장에서 사 온 상추와 어린 치커리와 호스래디쉬를 소금물에 찍어 먹었다. 유월절 양의 피가 문지방과 상인방에 발라졌다.

가난한 자는 단단히 말린 소똥을, 여유로운 자는 숯을 태우며 겨울을 났다. 폭풍이 쳤고, 빈 들판에 올리브열매만 한 우박이 내렸다. 노동이 없는 이레를 보낸 뒤 모든 이스라엘 사람은 각자의 고장에 마련된 산당에 혹은 다윗 성에 설치된 성막에 올라갔다. 가장 좋은 짐승이 우리에서 끌려 나왔고, 짐승을 기르지 않는 자들은 근처 상인에게 제물을 샀다. 다윗이 국경 밖에서 조달해 온 나무들이 성막에 수레째 들어갔다.

다윗의 병세는 조금씩 나아졌다. 그는 자주 침상에서 벗어났고, 드물게 몸이 가뿐한 날이면 알현실까지 나갔다. 빈 왕좌 앞에 의자를 갖다놓고 청원자들의 지루한 장광설에 귀를 기울이던 압살롬과 아도니야가 문까지 뛰어나와 왕을 양쪽에서 붙들었다. 왕좌에 드리워진 천이 걷혔다. 비스듬히 앉은 다윗은 왕자들의 언사와 행동을 물끄러미 지켜보았다.

아히도벨이 후새를 문전박대한 일은 다윗을 슬프게 만들었다. 남쪽에 자리한 성읍 길로를 떠올릴 때마다 다윗의 명치는 꽉 막혔다.

다윗은 몇 번 다말을 찾아가보았다. 생기롭고 아름답던 딸이었다. 그러나 이젠 열매를 떨어낸 빈 나무와도 같았다. 다말을 보고 온 날이면 다윗은 꼭 앓아누웠다.

밀 수확이 다가올 즈음 압살롬은 아버지를 뵙기 위해 왕궁으로 들어갔다. 다윗은 안뜰에, 양털로 짠 융단과 낙타털 천막을 설치한 꽃밭에 앉아 있었다. 왕의 아내들과 어린 자녀들과 시녀들이 그를 둘러싸고 있었다. 다윗 곁에 얼마 전에 태어난 솔로몬과 그의 어머니 밧세바가 자리했고, 그 근방을 미갈과 아비가일과 학깃이 둘러앉았다. 그들은 은 쟁반에 담겨온 간식거리를 집어 먹으며 느긋한 오후를 보내는 중이었다.

압살롬의 치렁거리는 머리묶음을 본 미갈이 눈을 찌푸렸다. 덜렁거리는 머리채가 무겁지도 않나. 나 같으면 사람들이 그걸 풍부한 생명력의 상징으로 여기든 말든 확 잘라버렸을 텐데. 제 생각을 창백한 미소 뒤로 숨기며 미갈은 왕자에게 과자가 담긴 은 쟁반을 내밀었다.

특별한 부탁이 있다는 압살롬의 말에, 안 들어줄 리 있냐는 듯 다윗이 허공에 큰 손짓을 했다.

"말해 보거라, 얘야. 무엇이든."

"아버지께서 바알하솔의 양을 제게 맡긴 지 몇 년 됩니다만, 지금까지 양털 깎는 잔치에 모신 적이 없습니다."

양을 치는 자들은 건기가 시작되기 전인 짧은 봄에 그들의 큰 수입원인 양털을 깎았다. 양털을 깎으려면 한 마리당 세 사람이 달라붙어야 했는데, 그러려면 몇 무리의 양치기가 한데 모여 일을 벌여야 했다. 바알하솔에는 몇백 마리나 되는 왕가의 양이 사육되었다. 이 많은 양의 털을 깎는 일은 며칠 내내 이어지기 마련이었고, 일을 마친 밤마다 큰 잔치가 벌어져 양치기와 그들을 돕는 자들을 위로했다.

"왕가 사람들과 호위병과 시종 모두를 바알하솔에 모시고 싶습니다."

다윗이 난감한 표정을 지었다.

"얘야, 다윗 성을 깡그리 비울 순 없어."

대화를 듣던 밧세바가 미갈에게 속삭였다. "재미있겠어요."

"오래전에 본 적이 있어." 미갈이 끄덕이며 작게 대꾸했다.

양털이 풀풀 날리며 머리카락과 옷 주름에 엉겨 붙었고, 햇볕이 따가웠으며, 예민해진 양을 우악스럽게 붙들고 더러운 털 뭉텅이를 뚝뚝 베어내는 양치기들의 쿠토네트가 땀에 푹 젖었었다. 수백 마리의 양과 씨름하던 낮이 지나면 양털을 자루에 담아 깨끗이 비운 마당에는 큰 모닥불이 일었다. 다음날을 위해 칼과 낫을 갈아둔 양치기들은 생산력이 떨어진 양 몇 마리를 잡아 그 고기를 가지에 꿰어 불 곁에 걸어두고는 창고에 보관했던 포도주를 나눠 마셨다. 그들은 크게 노래 불렀다. 시커먼 맞은편 산을 향해 그들이 부르던 애잔한 곡조의 노래는 자꾸만 하얀 달로 흘러나갔고, 싸늘히 식은 모닥불 옆으로 노곤한 몸들이 픽픽 쓰러지면 그들의 잠 위로 푸르스름한 달빛이 나직이 드리워졌다.

"자기는 잘 알 테지." 미갈이 아비가일을 돌아보았다.

"오래전인걸요." 아비가일의 전 남편 나발은 많은 양과 염소를 가진 부자였다. "고된 일이에요. 양의 털을 세탁하고 말려 실을 잣는 일 모두 힘겹기 짝이 없죠."

"전 양털 깎는 걸 본 적이 없어요." 밧세바가 입을 열었다. 그녀가 칭얼대는 솔로몬을 앉혀 머리를 쓸어주었다. "어떤가요? 구경거리가 많겠죠?"

"사람이 많거든." 아비가일이 말을 받았다. "양치기만 모이는 게 아냐. 부스러기 돈 거두려는 잡상인부터 큰 거래 트려는 부호까지 득실득실하지. 거래되는 물건이 많으면 돈이 돌고, 도는 돈을 따라 사람도 딸려오거든."

"기분전환이 되겠어요." 뚱뚱한 학깃이 세마포수건으로 목의 땀을 닦으며 끼어들었다. 그녀는 아도니야의 어머니였다. "왕께서 응하셨으면 좋겠어요. 성 밖 나들이를 해본 게 언제였는지 모르겠어요."

"가시지 않으셨으면 좋겠어." 미갈이 눈썹을 찌푸렸다. "병이 나아질 즈음이잖아. 무리해서 도지기라도 하면 큰일이야."

학깃이 몸을 뒤틀었다. "우리라도 다녀오면 안 될까요? 바깥바람을 좀 쐬고 싶어요."

"그대는 아들을 따라 자주 외출하잖아."

"고작 마구간인 걸요." 학깃이 손을 내저으며 당치않다는 표정을 지었다. "말과 노새가 심난하게 발굽을 쿵쿵 찧고, 갈기를 떨며 울에 몸을 부딪치더라고요. 말똥에 파리는 얼마나 꼬이던지." 학깃이 돌아보자 어린 시녀가 부채를 흔들어 열을 식혀주었다.

밧세바의 속삭임이 이야기를 매듭지었다. "우린 왕의 아내니, 그분 뜻을 따라야겠지요."

다윗은 압살롬에게 바알하솔에 있는 왕가의 양과 염소가 얼마나 되는지 물었다. 압살롬이 말한 수는 기억 속의 수보다 배나 많았다. 저 애가 관리를 잘했구나. 다윗이 흡족한 표정을 지었다.

"바알하솔이 멀진 않지만, 아직은 무리야." 다윗이 손을 내저었다.

압살롬이 고개를 깊이 숙였다. 융단 위를 기던 솔로몬이 압살롬의 무릎으로 올라왔다. 지켜보던 모두가 미소 지었다. 압살롬이 손가락으로 아기의 뺨을 쓸어내렸다. 밧세바를 힐끗 보며 압살롬은 그녀가 아름답다고 생각했다. 부푼 가슴에 아기를 먹일 젖이 아직 풍부하게 도는 그녀는 풍요로우면서도 사랑스러워 보였고, 그것은 밧세바가 지녔던 아름다움을 다른 방식으로 도드라지게 만들었다. "예쁘군요." 아기의 통통한 뺨을 만지며 압살롬이 밧세바에게 말했다.

"그러면 서기관들과 사관들과 장군들을 초청하면 어떻겠습니까?" 압살롬이 다윗에게 물었다.

"그 많은 자를 다 먹이려면 내 양이 거덜 날 거다." 다윗이 웃었다. "그들을 죄다 데려가면 나는 누구와 함께 이스라엘을 다스리겠느냐."

압살롬이 당혹스러운 표정을 지었다. "드리는 간청마다 거절하시니 어찌해야 할지 모르겠습니다."

다윗이 미안한 표정을 지었다. 압살롬이 표정을 부드럽게 가져가려 애썼다.

"왕을 모시지도 못하고, 왕의 손발인 이스라엘 유력자들마저 초청할 수 없으면, 형제들은 어떻습니까?"

"그 많은 아이를 죄다 데려가려고?"

"노새를 탈만큼 자란 형제는 다 갔으면 합니다."

아도니야와 스바댜와 이드르암 정도가 포함되려나. 그래 맞아. 저 애들도 우애를 쌓아 두어야 하지. 왕자들은 다윗이 이스라엘을 위해 세워두려는 방벽이었고, 다윗 자신을 두른 탄탄한 울타리였다. 그때 압살롬이 놀라운 제안을 속삭였다.

"암논도 함께 가면 안 되겠습니까?"

솔로몬이 울었고 여인들의 시선이 거기로 향한 탓에, 압살롬의 말을 제대로 들은 사람은 다윗뿐이었다. 그가 놀란 얼굴로 압살롬을 돌아보았다.

"왜 그런 부탁을 하지?" 다윗이 목소리를 낮췄다.

"평생 이렇게 살 순 없잖습니까."

"이렇게라니?"

"암논과 제가 형제고 모두 왕의 아들인데, 계속 흘겨보며 살 순 없습니다."

"묵은 원한을 씻어내겠다는 것이냐?"

딱 들어맞는 말이로군요. 저만의 방식으로 오래된 원한을 씻어내려는 것입니다. 이 오래 묵은 잘못을 바로잡으려는 것이지요.

제가 원하는 방식으로, 가장 합당하게.

"그렇습니다." 대답하는 압살롬의 시선이 나지막했다.

다윗은 압살롬의 말이 믿기지 않았다. 다윗은 다말에 대한 압살롬의 애정이 얼마나 각별한지, 암논이 부숴버린 것이 얼마나 지대하고 소중한 것인지 잘 알고 있었다. 저 애가 그간 얼마나 잘 참아주었던가. 저 애는 아들의 죄와 딸의 억울함 사이에서 어정거리는 내 가련한 처지를 이해해 주었어. 다윗은 압살롬을 바라보았다. 내 사랑하는 왕자야, 네가 정말 네 형을 용서해서 내 마음에 지독하게 들러붙었던 괴로움을 해결해 주려 하느냐.

"당혹스럽구나."

지팡이 머리에 자리한 상아 장식을 매만지며 다윗은 오래도록 대답을 주지 않았다. 그는 눈을 돌려 단정하게 앉은 압살롬을 쳐다보았다. 노쇠한 나보다 장성한 저 애가 오히려 어른스러운 결심을 한 건지도 몰라. 암논이 제집에 갇힌 지 이 년이 훌쩍 지났다. 지은 죄를 모두 닦아낼 만큼 충분하진 않았지만, 짧은 세월은 아니었다. 압살롬의 용서를 통해 암논이 자유를 회복하는 것만큼 좋은 모양새는 없었다.

정말이지 그것보다 매끄러운 해결책은 없었다.

압살롬의 제안은 너무도 매혹적이었다.

아기가 울었고, 다윗의 겁먹은 시선이 돌아갔다. 솔로몬을 끌어안은 밧세바가 물러가기를 청했다. 멀어지는 그들을 한참 바라보던 다윗이 압살롬을 돌아보았다. 두 시선이 얽혔다. 압살롬의 생각을 헤아리기 위해서가 아니라 자신의 뜻을 그에게 읽게 해주려고, 다윗은 아들의 눈을 쳐다보았다.

"그리하거라." 다윗이 승낙했다.

한때, 잘 벼린 칼 같았던 그의 판단력은 쇠한 지 오래였다. 그즈음 다윗의 기도는 자신의 집을 향한 여호와의 말씀이 물려지길 바라는 간청과 찢겨진 자녀들의 관계가 건강하게 회복되기를 바라는 염원으로 가득 차 있었다. 다윗은 믿어서가 아니라 믿고 싶어서 압살롬의 부탁을 들어주었다.

"네 형제를 우애와 사랑으로 대해야 한다."

다윗이 엄한 표정을 지었고 압살롬이 고개를 숙였다. 다윗은 압살롬의 말간 웃음에서 털이 깎인 양을 떠올렸다. 복슬복슬한 양털은 덕지덕지 묻은 검불과 배설물과 흙으로 더럽기 마련이었다. 날이 바짝 선 칼로 양털 뭉치를 모두 잘라내면 몸피가 작아진 양은 뽀유스름해진 속살로 걷기 맞을 채비를 마치는 법이었다. 저 애들 또한 묵은 때를 벗어던지고 가볍고 말갛게 서로를 맞아들였으면. 그것은 다윗의 간절한 바람이었다. 축 늘어진 이스라엘 왕은 그것으로 자신이 펄럭이길 바랐다. 그는 아들들이 자신의 죄과를 물려받지 말기를, 아버지를 뛰어넘는 탁월함을 지니기를 원했다. 물러가는 압살롬의 찰랑거리는 뒷머리가 경쾌하게 흔들렸다. 복잡한 표정으로 그 뒷모습을 보던 다윗에게 미갈이 다가왔다. 그를 둘러싼 여인들이 창백해진 왕의 낯빛을 걱정하기 시작했다. 그는 소란으로부터 벗어나고 싶었다.

"모두 물러가. 나를 고요 속에 내버려 둬."

지팡이를 짚으며 다윗은 왕궁 뜰을 홀로 걸었다. 부러진 꽃대에서 솟은 풀 냄새와 미풍에 실려 오는 꽃향기에 기분이 고양되기를 기다리며 그는 천천히 걸음을 옮겼다. 그러면서 다윗은 자신의 판단이 옳았는지 곰곰이 되씹었다.

압살롬은 집으로 곧장 돌아갔다. 부드럽게 이어진 돌담을 따라 집들은 이어져 있었고, 옥상에 넌 빨래가 퍼덕이는 소리를 따라 각 집 화덕이 내뱉은 연기가 구부러졌다 펴졌다. 현관문을 지난 압살롬이 띠를 풀고 겉옷을 벗었다. 혈기왕성한 그는 더위를 몹시 탔다. 종들이 주인의 옷을 받아들었다. 집 안으로 들어가는 왕자의 등에 땀이 번져 있었다.

압살롬이 들어서자 앉아있던 자들이 일어섰다. 그들은 마아가 공주를 따라 이스라엘에 들어온 아람 그술 사람들이었으며, 마아가 공주의 아들딸을 섬기기로 맹세한 충직한 심복들이었다. 압살롬이 엷은 미소를 띠며 고개를 끄덕이자 그들의 얼굴에 비로소 웃음기가 돌았다.

그들 그술 사람들은 압살롬의 계획에 찬동한 자들이었으며, 이미 죽을 각오를 마친 사람들이었다. 마아가 공주를 따라 들어온 자들의 오래 묵은 충심은 압살롬의 근원적인 힘이었다. 압살롬은 그들을 각별히 여겼고, 충심을 싱싱하게 유지시키려 은과 금을 아낌없이 베풀었다.

왕자의 신임과 별개로 아람 그술 사람들은 암논을 증오했다. 모든 딸이 그러하듯, 다말 또한 어머니를 연상시키는 윤곽을 지녔었다. 그술 사람들은 다말에게서 옛 여주인의 자취를 보았던 것이다. 광란과 비탄에 뒤덮인 다말이 빛나던 옛 모습을 영영 잃어버린 지금, 그술 사람들의 분노는 걷잡을 수 없을 정도였다.

압살롬이 커다란 탁자 앞으로 나아갔고 그술 사람들이 그 주변에 몰려섰다. 압살롬이 편 두루마리에는 미리 계획된 배치도가 상세히 그려져 있었다. 그들은 바알하솔에 장막 다섯 개를 펴 귀빈을 모실 생각이었다. 뜰 전체에는 커다란 장막 다섯 개가 마련될 예정이었다. 그리고 조금 떨어진 귀퉁이에, 시끌벅적하게 먹고 마실 자들이 신경 쓰지 못할 안쪽에, 작은 장막 하나를 따로 만들 계획이었다. 거실을 작은 장막으로 상정한 그들이 긴밀하게 동선動線을 모의했다. 압살롬과 그술 사람들은 좌석 배치까지 염두에 두었다. 키가 크고 홀쭉한 자가 암논 역할을 맡았고, 체형이 비슷한 몇몇이 다른 왕자 역할을 맡았다.

"왕은 어떻게 됩니까?" 그들 중 하나가 물었다.

"아버지는 가지 않는다."

그리고 브나야와 왕의 호위대도 다윗 성에 남을 것이었다. 몇 명의 호위병이 붙겠지만 그 정도는 그술 사람들로 제압할 수 있었다. 압살 롬은 다윗이 바알하솔에 가겠다는 결정을 할까 봐 크게 걱정했었다. 받아들이기 어려운 부탁부터 시작한 그는 사안의 크기를 줄여가면서 마지막에 원하는 걸 끼워 넣는 방식으로 아버지의 거절을 미리 막아 냈다. 아버지가 걱정하겠지만 뭘 어쩌진 못할 거야. 아름다운 화해에 대한 미련이 아버지를 옭아맬 거라고 압살롬은 확신했다.

"해가 기웁니다."

한 사람이 그림자를 가리켰다. 며칠 뒤 바알하솔로 떠나는 시각은 새벽녘이어야 했다. 그들은 바알하솔로의 출발을 이르게 잡아 다윗 성을 나선 자들을 시장하게 만든 뒤, 양털 깎는 축제의 시끌벅적함을 이용해 암논을 안쪽 장막에 데려갈 작정이었다. 압살롬이 건장한 그 술 사람 두엇을 가리켰다.

"마실 게 들어가고 난 뒤 요리가 들어갈 거야. 큰 접시 밑으로 단검 을 포개어서 들어와라. 장막 안에 들어서자마자 호위병을 제압해. 소 리가 새어나가지 않게 긴급히 해야 한다."

"악기 든 자와 노래 부르는 자를 잔뜩 불렀으니, 괜찮을 겁니다."

압살롬이 고개를 끄덕였다.

몇몇은 바알하솔로 미리 떠나야했고 압살롬도 왕궁으로 돌아가야 했다. 왕자가 자신의 심복들을 둘러보았다. 계획에 대한 은근한 불 안, 왕자 살해범이 된다는 생각에 별안간 든 긴장, 다말 공주의 복수 를 대행한다는 흥분으로 그들의 얼굴이 벌겠다. 암논을 죽이면 이스 라엘에 머물 수 없게 될 거야. 압살롬의 가슴이 뜨거워졌다. 압살롬의 계획에 동참하기로 한 그술 사람들은 이스라엘에 아내와 자녀와 사업과 터전을 지닌 가장들이었다. 압살롬의 계획에 참여하기로 작정했다는 건 그것 모두를 내버린다는 걸 의미했다. 압살롬이 그들 하나하나와 눈을 맞추며 확신을 건넸다.

"한 번뿐인 기회다. 두 번은 없어. 암논, 그 뱀을 반드시 죽여야 한다. 돌로 그놈을 찍어서 무엇이 정의인지 세상에 보여줘야 해."

그술 사람들이 굳은 얼굴로 고개를 끄덕였다.

"너희에겐 죄가 없다. 그저 내 명령을 수행하는 것뿐이니까. 너희 가족 또한 처벌받지 않을 거야. 내 모든 재산을 털어 너희 가족이 지낼 비용을 마련하겠다. 두려워 말아라. 담대하게 행동해."

압살롬의 눈매에 힘이 들어갔다.

"신의 뜻에 따라……."

복수의 때가 왔다.

키가 낮은 커다란 식탁이 작은 장막 중앙에 놓여 있었다. 의자는 없었다. 안내를 받은 왕자들은 푹신한 바닥에 궁둥이를 대고 앉았다. 음식 담긴 그릇들이 식탁 빈자리를 채워나갔고, 시장한 손님들은 가득한 음식을 굽어보며 조바심을 냈다.

음식을 모두 나른 그술 사람들이 서로를 돌아보았다. 허리에 칼을 찬 호위병들은 장막 바깥에 서 있었다. 그들의 허리에 칼끝을 댄 그술 사람들이 검지를 세워 입술에 댔다. 칼끝을 날카롭게 치켜든 그술 사람들이 호위병들을 장막 안으로 밀어 넣었다. 그러자 식사 시중을 들던 자들이 숨겼던 쇠막대를 꺼내 들었다.

그 모든 과정이 꿈처럼 천천히 움직이는 것만 같았다.

장막 출입구에 앉은 스바댜와 이드르암이 벌떡 일어나자 출입구를 막아선 그술 사람들이 왕자들을 밀쳐냈다. 압살롬이 장막 안에 들어섰다. 일이 어찌 돌아가는지를 왕자들은 그제야 알아차렸다. 들이쉴 수 없을 만큼 공기가 짙어진 것 같다고 압살롬은 생각했다. 식탁 앞에 앉은 아도니야의 눈에 그술 사람들의 손에 들린 쇠칼이 놀랍도록 날카로워 보였다.

십여 개의 칼날이 그들을 둘러쌌다. 구석에 몰린 호위병들이 칼을 풀어 바닥에 내던졌다. 나자빠진 스바댜를 일으키려던 이드르암이 함께 쓰러졌다. 그술 사람 하나가 장막 밖으로 나갔다 오자 모닥불 곁에 선 악단이 좀 더 시끌벅적한 곡을 연주하기 시작했다. 취한 목소리들이 노래를 부르자 그술 사람들이 등잔불을 장막 가운데로 모았다. 거대해진 그림자들이 장막 안에 번졌고, 깊은 바다의 수초처럼 어지러이 출렁였다. 호위병이 모두 묶일 때까지 압살롬은 입 열지 않았다. 마침내 칼날이 암논을 향해 빙그르르 돌아갔다. 증오 얽힌 눈빛들을, 암논은 마주 쏘아보았다.

암논은 자기 집 뜰에서 차일을 친 수레를 탔고, 그렇기에 그의 존재는 바알하솔에서야 드러났다. 사람들을 인솔하며 압살롬은 종종 덮개가 씌워진 수레를 돌아보았다.

덮개 씌워진 수레에서 내린 여위고 창백한 사내의 몰골은 끔찍해 보였다. 그가 바알하솔 땅을 밟았을 때 압살롬은 일부러 모습을 드러내지 않았었다. 암논의 축축한 손과 퀭한 눈빛은 인사를 나눈 모두를 질겁하게 했다. 암논 형이 맞아? 이 년 만에 본 암논의 모습에 아도니야 또한 충격을 받았다. 옛 모습은 흔적만 남아 있었다. 높았던 어깨는 늙은이처럼 내려앉았고, 근육 빠진 몸은 뒤틀려가는 것처럼 보였다. 어지러운 햇빛과 따가운 눈초리에 심란해진 암논은 곧장 장막으로 안내받길 원했다. 큰형의 동행을 몰랐던 스바댜와 이드르암이 벌린 입을 다물 줄 몰랐다.

성난 압살롬이 장막에 들어섰을 때조차 암논은 고개를 돌리지 않았다. 그는 다만 자기 앞에 놓인 허공을 무섭게 쏘아볼 뿐이었다.

장막 안의 모두가 오랫동안 침묵했다. 누구도 이 무거운 진공을 깨려 들지 않았다. 축제의 한가운데에서 오직 다윗의 아들들이 앉은 장막만이 질식할 것 같은 고요에 짓눌려 있었다.

얼마나 오래 기다려왔던 순간인가. 압살롬의 얼굴이 벌겋게 달아올랐다.

창 가리개 밖에서 희미한 노랫소리가 들렸다. 그것은 너무도 아득했다.

장막 입구에 섰던 압살롬이 발을 떼자 곁에 선 자가 쥐고 있던 칼을 바쳤다. 압살롬이 암논을 묵묵히 노려보았다. 스바댜가 비명 비슷한 걸 지르려 입을 벌렸다. 그걸 본 압살롬이 번쩍 든 칼로 식탁을 내리찍었다.

놋접시가 나뒹굴었고 음식이 쏟아졌다. 걸쭉하게 끓인 닭고기 스튜가 식탁 가장자리를 따라 흘렀다. 박힌 칼을 놓은 압살롬이 동생들을 쓱 돌아보았다. 시선이 맞닿은 아도니야가 몸을 떨었다.

장막 바닥에는 양털로 짠 두꺼운 융단이 깔려 있었다. 발가락 사이로 파고드는 양털 촉감이 무척 부드러웠다. 압살롬은 암논을 보았다. 그가 턱짓하자 그술 사람들이 비쩍 마른 다윗의 맏아들을 잡아 일으켰다.

이게 너야? 겨우 이 정도였어? 그는 좀 더 강건한 암논을 상상했었다. 그는 암논의 번들거리는 오만한 눈동자에 경악이 차오르게 만들고 싶었다. 그는 암논의 오만한 뿔을 꺾으며 죄악에 대한 대가를 그 몸뚱이에 퍼붓고 싶었다. 암논이 다말에게 그랬던 것처럼, 압살롬은 암논의 육체를 으스러뜨리고 정신까지 짓이기고 싶었다. 압살롬이 상상했던 암논은, 그가 그렸던 적은, 훨씬 더 강건하고 잔악했다. 너는 이렇게 초라한 얼간이가 아니었잖아. 흥분한 압살롬은 비틀거리기까지 했다.

어린 이드르암과 스바댜가 안쓰러울 정도로 몸을 떨었다. 그들이 닫힌 출구와 칼날을 곁눈질했다. 식탁에 앉은 아도니야는 꼼짝 않고 압살롬을 응시했다. 압살롬은 이복동생의 얼굴에 피어오른 흥분과 호기심을 읽어냈다. 암논이 없고 다윗이 앓던 두 해가량, 그와 압살롬은 왕의 대신으로 함께 나랏일을 처결했고 이스라엘을 돌봤었다. 행동과 말투와 옷차림새까지 따라 할 정도로 자신을 흠모하는 아도니야를 압살롬은 무척 좋아했다.

그러나 이젠 돌이킬 수 없어.

암논을 돌아보자 섬뜩한 무언가가 압살롬의 가슴을 관통했다. 별

다른 도움 없이도 그는 저 짚단 같은 허리를 동강 낼 수 있을 것 같았다. 그는 암논의 무릎이 후들거리는 걸 보았다. 너처럼 약해빠진 자에게 내 동생이 능욕을. 혐오감이 목까지 차올랐고 식었던 분노에 다시 불이 붙었다. 그가 동생들을 돌아보았다.

"잘 봐둬라. 꼼꼼히, 전부."

서로를 끌어안은 스바댜와 이드르암이 부들부들 떨었다. 태연한 표정을 지으려던 아도니야의 어깨도 가늘게 떨렸다.

"내가 아버지를 위해 이 일을 했다고 전해라."

그때 그술 사람들에게 양팔을 붙들린 암논이, 웃었다. 아주 오랜만에 그들은 맏형의 목소리를 들었다.

"아우야, 넌 너무 곧아서 네가 세운 정의가 집행되지 않는 걸 못 견디는구나."

압살롬이 암논에게 바싹 다가갔다.

"뱀 같은 자가 독 같은 말을 내뱉는구나. 곧아? 너무 곧다고?"

"모든 오빠가 직접 복수하느냐?"

"팔다리가 굳고 가슴이 식은 자들이나 복수를 포기할 테지. 유약하고 자긍심 없는 것들."

"네 팔다리는 꽤 부드러운가 보구나. 손수 정의를 집행할 정도로 가슴도 뜨거운 모양이고. 압살롬, 넌 강인하고 긍지 높은 사람이지."

곁에 선 그술 사람이 암논의 따귀를 후려갈겼다. 압살롬의 겉옷과 바닥 양털 융단에까지 코피가 튀었다. 겉옷과 바닥에 튄 핏방울을 압살롬은 유심히 바라보았다.

"암논. 난 이 만남을 이 년 내내 고대해 왔다."

암논이 입을 삐죽 내밀었다. "내 집 문은 언제나 열려 있었다."

"칼 휘두를 기회를 기다린 게 아니야." 사악하고 어리석은 자야, 나는 법이 정당하게 집행되기를 기다렸던 거야. 나는 요압과 달라. "난 사적 복수를 감행하려는 게 아니야." 암논, 네가 살아있다는 사실이 이스라엘에 정의가 없다는 증거가 되고 말았잖냐. 너 때문에 내 아버지의 나라가, 내가 사랑하는 이스라엘이 정의를 잃었단 말이다.

"하지만 이제 너는 요압만도 못해졌구나." 암논이 피와 함께 부러진 이를 내뱉었다. "복수조차 네 종을 부려 겨우 해내잖느냐?"

증오하는 자여.

내 마음에 꺼지지 않을 불을 놓은 자여.

칼날의 위협 앞에서도 혀를 놀리는 방종한 자여.

암논이 웃었다. "요압과 다르다 이거냐? 사적 복수가 아니란 말이지? 그러면 나를 재판에 넘겨라. 토라에 정해진 율법으로 나를 징계해. 그게 왕의 대신이자 그분의 아들인 네가 해야 할 일이잖냐."

압살롬이 비웃었다. "여기서 벗어나려고 낸 꾀가 고작 그거야?"

"어리석은 압살롬, 내 피로 네 이름을 더럽히지 말라고 충고하는 거란다."

"다말의 이름을 찢기 전에 그 생각을 하는 게 좋았을 텐데."

압살롬이 이를 악물었고 종들이 암논을 바짝 움켰다. 얼굴을 찡그린 암논이 물었다.

"아버지를 위해, 아버지를 위해……. 얼마나 너다운 이유냐." 어깨로 턱을 문질러 흐른 피를 닦은 암논이 숨을 몰아쉬었다. "내가 왜 그런 일을 벌였을까. 곰곰이 생각해 보았다. 지붕에 앉아 다말을 굽어보기 전부터 난 정상이 아니었어. 내 안의 뭔가가 나를 거머쥐어 생기를 쥐어짜 댔어."

후회한다는 말은 하지 마, 제발. "입 다물어." 후회한다는 말로 내 복수를 초라하게 만들지 마.

"상상할 수 없겠지. 깊은 밤에 나를 움켜 찢으려던 그 격렬한 충동을. 그래. 충동에 굴복한 내게 잘못이 있다. 하지만 속삭임과 부추김이 내 속에 얼마나 깊이 파고들었는지 너희는 몰라. 그 꼬드김이 얼마나 집요하고 비열한지 또한."

암논이 압살롬에게 시선을 떼지 않으며 말을 이었다.

"다말에게 한 짓을 후회한다."

압살롬의 몸이 분노로 떨렸다.

"너를 회개시키려고 이 자리를 마련한 것 같으냐? 널 부수고 네 피로 땅을 적시려는 거야, 이 뱀 같은 자야."

압살롬의 목소리가 불꽃 끄트머리처럼 갈라지며 바르르 떨렸다.

"율법에 처녀를 강간한 자를 어찌해야 하라고 이르냐?"

아도니야는 대답하지 않았다. 압살롬이 소리를 질렀다.

"토라에 뭐라고 쓰여 있냐!"

"성 밖으로 데려가 돌로 쳐 죽이라고 합니다!"

버티지 못한 아도니야가 그제야 대답했다. 압살롬이 암논을 향해 손가락을 뻗었다.

"네가 마땅히 돌에 맞아 죽어야겠으나, 부득이하니 내 종의 주먹을 써야겠다. 쳐라!"

죄에 분개한 사람들이 던진 돌처럼, 암논에게 정죄의 주먹이 날아들었다. 구타는 맹렬했다. 암논이 지르던 비명은 부러진 이와 솟은 핏물에 잠겨 새어 나오지 못했다. 뽀얗던 양털 융단이 벌겋게 젖었다. 살이 터지고 뼈가 부러지며 끔찍한 소리를 냈다. 질끈 눈 감은 이드르암과 스바댜가 귀를 막았고, 아도니야가 진저리를 쳤다.

종들이 붙든 팔을 놓자 뭉개진 암논의 몸이 바닥에 쓰러졌다. 암논의 몸이 피 웅덩이 위로 무너졌다. 피가 튀지 않을만한 거리에서 처형을 지켜보던 압살롬이 식탁에 꽂힌 칼을 노려보았다. 그의 눈동자에서 불꽃이 탁탁 튀었다.

"달아날 거지?"

이도니야가 물었다. 압살롬을 올려다보는 아도니야의 낯빛이 붉었다.

"어머니의 고향으로 간다."

그술, 아람 족속 중 하나가 지배하는 작은 왕국. 압살롬의 외할아버지 달매가 통치하는, 토라와 이스라엘의 징계가 미치지 못하는 곳.

그술 사람들이 칼을 거뒀다. 우리까지 해칠 생각은 없나 보군. 상황을 파악한 아도니야가 압살롬을 불러 세웠다. 이 대담한 왕자는 포도주 잔을 집어 들어 입술에 댈 정도의 호기를 회복한 상태였다.

"형의 초대를 받아 이곳에 왔으니 여긴 형의 집인 셈이야. 토라는 나그네를 공손히 대접하라고 가르치지."

압살롬과 그술 사람들의 불붙은 시선이 아도니야를 향했다.

"형은 아버지를 속였어. 또한 초대한 손님을 자기 집에서 죽였지. 형은 정의를 이루려 들었지만 결국 또 다른 정의를 내다 버린 거야." 큰 나무를 살리겠다며, 주변 나무를 베어 넘겼지. "법을 위해 법을 버리는 법이 어디 있어?"

압살롬은 대꾸하지 못했다.

생각에 잠겼던 아름다운 왕자가 어깨너머로 동생을 돌아보았다. "내가 어떻게 했어야 했지?"

아도니야가 고개를 저었다.

"왜 달아나려는 거야? 큰형에게 정당한 징벌을 내렸다고 믿잖아? 재판을 받아. 형이 온당하다면."

압살롬이 돌아섰다.

"아버지는 아들에 대한 맹목적인 사랑 때문에 왕으로서의 책임을 다하지 못하셨어. 난 다말의 친오빠다. 내 명예뿐만이 아니야. 누더기가 된 다말과 아버지의 명예도 함께 되살린 거야."

"아버지는 왕의 결단을 포기했어. 그게 형을 격분시켰겠지. 하지만 판결과 결단은 아버지의 몫이야. 오직 그분만이 결단할 자격을 지녔지."

그 순간 압살롬은 깨달았다. 자기 또한 아버지가 비운 자리에 함부로 앉은 것이었다. 그토록 옳은 길을 가려던 압살롬 또한 아버지의 자리에 걸터앉아 함부로 주인 노릇을 한 셈이었다.

압살롬의 가슴에 지워지지 않을 깊은 상처가 생겼다.

"암논 때문에 고통받던 아버지가 이제 나 때문에 난처해지셨단 말이냐. 재판이라. 아니. 차라리 내가 떠나는 게 나을 거야. 이스라엘에 남으면 아버지의 근심이 된다. 달아나는 게 그분 책임을 덜어드리는 거야."

압살롬을 향한 아도니야의 눈빛이 고요했다. 돌아선 압살롬은 느끼지 못했지만 아도니야의 눈동자 깊은 곳엔 경외감이 머물러 있었다. 잔을 내려놓으며 아도니야가 대꾸했다.

"그대로 전할게."

압살롬이 장막을 나갔고 그술 사람들이 빠르게 뒤따랐다. 피에 젖은 양털과 피범벅이 된 암논의 시체가 보였다. 압살롬이 채 뽑지 않고 간 날 선 칼 또한.

그걸 보고도 아도니야는 여호와의 칼이 제집에 임했음을 깨닫지 못했다.

압살롬이 떠나고도 왕자들은 묶인 호위병에게 다가가지 못했다. 그들의 곱은 손가락은 묶인 줄을 긁기만 할 뿐 단단한 매듭을 풀어내지 못했다. 암논의 시체가 가까이 있었고, 거기서 흐른 피는 그들에게로 흘러들어올 것만 같았다. 밧줄에서 벗어난 호위병 몇몇이 도움을 얻으려 밖으로 나갔고, 몇몇은 압살롬을 잡으러 마구간으로 향했다. 사려 깊은 자들이 겉옷을 가져다가 시신을 덮었고, 몸을 떠는 스바댜와 이르드암을 불가에 앉혀놓았다. 축제는 중단되었다. 이제 막 익기 시작한 양고기가 모닥불에 내던져졌다. 횃불들이 이리저리로 우르르 몰려갔다. 나귀를 끌고 나온 호위병 하나가 다윗 성으로 떠났다.

성문은 희미한 아침 햇살에 빛나고 있었다. 열린 성문을 통과한 소문이 메뚜기 떼처럼 굽이치며 사방으로 퍼져나갔다.

모든 장군이 호출을 받았다. 브나야가 왕궁 출입을 직접 통제했다. 무장한 천부장들이 경계를 강화했고 병사를 인솔한 백부장들이 순찰을 돌았다.

요나답도 호출대상 중 하나였다. 벼락이라도 맞은 얼굴로 요나답은 제자리에서 쭈뼛거렸다. 물만 한 잔 마신 그는 단숨에 왕궁으로 들어갔다.

알현실에 딸린 넓은 홀은 장군과 사관과 서기관과 장로와 제사장으로 가득했다. 웅성거리는 소리 없이, 그들 모두 서성이고 있었다. 알현실로 통하는 문은 열려 있었다. 거기를 통해 왕의 울부짖음이 들려왔다. 모두가 입 다문 채 눈만 굴려댔다.

이럴 줄 알았지. 요나답이 의기양양한 얼굴로 사방을 둘러보았다. 암논이 못된 짓을 벌인 뒤, 요나답은 한동안 근심했었다. 암논에게 다말을 범할 계획을 세워준 자가 자신이라는 게 드러날까 봐 걱정했던 것이다. 하지만 왕은 감금당한 암논에게 어떤 질문도 하지 않았다.

압살롬이 다윗의 허락을 받은 지 하루 만에 바알하솔로 떠났기에, 요나답은 암논이 압살롬과 동행한 사실을 지금에야 알았다. 그건 왕가의 일이었고 대부분의 사람에게 알려질 필요가 없었다. 그렇기 때문에 요나답은 암논의 임박한 죽음을 막을 방법이 없었다.

어쩌면 알았을지도 몰라. 요나답은 암논이 자신의 죽음을 짐작했을 거라고 생각했다. 어쩌면 암논은 자살을 결심한 건지도 몰랐다. 요나답은 암논이 자주 지었던 권태로운 표정을 떠올려보았다. 아무 맛도 느끼지 못하는 자의 만찬만큼이나 암논은 삶을 쓸모없게 여겼었다.

다윗 왕은 바알하솔로의 외출을 왜 허락했을까. 그 정도의 시간이면 원한이 풀렸을 거라고 생각했을까. 요나답을 비롯한 몇 명은 압살롬이 쓴 부드러운 가면을 믿지 않아 왔다.

원한은 그렇게 쉽게 잊히는 게 아니었다.

세상일이 바라는 대로 이뤄질 거라고 믿는 자의 어리석음은 얼마나 위험한가. 왕은 정말 같은 식탁에 앉은 아들들이 찢긴 마음을 잘 이어붙이리라 생각했던 걸까.

어리석은 사람, 어리석은 사람.

비탄과 흐느낌으로 가득 찬 알현실로 걸어가는 요나답의 발걸음이 가벼웠다.

어쩔 줄 몰라 하는 시종들은 끊어진 목걸이에서 흘러 구르는 구슬처럼 보였고, 칼 손잡이를 쥐고 침묵하는 장군들은 겨울을 견디는 거목 같았다. 빛나는 흉패를 가슴에 단 제사장들은 분노와 경악 앞에 몸을 오그릴 뿐이었다. 비분에 찬 다윗의 절규가 홀을 가로질렀다.

"왜⋯⋯! 내가 왜!"

머리칼을 잡아당기고 가슴을 쥐어뜯으며 다윗은 발을 굴러댔다. 그는 끊임없이 자책했다. 끝도 없는 자기 비하와 경멸이 입술에서 흘러나와 수염을 적시며 모두의 귓바퀴에 배어들었고, 반들거리는 나무 벽에 고루 스몄다. 그때 바깥 통로에서 웅성거리는 소리가 들렸다. 다윗이 몸을 휙 돌렸다. 요압이 다윗에게 다가왔다.

"바알하솔에 보낸 전령이 돌아왔습니다."

"어찌 되었지?"

다윗의 손끝이 두려움으로 떨렸다. 바짝 다가온 전령이 왕 앞에 엎드렸다.

"바알하솔에 가던 중에 근방에 사는 양치기를 만났습니다. 그에게서 상황을 들었습니다."

"본 대로, 들은 대로."

"압살롬이 바알하솔에서 왕의 모든 아들을 죽여서 살아남은 사람이 없다 합니다."

다윗의 얼굴이 우그러졌다. 기운 빠진 시든 팔이 축 늘어졌다. 시종들이 달려가기도 전에 다윗은 쓰러지고 말았다.

알현실 안에 있던 모든 사람이 바닥에 엎드렸다. 옷자락의 펄럭임과 빳빳한 소매의 부스럭거림이 알현실 구석까지 퍼져나갔다. 스마야의 무릎을 밴 다윗의 입에서 기진한 신음이 흘렀다. 높은 천장을 바라보던 다윗이 눈을 찡그린 채 턱을 덜덜 떨었다. 몸을 일으킨 그가 비틀거리며 왕좌가 놓인 단 앞으로 나아갔다. 왕좌 위의 빈 공간을 가련한 표정으로 올려다보던 다윗이 쿠토네트 앞섶을 잡아 뜯었다. 알현실 바깥 통로에 주저앉은 사람들까지 왕의 슬픔에 동참하기 위해 자신의 쿠토네트를 잡아 뜯었다. 왕의 통곡이 통로 바깥 저 너머까지 메아리쳤다. 새끼 잃은 짐승이 우는, 내장이 끊어지는 것 같은 애통한 절규였다.

얼마나 지났을까. 목구멍에서 들끓는 가래 때문에 울음이 막힌 다윗이 끄윽끄윽 괴로운 숨을 내쉬었다. 시종들이 물을 바쳤지만 다윗은 한 모금도 넘기지 못했다. 그의 세상이 통째로 무너지고 있었다. 그걸 붙들려는 다윗의 안간힘은 허우적거리는 시늉에 지나지 않는 것만 같았다.

그때 누군가가 목소리를 높였다.

"왕께서는 왕자들이 다 죽었다고 생각지 마십시오. 암논만 죽었을 것입니다."

알현실의 모든 사람이 요나답을 돌아보았다.

"나서지 마라."

청하지도 않은 말을 함부로 내는 아들을 향해 삼마가 신경질을 냈다. 하지만 주목받기 좋아하는 요나답의 풀린 혀는 멈출 줄 몰랐다.

"암논이 다말을 욕보인 그 날부터 압살롬은 이 일을 하기로 작정했습니다. 자신의 정의를 중요시하는 그가 다른 왕자를 죽일 리 없습니다. 왕께서는 헛소문에 상심 마십시오. 암논만 죽었을 것입니다."

지금으로부터 수십 년 세월이 흐른 뒤, 나이 든 요나답은 자신이 그런 말을 왜 했는지 곰곰 생각하곤 했다. 암논의 죽음은 이복동생을 강간한 악한 행위에 대한 보응이었으며, 그 꾀는 요나답 자신에게서 나왔다. 확신에 찬 그 지껄임은 자신이 감춘 진실로부터 사람들의 시선을 돌리기 위한 안간힘이었음을, 늙어버린 뒤에야 요나답은 깨달았다. 그는 왕을 쓰러뜨린 비탄이 자신의 사특한 꾀로부터 나왔다는 사실을 들킬까 겁이 났던 것이다.

하지만 지금의 요나답은 그런 진실을 조금도 깨닫지 못하고 있었다. 깨달음은 먼 훗날에 주어질 것이었다. 젊은 시절 보였던 패악한 행위를 병 때문에 더는 할 수 없게 된 뒤에야, 불덩어리가 담긴 것처럼 아파 가슴을 쥐어뜯지 않고는 배길 수 없게 된 뒤에야, 머리가 뭉텅이로 빠지고 뒷마당을 한 바퀴 도는데 반나절이 걸리도록 다리가 뒤틀린 다음에야, 사악한 동료들과 벌인 추태로 고발당한 그가 모든 직위와 영광에서 내쫓겨 베들레헴의 누추한 돌집에서 오그라든 삶을 보내게 된 뒤에야, 요나답은 지금의 말을 왜 했는지 이해하게 될 것이었다.

그러나 그건 아주 먼 훗날의 일이었다. 후줄근한 침대에서 죽기 직전에야 얻게 되는 탄식 섞인 깨달음은.

엎드린 자들이 나지막한 시선으로 서로를 돌아보았다. 두런거리는 소리가 한소끔 일었다. 관심이 쏠리자 요나답은 흥이 났다. 욕망이 그를 간질였다. 탄성을 끌어내고 칭송을 받고픈 갈망으로 요나답은 조바심쳤다. 내가 이 비극을 오래전부터 헤아리고 있었습니다, 여러분!

그러나 몇 마디 내기도 전에 또 다른 전령이 도착했다. 그가 요나답의 예측을 확인해 주었다. 아도니야와 스바댜와 이드르암이 탄 노새가 북쪽 망루의 젊은 파수꾼에게 발견된 것이다. 길을 잘못 잡은 왕자들은 허둥댄 탓에 이제야 도착했다. 안도의 한숨이 알현실을 메울 즈음에 반대쪽 통로에서 누군가가 울었다. 왕자들의 어머니인 학깃과 아비달과 에글라가 터뜨린 안도의 울음소리였다.

사람들의 안색이 밝아졌다.

"제가 말한 대로지요?" 요나답이 의기양양한 표정으로 주위를 둘러보았다.

왕자들이 알현실로 들어오자 왕이 구르듯 뛰어나와 아들들을 끌어안았다. 스바댜와 이드르암이 통곡했고 아도니야도 울먹였다.

"너희가 죽은 줄로만 알았다."

아들들을 끌어안은 다윗이 감정을 주체하지 못하고 벌벌 떨었다. 압살롬이 어디로 달아났는지 아도니야는 아버지에게 말했다. 다윗이 자신도 모르게 창밖 먼 공간을 돌아보았다. 그가 아도니야와 스바댜와 이드르암의 어깨와 손을 움켜잡았다. 그는 암논과 압살롬을 생각했다. 다윗의 가슴이 다시 한 번 찢겼다. 한 아들을 요단 강 너머로, 다른 아들을 먼 북쪽으로 떠나보낸 이스라엘 왕이 울음을 터뜨렸다.

너무 많은 걱정과 격동으로 진을 뺀 아버지를 세 아들이 부축했다. 그들은 침전으로 나갔다. 아비아달과 의견을 교환한 요압이 웅성거리는 사람들을 향해 목소리를 높였다.

"내일 다시 모여 논의합시다."

홀을 가득 메웠던 이스라엘 유력자들이 하나둘씩 왕궁을 떠났다. 그제야 그들은 시장기를 느꼈다. 하늘에는 구름이 짙게 드리워져 있었다. 요나답이 득의만만한 표정으로 나가는 사람들의 얼굴을 힐끔거렸다. 흥분한 그의 얼굴이 불그스름했다.

22

칼의 도래

다윗이 슬며시 눈을 떴다. 고양이 우는 소리가 들렸다. 혼자 자던 미갈의 고양이가 주인을 찾는 모양이었다. 미갈은 자기 방을 이집트에서 만든 가구로 채웠고, 그곳에 앉아 파라오의 여인들처럼 고양이를 매만지길 좋아했다.

바람 소리가 을씨년스러웠다. 다윗이 이불을 끌어올려 식은 몸을 덮었다. 옆에 누웠던 미갈이 몸을 반쯤 일으켰다. 그녀의 시선이 느껴졌다. 다윗의 어깨를 쓸어주던 미갈이 도로 누웠다.

다윗은 더 이상 혼자 눕지 않는다. 누군가를 곁에 두지 않으면 밤을 견디기 어려웠다. 아내들이 번갈아가며 늙은 왕의 곁에서 밤을 보냈고, 첩들과 새로 들인 처녀들이 이불 속에 들어와 차가운 다윗의 몸을 자기 몸으로 덥혔다. "내 뼈가 차갑기 때문이야." 시종들이 피운 숯불 앞에서도 다윗은 한기를 느꼈다.

자신이 이토록 의기소침해지고 주눅 들었다는 사실을 다윗조차 믿기 어려워했다. 이 년 전 한 아들이 다른 모든 아들을 죽였다는 소식을 들었던 순간에 스몄던 두려움이 골수에 미친 게 분명했다. 여섯 규빗이나 되는 거인 골리앗을 거꾸러뜨렸던 소년 장군의 의젓함과 강건함은 사라지고 없었다. 기도가 메마른 다윗은 갈증으로 고통받았고 활력 잃어 뻣뻣해진 영혼은 뒤틀린 채 신음했다. 암논의 시신은 그 일이 벌어진 다음 날 다윗 성에 도착했다. 스마야의 귀띔을 들은 왕의 아내들이 시신을 보지 말라고 애원했다. 구타로 으깨진 시신에는 푸른빛이 감돌고 있었다. 아히노암의 젖을 빠는 암논의 따뜻하고 붉은빛 도는 피부가 다윗에게는 아직 생생했다. 다윗은 그 기억을 상하게 만들고 싶지 않았다. 암논을 삼킨 암굴은 크고 무거운 돌로 봉해졌다.

구석구석 놓인 등잔불로 침전은 환했다. 여호와께서 데려가지 않으셨더라면 여섯 살이 되었겠지. 밧세바의 첫아기가 죽은 지가 벌써 그만큼이었다. 그러나 다윗은 아직도 저 입 벌린 어둠이 무서웠다. 해질 무렵이 되면 시종들은 곳곳에 올리브기름을 채운 등잔을 놓아 눈이 어지러울 정도로 불을 밝혀야 했다. 검디검고 지극히 고요한 어둠을 다윗은 못 견뎌 했기 때문이었다. 아냐. 어둠 때문이 아니야. 그것을 통해 엄습할 것들이 두려운 것이지. 다윗은 자신이 머무는 모든 곳에 불을 밝히게 했다. 기름을 태우는 등불이 아니라 기도를 태우는 영성으로 제 마음을 밝혀야 함을 몰랐기에, 다윗은 꺼지고 말 불꽃들로 사방을 가득 채웠다.

때때로 다윗은 먼 북쪽을 바라보며 압살롬을 떠올렸다. 암논과의 묵은 것을 풀겠다던 그 애의 제안은 얼마나 매혹적이었던가. 끔찍한 계획을 잔혹하게 실현시켰던 스무 살의 압살롬은 올해로 스물두 살이 되었다. 얼마 전 다윗은 그술로 달아난 압살롬이 아람 귀족의 딸과 결혼했다는 소식을 들었다.

"주무세요."

미갈이 속삭였다. 그녀는 눈을 감고 있었다. 다윗이 첫 아내가 누운 방향으로 몸을 돌렸다. 그리고는 그녀를 처음 보는 것처럼 낯설게 바라보았다.

불면증이 아예 없진 않았다. 헤브론 시절에도 간혹 그는 잠을 설쳤다. 그러나 지금은 달랐다. 나라를 바로 세우고 부강하게 만들기 위해 전전긍긍했던 날들은 아주 먼 옛일이었다. 요즘 다윗의 하루는 판에 박힌 듯 똑같았다. 왕 한 사람의 통치로 다스려지고 몇몇 조력자의 협력으로 움직여지는 수준을 이스라엘은 이미 오래전에 뛰어넘었다. 견고한 통치구조가 이스라엘의 등뼈를 이루었고, 각각의 매개체들이 집합을 이루어 세부조직을 다스렸다. 압살롬이 달아난 뒤 다윗은 두 왕자가 맡았던 일을 잘게 찢어 서기관들과 장군들에게 나누어주었다. 건강을 핑계로 직무에서 한 걸음 물러선 그는 자신의 헝클어진 내면을 골똘히 들여다보는 데 더없이 집중했다. 다윗은 요즘 사람을 만나지 않는다. 아들과 딸을 둘러싼 비극이 그의 삶을 눈물로 적셔 놓았다. 슬픔의 힘으로 살아가는 다윗은, 오직 슬퍼하기 위해 생을 지속해 나갔다. 그는 장막이 드리워진 축축한 침상에 웅크려 스스로를 괴롭게 만듦으로써 남은 인생을 빨리 소모시키려 애썼다.

다윗은 이 모든 사태의 본질에 자신의 죄가 뿌리박혀 있음을, 우리아를 묶으려 짰던 사슬이 흘러내려가 자신을 묶고 암논과 다말을 지나 압살롬마저 옭아맸음을 알고 있었다. 밧세바를 탐냈던 것처럼 암논은 다말을 욕망했고, 우리아를 낚아챘던 것처럼 압살롬은 암논을 옭어댔다. 그는 아이들을 미워하지 않았다. 그 애들이 행한 죄의 뿌리가 바로 다윗 자신이었기에, 그는 아들들을 미워할 수 없었다.

나 하나만 죽이면 될 일을 왜 아들들까지 엮어 함께 죽이시는 걸까. 뒤틀린 사슬에 몸이 쥐어 짜일 때마다 다윗은 비명을 질러댔다. 슬픔과 한탄과 원망이 다윗의 내면을 순차적으로 휩쓸었고, 출렁임에 시달린 육체는 늘어져 일어날 줄 몰랐다. 생각의 진공 속에서 젊은 날 다윗이 지녔던 기민함과 바지런함은 사라지고 없었다.

남보다 먼저 깨어 첫새벽의 희붐함 속에서 여호와를 앙망하던 청년은 더 이상 신을 사랑할 수 없었다. "그가 나를 버렸도다."

그는 여호와가, 신의 틀어쥔 주먹이 두려웠다. 주눅 들고 상처 입은 다윗은 여호와 앞에 나아가려 시도조차 하지 못했다. "그가 나를 버렸도다."

슬픔이, 그 자신이 움켜쥐고 놓지 않으려 애를 쓰는 그 거북하고 음울한 감정이, 다윗과 여호와 사이에 도사리고 있었다. 선한 분발을 일으킬 자그마한 지각마저 그에겐 남아있지 않았다. "아, 그가 정녕 나를 버렸도다."

다윗은 암논의 죽음을 떠올려보았다. 그 애는 회개하지 못했어. 아도니야를 비롯한 아들들의 증언은 비슷비슷했다. 후회한다는 암논의 말이 다윗은 회개로 받아들여지지 않았다. 압살롬 또한 마찬가지였겠지. 그렇기에 그 애는 격분했던 것일 테고. 시간이 더 있었다면 암논이 스스로 잘못을 뉘우쳤을까. 다윗이 암논을 그토록 오래 따로 떼어 놓았던 건, 맏아들의 진솔한 회개와 사죄를 원했기 때문이기도 했다. 이제, 스올로 가버린 그 애는 영원히 자기 죄를 씻을 수 없게 되었다.

미갈이 깨지 않도록 다윗은 조심스레 몸을 일으켰다. 이불을 망토처럼 몸에 두른 다윗이 테라스를 어정거렸다. 부슬부슬 내리는 비에 손을 뻗으며, 다윗은 먼 북쪽에도 이 비가 내릴까 생각했다. 애야, 너도 비를 보고 있느냐. 거기에도 시리도록 아픈 비가 이처럼 끝도 없이 내리느냐. 다윗의 가슴이 저릿해졌다.

그 밤, 요압도 늦도록 잠을 이루지 못했다. 아내가 누운 침상에서 홀로 빠져나온 요압이 어린 여종에게 내오게 한 포도주 잔을 거푸 비웠다. 그러나 독한 술은 지친 정신에 잠을 주지 못했고, 또렷해진 생각을 날카롭게 만들뿐이었다.

비스듬히 기운 필경대에는 테두리를 잘라둔 양피지가 끼워져 있었다. 잠을 잊은 그는 편지 몇 통을 썼다. 전하지 못했던 안부와 미룰 수 없는 용건이 빼곡히 적혔다. 기름 먹은 심지에 선 불꽃은 꼿꼿했다.

아비새는 베들레헴에 머무는 중이었다. 그토록 밝았던 그의 눈도 이젠 예전만 못했다. 한때 이스라엘 최고의 파수꾼이었던 아비새는 베들레헴 옛집을 개축하는데 몰두했고, 진행 과정을 알리기 위해 형에게 종종 편지했다. 언제까지 칼을 쥐고 흔들 거예요? 이제 더 정복할 땅도 없단 말입니다. 아비새의 편지는 요압을 웃게 만들었다. 그들 형제는 블레셋을 내쫓았고 아말렉을 죽였으며 아람을 무찔렀고 모압을 부순 뒤 암몬을 정복했다. 요압은 떠올려보았다. 정복할 땅이라. 아쉽게도 정말 그랬다.

이스라엘이 한참 뻗어 나가고 국경이 사방으로 넓어져 갈 때에는 칼 든 자들이 중요했었다. 그러나 국가의 뼈대와 통치할 수단이 갖춰진 지금, 칼은 칼집에 방패는 병영 구석에 머무는 일이 잦았다.

한때, 왕이 새로운 사령관을 물색한다는 소문이 돌았었다. 암논의 죽음을 막지 못한 책임을 요압과 브나야에게 지워, 그들이 오래 거머쥐었던 지위를 다른 자에게 넘기려 한다는 귀띔이 사람들 입술을 타고 넘었다. 가까스로 유임되긴 했지만 요압은 왕이 잠시나마 아마사를 주목했다는 사실을 잊지 않았다.

베들레헴 에브랏에 살았던 이새는 여러 아내와의 사이에서 여덟 아들과 두 딸을 두었다. 그중 한 아내는 암몬 랍바 사람 나하스와의 사이에서 딸 둘을 낳은 뒤 이새와 재혼했는데, 의붓딸인 스루야와 아비가일은 이새의 장막에서 자라 그의 축복을 받으며 결혼을 했다. 맏딸 스루야는 요압과 아비새와 아사헬을 낳았고, 둘째 아비가일은 이스마엘 사람 이드라와 결혼해 아마사를 낳았다. 스루야의 아들들은 총명하고 민첩했지만, 아비가일의 아들 아마사는 덩치가 크고 힘이 셌다. 날카로운 요압은 호방한 아마사와 결이 맞지 않았고, 아마사는 군권을 틀어쥔 사촌 형에게 종종 위협을 느꼈다. 태기가 늦게 돌았기에, 아마사는 삼 형제의 막내인 아사헬보다 한참 어렸다.

호기롭고 포용력 좋은 아마사를 왕은 좋은 선택지로 여겼던 것 같았다. "기회를 줄 필요가 있어, 요압. 자네가 이스라엘을 영원히 지킬 순 없잖나." 왜 그렇습니까. 안 될 것 없지요. 그는 가장 앞에서 적과 부딪쳐야 하는 용사가 아니라, 용사들을 부리는 지휘관이었다. 아비새처럼 집을 새로 짓거나, 나무와 꽃으로 가꾼 안뜰을 홀린 눈으로 바라보거나, 비밀 다락에 쪼그려 앉아 금과 은과 보석이 채워진 커다란 상자를 주무르고 싶진 않았다. 그는 막대기 하나만을 원했다. 병사를 진격시킬 상아로 만든 지휘봉 하나면 충분했다.

사랑하는 동생아, 아몬드나무에 꽃이 피었구나. 우기가 끝나고 이제 만물이 생기를 되찾을 시간이다. 요압은 시간을 들여 문장을 자아냈다. 그는 아마사에 대한 우려를 떨쳐낼 수 없었다. 아비새야. 충분히 익어 좋은 향을 품기 전에, 가죽 부대에 들어찬 아마사를 하루 빨리 흘려보내고 싶구나. 우리 형제의 지위를 위협할 자는 오직 그 애뿐이니 말이다.

아들이 있었으면 싶었다. 든든하고 자랑스러운 아들이 요압에게는 존재하지 않았다. 요압이 사랑하고 몸을 기울여 어여뻐한 그녀들은, 요압이 베푼 금과 은과 향료를 머금고는 어리석고 둔한 돼지들을 낳았다. 승리의 영광을 탐욕스레 갈구하고 칼을 경애하는 자에게 자신이 익힌 모든 방법을 전수하는 건, 요압의 오랜 꿈이었다. 하지만 그의 아들들은 광야와 들판과 광장과 왕궁에서 자신을 단련할 방법을 찾는 대신, 류트를 뜯고 시를 지었다. 시간과 정열의 전적인 낭비였다. 요압이 최고의 장인들에게 주문한 투구와 갑옷의 가죽끈에는 먼지가 앉았고, 갈아두지 않은 칼날에는 녹이 슬었다. 허리와 배가 둥글고 지독한 근시에 한낱 너덜거리는 지방 덩어리에 불과한 아들들을, 요압은 미워했다. 그런 까닭에 요압은 다윗의 자녀 사랑이 지나치다고 생각했다. 요압은 아들들을 사방으로 내쫓고 그 애들 몫의 칼과 갑옷을 다른 장군들에게 나눠 줘버렸다. 권력과 지위를 물려줄 대상을 지니지 못했기에, 요압은 틀어쥔 손아귀에 힘을 뺄 생각이 전혀 없었다.

그가 볼 때 다윗은 더는 가망이 없었다. 쇠한 기력으로 얼마나 버틸지 알 수 없었다. 나뭇가지를 들고 사방에 놓인 적의 형세를 논하던 시절의 다윗은 얼마나 당당했던가. 아히도벨과 철검을 들일 계획을 짜냈던 그 날의 올리브 산이 요압에게는 아직 생생했다. 그날은 다시 돌아올 수 없을 거야. 죽은 나무는 꽃을 피울 수 없는 법이니. 정점을 찍은 다윗은 한없이 미끄러지는 중이었다.

"우리 나이가 몇이지, 요압?" 아까 낮에 왕궁에서 만난 아비아달이 그리 물었었다. "우리 세대치고는 꽤 장수한 셈 아닌가?"

무슨 말을 하고 싶은 거예요, 대제사장. 저녁 먹은 게 좋지 않다던 대제사장 여호야다가 숨 막히게 더웠던 밤에 짧게 앓고 죽은 뒤, 아비아달은 대제사장직에 올랐다. 그러나 직책의 무거움은 그의 활달하고 직선적인 성미를 조금도 바꾸지 못했다.

"잘 버티는 셈이지요."

웃음을 픽픽 흘리는 아비아달의 어깨가 한들한들거렸다.

"왕과 우리는 같은 세대 아닌가. 그래. 우리는 오래 버텼지. 문제는 왕좌일세. 암논은 죽었고, 이어받을 만한 왕자는 다른 죄를 짓고 달아났지. 그 밑은 너무 어려. 왕의 몸이 얼마나 버틸 수 있을까?"

"우림과 둠밈을 써 봐요," 요압이 농담조로 대꾸했다. 여호와께서 그에게 얼마의 세월을 더 남겨주었나 알아보세요.

"우리는 점쟁이가 아냐, 그대들이 용병이 아니듯." 대제사장이 이맛살을 구겼다. "왕을 모독하자는 게 아냐. 옛 이스라엘을 생각해 봐. 준비되지 않은 이스보셋이 어떻게 나라를 망쳤는지, 권력 공백기가 그 땅을 어떤 모양으로 헝클어뜨렸는지."

마하나임 말이군. 주인을 잃은 아브넬이 허겁지겁 세운 탕자가 은둔과 무위로 나랏일을 그르친 곳. 그런 일을 막으려면 어찌해야 하는지 물을 필요도 없었다.

답은 다윗 성에 있지 않았다.

"대체 왜 저리 아픈 거예요?" 요압의 말투엔 짜증이 가득했다.

"난 의사가 아냐." 아비아달의 담갈색 눈동자가 미묘한 빛을 띠었다. "하지만 자네도 알지 않나? 왕께서 얼마나 의로운 사람인지."

"사람들이 생각하는 것처럼, 여호와의 징벌이 그분 몸에 이르러 질병으로 나타나는 겁니까? 신의 징벌을 받아서 저렇게 나약해진 건가요?"

"어리석은 자들. 선지자 나단이 대언代言하지 않았던가. 여호와께서 왕의 죄를 사했다고. 그로 인해 왕이 죽지 않겠지만, 여호와의 원수들이 여호와를 모독할 거리를 얻었으니 왕이 낳은 아이가 죽을 거라고 말했잖은가."

왜 사람들은 왕이 낳은 아이가 밧세바의 아들뿐이라고 생각할까. 암논 또한 다윗이 낳은 아이였다. 아! 여호와의 말씀은 성취되었나, 성취되고 있나.

왕의 두려움은 거기 자리하고 있구나. 요압은 깨달았다.

"자식을 끔찍이 여기는 분이 그런 일을 당했으니, 병이 나지 않고 배기겠나?"

아비아달의 말을 들은 요압은 한참 동안 생각에 잠겼었다.

요압이 포도주를 한 모금 더 삼켰다. 지금 요압이 지닌 근심은 낮의 대화로부터 시작되었다. 그는 암논의 일을 중재할 방법을 가지고 있지 않았었다. 암논의 죄가 너무나 컸고 다말의 피해가 너무도 극심했기에, 양쪽을 절충시킬 여지가 없었던 것이다. 하지만 압살롬의 경우는 달랐다.

병문안 중 요압은 물었다. "압살롬이 미우십니까?"

한참 후에야 다윗은 대답했다. "다른 사람은 어떤지 몰라도, 난 자식들을 미워할 수 없어. 그렇게 되가 않아. 하지만 난 암논의 아버지이기도 해. 암논이 용서받지 못할 죄를 저질렀지만, 그게 압살롬에게 형을 죽일 권리를 주는 건 아니야. 그러니 내가 어찌 먼저 나서서 그 애를 용서하겠나."

용서는 죄지은 자가 먼저 청해야 하는 법이기에.

요압에게는 다윗을 향한 충성심이 남아 있었다. 그는 노쇠한 왕이 자신의 치세를 잘 정리하길 바랐다. 어쨌거나 요압의 전공은 다윗의 영광을 위한 것이었고, 다윗이 아니었더라면 지금의 지위도 가질 수 없었을 것이었다.

선을 또렷이 인식하는 요압은 은혜 또한 명확히 헤아리는 사람이었다.

하지만 요압은 다윗 이후의 상황 또한 염두에 두어야 했다. 그는 다윗의 치세를 이어받으면서 더 많은 이스라엘의 영광을 쟁취할 강력한 통치자를 염원했다.

답은 다윗 성 밖에 있었다.

사령관의 결심을 굳게 만든 건 일을 치러낸 압살롬의 방식이었다. 이복형을 응징한 왕자의 대담함은 요압을 놀라게 했다. 아브넬을 꾀로 불러와 다윗의 왕성에서 살해한 것처럼, 압살롬은 암논을 꾀로 불러들여 바알하솔에서 죄를 물었다. 다윗의 시대가 자연스럽게 종결된다면, 압살롬이야말로 유업을 물려받을 적임자라고 요압은 생각했다. 요압은 이 단호한 성격의 왕자가 왕좌에 걸터앉은 모습을 보고 싶었고, 그 정도 인물이라면 기꺼이 따를 만하다고 생각했다.

압살롬 다음 순번에는 아도니야가 있었다. 하지만 그를 지지하는 건 아무 의미 없었다. 당장 내일 아침 왕좌가 비게 된다면 왕관이 그에게 씌워질 게 확실했기 때문이었다. 그래서 요압은 압살롬에게 주목했다. 압살롬의 복귀를 도울 수만 있다면, 자신이 선호하는 왕에게 미리 빚을 지워둘 수 있을 거라고 요압은 생각했다.

긴요한 도움만이, 의미를 지닐 수 있었다.

자식을 미워할 수 없다고 그분은 말씀하셨지. 왕께서는 앞장서서 압살롬을 데려올 수 없을 뿐이야. 요압이 길게 숨을 내쉬었다. 압살롬을 사랑하는 왕은 아들 걱정에 늘 붙들려 있지. 하지만 압살롬은 살인자였고, 아버지를 속인 아들이었다. 결국 다윗이 압살롬을 받아들일 수밖에 없을 묘수를 짜내야 하는군.

아주 오랫동안 요압이 생각에 잠겼고, 간혹 파피루스 여백에 몇몇 단어를 끼적이기도 했다. 그는 아마사가 하지 못할, 노회한 자신만이 짜낼 교묘한 방책을 지어내려 고심을 거듭했다.

이 꾀는 홀로 짜내야 했다. 구상을 가다듬으며 요압은 잔을 들이켰다. 피스타치오열매가 어금니 사이에서 바스러졌다. 요압의 머릿속에 열린 기발한 착상이 거듭된 반추 속에서 야물게 영글어갔다.

그로부터 넉 달 뒤, 요압은 아람 소바에 다녀왔다. 예물이 담긴 수레와 호위병 얼마만 대동한 요압은 압살롬과 함께 돌아왔다. 봄기운이 한창이었고 수확한 첫 열매를 여호와께 바치는 초실절이 코앞이었다.

압살롬은 사방을 둘러보느라 말을 잊었다. 갈릴리 바다를 뒤로한 그는 등뼈처럼 내리뻗은 산지를 둘러보는 중이었다. 압살롬은 온몸으로 이스라엘을 감각하는 중이었다. 목말랐던 자가 몸 깊이 스미는 물에 감탄하듯, 압살롬도 오감을 통해 빨아들인 이스라엘 정경에 도취

되어 있었다.

사방을 돌아보는 압살롬의 표정이 그윽해졌다. "하나도 안 변했군요, 이스라엘은."

"돌과 풀이 바뀌겠습니까?" 요압이 압살롬을 돌아보았다. "그걸 보는 자의 마음이 바뀌는 것이겠지요."

이 년만이었다. 잠자리에 들기 전에, 잠에서 깬 뒤에, 그리고 꿈속에서 그리던 고향이었다. 구릉의 윤곽과 풀무더기의 흐드러짐과 물 흐르는 소리를 흩어버리는 바람의 움직임까지 상상했던 그대로인, 그의 뿌리이며 근원인 조국이었다. 이스라엘의 풍경을 바라보며 압살롬은 요압의 말에 동의했다. 그전에는 무심히 넘기던 하나하나가 이젠 사무치게 절절했고, 못 견디게 사랑스러웠다. 아람 그술에서 지냈던 기간 동안 압살롬은 자신이 이스라엘을 떠날 수 없는 사람임을 절절히 깨달았다. 다시는 이곳을 떠날 수 없었다, 다시는 결코.

압살롬이 고삐를 늦춰 마차 뒤로 붙었다. 덮개 달린 수레에 다가간 압살롬이 덮인 장막을 들춰 안으로 몸을 기울였다. 어둑함 속에 둘러앉은 압살롬의 아내와 아이들이 압살롬을 올려다보았다. 우툴두툴한 길을 견디는 그들의 눈이 피곤으로 떼꾼했다.

"여기가 그토록 그리워하던 당신의 나라로군요."

압살롬의 아내가 한숨 같은 말을 흘렸다. 압살롬은 이미 두 아이의 아빠였다. 연년생으로 난 두 아이 중 아들은 요새 한창 기어 다녔는데, 마차 안이 좁아선지 몹시 칭얼거렸다. 태어난 지 얼마 안 되는 젖먹이 딸이 압살롬의 아내가 아끼는 아름다운 세마포 옷에 젖을 토했다. 곁에 앉은 시녀가 노한 주인의 앞가슴을 서툴게 닦아내다 호된 꾸중을 들었다. 무안해진 압살롬이 몸을 뒤로 빼냈다. 압살롬의 아내는 남편의 나라로 함께 가기를 원치 않았었다.

"저 안에 물을 갖다 주라."

압살롬이 외할아버지인 그술 왕 달매가 붙여준 병사들에게 명령했다. 외손자를 돌려보내는 길에 달매는 오래도록 보지 못한 사위에게 다섯 수레 분량의 예물을 딸려 보냈다. 말끔한 양가죽으로 싸고 금실로 치장된 천으로 한 번 더 감싼 보따리에는 강대한 사위에게 보내는 장인의 친밀한 인사가 가득했다.

덮개 달린 수레에서 애원하는 소리가 들렸다. "나귀 걸음을 늦춰줘요. 못 견디겠어요."

압살롬이 포장 안으로 손을 뻗어 큰아들을 받아 안았다. 말갈기를 붙든 아이의 얼굴이 환해졌다. 괴로운 표정을 지은 시녀들이 여주인의 불안한 심기를 가라앉히려 부채질을 거듭했다. 칭얼대는 딸을 품에 안은 아내의 배는 다음 달에 태어날 아기로 인해 불룩했다. 압살롬이 아들을 마차 안으로 들여보내자 아이가 울음을 터뜨리며 아버지를 향해 손을 뻗었다. 호위병 붙인 마차를 천천히 뒤따라오게 한 압살롬이 노새의 배를 툭 찼다.

왕자와 사령관은 오래도록 말없이 노새와 나귀를 걸리기만 했다. 한참이 지나서야 압살롬이 물었다.

"아버지께서 나를 용서한 겁니까?"

요압은 일부러 천천히 대답했다. "다윗 왕께서 왕자를 데려오라고 말씀하셨죠." 압살롬을 돌아본 요압이 말을 이었다. "그게 그 뜻 아니겠습니까?"

글쎄, 사령관. 그렇게 쉽게 암논의 죽음을 받아들일 수 있었다면 아버지께서는 자신의 손으로 맏아들의 운명을 결정짓지 않았을까요. 게다가 암논을 죽인 나를 이 년 넘게 아람 그술에 둘 필요도 없었을 텐데. 아버지가 자신을 어떻게 대할지 압살롬은 걱정스러웠다.

"그나저나 그 이야기 좀 해주세요."

요압이 빙그레 웃었다. 아람 그술에 도착한 요압은 왕자를 귀환시키도록 왕을 설득한 사람이 자신임을 넌지시 언급했었다. 압살롬이 상세한 과정을 궁금해했지만 요압은 이스라엘에 도착하면 설명하겠다며 말을 아꼈었다.

"베들레헴 근방에 있는 드고아에 지혜로운 여인이 삽니다. 많은 사람이 이 여인에게 조언을 구하지요. 그녀는 아무런 사례도 받지 않고 지혜를 베풉니다."

"그것만으로도 그녀의 지혜가 증명되는군요."

압살롬이 지적하자 요압이 끄덕였다.

"맞아요. 사례를 받았다면 영향력이 그만큼 커지진 않았을 테죠."

"명성을 위해 재물을 마다했군요."

"정말 똑똑한 여자 아닙니까?"

요압이 웃었다.

"그 여자가 조리 있게 말할 줄 알며, 사람 마음을 잘 움직인다는 이야기를 들었지요. 왕을 편하게 만들어줄 사람은 드고아 여인밖에 없다고 생각했습니다."

여종을 시켜 드고아 여인을 부른 요압은 상황을 설명했다. 요압이 제시한 방안을 들은 드고아 여인은 거기에 자기 꾀를 보태 사령관의 만족스러운 동의를 얻었다. 드고아 여인은 그날 요압의 집 손님방에 묵었다. 그날 저녁 드고아 여인과 왕의 면담을 주선해 달라며 요압은 여호사밧에게 편지를 썼고, 다음 날 아침엔 청원을 심사하는 엘리바스를 찾아가기까지 했었다.

"그리하여 드고아 여인이 왕궁에 들어갔습니다. 그녀는 상복을 입고 있었죠. 팔과 다리를 모두 가리는 두껍고 검고 긴 옷을요. 검은 머릿수건으로 얼굴까지 둘러 감은 탓에 그녀의 말을 들으려면 주의를 집중해야 했습니다. 마침 왕의 병환이 한결 가벼워진 날이었고, 청원을 가져간 자들에게 아낌없이 자비를 베푸신 날이었습니다."

기름을 바르지 않은 드고아 여인은 죽은 사람을 두고 오랫동안 슬퍼하며 지낸 여자처럼 자신을 꾸몄었다. 그녀는 정성을 다해 왕에게 호소했다. 요압과 미리 정한대로였다.

"왕이시여. 저는 불쌍한 과부입니다. 남편은 죽었고 두 아들만 남았답니다. 하루는 아이들이 들판에 나가 싸웠는데 말릴 사람이 없었습니다. 결국 한 아이가 다른 아이를 때려서 죽이고 말았답니다. 그런데 온 집안이 들고 일어났지 뭡니까. 집안사람들은 형제를 해친 남은 아들을 법정에 세워야 한다고 우깁니다. 집안의 명예 때문이지요. 법정에 서면 그 애는 분명 사형당하고 말 겁니다. 그 애는 제게 남은 마지막 숯불입니다. 어쩌면 좋습니까?"

다윗이 드고아 여인에게 이렇게 답했다.

"여호와께서는 고아와 나그네와 과부를 사랑하신다. 그들이 너를 다시는 건드리지 못하게 해주겠다."

"복수하려는 사람들에게서 제 아들을 보호해 주시겠습니까? 제 아들이 죽을까 두렵습니다." 드고아 여인이 몸을 떨었다.

"네 아들이 털끝 하나 다치지 않게 해주겠다."

한 마디 더 여쭈어도 되느냐고 여인이 물었다. 왕이 고개를 끄덕이자 왕관에 박힌 보석이 무수한 빛을 흩뿌리며 반짝였다.

"제게 그렇게 말씀하시지만, 왕께서는 다르게 행동하시니 잘못된 것 아닙니까? 쫓겨난 과부의 아들을 불러들이라 하시면서, 정작 왕께서는 쫓아낸 아들을 불러들이지 않으시니 말입니다. 땅에 쏟아지면 다시 담을 수 없는 물처럼, 모든 사람은 반드시 죽습니다. 그러나 여호와께서는 생명을 빼앗지 않으시고 다른 방법을 생각해 내시어 쫓겨난 사람이 버림받지 않게 하십니다."

숨을 가다듬은 여인이 말을 이었다.

"땅으로 돌아간 자를 산 자가 어찌할 순 없는 노릇입니다. 죽음이 아니라 삶이 중요하지 않습니까. 왕 또한 내쫓긴 사람이 버림받지 않게 해주옵소서. 여호와께서 하시는 것처럼 말입니다."

생각에 잠긴 다윗은 감은 눈을 오래도록 뜨지 않았다.

귀를 기울이는 압살롬을 향해 요압이 말을 이었다.

"마침내 왕께서 물으셨지요. 숨기지 말고 대답해라. 네 말이 요압의 머리에서 나온 것이냐? 여인이 가슴에 손을 얹으며 대답했습니다. 왕께서는 지혜로우셔서 이 땅에서 일어나는 모든 일을 아십니다."

청원을 품은 자들이 드나드는 알현실에는 요압을 비롯해 왕의 서기관들과 사관들과 이스라엘의 장로들이 늘어서 있었다.

"저는 고개를 숙여 그 눈길을 피했지요. 왕께서는 아무 말씀 안 하셨습니다. 그렇기 때문에 저는 압살롬 왕자를 데려와야만 다말 공주의 일이 마무리될 거라는 말을, 그 사건으로 인해 왕의 마음이 계속 짓눌려서는 안 된다는 생각을 입 밖에 내지 못했습니다. 한참 뒤에야 왕께서 말씀하셨죠. 그술에 가서 젊은 압살롬을 데려오라고요."

노새의 흔들림에 몸을 맡긴 압살롬이 묵묵히 생각에 잠겼다. 길이 넓어졌고 더운 바람이 옷자락을 펄럭이게 했다. 나뭇잎을 두껍게 만들고 열매를 굵게 만드는 뜨거운 남쪽 바람이었다.

"그분께서 어떻게 아셨을까요? 드고아 여인의 뒤에 나 요압이 있다는 사실을 말입니다. 진 그게 참 궁금합니다."

압살롬이 빙그레 웃었다. "아버지께서 사령관과 함께한 세월이 벌써 사십 년입니다."

그 정도로 눙쳤지만, 압살롬은 이미 요압의 의도나 아버지의 헤아림을 대강 가늠하고 있었다. 그술에 있는 동안 압살롬은 그술 사람들을 부지런히 보내 이스라엘의 동향을 살펴왔다. 아버지는 나의 귀환을 염원하면서도 여러 정황상 불러들이지 못한 거야. 그는 그렇게 판단하고 있었다. 제때에 가려운 곳을 긁어주었지만, 요압은 아무 대가 없이 일을 도모하는 사람이 아니었다. 요압은 길들이기 까다로운 개였다. 도둑을 잘 막지만 성미가 사나운 이 개를 제대로 다루려면,

우선 만족스레 먹여야 했다.

요압을 배불릴 고기가 내게 충분한가?

"병환은 좀 어떠십니까?"

"들쭉날쭉합니다."

어쩌면 요압은 큰 그림을 그린 건지도 몰랐다. 요압이 그린 그림을 알아본 아버지가 나의 귀국에 동의했다면, 그건 요압의 그림에 동의한다는 의미일까. 압살롬은 입을 꾹 다물었다. 입술을 벌리면 목구멍에 걸린 질문들이 마구 쏟아져 나올 것만 같았다.

"돌아가면 좋지 않은 일이 일어날 것 같아요."

외할아버지의 궁전에서 요압을 만나고 온 압살롬에게 아내는 그렇게 말했었다. 압살롬은 이복형을 때려죽이게 했고, 그술에서나 이스라엘에서나 그건 죽을죄였다.

이스라엘에서 어떤 운명이 그를 기다리고 있을지 모를 일이었다. 어쩌면 죽음이 그를 맞을지도 몰랐다. 그래도 압살롬은 돌아가야 한다고 생각했다. 그는 누룩을 내버리고 집 안을 정결히 하고 문설주에 양의 피를 바르는 일과 화사한 향을 뿜는 시트론을 흔들며 축복서를 낭독하는 일과 갖가지 생산물로 풍성히 제사 드린 뒤 음식을 먹는 일이 사무치게 그리웠다. 이스라엘에서 난 밀과 대추야자와 꿀과 올리브기름을 들여와 요리하도록 했지만, 그의 혀가 기억하는 맛을 그술 사람들은 되살리지 못했다. 나무로 아름답게 지어진 왕궁의 높은 기둥과 풀잎에 맺힌 새벽이슬과 그것에서 뿜어져 나오는 달콤한 공기가 압살롬은 너무나도 그리웠다.

그리움과 더불어 다말에 대한 걱정 또한 압살롬의 가슴 깊이 자리했다. 다말, 단단히 얼어붙은 마음을 내리찍는 도끼 같은 이름이여. 보고픈 누이여.

"도착하면." 압살롬의 주의를 끌기 위해 요압이 헛기침을 했다. "엎드려 있어야 합니다."

일부 완고한 제사장들은 다윗의 처사에 아직 불만이 많았다. 그들은 토라의 가르침대로 처결하지 않으면 안 된다고, 왕의 아들이라도 예외를 두어선 안 된다고 여겼다. 죽은 여호야다와 달리 아비아달은 왕가의 문제에 미온적이었지만, 압살롬이 다시 예전 위세와 신분을 회복하는 것에는 끝까지 반대했다. 요압은 은근한 눈초리로 압살롬을 살펴보았다. 느긋한 태도에는 여유로움이 넘쳐흘렀고, 말씨와 옷맵시엔 기품이 어려 있었다. 요압은 압살롬의 훤칠한 키에 사울 왕을, 숱이 많은 긴 머리털에 삼손을 떠올렸다. 나의 왕 다윗은 편찮으시지. 요압이 나직이 혀를 찼다. 압살롬은 참으로 매혹적인 대안이었다. 요압의 머릿속에서 이런저런 생각들이 복잡한 궤적을 그렸다.

힌놈 골짜기로 들어가는 길목에서 압살롬의 심장은 급하게 뛰었다. 조바심 난 왕자가 노새의 배를 툭 찼다.

멀리 다윗 성이 보였다. 압살롬은 눈을 돌리지 못했다. 눈에 들어오는 현실은 기억에 의존했던 상상을 뛰어넘었다. 숨이 막히도록 아름다운 왕도가 압살롬을 굽어보았다. 저무는 해가 힌놈 골짜기를 검게 물들였고, 낙조의 여리고 부드러운 빛을 받은 올리브 산의 초록빛 나뭇잎들이 비밀스러운 속삭임을 주고받으며 몸을 비볐다. 가슴 언저리에서 무언가가 뜨겁게 달아올랐다. 압살롬은 어금니를 꽉 깨물었다. 깊이 눌린 감정이 몸 아래로 퍼져나가며, 추운 날 따뜻한 방에 들어설 때처럼 피부를 따끔거리게 하였다.

"그래요. 다윗 성입니다."

왕자가 느끼는 감격이 어떤 것인지 요압은 알 것 같았다. 아브넬을 죽이고 베들레헴에 쫓겨 가다시피 했던 그는 압살롬의 심정을 일부 이해했다.

다말도 저기 어디 있겠지. 그 애를 떠올리자 압살롬의 가슴이 비통으로 꽉 막혔다. 다말은 압살롬의 집에 머물며 그가 남긴 종들의 보살핌을 받았는데, 압살롬은 몰래 보낸 심부름꾼을 통해 근황을 전달받곤 했었다.

수레가 뒤미처 도착했다. 그들은 수문을 통해 입성하려 했다. 성문을 지키던 자들이 세운 창을 교차시켰다. 그들은 치렁치렁한 머리를 매듭져 묶고 다녔던 다윗의 아들을 대번에 알아보았다.

"왜 막아서느냐?" 요압이 물었다.

"왕의 명령입니다. 집에 먼저 보내라고 하십니다." 성문을 지키던 장군이 다가왔다. "예전 그 집은 이드르암 왕자께 주어졌습니다."

압살롬의 얼굴이 긴장으로 딱딱해졌다. "다말은 어디 있지?"

"공주님께서는 왕자님이 머물 집으로 미리 가셨습니다. 샘문 남쪽에 말라버린 우물이 있습니다. 거기 동쪽 언덕으로 붙은 이층집입니다. 알아보실 수 있을 겁니다."

"내일 입궁하라고 하시던가?"

압살롬이 물었지만 장군은 아는 게 없었다.

"제가 내일 왕궁에 들어가 상황을 알아보지요." 요압이 약속했다.

뒤쪽 수레에서 아기가 울었다. 임신한 아내와 어린 자녀들을 위해 편안한 자리가 필요했다. 압살롬은 외할아버지의 예물을 성안에 들였다. 수레들이 비틀거리며 나아갔다.

생각을 정리할 짬이 필요해서 그러실 거야. 압살롬의 귀환을 받아들일 시간이 필요하신 거겠지. 요압은 그렇게 정리했다. 왕자는 순순히 받아들이는 눈치였다. 카인을 향한 아담의 비탄이 왕께 머무는 게 당연하지 않은가. 시간이, 조금 더 많은 시간이 필요할 뿐이었다. 왕이 곧 그 아들을 돌아보리라.

압살롬 또한 아버지를 이해했다. 이 만남이 가져올 흥분이 노인의 몸에 가져올 충격을 의사들이 걱정했을 게 분명했다. 압살롬은 상황을 좋게 해석했다. 거처가 준비되었다는 건 아버지가 그들을 받아들일 준비를 했다는 증거였다. 두어 발 물러나 성문 위를 둘러본 압살롬이 숨을 크게 들이쉬었다. 수레 뒤에서 여주인의 재촉을 받은 시녀들이 다급한 표정으로 압살롬의 눈치를 살폈다. 그들은 샘문 남쪽으로 내려갔다. 성문에서 왕자를 알아본 사람 몇몇이 길을 비켜섰다.

그로부터 이 년이 지나도록, 다윗은 돌아온 아들을 돌아보지 않았다.

23

빵

그해 이스라엘엔 비가 많이 내렸다.

산등성이의 층진 계단식 밭엔 올리브나무와 포도나무가 심겨져 있었고, 깎인 산 사면에는 땅을 고르면서 집어낸 돌이 쌓여 있었다. 빈 땅을 밭으로 일구면 수십 더미의 돌이 나왔고, 따로 내버리기 번거로웠던 농사꾼들은 밭 주변에 돌을 쌓았다. 땅을 일구며 캐낸 돌은 밭을 두르는 얕은 담이 되었고, 밟혀 다져진 담 사이의 땅은 길이 되었다. 산 사면을 타고 아래로 흘렀던 물은 층지게 깎인 산 사면에 담겼다가 구불구불 뻗은 뿌리로 빨려 들어갔다. 물에 불은 뿌리가 통통해졌고 축축한 나무껍질 밑에서는 싱그러운 냄새가 풍겼다.

농사는 풍성한 비가 내리기 몇 주 전에 시작되었다. 농부들은 씨를 뿌릴 밭에서 돌을 골라내며 밀 농사를 준비했다. 이미 일군 땅에서도 돌은 계속 나왔다. 쟁기에 갈린 밭 속이 뒤집어지며 묻힌 돌이 흙과 뒤섞여 올라왔다. 땅을 일구는 자들은 무수한 대지의 동강 난 뼈와 끝없이 싸워야 했다. 땅의 결실로 자신들의 동굴 같은 입을 메우기 위해, 그들은 자신의 이마를 수고로운 땀으로 흠뻑 적셔야만 했다.

움킨 밀 밑동을 낫으로 잘라낸 알모니가 마른 밀 줄기로 단을 묶고는 빈 밭 구석으로 던졌다. 금빛 먼지 사이로 메뚜기가 뛰었다. 낫질 방향을 달리 잡은 므비보셋은 묶은 밀단을 저 멀리로 쌓아 두고 있었다. 리스바가 던져진 밀단을 정리해 쌓아 올렸다. 알모니의 아내는 나귀에 맨 수레 옆에 앉아 젖 먹은 아기의 부드러운 등을 토닥이는 중이었다.

알모니가 쟁기를 잡은 지는 칠 년이 되었다. 그에게 농사 요령을 일러준 사람은 동생 므비보셋이었다. 푸른빛이 도는 새벽 알모니는 므비보셋을 따라나섰다. 길로에 온 지 두 달 만의 일이었다.

"내게도 농사를 가르쳐 줘." 뒤꿈치로 땅을 문지르며 알모니는 말했다.

그들에게는 아히도벨이 빌려준 포도밭이 있었다. 그해가 지나기도 전에 알모니는 욕심이 동했다. 그는 땅을 살피러 돌아다녔다. 가족이 함께 일굴만한 밀밭이 필요해. 싸게 나온 밭이 있긴 했다. 벌써 몇 번이나 주인이 바뀐 지독한 돌밭이었다. 집에서 오백 걸음 정도 떨어진 산등성이였는데 가시덤불과 황금빛 쑥갓 꽃과 엉겅퀴로 뒤덮여 있었다.

토라는 이스라엘 사람이 조상으로부터 받은 땅을 거래해선 안 된다고 가르쳤다. 그래서 알모니는 그 땅을 빌렸다. 그들이 거둘 곡식 일부를 담보로.

"저 돌밭을 길들일 동안 저희 입을 거둬주십시오."

가족과 상의를 마친 알모니가 아히도벨을 찾아가 부탁했다. 그가 칩거하기 직전의 일이었다. 아히도벨은 허락했다. 일 년 동안 매달 첫 날 한 고르의 밀과 두 단지의 올리브기름을 실은 수레가 리스바의 집 으로 향했고, 유월절이나 맥추절이나 초막절엔 양과 염소가 덤으로 부려졌다.

형제는 밤낮으로 달려들었다. 그 저주받을 땅을 농사지을 만한 밭 으로 바꾸는 일은 몹시 고통스러웠다. 쟁기자루가 수도 없이 부러졌 고 삽날이 깨져나갔다. 박살 난 농기구를 나귀에 실은 므비보셋이 부 글부글한 용광로 불꽃 속에서 새 쟁기를 건질 즈음에도, 알모니는 가 시덤불 뿌리를 뜯어내고 돌을 밭 경계로 내던지고 잡초를 살라내려 부싯돌을 후려쳐야 했다. 형제는 땅을 길들이며 땅에 길들었다. 눈을 뜬 시간 대부분을 땅의 일에 몰두하자, 그들의 손가락은 포도나무 넝 쿨처럼 구부러졌고 팔은 곡괭이자루처럼 단단해졌으며 눈가 주름은 쟁기가 훑은 이랑처럼 골이 졌다.

작열하는 태양 아래에서 땅을 헤집으며 알모니는 가끔 마하나임에 서의 삶을 생각했다. 세상에, 벌써 이십 년 가까이 지났다니.

십의 황무지가 길로의 산등성이보다 더 억세고 거칠었던 건 아니었 다. 그가 길로의 돌밭에 엎드린 것처럼 십에서 고생을 무릅썼더라면, 십의 황무지는 너울거리는 밀과 보리로 뒤덮였을 것이다. 그러나 알모니가 그런 말을 할 때마다 므비보셋은 고개를 가로저었다.

"아니야. 지금만 해야 하는 시기가 있어."

그때는 이제 모두 지났다. 이제 거둘 일만 남았어. 므비보셋은 그렇게 생각했다. 바람이 바뀌고 있었다.

길로에 온 뒤 알모니와 므비보셋 사이에는 대화가 늘어났다. 손을 쉬는 동안 형제는 드문드문 이야기를 나눴다. 알모니는 어둠을 향해 달려나갔던 자기의 하얗고 마른 다리와 이복형 이스보셋의 침상에서 났던 시고 텁텁한 냄새와 아브넬과 어머니의 관계를 고발했던 자신의 붉던 혀에 대해 이야기했다. 황무지를 은빛으로 적시던 보름달이 매일 조금씩 작게 이지러져 손톱처럼 날카로워져 갔지만, 형제의 이야기는 날마다 채워지며 풍성해져 갔다. 므비보셋은 경련처럼 일었던 아버지의 붉은 광증狂症을 두렵게 떠올렸고 그로 인해 기브아 성 진제에 퍼졌던 보랏빛 불안에 대해 속삭였으며 끔찍한 자살로 마감된 사울 집안의 잿빛 영광에 대해 내리 읊었다. 형제는 공감했다. 와디 바닥처럼 날카로운 기억이 우리 둘의 밑바닥에 톱날처럼 켜켜이 새겨져 있구나.

깊은 대화 속에서 알모니의 불꽃은 사라졌고 므비보셋의 서리는 녹어 내렸다. 그러자 알모니의 속은 납처럼 무거워졌고 므비보셋의 가슴엔 커다란 구멍이 뚫렸다. 형제는 어머니에게 갔다. 룸만의 뼈가 아직 아얄론의 무덤에 놓였을 무렵의 일이었다. 리스바는 아들들을 위해 암양의 남은 젖을 짜냈다. 흙 그릇 바닥에 남은 밀 두어 줌과 오래되어 약간 끈끈해진 올리브기름과 어둑한 마당에 핀 향초와 이웃에게 급히 빌린 말린 고기 두 덩이로 리스바는 밤참을 마련했다. 음식 찌꺼기가 말라붙고 고기 기름이 딱딱하게 굳을 때까지, 세 모자는 이야기를 그치지 않았다. 그날 이후로 그들은 지난날을 화제로 밤마다 대화를 가졌다. 리스바가 끝끝내 내다 팔지 않았던 유리로 된 아름다운 눈물 병이 밤마다 차올랐다.

"얘들아, 내 고통이 여기 다 모여 있었다." 리스바가 들어 올리자 손가락만 한 유리병 속에서 찰랑거리는 소리가 가늘게 들렸다. "내가 잃었던 아들들을 조금씩 다시 얻는구나. 내가 모았던 고통에 기쁨이 뒤섞이는구나."

세 사람 각자가 어렴풋이 느끼던 사실이 차츰 또렷해졌다. 사울의 집안에 샬롬이 다시 자리 잡은 것이었다.

그들이 수고로이 가꾼 밭에서 밀이 자라나는 걸 확인하자 리스바는 매파를 불렀다. 이웃 마을에서 자란 수더분한 처녀를 본 리스바가 고개를 끄덕였다. 그해 추수가 끝나자마자 알모니는 결혼했다. 그게 재작년 일이었다. 칩거한 아히도벨은 간곡한 초대를 거절했다.

"잠깐 쉬자꾸나."

어머니의 말에 알모니가 허리를 폈다. 그가 두른 머리 싸개는 검게 젖어 있었다. 므비보셋이 삯꾼들에게 소리를 질러 일을 그치게 했다. 나무그늘로 들어간 그들은 원기를 회복하기 위해 식초처럼 시어 버린 포도주를 삼켰다. 소매 없는 쿠토네트가 땀으로 흥건했다. 형에게 다가온 므비보셋이 낫을 앞뒤로 뒤집으며 웅얼거렸다. "한 번 더 갈아야겠어."

나머지는 자기가 베겠다고 므비보셋이 말했다. 남은 밀은 그리 많지 않았다. 어제 베어 타작마당에 말린 밀을 서둘러 떨어야 오늘 벤 밀을 말릴 수 있었다.

"내가 허리를 구부리는 동안 형은 썰매나 타며 놀아."

말은 그렇게 했지만 좁은 타작마당을 빙빙 도는 일이 몹시 힘들다는 걸 므비보셋도 잘 알았다.

알모니가 쌓인 밀단을 수레에 실었다. 삯꾼 몇 명을 수레에 태운 그가 타작마당으로 나귀를 몰았다.

길로 성읍 바깥은 포도밭과 밀밭이 넓게 형성되어 있었고, 농부들의 돌집이 드문드문했다. 그들이 순번을 정해 돌아가며 쓰는 타작마당은 성읍 북쪽과 남서쪽에 하나씩 자리했다. 알모니가 어제 벤 밀단을 쌓아 둔 곳은 남서쪽 타작마당이었다. 밀단은 잘 말라 있었다. 알모니가 밀을 지켜준 아이들을 돌려보냈다. "다 떨고 나서 너희들 집에 사례할 밀을 가져다주마."

타작마당 가장자리에는 머리통만 한 돌이 허리 높이로 둥글게 쌓여 있었다. 타작마당 중앙에 자리한 석회암 반석은 굴림돌로 평평하게 다져져 있었다. 쇠스랑을 든 삯꾼들이 마른 밀단을 펴서 중앙 반석에 골고루 널었다. 바짝 마른 밀 위를 걷자 발밑이 서걱거렸다. 알모니가 아래 깔린 밀을 들춰 마른 정도를 다시 한 번 확인했다. 수레에 실은 밀단을 한쪽에 쌓은 삯꾼 중 하나가 나귀를 몰고 빈 수레를 밭으로 가져갔다. 아기를 업은 알모니의 아내가 새 나귀를 끌고 왔다. 알모니가 아내에게서 나귀를 받아 타작 널판을 연결했다. 어젯밤 빌려온 타작 널판은 돌날이 아닌 쇳날이 촘촘히 박혀 있었다. 부유한 농부 압바임에게 타작 널판을 빌리며 알모니는 밀 한 힌Hin 반을 약속해야 했다.

나귀가 나아가자 엉덩이 아래가 들썩였다. 타작 널판을 깔고 앉은 알모니는 막대로 나귀를 때려 방향을 지시했다. 타작 널판 아래 박힌 쇳조각이 밀 줄기를 자르고 낱알 겉껍질을 떨어냈다. 둥근 타작마당을 빙빙 돌다가 어지러우면 잠시 쉬었고, 그 틈에 나귀는 타작마당에 쌓인 알곡을 씹었다. 나귀가 씹던 밀 알갱이가 침과 함께 흘러나와 바닥에 뚝 떨어졌다. 수레에 밀단을 쌓아 온 므비보셋이 타작마당을 둘러싼 둥근 돌담을 짚었다. "신나게 타는 중이야?"

알모니가 얼얼한 머리통을 감싸며 웅얼거렸다. "이제 네가 재미를 보렴."

추수 끝난 밭을 정리하고 온 삯꾼들이 타작마당으로 들어왔다. 그들이 뒤늦게 가져온 밀단이 타작마당 한옆에 따로 풀렸고, 잘 마르도록 고루 펴졌다. 알모니는 저쪽 산등성이를 바라보았다. 근방에 사는 과부와 고아들이 그의 빈 밭에 들어서 있었다. 토라는 추수를 마친 밭에 떨어진 알곡을 과부와 고아를 위해 남기라고 가르쳤다. 내 어머니 또한 과부였어. 후세와 아히도벨의 자비가 없었던들 우리는 진작 죽었을 거야. 거둬갈 밀을 넉넉히 남겨놓았다며 므비보셋이 형을 안심시켰다. 자비를 통해 자립한 그들은 자비를 베풀 의무를 지녔다고 믿었다.

므비보셋이 한동안 타작 널판을 탔다. 나귀는 지치는 법 없이 성큼 성큼 뛰었다. 삯꾼들이 마저 들고 온 한 더미를 끝으로 어제 말린 밀은 모두 타작마당에 들어갔다. 바닥을 확인한 므비보솃이 나귀를 세웠다. 타작 널판을 푼 므비보솃이 나귀를 밖으로 내몰았다. 알모니와 삯꾼들이 타작마당에 들어갔다. 잘린 알곡과 밀 껍질과 지푸라기가 그 안에 뒤섞여 있었다. 그들은 이 모든 걸 퍼 담아 타작마당 한 곁으로 가져갔다. 나무로 만든 갈래창을 든 삯꾼 둘이 알곡과 껍질과 지푸라기가 뒤섞여 쌓인 곳에 섰다. 까부르기를 하기에 딱 알맞은 바람이 살랑거렸다. 그들은 뒤섞인 것들을 갈래창으로 찍고 높이 들어 올려 가벼운 건 바람에 멀리 보내고 알곡은 가까이 떨어뜨렸다. 웅크린 리스바와 알모니의 아내가 아직 겉껍질이 붙고 줄기에서 채 떨어지지 않은 알곡을 주워 담았다. 삯꾼들이 편히 까부르게끔 밀대를 든 형제가 뒤섞인 것들을 한데 모아주었다. 땡볕 아래 헐떡이며 그들은 일에 몰두했다. 몸을 오그린 알모니의 아내가 부푼 젖이 아픈지 얼굴을 찡그렸다. 그러나 추수의 기쁨은 육신의 고통보다 훨씬 컸다. 비견할 수 없는 만족이 그들의 내면에 가득 찰랑였던 것이다. 아기가 울며 보채다 잠이 든 잠깐을 쉬었을 뿐, 그들은 해가 많이 기울 때까지 갈래창을 공중에 들어 올리며 낱알과 지푸라기를 분리해냈다.

삯꾼들이 그토록 성실히 돕지 않았다면 그들의 추수는 어스름이 내린 뒤까지 이어졌을 것이다. "오늘 다 하지 않으면 안 돼. 결혼준비가 바쁘거든." 리스바가 삯꾼들을 독려했다.

성실한 므비보솃을 사위로 맞고 싶어 한 사람은 꽤 많았다. 재작년에 아내를 맞은 알모니가 동생의 결혼 상대를 고르려 발품을 팔았다.

서로의 집안 형편이 주의 깊게 고려되었고, 사위가 장인에게 지급해야 할 신부 값을 결정짓는데 꽤 오랜 시간이 들었다. 리스바 가족은 적게 먹었고 많이 일했지만, 양젖으로 담은 치즈가 많이 팔리지 않고 소가 새끼를 낳지 않았다면 결혼시킬 엄두를 내지 못했을 것이다. 리스바가 십에서도 팔지 않았던 변변치 않은 장신구를 내놓았지만 알모니는 받지 않았다. 저희가 할 수 있어요, 어머니. 약혼을 이뤄낸 그는 맞이할 제수를 위해 부지런히 땅을 갈았고, 새끼 밴 암양과 암염소와 씨받을 암소를 남기고 모든 가축을 팔았다. 리스바가 길로 성읍에서 웃돈까지 주고 산 옷감이 신부 집에 보내졌고, 알모니가 금으로 채워준 자그마한 가죽 주머니를 므비보셋이 다윗 성까지 들고 가 짤랑이는 팔찌와 하늘거리는 목걸이와 무늬 없는 슈라못 반지 두 개와 둥글고 지름이 큰 코걸이 한 개로 바꾸어 왔었다.

리스바가 거름망을 며느리에게 건넸다. 잠든 아기를 긴 보자기에 싸서 등에 두르듯 업은 알모니의 아내가 쪼그린 채 거름망에 낱알 무더기를 부었다. 손바닥으로 거름망을 비비며 그녀는 뭉쳐져 떨어지지 않는 낱알을 아래로 떨어냈다. 잔돌과 검불과 껍질이 깔린 거름망이 멀찌감치 옮겨져 뒤집어졌다.

"애야, 첫 밀을 갈아 와라. 첫 수확의 기쁨을 맛보자."

아기를 들춰 자세를 편하게 잡아준 알모니의 아내가 밀이 담긴 흙 그릇을 들었다. 리스바가 거름망을 받아들었다.

오늘 걷은 밀은 내일에야 떨어낼 수 있을 것이었다. "오늘도 밀 위에서 자겠군." 므비보셋이 기분 좋게 툴툴거렸다. 베어낸 곡식이 마를 동안 농부들은 밀 위에서 자며 수확물을 지켰다.

알모니와 므비보셋은 신 포도주를 마시며 기력을 북돋았다. 축축해진 쿠토네트가 그늘에서 식었다. 알모니가 허리에서 돈주머니를 끌러 삯꾼들을 향해 벌렸다. 며느리가 가져올 빵을 기다리라며 리스바가 붙들었지만, 삯꾼들은 공손히 사양했다. 아들들에게 타작마당을 맡기고 리스바는 집으로 돌아왔다. 그녀의 짐작대로 알모니의 아들이 깨어난 탓에 며느리는 허둥대는 중이었다.

시어머니에게 손자를 맡기고 그녀는 맷돌에 밀을 담았다. 맷돌은 나일 강을 오가는 이집트의 배처럼 양 끝이 부드럽게 올라간 검고 거친 아랫돌과 손에 쥐기에 딱 알맞은 크기의 오돌토돌한 윗돌로 이뤄져 있었다. 그 돌들은 갈릴리 북부와 고란 지방에서 나오는 특산물이었다. 알곡이 바스러지고 바스러진 알갱이가 가루가 되어 돌들 사이에서 서걱거리는 소리가 그칠 때까지, 그녀는 윗돌을 쥔 손을 앞과 뒤로 밀고 당겨야 했다. 알모니의 아내가 땀이 맺힌 턱을 어깨로 문질렀다. 엷은 가루가 꿈처럼 피어올라 코끝을 간질거리게 했지만, 숨을 크게 쉬거나 재채기를 할 수는 없었다. 그녀는 고운 가루가 모일 때마다 나무그릇에 따로 옮겨 담았다. 맷돌질에 지친 어깨가 몹시 쑤셨다.

한참 뒤에야 네다섯 덩이의 빵을 구울 밀가루가 나무그릇에 담겼다. 소금돌을 담근 물에 손가락을 찍어 짠 정도를 확인한 리스바가 고개를 끄덕였다. 소금돌을 들어내고 나무그릇에 물을 부은 알모니의 아내가 흙 단지를 열어 부스러진 누룩을 집어 들었다. 물에 담긴 누룩이 밀가루와 함께 뒤섞었다. 물기 없이 뻑뻑하게 휘저은 그릇 가장자리에 허연 밀가루가 남았다. 돌그릇 가장자리를 뭉친 반죽으로 문지른 그녀가 맷돌과 조리대 주변을 젖은 손으로 매만져 밀가루가 남지 않게 했다. 몸으로 반죽을 내리누르고 뭉친 그것을 다시 움켜 쥐어짜며 그녀는 빵 반죽을 이겼다.

반죽이 숙성이 될 때까지 알모니의 아내는 아기에게 젖을 먹이며 쉬었다. 바닥에 깔 융단을 말아든 리스바가 타작마당으로 나갔다. 수확이 생각보다 많았다. 감사할 일이야. "므비보셋을 한 번 더 결혼시켜도 되겠어요." 알모니의 양쪽 눈가에 깊은 주름이 팼다.

므비보셋은 아직 신부를 보지 못했다. 긴 머릿수건을 쓴 그녀를 먼 발치에서 한 번 보았을 뿐이었다.

그러나 그것만으로도 좋았다.

그녀는 사슴처럼 부드럽고 봄바람처럼 나긋나긋하고 비둘기처럼 순결해 보였다. 처녀와 므비보셋은 길게 내린 머릿수건 사이로 잠깐 시선을 맞대기도 했었다. 그녀의 눈동자에서는 깊은 바다가 부글거리는 것만 같았다.

아주 잠깐 므비보셋은 몸을 떨었다.

이레 간 이어질 결혼잔치에서, 후파에 들어간 그들을 향해 하객들은 이삭과 리브가에 대한 토라 구절을 외우고 건강하고 귀여운 자식을 가지라며 씨앗과 과일을 던질 것이었다. 축복의 말을 쏟아 낸 하객들이 맛좋은 포도주와 잘 차려진 음식을 요구할 즈음, 새로 마련된 방에 들어간 므비보셋은 아내의 얼굴 위로 자신의 얼굴을 떨어뜨릴 것이고, 그 순간은 영원처럼 길 것이었다. 신랑 신부가 한 몸이 되었다는 증거를 볼 때까지, 신부가 남긴 처녀의 붉은 흔적을 므비보셋이 들고나올 때까지, 하객들은 춤을 추고 악기를 연주하고 놀이를 하며 마련된 술과 음식으로 그들 스스로를 기쁘게 할 것이었다. 그늘 속에서, 므비보셋이 조용히 웃었다.

므비보셋이 타작마당에서 수확물을 지키는 동안 알모니는 어머니를 모시고 집으로 돌아왔다. 아기를 안고 어르던 알모니가 쿠토네트를 갈아입으러 방으로 들어갔다. 아기를 받아든 리스바가 반죽 그릇을 든 며느리와 함께 공동 가마로 갔다. 빵을 구워내야 했다.

이웃들이 함께 쓰는 빵 굽는 가마가 집 근방에 있었다. 차례를 기다리던 여인들이 풍작을 축하했다. 저문 해가 솟은 진홍빛이 산등성이 밀밭을 내리 쪼았는데, 텅 빈 밭이 마치 문둥이의 희어진 살처럼 보였고 낟알을 주우려 밭에 들어선 과부들의 모습이 마을 성소에 세운 조상신을 기리는 긴 돌처럼 보였다.

그들 차례가 되자 리스바가 아기를 받았고, 며느리가 바구니에 든 양과 염소의 말린 똥을 꺼냈다. 아직 남은 불기운에 말린 똥을 넉넉히 던진 그녀가 소금을 뿌렸다. 소금이 튀며 말린 똥에 불이 옮겨붙었다. 양손으로 마른 흙을 비빈 그녀가 물 한 그릇을 부어 손을 깨끗이 닦았다.

불기운을 확인한 알모니의 아내가 꾸덕꾸덕한 반죽을 떼어 둥글게 모양을 내고는 기름 바른 빵틀에 올려놓았다. 긴 빵틀 손잡이를 잡은 그녀가 반죽을 가마 안으로 밀어 넣었다. 리스바는 동네 여자들과 므비보셋의 혼처에 대해 이야기하는 중이었다. "저 애를 좀 봐요. 우리 집안의 복이에요." 그녀는 새로 들어올 며느리도 제 형님 못지않게 빨리 아들을 낳을 거라고 말했다. 수줍은 미소를 지은 알모니의 아내가 늘어진 머릿수건을 당겨 목 주변에 감았다. 불가에 늘어졌던 천에서 뜨뜻한 기운이 전해졌다. 그녀가 빵틀을 가마 안으로 마저 밀어넣었다.

말린 똥이 든 바구니에 반죽이 담겼던 돌그릇을 넣은 알모니의 아내가 버드나무로 짠 바구니를 뒤집어 탁탁 털었다. 가마 주변의 이야기에 간간히 말을 보태며 그녀는 가마 안을 들여다보았다. 마침내 그녀가 빵틀 손잡이를 잡았다. 겉이 갈색으로 바삭바삭해지고 점점이 짙게 그을린 빵에서는 더운 김이 솟았다. 그녀는 버드나무 바구니에 빵틀을 기울여 빵을 떨어뜨리곤 손가락을 재빨리 놀려 뜨거운 빵을 포개 담았다. 뜨끈한 빵에서는 고소한 향이 흘러나왔다. 강보에 싸인 아기가 콧구멍을 벌렁거렸고 리스바가 그 고운 뺨에 코끝을 비볐다.

며느리가 뒷정리하는 동안 아기를 안은 리스바는 집으로 걸어갔다. 알모니가 이미 이것저것을 챙겨놓은 뒤였다.

"다른 게 필요 있겠니. 첫 빵이 나왔으니 말이다."

"그래도 곁들일 뭔가가 있어야 좋지요."

가죽 부대에 물을 담은 알모니가 하미쯔 단지를 챙겼다. 곁방에 들어간 리스바가 포도주와 치즈와 올리브기름을 챙겨서 나귀 허리에 묶인 갈대 상자에 담았다.

"이제 저 방도 정리해야겠다."

창고로 쓰는 곁방은 므비보셋의 신방이 될 예정이었다. 아이들이 손자 한둘을 더 낳으면 안뜰이 넓은 이층집을 알아봐야겠어. 리스바는 생각했다. 앞으로 서너 해만 지금처럼 풍작이라면.

리스바는 행복하다고 느꼈고, 그 생각은 그녀를 깜짝 놀라게 만들었다.

타작마당으로 걸어가는 동안 아기를 안은 리스바는 알모니와 몇 마디 나누었다.

"너희 아버지 사울은 불행한 사람이었어. 비록 내게 깊은 은혜를 베푸셨지만 말이다. 네 아버지는 선물 같은 하루하루를 즐기지 못하고, 우울감과 죄책감 앞에서 좌절했지."

선물이라는 단어를 말하며 리스바는 저도 모르게 잠든 아기 얼굴을 돌아보았다. 알모니가 어머니의 말을 받았다.

"어머니는 저희가 아버지처럼 삶을 한탄하고, 허튼 명성에 손을 뻗고, 열패감에 다른 사람을 질투하길 원치 않았죠."

리스바가 힘차게 고개를 끄덕였다. 그랬다. 아들들이 인생에게 패배해 나락으로 구를까 봐 그녀는 마음을 쓰고 애를 태웠었다. 어쩌면 엎드려야만 화가 비껴가고 복이 오는 건지도 몰라. 그녀는 생각했다. 엎드린 다음에야 사울을 만났고, 십의 황무지에서 굶주린 뒤에야 길로의 행복을 맛보았으니 말이야. 그녀는 말해 주고 싶었다. 잘해냈어, 애야. 꼭 왕관에서 삶을 찾아야 할 이유는 없잖니. 싹을 틔울 밀알 속에도, 양의 헝클어진 털 사이에도, 뒤틀려 구부러진 포도나뭇가지에도, 아기가 흘린 맑은 눈물방울 속에도, 밭에서 마주 본 너희 부부의 포근한 미소에도 그건 머물고 있으니.

삶이, 더할 나위 없는 삶 그 자체가.

이제 그들 모두가 알았다.

타작마당 한쪽에 낙타털로 짠 융단이 깔렸고 빵이 담긴 바구니가 한가운데 놓였다. 빵에서는 아직도 따끈한 기운이 올라오고 있었다. 추수를 마친 가족이 빵 주변에 둘러앉았다. 아내의 기쁜 얼굴에 든 홍조가 저무는 해 때문인지 화덕의 불기운 때문인지, 알모니는 구분할 수 없었다.

잔이 채워졌다. 열을 받은 버드나무에서 나는 독특한 향내가 뜨거운 빵에서 솟은 고소한 냄새와 뒤섞이며 코를 감미롭게 자극했다.

한 덩이의 빵이, 한겨울 내내 비축되었던 땅의 기운과 지난 우기의 빗방울과 봄의 느긋한 햇살과 한여름 광야에서 불어온 뜨끈한 남풍과 몸을 기울인 모든 사람의 땀과 눈물로 영글어 마침내 불꽃 속에서 향긋하게 부푼 한 덩이의 기적이 그들 앞에 놓였다. 알모니가 빵을 떼어 어머니와 동생과 아내에게 건넸다. 감격한 그가 다윗 왕이 지었다는 감사의 시를 나직이 읊조렸다.

"이 땅의 수확물이 불어났도다. 여호와께서 우리에게 복을 주셨도다."

24
들불

고삐를 홱 잡아당기자 고개가 젖혀진 말이 성마르게 굴었다. 압살롬의 발이 말배를 찼다. 채찍의 가파른 소리에 놀란 말이 다시 내달렸다. 압살롬의 매듭진 머리카락이 공중에 달랑거렸다.

높은 해 아래 푸른 밀은 뜨거운 남풍에 큰 물결을 이뤘다. 말이 달리는 좁은 길은 말끔히 비어 있었다. 압살롬이 길고 긴 고함을 질렀다. 그렇지 않으면 가슴이 터질 것만 같았다.

말과 사람이 다 허덕이고 나서야 압살롬은 고삐를 뒤로 당겼다. 지친 말을 샘 곁에 풀어놓은 압살롬이 나무 아래에 주저앉았다. 가죽 부대를 쥐어짠 그가 물 몇 모금을 삼켰다. 샘 곁에 핀 유두화가 보였다. 무더기로 핀 그 붉은 꽃은 탐스러웠지만, 뿌리는 사람을 죽일 정도로 독성이 강했다. 산등성이를 올라가며 압살롬은 수선화와 아네모네까지 함께 꺾어 쥐었다.

가택에 연금된 건 아니었다. 압살롬 가족에게는 매달 밀과 꿀과 물과 포도주와 기름이 보내졌다. 그들이 요구했더라면 더 많이 제공되었을지도 몰랐다. 압살롬의 아내가 아들을 낳았을 때는 침향과 유향과 계피가 세마포와 함께 내려오기도 했다.

그러나 그들은 왕성에 들어갈 수 없었다. 방치된 그들을 방문하는 사람도 없었다. 보이지 않는 벽에 둘러싸인 그들은 세상으로부터 도려내진 것 같았다. 아도니야와 스바댜와 이드르암을 만나 따로 용서를 구하려 들었던 압살롬은 다윗 성에 접근할 수조차 없었다.

언덕에는 무덤이 있었다. 압살롬은 그 곁에 앉았다.

좁고 긴 동굴에 시신을 뉘여 살을 삭게 하고 남은 뼈를 조상들의 뼈와 한데 모아두는 이스라엘 관습을, 압살롬은 지키지 않았다. 압살롬은 아이들을 메마른 굴에 두고 싶지 않았다. 그는 대신 볕이 잘 드는 이곳 언덕에 깊은 구멍을 파고 수의에 싼 아이들을 뉘었다. 이곳은 그들 가족이 간혹 나들이 오던 장소였다. 귀를 기울이면 아이들의 웃음소리가 들리는 이곳에서 압살롬은 조금씩 흐려지는 아들들의 얼굴을 새롭게 되새기곤 했다.

지난겨울 압살롬은 아들 둘을 잃었다. 서늘한 바람이 불어올 무렵 아람 그술에서 같이 내려온 맏아들이 열병으로 죽었고, 우박을 동반한 폭풍이 창턱을 두들기던 늦은 겨울밤에 이스라엘에서 낳은 막내아들이 숨을 거뒀다. 그술에는 이스라엘에 오기 전에 죽은 아들의 무덤이 있었다. 그는 세 아들을 낳았지만 어느 하나 곁에 남기지 못했다. 이제 겨우 스물두 살인 그는 후사가 끊어졌으며, 갈등이 극심해진 아내와의 사이에 아이가 들어설 일은 없어 보였다. 아내가 원한 이스라엘에서의 삶은 이런 게 아니었으리라. 하지만 그건 압살롬 또한 마찬가지였다.

아이들을 묻느라 종들은 흙 아래 놓인 두꺼운 석회암층을 곡괭이로 부숴야 했다. 무덤 자리로 직접 들어가 수의에 싼 아이들을 뉘인 압살롬은 울지 않았다. 마른 갈대가 된 그에겐 흘러나올 눈물이 없었다. 꽉 찼던 속은 텅 비어 버렸고 빈 껍질만이 바람에 흔들렸다. 아아아 집에 돌아온 그는 울었지만, 마른 통곡은 신음처럼 흐를 뿐이었다. 우우우 바람이 불면 마른 갈대 속에서 깡마른 소리가 울려나오는 것처럼, 신음 같은 마른 통곡만 흘러나올 뿐이었다.

두 개의 무덤 앞에는 참나무가 심어져 있었다. 압살롬은 그 그늘에 앉았다. 그가 꺾은 꽃 무더기를 아네모네 줄기로 묶었다. 아버지가 야속하고 아들들이 그립고 자신을 둘러싼 세상이 얼음덩어리처럼 느껴지면 그는 말에 올랐다. 그리고 가슴에 얹힌 납덩이를 내던지려 악을 써댔다. 정신없이 달리다 보면 말발굽은 어느새 이곳, 아들들의 무덤가에 멈춰지곤 했다.

너희, 내 사랑스럽던 유두화들아.

흙으로 돌아가려 땅 밑에 들어간 붉고 탐스러운 아이들은 압살롬의 독 뿌리였다. 어여쁜 꽃 아래 누운 아이들의 웃음소리를 떠올릴 때마다, 압살롬의 혀뿌리엔 보랏빛 독이 배어나곤 했다.

그러나 때때로 압살롬은 전혀 다른 이해를 떠올리곤 했다. 자식을 잃은 아버지로서 압살롬은 아버지 다윗을 새롭게 바라보게 되었다. 아버지가 암논을 묻으며 품었을 감정이 그는 이해되었다. 아버지는 귀국한 자신을 바로 그 이유 때문에 돌아보지 않는 것이리라. 아버지가 잃은 아들이 암논만은 아니었다. 길르압도 급작스러운 열병으로 쓰러지지 않았던가. 그러나 동생에게 맞아 죽은 암논을 묻는 것과 병으로 죽은 길르압을 묻는 것은 전혀 다른 일이었을 것이다. 이해는 상상을 통한 지각적인 사고 과정이 아니라 경험을 통한 총체적인 감각을 거쳐 생성되는 것임을, 압살롬은 제 자식을 묻은 뒤에야 깨달았다.

그러나 이러한 이해는 간혹 일어나는 섬광 같은 것이었다. 그의 마음은 몇 겹의 죽음이 드리운 베일로 어둑했다. 그런 까닭에 열기 없이 반짝이던 섬광 같은 깨달음은 그의 마음에 어떤 자국도 남기지 못하고 홀연히 사라지고 말았다.

다말을 볼 때마다, 검은 소복으로 몸을 휘감고 밤이 되어서야 안뜰을 조금 거니는 그 애를 볼 때마다, 어둑한 압살롬의 마음은 검게 이는 해일에 커다랗게 삼켜지곤 했다. 암논이 죽어 마땅한 인간이라는 결론을 압살롬은 고쳐먹지 않았다. 그의 확신은 귀국한 뒤로 더욱 확실해졌다. 내가 죽이지 않았더라면 암논은 사면을 받고 높은 지위를 회복했을 게 분명해. 다윗 성 밖 돌집에 내동댕이쳐진 시간이 길어질수록 이런 생각은 확고해졌다.

압살롬의 내면을 결정적으로 뒤틀어버린 건 막내아들의 죽음이었다. 압살롬은 극심한 우울감에 사로잡혔고, 인생이 텅 빈 허망으로 가득 찼다고 생각했다. 하지만 그때에도 문은 아직 반쯤 열려 있었다. 그걸 닫거나 여는 건 압살롬의, 문지방 안쪽 어둠 속에 주저앉으려던 그의 몫이었다.

그는 간혹 죽음은 별것 아니라는 확신에 붙들리기도 했다. 삶의 의미를 찾을 수 없었기에, 삶의 종결 또한 무의미하다고 생각한 것이다. 그건 죽음의 충격으로부터 스스로를 보호하기 위한 수단이었다. 아내와의 불화로 예민해진 그는 아들들의 죽음을 견딜 수 없었고, 잇따른 죽음이 자신의 복수 때문에 빚어진 게 아닌가 하는 의구심으로 괴로워했다. 그러한 우울로부터 탈피하고자, 압살롬은 죽음을 우습게 보려 들었다. 그는 흐르는 피에 대해 무심해 했고, 고통에 대해 점차 무뎌져 갔으며, 죽음에 대해 이내 심드렁해졌다. 그러면서도 그는 다윗을 원망했다. 아버지가 내 귀국을 반겼더라면 내 가족을 두 팔 벌려 환영했더라면, 아들들이 가져온 죽음의 한기를 아버지와 함께 견뎠을 텐데. 그의 자기중심적인 생각은 그렇게 보이지 않는 땅 밑에서 푸르게 진해져 갔다.

가끔 그는 아들들의 죽음이 어떤 신호일지도 모른다는 생각을 했다.

압살롬은 자신들을 돌보라며 아버지가 보낸 종들을 의심했다. 그는 자신의 언사와 행동이 종들을 통해 아버지께 보고될 거라고 생각했다. 우리 부부의 끝없는 불화 또한 고자질 되고 있겠지. 압살롬은 자기가 머무는 곳이 돌로 지어진, 수많은 눈동자와 귀로 벽을 마감한 감옥이라고 생각했다. 분노는 매일 조금씩 커져갔다. 그의 성미를 건드린 종이 매질을 당했고 식탁에서 따귀를 맞은 여종이 겁에 질린 얼굴로 비명을 삼켰다. 한때, 그의 내면에 반짝이는 것들이 있었다. 그것들은 지금 휘몰아치는 광풍에 삼켜지며 열없이 깜빡이고 있었다.

압살롬이 삶을 바라보는 방식에도 변화가 일었다. 그는 죽음을 통해 삶을 돌아보기는커녕 괴벽해지고 교만해졌으며 범람하는 죽음이 자신에게 쏟아지기 전에 무언가를 이뤄야 한다는 강박에 시달렸다. 그는 인생을 허망하다고 여겼고, 그렇기에 진지하게 살기보다는 인생을 우습게 여겨야 한다고 생각했다. 압살롬은 이 우스운 인생을 그나마 충실하게 사는 길은 오직 남을 지배하며 사는 것뿐이라고 결론지었다. 성 밖의 초라한 돌집에 웅크린 왕자는 높이 솟은 왕의 자리를 흘겨보곤 했다.

그가 앉은 참나무 그늘이 점차 길어졌다. 해가 낮아지는 중이었지만, 끓어올랐던 대지의 열기는 여전했다. 압살롬은 무덤 사이에 꽃 더미를 놓았다. 그는 달궈진 두 무덤에 손바닥을 대고 아이들의 이름을 세 번씩 불렀다. 바람이 실어오는 대답이 그의 귓바퀴를 간질이는 것만 같았고, 냉담했던 압살롬의 가슴이 잠시 미지근해졌다. 그러나 눈물은 차오르지 않았다.

변화가 필요했다. 샘 곁으로 내려가며 압살롬은 입술을 깨물었다. 낭떠러지 아래로 비참하게 내던져진 그는 세상으로부터 철저히 외면받는 중이었다. 아무런 방문객도 없고 아무도 방문할 수 없는 그는, 세상 모든 기쁨은 물론이고 슬픔에게조차 버려진 것 같았다. 압살롬은 그가 기억하는 모든 사람에게 편지를 쓰고 종을 보내고 성문 바깥에서 그들의 왕래를 하염없이 기다렸다. 하지만 다윗 성 유력자들은 왕자의 부탁을 외면했고, 성문에서 눈길이 마주치기라도 하면 고개를 돌려버렸다. 압살롬은 목구멍이 바늘만 해진 것 같았다. 지금의 고립이 계속되면 그는 잊힐 것이고 돌집 속에서 영원히 사위여갈 것만 같았다. 만나기만 하면 아버지의 마음을 돌릴 수 있다고 압살롬은 확신했다. 아버지를 만나기만 하면……! 그럴 수만 있다면 뭐든 가능했다.

풀과 물로 배를 불린 말은 그늘에서 반쯤 졸고 있었다. 압살롬의 다리가 말 등을 단단히 감쌌다. 쉬고 난 말은 나는 듯 달렸다. 먼 올리브 산자락에 가려 다윗 성은 보이지 않았다. 아버지와 담판을 지으려면 보이지 않는 아버지를 향해 내던질 끈이 필요했다. 왕궁으로 이어질 그 끈이 압살롬에겐 간절했다. 압살롬이 고개를 돌렸다. 산자락에 층지게 일군 포도밭과 골짜기 바깥으로 길게 자리 잡은 보리밭이 보였다. 뜨거운 남풍이 불었고 에메랄드빛 너울로 보리밭이 물결쳤다. 그 푸른 물결 속에서 알곡이 부푸는 소리가 메아리처럼 들려왔다.

밭에 불이 났을 때 요압은 집을 막 나서려던 참이었다.

불이 난 보리밭은 다윗 성 인근 곳곳에 흩어진 요압의 소유지 중 하나였다. 물 채운 단지를 옆구리에 낀 종들이 내달렸다. 요압도 불이 난 곳으로 급히 나가보았다. 푸른 보릿대에 이삭이 팰 무렵이어서 불이 크게 번지지는 않았다.

"멀쩡한 밭에 절로 불이 붙겠느냐? 불 지른 자를 누군가 봤을 것이다."

요압의 호통을 들은 종들이 대문 밖으로 뛰쳐나갔다.

범인은 가까운 곳에 있었다. 서너 명의 목격자가 모두 한곳을 짚었다. 몽둥이를 치켜든 요압의 종들이 왕자의 집을 에워쌌고, 발 빠른 자 하나가 주인에게 되돌아갔다.

의자에 몸을 깊이 묻은 요압은 눈을 감은 채 보고를 들었다. 배 위에 포개진 두꺼운 손가락에는 루비와 토파즈와 녹옥이 박힌 금반지들이 끼워져 있었다.

"나귀를 끌고 와."

빤한 술수였다. 하지만 넘어가지 않을 도리가 없었다. 불 지른 자를 쫓던 종들이 왕자의 집을 에워싸기까지 했으니, 그가 나서서 상황을 정리해야만 했다. 주선지를 원하는 압살롬이 나를 지목했군. 요압은 다시 한 번 생각해 보았다. 가지 않을 수가 없었다.

나귀에 오른 요압은 블레셋 사람들이 토끼 잡는 방법을 떠올렸다. 율법이 식용을 금지한 부정한 짐승이기에 이스라엘 사람들은 토끼를 먹지 않았지만, 평야에 사는 블레셋 사람들은 거리낌 없이 토끼를 굽거나 삶아 먹었다. 깊은 굴에 숨은 토끼를 잡으려면 굴 앞에 풀을 태우고 연기를 불어넣어 몰아 잡아야 했다. 깊은 곳에 웅크려 만나주지 않는 요압을 뛰쳐나오게 만들려고 압살롬은 밭에 불을 놓은 것이었다. 굽히거나 삶기지 않으려면 냉정해야 했다. 하지만 쉽지 않았다.

왕자의 집을 둘러싼 종들의 몸에선 탄내가 났다. 마당엔 압살롬의 종들이 몽둥이를 들고 서 있었다. 그들이 서로를 쏘아보며 이를 갈았다.

"너희 주인이 어디 있느냐?"

마당에 가득한 장정들이 좌우로 갈라졌다. 그들이 짚은 곳을 향해 요압이 나아갔다. 대꾸 없이 손짓만 하는 종들의 무례함에 그는 화가 치밀었다.

문을 등진 압살롬은 창밖을 바라보는 중이었다. 인기척을 느낀 압살롬의 심장 고동이 빨라졌다. 걸음 소리가 가까워졌다. 가진 것이 아닌 가질 것에 대한 약속으로, 압살롬은 요압을 움켜잡아야 했다. 왕자가 어깨너머로 요압을 돌아보았다.

"잘 지내셨소?"

나지막하고 잔잔한 목소리였다. 요압은 답례를 하지 않았고, 왕자도 몸을 마저 돌리지 않았다. 사령관은 우회로를 몰랐다.

"왕자의 종들이 무엇 때문에 내 밭에 불을 질렀습니까?"

"뵙기 어렵더군."

압살롬이 딴청을 부렸다. 요압이 유감스럽다는 표정을 지었다.

"사령관 노릇을 하려면 집을 자주 비워야 하거든요."

"평화로운 세상 아니오? 전쟁도 없고."

"평화를 유지시키기 위해서도 칼은 필요하지요."

"누구를 위한 칼이오?"

두 사람의 눈빛이 잠시 얽혔다가 떨어져 나왔다.

"사령관." 압살롬이 요압의 충고를 떠올리며 차갑게 웃었다. "너무 오래 엎드렸더니만 욕창이 날 지경이오."

요압이 눈썹을 치켜세웠다. "그 이야기를 하러 온 게 아닙니다."

"그럼 불에 대해 이야기해야겠군. 많이 타진 않았겠지."

"토라는 남의 밭에 불을 지르는 걸 중죄로 다스리라고 이릅니다."

"좋소. 원하는 바요. 나를 고발해요, 요압. 날 성문 사이에 세우시오." 그렇게라도 아버지를 뵐 수 있게.

압살롬이 요압을 지나쳐 방 한가운데로 걸어갔다.

"사령관 당신에게 여러 차례 사람을 보냈지. 주의 깊게 다듬은 편지와 함께." 압살롬이 요압을 노려보았다. "거절과 따돌림은 익숙해지기 어렵더군."

"내가 뒷짐을 졌다는 겁니까?" 요압이 손바닥을 들어 올렸다. "왕자를 아람 그술에서 데려온 사람이 누구였죠?"

"나를 대체 왜 데려온 거요? 목적이 뭐였지?"

"왕께서 평안하지 않았기 때문입니다."

"아버지의 평안을 도모해 뭘 얻으려 했던 거요?" 압살롬이 코웃음을 쳤다. 그는 사령관을 짓눌러야 했고, 이 단단하고 기민한 자를 끝까지 밀어붙여야 했다. "아마사 때문에 그런 일을 벌인 거 아니오?"

아마사와 요압의 반목은 더는 비밀이 아니었다. 자신과 가까운 천부장들을 규합한 아마사는 사령관이자 사촌인 요압에게 종종 제동을 걸었다. 아직 요압을 피곤하게 만들 정도는 아니었지만, 신경이 쓰일 정도로 세를 불려가는 것도 사실이었다. 아마사는 전쟁을 지휘하기에 요압은 너무 늙었다는 말을 공공연하게 떠벌렸다.

요압이 비웃었다. "풋내기 따위를 누가 신경 쓴답니까."

"외로운 돌집에 처박힌 내게도 잡다한 소문이 밀려온다오. 당신은 장군들의 지지를 받고 있지만, 아마사는 백부장과 천부장의 신망이 두텁다던데. 당신이 이스라엘 군대의 머리를 붙들었다면, 아마사는 척추와 갈비뼈를 휘어잡은 거라던데. 맞소, 사령관?"

요압이 간신히 웃었다. "왕자께서 우리 정다운 사촌 사이를 갈라놓으려 하시는군요."

"그럴 리가." 압살롬이 마주 웃었다. "내가 당신들 사이를 갈라놓을 이유가 어디 있지? 이미 서로에게 송곳니를 드러내고 있지 않나."

압살롬이 바짝 다가왔다.

"비열한 행위요, 요압. 당신은 나를 디딤돌 삼으려고 이스라엘로 데려왔지. 그러나 아버지가 냉담하게 굴자 바로 등을 돌렸어." 그가 손가락 두 개를 폈다. "이 년이오, 이 년. 이 빌어먹을 돌집에 버려진 세월이 자그마치 이 년이란 말이오. 이럴 줄 알았다면 당신을 따라오지 않았을 거요."

숨을 길게 내쉰 압살롬이 고개를 끄덕였다.

"난 아버지를 이해합니다. 그분의 쓰라린 고통, 잠 못 이룰 비통함, 치유되지 못할 배신감…… 사령관, 아버지와 나 사이엔 오해가 있소."

그럴 리가. 당신 동생들이 암논이 맞아 죽는 광경을 직접 보았는데 오해는 무슨. 요압이 눈을 가늘게 떴다.

"오해라고요?"

"아버지께 그때의 일을 설명하고 싶소."

"이것 보세요." 요압의 몸이 압살롬에게로 쏠렸다. "드고아 여인을 기억하십니까? 그녀는 움직일 수 없는 질문을 던졌어요. 그녀의 아들이 돌아와도 좋다고 판결내리셨으니, 왕의 아들도 돌아와야 한다고 주장했죠. 그 상황은 나단이 왕께 낸 질문과 놀랍도록 닮았습니다." 말해 놓고 보니 섬뜩한 감이 있군. "다른 사람의 사안을 판결하게 해 스스로를 옴짝달싹 못 하게 만들었다는 점에서 말입니다."

"드고아 여인의 질문에 옴짝달싹 못 하게 된 아버지가 사령관에게 화가 났다는 뜻이오?"

다윗이 요압에게 불쾌감을 드러내놓은 적은 없었다. 하지만 예민한 요압은 언짢은 기색을 분명히 느꼈다. 요압은 대답하지 않았다. 얼굴을 찡그린 압살롬이 고개를 흔들었다.

"그건 사령관이 자초한 거잖소." 한숨을 쉰 압살롬이 요압에게 다가왔다. "아버지께서 드고아 여인 때문에 화가 났다면, 사령관은 나와 아버지와의 만남을 더더욱 주선해야 하오."

요압이 억지웃음을 지었다. "왜 그렇죠?"

"내친걸음이니까. 거기서 그치면 안 간 것과 다름없소." 압살롬이 눈을 가늘게 떴다. "사령관이 나를 귀환시키면 기대했던 이익이 있었을 거요. 내가 잃었던 지위를 회복하지 못하면, 사령관의 기대는 열매 맺히지 않아요."

요압이 압살롬을 응시했다. 그래, 일리가 있군. 요압은 자신이 압살롬의 말에 묶였음을 알았다. 하지만 몸을 뺄 도리가 없었다. 그러나 시도마저 안 할 수는 없었다.

"때가 좋지 않아요."

"아버지와 아들이 만나는데 때가 따로 필요하오?"

"왕의 병이 깊고, 가슴에 도사린 심려가 큽니다."

압살롬이 손을 내저었다.

"아버지께서는 자책하는 거요. 암논을 죽게 만든 책임이 스스로에게 있다고 여기시지. 아버지를 만나야 합니다. 그래야 그분을 움켜쥔 고뇌가 사라져요."

말들은 굽이를 돌아나가는 물처럼 부드러웠고, 그랬기에 힘이 있었다. 오래 준비해 거듭 다듬은 모양이야. 하지만 왕자의 태도는 말과 사뭇 달랐다. 턱을 치켜든 압살롬은 오만하고 고고해 보였다. 그러나 그 태도엔 남을 매혹시키는 도도한 매력이 있었다. 번뜩이는 눈빛으로 압살롬은 요압을 응시했다.

"찬바람을 맞는 것도 나쁘지 않았소. 아람 그술 얘기요. 그 작은 왕국의 궁전에서 얼마나 많은 협잡과 비열한 수단이 동원되는지를 알면 깜짝 놀랄 거요. 거기서 꽤 배웠지. 그러니 요압, 나를 디딤돌 삼으려던 시도는 괜찮소. 나를 버린 것도 괜찮아. 그게 삶이잖소."

누군가를 나의 계단 삼는 것. 발아래서 울려 퍼지는 비명이 아닌, 가까워지는 영광에 몰두하는 것. 그것이 압살롬이 이해한 삶이었다.

"하지만 이제 내가 당신이 아닌 아마사에게 도움을 구하려 든다면 어떻겠소?"

"그 앞가림도 못하는 머저리가 왕자의 사정을 헤아릴 것 같습니까?"

"내 디딤돌이 못 된다면, 누군가를 짓누를 윗돌로 쓸 수도 있겠지." 압살롬이 이를 드러내며 웃었다. "이봐요, 사령관. 내가 당신한테 간청한다고 여기지 마시오. 나는 당신에게 기회를 한 번 더 주는 거요."

허풍이야. "왕자님을 위해 위험을 무릅쓸 다른 누군가가 있나요?"

"조만간 확인해 보시겠소?"

몇 살이나 되었지, 이 건방진 자식이? 지금 이스라엘 사령관을 협박하는 건가, 저처럼 궁색한 처지에 놓인 애송이가? 둘째 아들과 압살롬과의 나이 차이를 떠올린 요압이 저도 모르게 혀를 찼다. 이제 겨우 스물두 살이로군. 요압은 마음을 가라앉히려 애썼다. 압살롬을 위해 수고를 한 번 더해도 나쁘진 않을 것이었다. 하지만 압살롬이 자신을 움직이게 만들기 위해 불과 바람을 쓰고 있다는 사실이 요압은 불쾌했다. 뜨거운 남풍에 독려받으며 요압의 보리밭을 질겅질겅 씹어 댔던 압살롬의 불. 요압은 이 영악한 애송이가 노회한 자신을 격동시키고 있다는 사실을 인정하고 싶지 않았다.

왕자여, 나 요압은 뭐든 잊어버리는 법이 없어.

압살롬이 테이블로 가 잔 두 개를 들었다. 포도주가 든 병을 짚으며 압살롬이 눈썹을 들어 올리자 요압이 손을 내저었다. 한 잔의 물과 한 잔의 포도주가 마련되었다.

"내가 죽을죄라면 빨리 집행해달라고 간청하고 싶소. 하지만 돌집에 내던져진 이 년이라니……." 압살롬이 고개를 절레절레 저었다. "물론 사령관은 내가 죽을죄라고 여기지 않겠지만. 그렇잖소?"

요압이 억지로 미소 짓자 붉은 잇몸이 드러났다.

"무슨 말씀이시죠?"

"당신은 아브넬을 죽였잖소. 피로 피를 갚아야 한다는 걸 가장 잘 아는 분이 사령관 아니오?" 압살롬이 어깨를 으쓱했다. "사실 난 서운해요. 사령관이야말로 내 복수의 정당함을 앞장서서 주장해 주리라 믿었거든요."

압살롬은 요압을 찌르면서, 동시에 둘의 처지를 교묘히 합일시켰다. 자신을 훑는 요압의 눈빛을 응시하며 압살롬은 잔을 내밀었다.

"내 곁에 남겠소, 나와 마주 서시겠소?"

요압이 입을 열기까지 아주 오랜 시간이 흐른 것만 같았다. 누가 먼저 얇은 얼음을 부술지, 압살롬은 짐작할 수 없었다. 이윽고 마른 입술을 축이며 요압의 혀가 맺힌 말을 떨어냈다.

"알현을 허락하시도록 손을 써 보지요."

이렇게나 알현실이 작았던가.

이십 년 가까이 살아온 왕궁을 벽돌 하나까지 모조리 기억한다고 압살롬은 자신해 왔다. 그러나 기둥 하나하나가, 바닥 돌의 구부러진 윤곽마저 낯설기 짝이 없었다.

압살롬은 앉지 않았다. 긴장 때문에 앉으면 근육이 굳어버릴 것만 같았다. 명령에 따라 알현실엔 압살롬 혼자 들어서야 했다. 다윗은 이 특별한 재회의 소소한 부분까지 규정을 정해 주었다.

문 열리는 소리에 압살롬은 몸을 돌렸다. 핏기가 썰물처럼 빠져나간 왕자의 얼굴이 핼쑥해 보였다. 지팡이가 가장 먼저 눈에 띄었다. 바닥을 울리는 징 박은 지팡이는 벼락처럼 뒤틀려 있었고 곳곳에 박힌 옹이가 도드라져 보였다. 다윗의 쇠약해진 기력은 지팡이를 갖추고도 기울어진 몸을 수습하지 못했다. 쉰일곱이 아니라 여든일곱에 가까운 몰골이었다. 왕관을 벗어둔 다윗은 소매 달린 쿠토네트 차림이었는데 백발이 무척 성성해서, 압살롬은 저도 모르게 사위어버린 숯불 더미를 떠올렸다. 푸른빛 도는 창백한 피부와 깊게 패인 뺨과 다윗 자신도 어찌하지 못하는 간헐적인 경련을, 압살롬은 한눈에 알아보았다.

다윗은 타오르는 격정을 주체할 수 없었다. 찢긴 마음들이 서로를 마주 보고 있었다. 아들은 늠름한 동시에 비열했고, 매력적이면서도 누추했으며, 의지가 굳은 것 같으면서도 나약해 보였다. 그것은 착각이 아니라 압살롬 안에 모두 내제된, 오직 아버지가 아니면 알 수 없는 복합적이며 이중적인 실체였다. 그것을 또렷이 보았으면서도 다윗은 압살롬의 비열하고 누추하며 나약한 모습이 어쩔 수 없이 사랑스러웠다. 압살롬은 그의 아들, 그의 허리에서 나온 그의 자식이었다. 그가 보고 있는 두 얼굴의 왕자는 다윗을 뿌리로 하는 하나의 꽃이자 열매였으며 또 다른 뿌리였다. 다윗은 이 복된 재회의 순간이 너무나 괴로웠고, 이 자랑스러운 아들이 참으로 혐오스러웠다.

다윗은 이 드넓은 괴리를 설명할 수 없었다.

노인 특유의 색이 바랜 눈동자를 압살롬은 응시했다. 입속에 쟁여뒀던 말들은 사라지고 없었다. 그들은 서로를 오래도록 바라보았다.

다윗이 압살롬의 뒤를 가리켰다.

"저걸 들여다보고 있었느냐?"

이집트에 내린 열 가지 재앙을 새긴 나무판은 거기 걸려 있었다.

"침전으로 가는 통로에 붙었던 것들이야. 재작년에 이곳으로 옮겼지."

모든 맏이를 죽이러 이집트에 내려온 천사의 준엄한 얼굴을 압살롬은 힐끔거렸다. 다윗이 힘겹게 걸음을 옮겼다.

"나도 내 맏아들을 떠나보내야 했다. 이집트 파라오처럼."

'텅텅', 지팡이 끝에 박힌 징의 울림 사이로 말은 퍼져 나갔다.

"난 내 맏이의 죽음을 잊지 않고 싶었다."

노여움을 드러내지 않으려 압살롬은 애를 써야 했다.

"얼마나 많은 사람과 저 돋을새김을 두고 이야기를 나누었는지 몰라. 무수한 사람들에게 저 조각을 보여주고 감상을 물었지."

"빼어난 작품입니다."

걸음을 멈춘 다윗이 압살롬을 돌아보았다. 저 목소리였던가, 내가 지난 이 년 내내 떠올리던 게. 지금 내 움직임을 멈추게 만들고 흐르던 생각을 고이게 만든 게 저 목소리였나.

아니면 그 목소리를 그리워하던 내 간절함이었나.

다윗이 왕좌를 향해 돌아섰다. 그가 아들을 등졌기에, 압살롬은 아버지의 입술에 희미하게 어린 미소를 볼 수 없었다. 사흘 만에 맛보는 물의 달콤함이 이보다 더 반가울까. 굵고 나지막한 아들의 목소리, 그것이 지닌 독특한 울림, 울림이 일으킨 마음의 파문이 부드럽게 너울거렸다. 그러나 다윗은 물어야 할 게 있었다. 왕좌 팔걸이를 움켜쥔 이스라엘 왕이 입술을 깨물었다.

"왜 기다리지 않았지? 왜 참아내지 않았지?"

다윗이 언성을 높이자 압살롬이 무릎을 꿇었다.

"이 년은 짧은 세월이 아닙니다."

"어떤 이 년 말이냐?"

"바알하솔에 가기까지, 저는 이 년 동안 정의를 기다렸습니다."

"넌 더 기다렸어야 했다!"

더 기다렸다면 나는 결단을 내렸을까. 저 아이가 원하던 그런 방식의 결단을?

다윗이 흥분으로 붉어진 압살롬의 얼굴을 보았다. 차갑게 얼어붙은 창이 몸을 관통하는 것 같았다.

"네 아이들에 대한 소식을 들었다."

그러나 장례식에 오지는 않으셨지요. 그들 부부만이 웅크린 비통한 밤은 옹색하고 초라했었다. 다윗이 시선을 떨어뜨렸다.

"너도 새끼를 잃어보지 않았느냐. 사랑스러운 자식을 땅에 묻는 경험을 너도 하지 않았느냐." 격정을 이기지 못한 다윗이 자기 가슴을 쳤다. "너희가 일으킨 피바람에 내 가정이 찢기고 내 몸이 상했다. 온 이스라엘 앞에서 왕가의 명예가 실추되었어."

"암논을 버리셨어야 했어요."

"그게 내가 그 애를 버리는 방식이었다." 다윗이 손바닥으로 왕좌 팔걸이를 탁탁 쳤다. "돌로 지은 차가운 집에 그 애를 가두었어. 고통과 후회를 맞닥뜨리라고 그렇게 그 애를 버렸다. 그 애가 가시나무처럼 말라붙을 때까지 세상과 영원히 격리시키려 했어. 네가 바알하솔로의 동행을 부탁하기 전까지, 그 애를 그렇게 내버려 두려 했어."

"그는 죗값을 치러야만 했어요."

"그 애를 토막 내 우물가에 내걸었다면 네 마음이 시원했겠느냐? 넌 정말 그 정도로 메마른 사람이었더냐?"

"암논 때문에 시들어버린 다말을 보세요. 그 애는 죽은 것과 다름없어요."

"그건 다말의 일이다. 내가 그 일을 저지르고, 나는 다말을 만났었다. 정작 그 애는 나를, 내 처지를 이해했어. 그런데 너는 암논에 대한 증오 때문에, 다말에 대한 사랑 때문에, 너 자신이 정해 놓은 규범 때문에 네 이복형을 죽였잖니. 넌 괴물이 되었어. 넌 네가 증오하는 무언가가 되어버렸어."

"아버지를 위해서였어요!" 압살롬이 항변했다. 모두가 아버지를 비웃었어요. 쇠약해진 가련한 늙은이라고 손가락질했어요. "저만이 다말과 아버지를 위해 암논을 벌할, 명예로운 살인을 감당할 유일한 남자였어요." 압살롬의 외침이 쩌렁쩌렁 울렸다. "아버지를 도우려는 거였어요. 그는 죽어야 했어요. 율법에 따라 죽어야 했어요. 저는 아버지를 대신해 율법을 바로 세운 거예요."

"그러는 동시에 넌 율법을 어기고, 너 스스로를 율법의 칼날 아래둔 거야." 고통을 느낀 다윗이 이마를 짚었다. "아들아, 너는 아직도 깨닫질 못했구나."

압살롬도 다윗도 벌벌 떨었다. 쏟아진 말들이 그들을 격동시켰다. 말을 낸 사람도 말을 들은 사람도 예측할 수 없게, 말이 말을 끌어냈다. 거대한 출렁임 사이에서 서로를 떠민 그들은 끝 모르고 떠밀려갔다.

"난 내 손으로 그 아일 징계할 수 없었다. 그래, 난 왕이기보단 아버지이고자 했다. 다말의 원통함을 여호와께서, 그분만의 방법으로 갚아주시기를 간구했었지. 모세에게 반역한 고라가 땅에 삼켜졌고, 이복형제를 살해한 아비멜렉이 맷돌에 맞아 죽었고, 교만했던 사울이 성벽에 못 박혔다. 나는 여호와의 손을 믿었어."

실수를 모르는 그 손을.

정적이 흘렀고, 거친 숨소리가 새어 나왔다. 다윗이 입을 열었다.

"아아, 널 탓하려던 게 아니었는데. 탓할 사람은 따로 있는데."

압살롬은 고개를 들지 않았다. 지팡이 짚은 손등 너머로 아들을 보던 다윗의 눈에 눈물이 차올랐다.

"다말을 지켜야 했습니다."

"우린 그 아이를 지키지 못했다."

"그 애는 아버지의 명령으로 암논에게 케이크를 구워주러 갔지요."

그래. 암논 그 아이가 어떻게 그런 간교한 꾀를 떠올렸을까. 자신의 악행에 내 죄가 얽혀 있음을 그보다 더 절묘하게 드러낼 순 없겠지. "그래, 그랬지." 주름을 타고 흐른 눈물이 수염을 적셨다.

"아버지가 암논 처결을 미뤘기 때문에 제 동생의 명예는 회복되지 못했어요."

"네 동생은 내 딸이다." 네가 가슴이 아프다면, 나는 어떻겠느냐? "명예…… 명예라."

왜 아브넬을 찔렀지? 명예 때문이지요. 아사헬의 피가 땅 밑에서 부글거렸어요. 어떻게 그를 그냥 보내지요? 명예를 위해 칼을 빼 들어야 했어요. 요압이 되풀이하던 그 말이 다윗의 머릿속을 떠나녔다. 압살롬과 요압. 피붙이의 고통과 자신의 명예에 집중하는 두 사람의 이기적 태도는 놀랄 만큼 흡사했다.

하지만 아들을 또다시 잃을 수는 없었다. 이젠 용서해야 했다. 누군가 이 증오의 고리를 끊어야 비극이 막 내릴 것이었다. 왕이시여, 피는 피로써만 씻기는 법이에요. 요압은 항변했었다. 아니야. 꼭 그렇지는 않아.

피는 기도로도 씻겨.

"너를 보지 않은 지 이 년이 지났다, 아느냐?"

손가락으로 일일이 꼽아온 세월이었다. 이제나저제나 목을 빼고 헤던 나날이었다.

"암논이 제집에 갇혔던 세월이 딱 그만큼이었다."

단단한 도끼가 가슴을 부숴버린 것만 같았다. 왕좌를 올려보던 압살롬이 고개를 떨어뜨렸다.

"모든 이스라엘 사람이 자기가 세운 기준으로 원한을 갚는다면 이 나라가 바로 설까? 그런 자들이 이스라엘이라는 울타리를 필요로 할까?"

다윗은 곰곰 생각에 잠긴 압살롬이 무언가를 깨닫기를 간절히 바랐다.

"왕의 자리, 이 왕좌에서 보이는 길은…… 대단히 좁고 위태롭다. 갈 수 있는 길을 왜 가지 않았냐고 탓하기보다는, 길이 있어도 가지 못하는 안타까움을 헤아려다오."

말을 마친 다윗이 왕좌에서 내려섰다. 바닥을 제대로 짚지 못한 그가 비틀거렸고, 지팡이를 놓친 손가락이 허공을 짧게 할퀴었다. 압살롬이 달려가 아버지를 안았다. 아들의 몸 위에서 다윗의 몸이 늘어졌다. 압살롬의 옷깃을 움키는 왕의 나이든 손은 보드라웠고, 줄어든 근육만큼 피부는 자글자글해져 있었다.

"널 가까이 두고 나라를 다스리는 법을 가르치고 싶었다. 지금껏 내 온갖 노력을 다해 가꾼 이스라엘을 네 치세에 맡기고 싶었다. 널 내 곁에 두려 했었다."

"그렇게 하세요. 그렇게 하시고 아버지께서는 노년의 평안함을 누리세요."

눈물이 가득 고인 탓에 압살롬의 얼굴은 뿌옇게 보였다. 다윗이 아주 천천히 고개를 끄덕였다. 그러나 그것은 승낙의 표시가 아니었다. 아들을 얼싸안은 노인의 북받친 기쁨이 그렇게 드러났을 뿐이었다. 다윗이 압살롬에게 낸 회한의 말은 이제 도저히 그렇게 될 수 없다는 안타까움의 표현이었지만, 압살롬에게는 왕좌에 대한 아버지의 약속으로 여겨졌다. 다윗의 주름진 볼에 눈물이 흘러내렸다. 압살롬의 눈가도 촉촉해졌다.

샬롬. 오랫동안 우리 곁을 떠났던 평안이여, 이제는 영원토록. 샬롬. 목을 어긋매낀 그들이 서로의 뺨에 화평의 입맞춤을 나누었다.

25

피와 제물

다윗은 마른 땅에 앉아 있었다. 그는 지금 하느작거리는 성막 휘장에 넋을 뺏긴 참이었다. 저 높은 곳에서 위안과 기쁨이 흘러나오는구나. 다윗은 흡족했다. 그는 성막에서만은 다른 사람과 마찬가지로 바닥에 앉았다. 적어도 성막에서만큼은, 그는 모두의 왕이기보다는 한 사람의 다윗이고자 했다.

성막은 싯딤나무로 짠 뼈대에 열 장의 화려한 아마포 휘장을 써서 만든 천막이었다. 여러 가지 아름답고 고운 빛깔로 장식된 휘장에는 금 갈고리를 걸 수 있도록 둥근 은 고리가 박혀 있었다. 성막 앞에는 제물을 태우는 번제단과 제사장의 몸을 정결히 하는 물두멍이 갖춰져 있었고, 성막 전체를 포장을 친 울타리인 회막이 감쌌다.

언약궤가 보관된 지성소가 성막 가장 안쪽에 자리했고, 지성소 외의 부분은 성소라 불렸다. 휘장으로 가려진 지성소엔 일 년에 한 번 대제사장만이 출입할 수 있었다. 성소 정면엔 향을 피우는 분향단이 놓였고 양쪽에 금 등대와 빵 상이 자리했다. 다윗이 승전하며 가져온 갖가지 화려한 기물이 이곳에 놓여 여호와께서 허락한 영광을 기억하게 했다.

성막 밖에 설치된 물두멍은 놋으로 만든 것이었다. 성막을 드나드는 제사장은 물두멍의 물로 손과 발을 닦아내야 했다. 성막을 둘러싼 회막에는 출입문이 만들어져 있었고, 물두멍과 회막 출입문 사이 넓은 공간에 번제단이 자리했다. 지금 다윗이 돌아본 게 바로 그것이었다. 번제단은 제물을 태우는 널찍한 단이었는데, 양쪽에 들어 맬 수 있게 봉을 끼우는 고리가 달렸고 재와 뼈와 기름이 아래로 빠지게끔 격자 모양으로 만들어져 있었다.

여호와께 올리는 제물은 회막 밖에서 잡는 게 원칙이었다. 레위 사람들이 자주 흙을 덮었지만, 제물을 잡고 다듬는 지점은 짐승의 피로 불그스름했고, 종종 살점과 가죽 조각과 뼛조각이 흙 사이에서 드러났다.

황소가 고개를 뒤로 젖히며 길고 축축한 울음을 울었다. 행동을 제약시키는 나무 격자 울에 황소는 갇혀 있었다. 오늘의 제사를 주관하는 제사장 사독이 돌아보자 다윗이 몸을 일으켰다. 황소 옆구리에 닿은 나무 울에서 삐적지근한 소리가 났다. 레위 사람들이 격자 울을 붙들었다. 그들은 성막을 수호하고 궤를 가까이서 모시기 위해 선별된 자들과 그들의 후손들이었다.

부드러운 갈색 털이 난 두 살배기 수소는 긴 콧대와 풍부한 뺨과 넓은 이마를 가진 흠 없는 짐승이었다. 다윗은 화목제 제물로 쓰일 이 수소를 고르려 오후 내내 축사를 돌았다. 끌려온 소는 제사장의 검사를 받았는데, 사독은 털이 고른지 피부병이 들진 않았는지를 꼼꼼히 들여다보았고, 림프선이 붓진 않았는지 발굽에 염증이 나진 않았는지까지 샅샅이 살폈다. 여호와께 드려질 제물은 조금의 흠도 없어야 했다.

압살롬은 겉옷을 막 벗은 참이었다. 소매 없는 쿠토네트만 걸친 왕자는 아버지를 대신해 제물을 죽이고 손질할 예정이었다. 제물을 손질할 도구를 점검하던 사독이 소의 눈을 들여다보는 압살롬을 돌아보았다. 사독은 죽일 짐승을 골똘히 바라보는 왕자가 별스럽다고 생각했다.

왕이 다가왔고, 사독이 소의 머리를 가리켰다. 다윗과 압살롬의 손이 소의 이마에 얹혔다. 소가 서성이자 격자 울이 털썩거렸다.

입술을 달싹거릴 뿐 압살롬은 기도하지 않았다.

그의 마음이 잠깐이나마 서걱거리긴 했다. 그러나 기도의 불은 결국 일어나지 못했다. 그의 내면에는 길고 거센 바람이 불고 있었고, 갈가리 찢긴 그의 영혼은 퍼덕이는 중이었다.

그가 알현실에서 아버지와 화해한 지 벌써 이 년이 흘렀다. 다윗은 압살롬을 이전의 직위인 왕의 대신에 임명했고, 압살롬은 열성을 다해 아버지를 보필했다. 그는 자주 앓는 다윗을 대신해 국경을 순방했고 갖가지 왕의 명령에 인장을 찍었고 왕궁의 대소사를 직접 돌보았다. 한때 그의 빈자리까지 도맡았던 아도니야가 혀를 내두를 만큼, 압살롬은 정력적으로 활동했다. 아버지의 신임이 날로 단단해지고 있어. 압살롬은 확신했다. 왕좌로 다가가는 길은 훤히 열린 것과 다름없었다. 신에게 간청할 일이 무엇이겠는가. 압살롬은 더 이상 거머쥘 게 없었다. 그렇기에 그는 기도하지도 죄를 고백할 필요를 느끼지도 않았다.

반면, 타오른 다윗의 기도는 쉽사리 끝나지 않았다.

이즈음 다윗은 오랫동안 앓아왔던 질병에서 서서히 놓이는 중이었다. 그의 왕성했던 원기 또한 조금이나마 회복되고 있었다. 진절머리 나는 연고와 갈아 만든 약초즙과 향을 태우는 치료법에 신물이 났건만, 다윗은 아직 의사들에게 몸의 분명한 변화를 귀띔하지 않았다. 그는 조금씩 이뤄지는 이 회복의 기미를 자기만의 은밀한 기쁨으로 온전히 느끼고 싶어 했다. 참으로 오랜만에 기도가 자연스레 드려지는구나. 혀와 영을 흐름에 내맡기기만 하면 될 정도였다. 기도가 흘러나가며 휜해진 마음의 터에 미지의 활력이 차올랐고, 그의 마음에 시커멓게 남았던 멍 자국도 차츰 옅어졌다. 얼마나 오랜 시간이 흘렀는지 얼마나 많은 기도와 참회를 읊조렸는지, 다윗은 기억하지 못했다. 정신을 차린 그가 퍼뜩 고개를 돌렸다. 자신을 응시하는 사독의 얼굴이 보였다. 제사장이 고개를 끄덕였다.

다윗이 물러났다. 레위 사람 대여섯이 울 안으로 손을 뻗어 소뿔과 양쪽 허리를 붙들었고, 울 쪽으로 몸을 바짝 붙였다. 땅에 펼쳐놓은 헝겊에는 칼이 놓여 있었다. 날이 바짝 선 네 자루의 칼 중 하나를 집어 든 압살롬이 소의 경정맥을 확인했다. 흥분한 소의 혈관은 부풀어 있었다. 압살롬이 칼을 놀려 경정맥을 깊이 찔렀다. 잘린 혈관에서 피가 솟구쳤다. 놀란 소가 소리를 지르며 버둥거렸고 울이 크게 흔들렸다. 왕자가 한 번 더 칼을 깊이 찔렀고, 붉은 핏방울이 비켜선 왕자의 가슴에까지 점점이 튀었다. 사독이 놋그릇을 가져다 받쳐 흐르는 피를 받았다. 충격받은 소가 무릎을 꿇었다. 소가 기력을 충분히 잃을 때까지 레위 사람들이 뿔과 울을 붙들었다.

잘 닦여 반짝이는 둥근 놋그릇에 피가 차오르기를 사독은 기다렸다. 레위 사람들이 놋그릇을 교체했고, 피가 찬 놋그릇을 사독이 받아들었다. 제물을 태울 제단 북동쪽 모퉁이와 남서쪽 모퉁이에 소의 피가 부어졌다. 단 아래 흙이 벌겋게 젖었다. 대접을 세 번 채우고서야 솟구치던 피의 기세는 줄어들었다. 사독이 반쯤 찬 마지막 그릇의 피를 제단에 마저 부을 때까지, 제물이 생명의 원천인 자신의 피를 온전히 쏟을 때까지 꽤 오랜 시간이 흘렀다.

온기가 남아있을 때 가죽을 벗겨야 했다. 압살롬이 제물 뒷무릎 위쪽에 칼집을 내고 칼을 거꾸로 들어 안으로 길게 쑤셔 넣었다. 가죽이 길게 갈렸다. 잘린 경동맥, 소의 목 부위에 칼을 넣은 압살롬은 목에서부터 가슴을 지나 배로 긴 칼집을 냈다. 그는 칼집을 일정하게 내려 애쓰면서도 살 안쪽을 깊이 찌르지 않도록 주의를 기울였다. 뒷다리 부근까지 칼집을 낸 왕자는 잠시 제물에서 물러났다. 작업해야 해야 할 양이 엄청났다. 시종들이 세마포로 된 수건을 펼쳐 팔꿈치까지 묻은 소의 피를 닦아주었다. 칼집을 낸 부위로 압살롬은 칼을 다시 가져갔다. 왕자가 제물을 손질하는 동안 다윗을 비롯한 제사 참가자들은 함께 신에 대한 찬가를 불렀다. 압살롬 곁에 선 레위 사람들이 붉게 미끈거리는 가죽을 힘껏 움켜쥐었고, 압살롬이 팽팽해진 가죽과 살 사이로 칼날을 쑤셔넣었다. 가죽을 힘껏 잡아당기며 압살롬은 칼을 깊이 밀어 넣었다. 미숙한 솜씨에 가죽은 자주 칼에 찔렸고, 구멍이 뚫리기도 했다, 피에 흠뻑 젖은 압살롬의 손이 자주 미끄러졌다. 지방질로 두툼해진 배를 가르며 압살롬은 검지와 중지로 벌려진 가죽을 들어냈고, 세마포수건으로 젖은 손을 닦다가 나중엔 아예 수건으로 피에 젖은 제물 가죽을 움켜쥐기도 했다. 제물을 다듬던 압살롬이 아랫입술을 깨물었다. 손가락 사이로 미세하게 경련하는 소의 근육이 느껴졌다. 조바심이 든 칼날의 경사가 조금씩 높아지며 자꾸만 깊은 살을 찔렀다. 무뎌진 칼을 바꿔가며 압살롬은 소의 몸뚱이를 뒤적였고, 마침내 살과 가죽을 나누었다. 압살롬은 칼날을 신중히 써가며 허리 부근의 지방과 내장에 덮인 지방과 두 콩팥과 간에 붙은 꺼풀을 잘라냈다. 사독이 내민 그릇에 압살롬은 그것을 담았다. 한데 묶인 압살롬의 긴 수염이 땀으로 축축했다.

사독은 압살롬이 떼어낸 지방과 콩팥 등이 담긴 놋그릇을 받쳐 들고 회막 안으로 들어섰다. 번제단엔 올리브나뭇가지가 수북했다. 사독이 그 위로 놋그릇을 뒤집어 부었다. 콩팥은 감정과 생각과 양심이 자리한 장기였고 허리의 기름은 생명의 원천이었기에, 그것들은 불에 살라 여호와께 드려져야 했다. 잠시 칼을 놓은 압살롬이 번제단으로 다가왔다. 저 애는 아직 요령이 부족해. 솜씨가 좋을수록 팔뚝과 가슴에 피가 적게 묻는 법이었다. 바닥에 앉은 다윗이 미소로 아들을 맞았다. 불이 놓였다. 향기로운 제물이 여호와 앞에 살라졌다. 물두 멍에서 떠온 물에 손을 씻은 사독이 일렁이는 불꽃을 들여다보았다. 불기를 머금은 기름이 녹아내렸고, 피에 젖은 장기가 비틀어지며 오그라들었다. 드린 제물이 온전히 다 탈 때까지 그들은 인내심을 가지고 지켜보았다.

제물로 돌아간 압살롬은 환도뼈를 건드리지 않으려 애쓰며 넓적다리와 몸통이 연결된 연골을 직접 찔렀다. 근육은 일종의 결을 지니고 있었다. 칼을 넣을 결을, 칼이 가야 할 길을 찾으려 압살롬은 피가 솟는 제물의 살 안쪽을 부라린 눈으로 두리번거렸다. 눈가에 무언가가 닿자 압살롬이 흠칫 놀랐다. 다윗이 아들의 이마와 눈가를 내리눌러 땀을 닦아주었다.

아주 오랫동안 제물은 손질을 받았다. 제물을 바치는 자가 해야 할 순서에 따라 압살롬은 레위 사람들이 일러주는 부위를 잘라내고 다듬었다. 모조리 태우는 번제와 달리 화목제는 제물을 남겨 함께 먹었다. 잘린 고기가 따로 나누어졌다. 제사 드리는 자가 손질해야 할 분량은 얼추 넘긴 듯싶었다. 지친 왕자가 남은 정리를 레위 사람들에게 넘기고 제물에서 물러났다. 압살롬의 양 팔뚝과 쿠토네트가 소의 피로 온통 붉었다.

소의 가슴살은 대제사장 아비아달에게 보내졌고, 우편 뒷다리는 오늘 제사에 입례한 사독의 몫이었으며, 남은 고기는 화목제에 참가한 사람들이 나눠 먹으면 되었다. 모두가 일어섰다. 쿠토네트를 갈아

입은 압살롬이 왕을 인도했고 제사장과 레위 사람들이 뒤따랐다.

늘어섰던 시종들이 엎드려 왕을 맞았다. 포도주 단지와 물 단지가 잔뜩 놓였고 생강을 넣어 굽고 꿀을 입힌 과자와 말린 과일이 그릇에 가득 담겼다. 숯을 담은 바구니가 들려왔고 쌓인 나뭇가지 위로 불이 지펴졌다. 불가엔 고기를 꿸 석류나뭇가지가 쌓여 있었다. 사람들이 자리에 앉아 손과 발을 닦는 동안, 시종들이 향신료와 소금으로 간을 친 고기를 꿰어 불가에 늘어놓았다. 잘 마른 가지가 타닥거리며 불 속에서 부러져나갔고, 회색 연기가 걸쳐진 고기 사이로 굽이쳤다.

속이 알맞게 익은 고기엔 연기의 풍미가 고루 배였고, 고기에 뿌려진 향신료는 풍부한 육즙과 어우러지며 구미를 돋웠다. 일행은 마음껏 먹었고 모두의 얼굴에 기쁨이 넘쳐흘렀다.

바람 한 줄기가 압살롬의 윤기 나는 수염을 흐트러뜨렸다. 화사한 행복이 일렁이는 지금, 그는 누이를 생각하는 중이었다. 어두운 방구석에 너는 쪼그려 앉아 있겠구나. 다른 이복누이들은 적당한 상대를 구해 결혼했건만 다말에겐 혼처가 들어오지 않았다. 누가 이 유명한 왕의 딸을 제 장막으로 데려가려 하겠는가.

방에 갇힌 다말을 웃게 하는 건 압살롬의 어린 딸뿐이었다. 어린 조카가 다가와야 다말은 굳은 얼굴을 겨우 풀었다. 아람 소바에서 세마포에 싸인 딸을 처음 받아들었을 때, 압살롬은 미리 맺어둔 그 단어를 아이를 위해 불러주었다. 다말. 공들여 낸 그 첫 말이 아이의 이마에 부드럽게 얹혔다. 언제나 가슴을 저리게 만드는 이름 다말을 압살롬은 딸에게 주었던 것이다. 아람 소바에 묶였던 그는 다말을 가까이 둠으로, 먼 다말을 잊지 않으려 했었다.

다윗의 마음에는 행복이 가득했다. 아들과 함께 여호와 앞에 제사 드리는 일이 얼마나 기쁜지 그는 새삼 깨달았다. 먹고 마시는 모든 이를 다윗은 흐뭇한 눈길로 바라보았다.

율법에 따라 남은 고기를 불에 사르고, 그들은 왕궁으로 돌아왔다. 지팡이 없이 걷는 다윗에게 모두 축하의 말을 보냈다.

왕궁으로 돌아온 다윗은 홀로 안뜰을 서성였다. 몸을 뉘이면 지금 샘솟는 감사와 감동이 사라질 것만 같아 겁이 났다. 다윗이 씁쓸한 미소를 지었다. 근 몇 년을 통틀어 가장 행복하고 활력이 가득 찬 건만, 나는 아직도 무언가를 두려워하는구나. 맑았던 그의 마음에 먹물 방울 같은 우울감이 뚝뚝 떨어졌다. 추가 달린 것처럼 다시금 팔과 다리가 무거워졌고 머리가 묵직해졌으며 혀는 메마른 채 굳어갔다. 그는 눈 밑의 축 처진 살이 덜덜 떨리는 걸 느꼈다. 하늘을 올려다보는 그의 눈은 겁에 질려 있었다.

하늘은 푸르렀다. 먼 하늘에서 바람이 불어오는 모양인지 구름이 천천히 움직이고 있었다. 느긋한 햇살이 부드럽고 따사로웠다. 발을 굴러 힘껏 뛰어오르면 풍덩 빠질 것만 같은 하늘이었다. 다윗은 주저 앉았다. 갑자기 나단의 말이 떠올랐다.

왕께서 이미 용서받으셨음을 잊지 마소서.

그를 괴롭혔던 건 자책감이었다. 그는 충성스러운 장군을 비열한 수단으로 죽였고, 한 가정을 무참히 박살 냈다. 그의 연인이 손가락질 받았고 아기가 죽었으며 소중한 우정이 부서진 가운데, 그 자신 불명예스러운 구덩이에 빠졌다. 그의 아들은 그의 딸을 강간했고, 다른 아들이 그 아들을 죽였다. 그것의 뿌리는 어디에 자리했는가. 다윗 자신이었다. 다윗의 비통함과 괴로움의 근원은 바로 거기에 있었다.

나의 화목은 내 안에 없구나. 화목제를 치러냈음에도 그는 신과, 자기 자신과 화목하지 못했다. 다윗은 여호와가 그의 집안에 확정했던 칼에 대한 예언이 이미 모두 성취되었기만을 바랐다. 그러나 확신하지 못한 마음에 두려움은 도사리고 있었고, 그로 인한 불안이 다윗의 평안을 가로막고 있었다.

다윗이 다시 일어섰다. 그가 안뜰을 걸었다. 아직 부자연스러웠지만 확실히 나아진 걸음이었다. 한결 가벼워진 그 걸음을, 왕궁 옥상에 앉은 압살롬이 지켜보고 있었다.

내일 아버지에게 물어보겠어. 압살롬은 그 생각뿐이었다. 더 이상 불명확한 상태로 조바심칠 수는 없어. 왕위 계승을 언질 받았다고 여긴 압살롬은 그 시기를, 암몬에게서 빼앗은 한 달란트의 금관을 움켜쥘 그 날이 언제일지를 아버지에게 묻겠다고 결심했다.

압살롬은 몰랐지만 그때와 같이, 해가 기운 오후였고 살랑대는 바람이 감미로운 시간이었다.

십여 년 전 자신이 앉은 바로 그 자리에서 암논이 꽃밭을 거니는 다말을 은밀히 지켜보았음을 조금도 모른 채, 압살롬은 아버지를 바라보았다.

그의 표정이 적막한 광야를 연상케 했다.

　반역하려는 마음이 제 심장에 언제 똬리 틀었는지, 압살롬은 또렷이 기억했다.

　사실 그것은 작은 의심에서 시작되었고, 의심은 사소한 미심쩍음에서 싹텄다. 바위는 작은 균열 때문에 부서지는 법이었다. 하지만 균열이 인 믿음도 처음엔 바위처럼 견고하기만 했었다.

　암논에 대한 증오를 곱씹으며 개들이 바투 짖는 소리를 처음 듣던 그 밤에, 압살롬은 처음으로 아버지가 형을 죽이지 않을 거라는 확신을 가졌었다. 그 섬뜩한 예견을 떠올릴 때마다 압살롬은 저릿한 몸서리를 치곤 했다.

　언젠가 암논이 지적했듯이, 압살롬은 천성이 정의롭고 올곧았다. 하지만 엄정한 의로움의 끝은 독단과 맞닿기 쉬웠다. 압살롬은 형을 죽인 일을 부끄러워하지 않았다. 그가 지닌 정의감은 오만의 갑옷을 입으며 더욱 강고해졌다. 아벨을 죽인 카인은 저주의 낙인을 받았다. 그러나 압살롬은 그 낙인이 제게도 찍혔다는 사실을 전혀 의식하지 못했다. 그는 오히려 형을 죽인 일을 자랑으로 여겼다. 그의 귀엔 아버지의 비통한 울부짖음이 도통 들리지 않았던 것이다.

　그런 압살롬이었기에, 왕위를 물려줄 수 없다는 아버지의 말을 그는 참아내지 못했다. 불화의 아지랑이는 그렇게 스멀거리기 시작했다. 화목제 다음날 벌어진 일이었다.

　"저를 가르쳐 나라를 맡기고자 한다고 말씀하셨잖아요?"

당황한 다윗은 어쩔 줄 몰라 했다. 압살롬이 암논을 죽였다는 말에 그가 그토록 가슴 아파했던 건, 왕관이 가장 어울릴 것 같은 왕자가 그 직위를 영원히 잃었기 때문이었다.

"단 한 번도 그런 약속을 한 적 없다. 그리고⋯⋯" 다윗의 목소리가 파르르 떨렸다. "이스라엘 왕은 여호와께서 택하시는 거야. 여호와께서 이름을 택하실 거고, 거기에 직접 기름을 부으실 거야. 그분이 부을 것이다. 그분이 새 왕을 직접 드러내실 거야."

"만일 또 다른 목동이 기름을 받으면." 압살롬이 몸을 부르르 떨었다. "저와 동생들은 이스보셋이 되겠군요."

"그것이 그분의 뜻이라면."

다윗은 단호했고 대화는 허리가 잘렸다. 이마를 붙든 다윗이 비틀거렸다. 압살롬이 다가서며 다급히 속삭였다.

"아버지께서 계승자를 정하면 되잖아요. 다른 모든 나라가 그렇게 해요. 저를 지정해 주세요. 제가 아버지를 모시고 힘을 다해 이스라엘을 다스리겠어요."

압살롬이 왕좌 팔걸이를 붙잡고 애걸했다. 다윗이 성을 냈다.

"너희가 자라나며 이스라엘 역사를 배우지 않았느냐. 그들의 삶이 어떤 교훈을 주더냐? 신께서는 앞으로 나서는 자가 아니라 뒤에서 기도하는 자를 불러 그를 앞세우신다. 기드온이 그랬고 젊은 사울이 그랬고 내가 그랬다."

왕좌에서 물러서는 압살롬의 얼굴이 잔뜩 구겨져 있었다.

"암논 때문에 그래요? 그 빌어먹을 자식 때문에 그래요? 그건 아버지가 미적거린 탓이라고요!"

"넌 그를 죽여야만 했다고 고집하는구나! 그를 죽이지 않아도 된다는 생각은 안 해보았니?"

"다말은, 다말은 아직도 어두운 방 안에 웅크리고 있어요. 그 애를 대신해 원수 갚은 게 그렇게 흠이 됩니까?"

격앙된 얼굴로 다윗이 부들부들 떨었다. 문가에서 소란이 일었다. 이상한 낌새를 알아차린 시종들이 들어설지 말지를 갈등하는 게 분명했다. 감정을 가라앉힌 압살롬이 은근한 투로 아버지를 다독였다.

"서운해서 그래요. 제 뜻을 몰라주시니 서운해서 그랬어요."

그가 멋쩍은 웃음을 지으며 아버지의 팔에 손을 올려놓았다. 압살롬을 향하던 다윗의 시선이 도로 미끄러졌다.

그들은 한참 동안 말이 없었다. 아들과 아버지 사이에 엉긴 공기가 뜨거웠고, 신경은 끊어질 듯 팽팽했다. 다윗이 몸을 일으켰다. 그 단호함에 압살롬의 얼굴이 차갑게 굳었다. 다윗이 입을 열자 짙게 밴 자책감이 한숨과 함께 흘러나왔다.

"모든 게 내 잘못이다. 너희 남매 또한……."

뒤에 나온 말이 작고 불분명해 압살롬은 알아듣질 못했다. 다윗이 눈을 들어 왕좌 곁에 선 아들을 돌아보았다. 그는 아들의 괴로운 얼굴을 바라볼 수 없었다. 너무나 피곤하구나. 무거운 고단함에 그는 짓눌렸다. 목구멍까지 차오른 말을 도로 삼키며 다윗이 아들에게 속삭였다.

"어제 여호와께 어떤 소를 제물로 드렸지? 우리가 그분께 어떤 소를 바쳤느냐?"

압살롬은 아버지의 질문에 노기 어린 침묵으로 대답했다. 다윗이
안타까운 표정을 지었다.

"조금의 흠도 없는 제물이었단다."

다윗이 압살롬의 손을 바라보았다.

그 팔뚝에 아직 피가 묻어 있기라도 한 것처럼.

26
지팡이

종을 통해 전달된 아히도벨의 요청을 리스바는 단번에 응낙하지 못했다.

"그분은 오랫동안 사람을 만나지 않아 왔잖아요." 짜온 젖을 항아리에 담던 알모니가 물었다.

그래. 손가락으로 해수를 꼽아보던 리스바가 탄식을 내뱉었다. 그분이 온 세상을 거부한 지 자그마치 칠 년이 지났구나. 리스바는 고심했다. 그런 분이 왜 나를 만나자고 할까. 알모니의 결혼 때와 마찬가지로 아히도벨은 므비보셋의 결혼식에도 예물을 보내 축하했다. 하지만 그는 여전히 집 밖으로 나오지 않았고 찾아온 사람을 들이지도 않았다.

그들이 만나 함께 식사할 기회가 없진 않았다. 기회가 살아있었을 무렵에는 그들 가족이 땅을 일구려 갖은 애를 썼었고, 그들의 숨통이 트일 즈음에는 다윗에게 분노한 아히도벨이 빗장을 질러버렸다. 그래서 아히도벨이라는 은인은 그들에게 늘 멀게 느껴졌다.

아히도벨을 만나러 혼자 갈 수는 없었다. 며느리들이 두런거리는 소리가 뒤뜰 쪽으로 멀어졌다. 고개를 끄덕인 알모니가 손을 씻었고 므비보셋이 형이 하던 일을 맡았다. 그들은 가장 좋은 옷을 꺼내 입었다. 아기 울에 둔 알모니의 둘째 아들이 칭얼거렸다. 리스바가 아기 가슴에 손을 얹어 다시 재웠다. 어머니의 등 뒤에서 아들의 얼굴을 굽어보던 알모니가 커다랗게 미소 지었다. 붕붕거리던 쉬파리가 벽에 툭툭 몸을 부딪쳤다.

"별스러운 일치고 좋은 일 없는 법이야."

아들의 허리띠 주름을 잡아주며 리스바가 넌지시 말했다. 그녀는 아히도벨이 떠나달라고 요청할까 봐 걱정했다. 알모니는 개의치 않았다.

"아직 어떤 일도 일어나지 않았어요."

그는 어머니가 무얼 걱정하는지 알고 있었다. 그러나 그들이 지닌 가장 소중한 것은 많은 수확물과 가축과 너른 토지가 아니라, 그걸 일구고 가꾼 굳센 마음이었다.

"그것만 있으면 걱정 없어요, 어머니."

잠깐 들어온 므비보셋에게 자기 걱정을 늘어놓으며 리스바는 한숨을 쉬었다. 떠나달라는 부탁을 하시면 어쩌지. 그녀는 가족들의 땀과 눈물로 풍요로워진 이곳을 떠나고 싶지 않았다.

"그러기엔 너무 늦었다."

어머니가 쓸데없는 걱정을 한다며 두 아들은 고개를 설설 저었다. 양젖으로 입가를 적신 므비보셋이 농담을 했다.

"여길 떠나야 한다고요? 어머니는 흙을 밟을 필요도 없어요. 형과 내가 교대로 업을 테니까!"

그러나 리스바는 어쩔 수 없이 오후 내내 마음을 졸였다.

며느리들이 들어왔고, 교대로 맷돌을 밀어 밀을 갈았다. 노곤한 팔에 힘을 더하려고 그녀들은 번갈아가며 노래를 불렀다. 간혹가다 리스바도 몇 소절 거들었다. 낮잠에서 깬 아기가 이불을 걷어찼고, 다가온 아기 어머니가 퉁퉁 분 가슴을 꺼냈다. 므비보셋의 아내가 지붕에 올라갔다. 마을 공동 가마의 불 지피는 순번을 지켜야 했다. 북쪽 벽에 몰아둔 소와 양의 똥은 잘 말라 있었다.

"저녁 식사는 주겠지. 부른 손님을 굶길 정도로 야박해지진 않았을 거야." 하지만 누가 알겠는가. 칠 년이나 스스로를 유폐시킨 늙은 장로가 어떤 사람이었는지 리스바는 기억조차 희미했다.

"후새 님이 문전박대당한 게 언제였지?"

아기와 놀던 알모니가 어머니를 돌아보았다.

"메뚜기 떼가 오기 전 해에요." 므비보셋이 말했고, 알모니가 고개를 끄덕였다.

문 두드리는 소리가 났다. 아히도벨의 종이었다.

모래와 뒤섞인 자갈이 세 사람의 발아래에서 자그락거렸고, 그 소리가 무릎까지 내려온 어둠 너머로 날카롭게 튕겨 나갔다. 그렁그렁해 보이는 별빛이 유난히 많았다. 눈물에 담긴 것 같이, 곧 쏟아질 것 같이.

지금 자기 나이가 룸만이 죽은 나이와 같다는 사실을, 리스바는 갑작스레 깨달았다. 손을 편 리스바가 놀란 가슴을 내리눌렀다. 그리고 어떻게 그렇게 오랜 나날 동안 룸만을 떠올리지 않았는지를 생각하며 다시 한 번 놀랐다.

문 앞에서 그들은 다른 사람의 영접을 받았다. 아히도벨의 집안일을 관장하는, 종들의 우두머리였다.

"이드란입니다."

갈색 머리에 수염을 짧게 깎은 이드란은 나긋한 목소리에 깊고 날카로운 녹색 눈동자를 지닌 사람이었다.

"주인께서는 뒤뜰에 계십니다."

손을 집 안쪽으로 내민 그가 앞장서 걸었다. 화려한 집이었다. 뿜어져 나오는 목재의 은은한 향에 그들은 황홀해 했다. 리스바가 숨을 깊이 마셨다가 천천히 내쉬었다. 집 안쪽 모퉁이에 나무로 깎은 사람만 한 형상이 보였다. 가족신神을 상징하는 우상 드라빔이었다. 반질반질한 드라빔들은 기둥처럼 세워져 집 안 곳곳을 굽어보고 있었다. 고래의 뼈와 조개의 껍데기로 장식한 가구가 보였고 금으로 만든 등잔대가 있었고 황금 수소 상과 이채로운 조각품과 유리로 만든 진기한 공예품이 눈길을 끌었다. 무덤 같구나. 귀한 시체 곁에 두는 값비싼 귀물 같아. 그 화려함이 리스바는 공허해 보였다. 리스바는 머릿수건을 고쳐 썼다. 통통하니 살이 오른 그녀의 뺨과 부드럽게 처진 눈과 은발의 성긴 머리칼이 잠깐 드러났다가 감춰졌다.

"아드님의 식사는 따로 마련해 두었습니다."

알모니가 뭔가 말하려 했지만 리스바가 좀 더 빨랐다.

"멀지 않은 곳이겠지요?"

"물론이지요." 이드란이 약삭빠른 표정으로 고개를 끄덕였다.

리스바가 아들의 손등을 토닥였다.

맑은 하늘에 별이 더없이 가깝게 느껴져 팔을 휘저으면 한 움큼이나 손에 쥐일 것만 같은 밤이었다. 아히도벨은 의자에 몸을 깊이 묻은 채 리스바를 맞았다. 양어깨는 부서질 듯 여려 보였고 통풍으로 고생하는 손가락은 퉁퉁 부어 있었다. 노인의 빛 바란 푸른 눈은 꿈을 헤이는 듯 흐릿했고 곱실거리는 가는 수염이 바람에 살랑거렸다. 고개를 끄덕인 아히도벨이 건너편 자리를 가리켰다. 자세를 바로 한 노인이 겸연쩍은 미소를 지었다.

"미안하오. 결례인 줄 알지만 느긋한 성격이 못되어서." 아히도벨이 양손을 벌렸다. "타고나길 그런 걸 어쩌겠소."

리스바는 응대할 말을 궁리하며 시선을 떨어뜨렸다. 지난 칠 년간 이 노인은 집에 틀어박혀 모든 만남을 거부해 왔으며, 어쩔 수 없을 경우에는 두건을 눌러쓰고 어둠을 틈탔다. 왜 나를 만나자고 했을까. 짐작조차 되지 않았다. 그러나 아히도벨은 이드란이 늘어놓는 음식을 지켜볼 뿐이었다.

여자의 식사는 남자의 식사 시중을 끝낸 뒤에나 시작되는 게 이스라엘의 관례였다. 리스바조차 며느리를 맞은 뒤에야 아들들과 함께 식사할 정도였다. 그런 이스라엘 여인에게 외간 남자와의 식사는 극히 드문 일이었다. 그녀는 당혹스러웠지만 내색하지 않으려 들었다. 주방으로 통하는 문은 열려 있었고, 알모니는 그곳 식탁에 앉아 있었다. 그가 이쪽을 향해 손을 흔들었다. 리스바는 빵이 쌓인 접시와 꿀과 하미쯔가 담긴 단지를 살펴보았다. 물과 포도주가 담긴 병은 유리였고, 그건 리스바가 기브아와 마하나임에서도 보지 못한 것들이었다. 이드란은 느긋하게 움직였다. 그때 아히도벨이 입을 열었다.

"후새가 그대와 사울에 대한 이야기를 들려주었었지. 마하나임 말이오. 맞소?"

응시를 대답삼아 리스바는 아히도벨을 바라보았다. 몸을 식탁 쪽으로 기울인 길로 장로가 리스바에게 음식을 권했다. 그녀가 물을 한 모금 마셨다.

"사울은 왕이었고 그대는 그의 첩이었소. 그러고 보니 지금 내 식탁에서 내 음식을 맛볼 저 사내는 왕자였군. 하지만 그대들은 왕궁을 떠났지. 고귀한 신분을 저버린 채."

아히도벨이 미안해했다.

"용서하시오. 난 세상을 버렸소. 그대에게 이렇게 마주 앉자고 한 것도, 이런 질문을 내는 것도 결례인 줄 압니다. 하지만 내겐 주저할 짬이 없소." 아히도벨이 몸을 앞으로 기울였다. "그대는 마하나임을 떠난 걸 후회하지 않소?"

리스바는 아히도벨이 대답을 듣기 위해서가 아니라, 스스로에게 질문하기 위해 자신을 불렀다는 인상을 받았다. 그녀가 마음을 가다듬었다.

"왕궁을 나오고 나서 저와 아들들은 혹독한 삶을 살아야 했어요. 왕궁 생활이 어떠한지 잘 아시겠지요. 한 마디면 모든 필요가 채워지죠." 리스바는 잠시 생각에 잠겼다. "그래요. 제 아들들은 왕이 될 수도 있었겠지요. 저희는 이스라엘 가장 높은 곳에 머물렀어요. 사방에서 저와 그 애들을 떠받들었죠. 주리거나 목마른 적도 없었고, 잘못된 걸 감히 지적할 사람도 존재하지 않았어요."

아히도벨은 왕궁 깊은 곳에서 머무를 증손자 솔로몬을 떠올렸다.

"사울 왕이 죽었을 무렵, 아이들은 벌써 망가져 있었어요. 그 애들은 자신들이 받은 축복이 얼마나 큰지 몰랐고, 더 큰 것을 광폭하게 탐했죠. 저는 어린 시절에 왕궁 밖에서 곤궁한 삶을 살았답니다. 그렇기에 아이들의 내면이 뒤틀려가고 있다는 걸 바로 알아보았지요. 저는 사울이 얼마나 좋은 사람이었는지 알아요. 왕관이 부여한 책임과 권력이 주는 부담이 그 좋던 사람을 어떻게 뒤틀어 버렸는지도요. 저는 두려웠어요. 아들들을 남편처럼 만들 순 없었거든요. 절박하게 집착하고 고집스레 몰두하는 사람이 되게 만들 순 없었어요."

"그 당시 마하나임은 지옥 같았다고 들었소."

리스바가 고개를 끄덕였다.

"지독한 혼란이 그 땅을 휩쓸었어요. 어린애 둘을 지닌 여자가 뭘 어쩌겠어요. 달아나야 했죠. 살아남으려면요. 이스보셋은 목 잘렸고 아브넬까지 없었으니, 우리 지위를 유지시켜 줄 어떤 무엇도 남아있지 않았어요. 아이들이 위험했어요. 그 애들은 왕자였고, 어떤 사람들은 지체 높은 자의 목숨을 통해 자기 지위를 높이길 원하거든요."

잠시 숨을 고르며 리스바는 옳게 대답하고 있는지 곰곰 생각했다. 늙은 장로는 깍지 낀 손을 가슴에 얹어두고 있었다. 일을 하다가 젖먹이를 돌보다가 집안일을 살피다가 그녀는 창 너머로 아히도벨의 집을 바라보곤 했다. 어떤 오래 묵은 생각을 쏟아 내려는 건지 리스바는 궁금했다. 스스로를 가두었던 이 늙은 새는 날갯짓하기 위해 변을 쏟아 장을 비우려는 걸까. 어디론가 멀리 날아가기 위해?

리스바는 아히도벨의 엷은 눈동자를 바라보았다. 정말 그런가요?

"그대는 아브넬과 가정을 꾸리려 했다던데. 당신의 불행은 사울과 아브넬이 죽으면서 시작되었지. 블레셋 사람들과 요압이 원망스럽지 않소?"

"저도 그들이 미웠어요." 뜰 안쪽 우묵한 어둠에 시선을 주던 그녀가 고개를 끄덕였다. "하지만 아무 소용없죠. 그때도 지금도 저는 피흘리는 일엔 관심 없어요."

"왜 그렇소?"

"그것으로는 아무것도 해결되지 않으니까요."

아히도벨은 리스바의 미소가 신비롭기까지 했다.

"아마 쉽게 단념해서 그런 것 같아요."

손에 쥔 걸 버려야 새로운 걸 쥘 수 있단다. 그건 아버지 아야의 가르침이었다. 그녀는 자신과 아들들이 왕궁의 폭풍과 마하나임의 불꽃 속에서 살아남을 수 없다는 걸 잘 알았다. 살기 위해서는 달아나야 했다.

"저는 아들들이 한 사람의 알모니와 한 사람의 므비보셋으로 살아가야 한다고 믿었어요."

어른들의 아귀다툼이 왕자님들을 찢을 거예요. 룸만은 몸을 떨었었고, 리스바도 고개를 끄덕였다. 그녀들은 아이들이 격랑에 떠내려간 이스보셋처럼 목 잘릴까 봐 두려웠다.

"사울의 아들이라는 이유로 죽임당하는 것만큼, 왕자라는 허울 때문에 떠받들어지는 것도 싫었어요."

"다윗에게 의지하는 건 처음부터 고려하지 않았소?"

"조금도요."

"조금도?"

"다리 저는 므비보셋 얘기를 저도 들었어요. 요나단의 아들 말이에요." 다윗의 식탁에서 식사하는 므비보셋, 다윗의 결정에 자기 삶을 내맡기는 므비보셋. 아뇨, 제 생각은 달라요. "제 손으로 땅을 일궈자기 가족을 먹이고, 삶의 지경을 조금씩 넓혀가는 내 아들들의 삶이 훨씬 가치 있어요. 전 그렇게 믿어요."

리스바의 얼굴이 자긍심으로 반짝였다.

그 대담한 결단에 감탄하던 아히도벨의 마음에, 잿빛 회의가 번져나갔다. 그렇게 땀과 눈물을 부어야 할 정도로 삶이 가치 있는 거요? 썩어 문드러지고 말 저주받을 삶을 그렇게 죽을힘을 다해 일궈내야하냐 이거요. 아히도벨이 냉소적으로 말했다.

"그대는 칼을 녹여다가 삽으로 만들어버렸구려."

리스바도 빙그레 웃었다.

"누군가를 무덤에 뉘이려면 칼이 쓰여야겠지요. 하지만 칼로 무덤을 팔 순 없어요. 칼은 칼대로, 삽은 삽대로 다른 쓰임을 지녔지요."

곧게 세운 팔에 턱을 괸 아히도벨이 퉁명스레 대꾸했다.

"그대가 남자였다면 달랐을 거요. 야심을 지니고 뭔가 다르게 행동했겠지."

칼과 호령으로 이스라엘을 거머쥐고 아들을 왕좌 곁에 두고 깃발을 세워 아군과 적군을 구분하는 칼날 박힌 나날을 살았을 테지.

"그럴지도 모르죠." 선선히 고개를 끄덕이던 리스바가 빙긋 웃었다. "그런데 저는 여자였어요. 이해 못 하실 거예요."

아히도벨이 눈썹을 치켜세우자 리스바가 고개를 돌리며 이가 드러날 만큼 커다란 미소를 옆으로 흘렸다.

"내가 뭘 이해 못 할 거란 말이요?"

"아이를 갖고, 아이를 낳는 거요."

리스바는 제 말에 힘을 실으려는 듯 천천히 고개를 끄덕였다.

"생명을 품어본 사람은 그 외의 것들이 얼마나 무가치한지 안답니다."

아히도벨의 미간에 가는 주름이 잡혔다. 장로의 굽은 등과 툭 튀어나온 뼈마디와 불룩한 광대뼈가 등잔불에 창백하게 번들거렸고, 홀쭉한 뺨이 잔주름으로 우그러들었다. 아히도벨은 리스바의 풍성했을 귀밑머리와 팽팽했을 이마를 떠올려보았다. 지금 리스바의 이마는 산등성이의 밭처럼 층층이 골이 져 있었고 실갓기와 농사에 이골이 난 손가락은 뼈마디가 불거져 있었으며 머릿수건을 끌어올리는 손등은 주근깨로 얼룩졌다. 사울의 총애를 받던 아름다운 여인을, 세월은 무

자비한 손으로 헝클어뜨려 버렸다. 그러나 그녀에게서는 묘한 기운이 흘러나오고 있었다. 그것에 아히도벨은 따뜻함을 느꼈다. 길로 장로가 머쓱한 표정으로 헛기침을 냈다.

"그대도 내 손녀의 일을 알 거요."

리스바는 아히도벨이 말을 잇도록 한참을 기다렸다. 감정을 다스리려 노인은 먼 등잔불의 흔들림을 오래도록 지켜보았다.

"난 모욕당했소. 나와 내 집안 전체가 그 애의 음행 때문에 손가락질받았지."

"하지만 손녀 따님은 이제 왕의 아내가 되었고 왕자를 낳았어요. 아히도벨 님의 아드님도 이 상황을 받아들였다고 들었어요."

엘리암, 그 줏대 없는 멍청이를 떠올릴 때마다 아히도벨은 온몸의 뼈가 삭아 드는 것만 같았다. 그는 한때 엘리암을 더 높은 직위로 올릴 생각을 했었다. 그러나 엘리암은 자신이 거머쥔 권한에 만족했고, 아히도벨은 그런 아들이 마뜩잖았다. 그러나 어쩌겠는가. 아들은 그런 인생을 선택했다. 그릇이 거기까지인 거지. "그 애는 칼질에 열중하느라 생각하는 법을 잊은 모양이오." 아히도벨이 어금니 사이로 독한 말을 질겅였다.

"내 아들이 인정했다고 내가 받은 모욕이 거둬지고 명예가 씻기겠소?"

"그럼 어찌해야 하나요? 칼을 들어 누굴 찌르시겠어요? 손녀를? 아니면 왕을?"

노인의 푸른 눈동자에 어린 증오를 엿보는 것만으로도 리스바는 대답을 짐작할 수 있었다.

리스바가 알모니의 헛기침 소리를 알아들었다. 리스바는 하늘을 보았다. 그 많던 별을 다 삼킨 구름은 달을 향해 뻗어가는 중이었다. 긴 바람에 등잔불 몇 개가 흔들렸다.

"난 그저 그대에게 승인을 받고 싶었던 모양이오."

"어떤 승인 말이지요?"

"나는 그대가 누군가를 증오하고 있다고 생각했소. 당연히 그럴 거라고 여겼지. 블레셋 사람들을, 요압을, 다윗을, 이스보셋의 어리석음을…… 이보시오." 아히도벨이 숨을 크게 들이쉬었다. "나는 당신의 증오를 통해 내 증오가 정당하다는 인정을 받고 싶었나 보오."

아히도벨이 고개를 흔들며 희미하게 웃었다.

"그런데 우습게도, 당신에게선 미움을 발견할 수 없었소." 내 엷어진 눈동자는 이제 그 날카로웠던 판단력조차 잃어버린 걸까. "그래…… 정말 그래."

"그들이 제게 새로운 삶을 열어준 셈이니까요."

고역스럽지만 힘차게 퍼덕거리는 삶을. 단어를 면밀히 선택하려 리스바는 잠시 숨을 골랐다.

"지급하지 않고 얻을 순 없잖아요. 저희는 안락함을 포기했어요. 아들들과 저는 그 대신 삶 자체를 얻었답니다." 그리고 삶을 통해 다시 안락함을 얻었고요. 리스바가 부드럽게 웃었다. "썩 괜찮은 거래였어요."

검버섯이 핀 노인의 얼굴에서는 짙은 근심이 엿보였다. 입을 연 아히도벨이 허탈한 웃음을 지었다.

"그 담대함이 내게도 허락되었으면 좋겠소."

리스바가 담담히 고개를 끄덕였다. 아히도벨이 긴 한숨을 쉬며 이마를 문질렀다. 그는 리스바가 건넨 이 깨달음이 지금껏 그가 삼켜왔던 노여움과 배신감이 빚은 둔중한 증오를 드러낼 만한 지렛대가 못 된다는 걸 알고 있었다. 그는 며칠 전 당도한 편지를 떠올렸다. 그것은 낯선 인장으로 봉인되어 있었다. 다윗의 셋째 아들 압살롬이 보낸 양피지는 왕을 비방하는 놀라운 표현과 도움을 구하는 섬뜩한 제안으로 빼곡했다. 다윗이 아히도벨의 집안에 벌인 악행에 분개하고 있으며 그의 명예가 회복되지 못해 유감스럽다고 다윗의 아들은 적었다. 왕자는 아히도벨에게 조언과 도움을 간청하고 있었다.

편지를 덮은 아히도벨은 후드득 몸을 떨었었다.

아히도벨은 압살롬을 잘 생긴 왕자로 기억할 뿐이었다. 그는 압살롬에 대해 아는 게 거의 없었다. 다말의 일과 몇 년 후 압살롬이 벌인 복수극을 띄엄띄엄 듣고도, 다윗이 응당 받았어야 했을 벌을 받았다고 여겼을 뿐이었다.

어쩌면 이건 기회일지도 몰라. 기회는 가능성의 발견이었다. 가능성을 살리려 일탈을 감행하는 것도, 기회를 무시하며 삶의 경로를 유지하는 것도 아히도벨은 선택할 수 있었다.

압살롬을 도와 내가 맛본 쓰라림을 다윗에게 되갚을 수도 있겠지. 우정과 충심을 배반한 자에게 통렬한 앙갚음을 할 수도 있을 거야. 하지만 복수를 위한 아히도벨의 칼이 밧세바와 엘리암에게까지 미칠

지도 몰랐다. 아들과 손녀와 증손자의 목숨을 제물로 내놓으면서까지 자신의 노년을 달궈야 하는 걸까. 복수를 위해?

아히도벨은 리스바를 쳐다보았다. 그녀의 주름살이 보였다. 그것은 삶이 그녀에게 드리운 흔적이었다. 불과 칼의 나날을 뒤로한 그녀의 노년을, 주름은 품격 있게 드높이고 있었다. 아름다운 황혼 속에 머문 리스바가 아히도벨은 무척이나 부러웠다.

"그대의 폭풍은 그쳤구려."

"아히도벨 님 덕분이지요."

입가에 도는 씁쓸한 미소에 아히도벨의 성긴 수염이 가늘게 떨렸다.

"내 폭풍은 이제 시작이오."

아히도벨의 암잔한 눈빛에 리스바의 가슴이 조어들었다.

두 사람이 고센에서 만나기로 약속한 때는 추운 계절로 접어드는 무렵 이른 비가 내릴 즈음이었다. 남부 유다에 자리한 고센은 성벽과 망루 없이 목책과 담으로 방비를 갖춘 집단촌락이었다. 해 길이를 재던 압살롬은 약속 시각에 맞춰 고센 땅 남쪽 우물가로 나왔다. 머릿수건을 깊이 눌러쓴 왕자는 종들이 입는 낡은 양모 쿠토네트 차림이었다. 누군가가 팔을 두드리자 압살롬이 고개를 돌렸다.

아히도벨의 종은 왕자를 단숨에 알아보았다고 대답했다. 옷차림이 잘못되었느냐는 질문에 이드란은 조용히 웃었다.

"행실과 옷차림이 너무 안 어울려서 알아봤습니다."

협곡은 우물가에서 한참 떨어져 있었다. 컴컴한 주둥이를 벌린 동굴들이 절벽 가득 **빽빽이** 뚫려 있었는데, 그로 인해 절벽은 하얗게 말라붙은 벌집처럼 보였다. 꼬리와 머리를 흔드는 나귀의 입가와 눈 밑으로 파리가 엉겨 붙었다. 배가 부푼 그것들은 알 깔 곳을 찾아 헤매는 중이었다. 이드란이 안으로 손을 뻗었고 압살롬이 동굴로 들어섰다.

아히도벨은 입구 근방에 앉아 나무 작대기를 매만지는 중이었다. 옹이가 많고 결이 거친 두툼한 나뭇가지에는 아직 싱싱한 이파리가 두둑이 붙어 있었다. 벽 쪽으로 붙은 압살롬이 동굴 안으로 걸어 들어왔다. 커다랗고 긴 그림자가 비켜서자 동굴 깊이까지 흐린 빛이 기어들었다. 침묵 속에서 파리의 윙윙대는 소리가 가까워지다 멀어졌다. 노인 맞은편에 서서 압살롬은 환대의 말을 기다렸다.

"일어나지 않겠소."

압살롬은 대꾸하지 않았다. 그는 아히도벨의 손에 들린 단도를 보았다. 짧고 날이 넓은 시퍼런 칼은 날카로워 보였다. 노인은 나뭇가지에 붙은 여린 가지를 쳐냈고, 칼을 눕혀 줄기 이곳저곳을 긁었다. 거친 결이 부드럽게 다듬어졌다. 아히도벨이 작대기를 눈높이로 들어 매끈한 면을 확인했다. 압살롬이 자세를 바꾸는 척을 하며 허리띠에 매인 칼을 확인했다.

"왕자가 하려는 게 반란이 맞소?"

작대기의 옹이를 매만지던 노인이 추궁하는 눈초리를 던졌다.

"정화지요."

"무엇을 깨끗하게 한다는 말이오?"

"다윗과 그의 나라입니다."

노인이 시선을 떨어뜨렸다. 압살롬은 말과 말 사이의 침묵이 버거웠다. 몸을 뒤틀던 압살롬의 등으로 찬 기운이 느껴졌다. 제 몸이 은은히 떨리고 있음을 압살롬은 그제야 알아차렸다. 동굴 한기 때문이야. 압살롬은 금세 그럴듯한 이유를 찾아냈다.

"다윗 왕을 위해 반평생 헌신했소. 아름다운 시절이었지."

꿈결을 노니는 듯 아히도벨의 눈빛이 아련해졌다.

"타락한 왕이 일으켰던 추문은 왕자도 잘 알 거요. 정화라?" 아히도벨이 웅얼거렸다. "그래⋯⋯ 이 나라는 썩었는지도 모르지."

노인이 발치에 놓인 가죽 주머니에서 숫돌을 꺼내 나뭇가지를 다듬었다. 거친 돌이 나뭇결을 긁어내는 소리가 한참이나 이어졌다. 허리길이의 작대기는 쥘만하게 굵었다. 아히도벨은 주름진 손으로 작대기를 쓸어내리며 결을 살펴보았다.

"왕자여, 나는 드넓은 포도밭을 가졌고 누구도 따를 수 없는 부귀를 쥐었으며 내 땅에서 행복한 노년을 만끽하고 있소." 작대기를 무릎에 내려놓은 아히도벨이 물었다. "내가 왜 그대를 위해 진흙탕에 뛰어들어야 하는 거요?"

압살롬은 대답하지 않았다. 노인의 시선이 작대기로 되돌아갔다. 거추장스러운 옹이 끝을 잘라 다듬으려는 아히도벨의 손이 부족한 기력 때문에 잘게 떨렸다. 작대기 끝을 잡은 아히도벨이 자신의 눈을 응시하는 순간, 압살롬은 입술에 담은 말을 빠르게 내쏘았다.

"바로잡고 싶으니까요."

아히도벨의 손이 동작을 멈추었다. 칼을 다시 잡은 아히도벨이 압살롬을 응시했다.

"내 아버지가 망쳐놓고 정체시켜 놓은 이스라엘을, 다시 한 번 중흥시키고 나아가게 만들고 싶으니까요."

아히도벨이 고개를 다시 떨어뜨렸다. 동굴 안이 서늘했지만 압살롬의 등은 땀으로 축축했다. 돈은 옹이를 다듬으며 아히도벨은 속으로 웃었다.

편지에 담긴 회유와 번드르르한 공치사는 아히도벨의 마음을 조금도 움직이지 못했다. 물론 아히도벨은 이곳에 오기 전에 왕자를 돕기로 이미 작정했었다. 문제는 비례였다.

앙갚음의 통쾌함이 평생의 부귀와 안락을 내던질 정도로 대단할까?

때론 그랬고, 때론 안 그랬다. 그는 반란을 돕겠다는 자신의 선택에 왕자가 확신을 불어 넣어주길 바랐다. 노년을 피로 물들여야 할 이유가, 사랑했던 사람들에게 칼을 겨눠야 할 명확한 까닭이 아히도벨에게는 필요했다. 그러나 왕자는 중흥과 정화와 개선이라는 말을 입에 올렸다. 말은 그저 말일뿐, 부스러진 왕자의 말들은 깡그리 비어 있었다.

끝 모를 공허는 거기서부터 밀려들고 있었다.

"내게 원하는 게 무엇이오? 내 지혜는 바닥났고, 총명은 흐릿해져 버렸다오."

"어떻게 해야 이스라엘 사람들의 마음을 사로잡을 수 있습니까?

나는 그에 대한 지혜가 필요합니다."

압살롬은 구체적인 행동 지침을 원했다. 왕궁과 군대가 다윗의 것이라면, 그는 그 이외의 것들을 한데 모아 아버지에게 대항해야 했다. 왕궁 밖의 사람, 담장 밖의 인간, 그가 한 번도 제대로 관심을 기울여 본 적이 없는 자들의 동조가, 압살롬에게 절실했다.

게다가 압살롬은 각 지방의 상황을 속속들이 알고, 다윗을 추종하는 자들의 속내마저 샅샅이 꿰고 있을 누군가가 필요했다. 그것이 압살롬이 아히도벨에게 편지를 보낸 이유였다.

아히도벨은 금세 대답하지 않았다. 압살롬은 노인의 은연한 태도가 불편했다. 그는 작대기를 묵묵히 다듬을 뿐이었다. 한 줄기 젖은 바람이 동굴 밖에서 불어왔다. 빗방울이 안쪽으로 후드득 떨어졌다. 아히도벨이 작대기를 손에 쥐곤 바닥을 쿵쿵 내리찧었다. 동굴 안쪽에서 가는 진동이 되울렸다. 아히도벨이 작대기를 왕자에게 건넸다.

"옹이가 만져집니까?"

굵직한 줄기에 도드라진 울퉁불퉁한 옹이를 압살롬은 손끝으로 매만졌다. 그가 저도 모르게 옹이 개수를 세었다. 열두 개였다. 시선을 받은 아히도벨이 차갑게 웃었다.

"왕자의 아버지를 흉내 내보았소."

지팡이를 움켜쥔 채 압살롬이 아히도벨을 바라보았다. 노인은 동굴 입구로 걸어갔다. 그의 발치로 빗방울이 튀었다.

"우선 왕자의 말투부터 바꾸시오. 그대는 거물로 보여야 하고, 사람들을 굽어보아야 하오. 거기부터 시작합시다."

압살롬이 고개를 끄덕였다. 아히도벨이 지팡이를 건네받았다.

"좋아요. 내 자리를 만들어두시오, 압살롬 왕자. 그대를 위해 내가 지혜를 짜내겠소."

압살롬의 밝아진 얼굴을 아히도벨은 돌아보지 않았다. 그는 왕자가 마음에 들어서가 아니라, 왕자를 수단 삼기 위해 그의 수족이 되기로 작정했다. 압살롬의 반란 소식은 다윗의 심장을 쥐어짤 것이었다. 다윗의 가슴에 비통의 비수가 꽂힐 때, 내 심장을 태우는 불꽃이 사그라지리라. 아들의 칼에 죽는 다윗을 상상하며 아히도벨은 더럽혀진 명예의 찬란한 회복을 꿈꿨다.

"잘 들으시오. 이제 왕자가 나아갈 길을 알려주겠소."

지도와 함께 말이오.

압살롬이 바짝 다가왔고 냉소를 깨문 아히도벨이 구체적인 방안을 풀어냈다. 모사의 깊고 넓은 시각이 지형과 사람들의 속내와 왕궁의 상황과 예측되는 반응과 이 세계 전체를, 샅샅이 훑어냈다. 먼 곳을 노려보는 것처럼 압살롬은 눈을 가늘게 떴다. 그 옛날 빈번히 터졌던 아히도벨에 대한 다윗의 칭송은 헛소리가 아니었다. 또렷하고 명징한 실체를 지닌 방안이 정말이지 손아귀에 들 것처럼 가까워졌다. 압살롬의 확신이 금빛으로 부풀었다.

"요압을 포섭하는 건 어떻습니까?"

사령관을 끌어들이면 이야기는 달라지겠지. 하지만 다윗의 도리깨가 그렇게 쉽게 돌아설까.

"그는 랍바 함락의 영광을 다윗에게 스스로 넘긴 자요."

"하지만 아브넬을 죽인 사람이기도 하지요."

그가 공을 세우면, 그에게 무얼 주시겠소? 사령관보다 더 나은 자리는 왕좌뿐인데 그걸 넘길 거요? 하지만 왕자가 알아듣기 쉽게 설명해야 했다.

"사령관의 직위에 가장 가까운 자가 누구지요? 요압이 죽으면 사령관에 임명될 만한 사람 말이오."

압살롬이 빙그레 웃었다.

"내가 직접 아마사에게 접근해야 할까요?"

"당장은 아니오. 상황이 무르익으면 아마사가 이리 접근할 가능성도 있지."

"그러면 세력은 아마사를 중심으로 규합됩니까?"

아히도벨이 고개를 저었다. "세력 따윈 필요하지 않소." 그가 지팡이를 세워 짚었다.

"사람의 마음을 훔치는 것, 사람의 마음을 옭아매는 것이면 충분하오. 빼앗는 건 쉽지요."

그걸 오래 소유하는 게 어려울 뿐.

그러나 압살롬이 제 아버지에게서 뺏은 나라를 지키는 건 그의 관심사가 아니었다. 자식에게 나라를 빼앗기고 비통해할 다윗을 지켜보기만 하면 그만이었다. 그 생각에 이르자 몸이 한없이 무겁게 느껴졌다. 아히도벨은 입 벌린 땅 아래로 한없이 떨어지는 느낌을 받았다.

"사람 마음을 훔친다니. 쉽지 않겠습니다."

"두렵소?"

압살롬은 웃음을 터뜨릴 뻔했다. 온갖 감정 중에서 오직 그것만이 느껴지지 않았기 때문이었다. 그는 전혀 두렵지 않았다. 자신이 옳기 때문에, 그 옳음을 확신하고 있기 때문이었다.

"까다롭게 여겨진다는 뜻입니다."

아히도벨이 지팡이를 동굴 안쪽으로 내던졌다. 마른 나무토막이 내지르는 비명이 동굴 안에 울려 퍼졌다.

"모세의 형이자 최초의 대제사장이었던 아론의 지팡이에선 아몬드 꽃이 피었었지."

"그건 기적이잖습니까?"

왕자의 멀건 웃음을 띠자 아히도벨이 대꾸했다.

"그대가 만들어야 하는 게 바로 그거라오."

27

도둑질

히브리 사람들에게 성문 혹은 성문 사이는 적지 않은 의미를 지녔다.

성문은 만남과 감시와 판결의 장소였다. 그들은 산당이나 회당이나 광장에 함께 가기 위해 성문에서 만났다. 성문은 파수대의 섬뜩한 눈길이 머무는 곳이요, 드나드는 사람을 감시하고 통제하는 길목이었다. 또한 성문은 재판이 이뤄지는 장소이며, 행인들을 통해 판결 내용이 널리 퍼져 나가는 곳이기도 했다.

다른 성읍에서와같이 다윗 성에서 이뤄지는 송사 또한 성문에서 처결되었다. 다윗은 매주 셋째 날 오후가 되면 수문의 내문과 외문 사이, 꺾인 통로로 행차해 이스라엘의 부르짖음을 듣곤 했다. 요압이 사주한 드고아 여인과 만났던 장소도 이곳 성문 사이였다.

그러나 밧세바와의 일이 있고 난 뒤로 왕의 수문 행차는 드문드문

토막 났고, 기약 없이 미뤄지는 일이 잦았다. 서기관과 사관이 제사장의 조언을 받아가며 왕의 일을 덜어주었지만 왕만이 결정할 수 있는 민감한 사안이 있기 마련이었고, 판단하기 까다로운 사안일수록 다윗의 기력은 더 많이 갉아 먹혔다. 그렇기에 다윗의 성문 행차는 자주 미뤄지거나 취소되어 왔다.

이 모든 문제는 이스라엘이 부귀해지고 강건해졌으며 이를 데 없이 복잡해졌기 때문이었다. 이스라엘은 더 이상 조잡한 성읍 국가가, 중구난방의 부족 연합체가 아니었다.

다윗은 재판관을 따로 세우지 않았다. 판결의 권한은 지대했고 왕의 권위와 맞물려 있었다. 그 탓에 재판을 요청하는 자들의 마른 목구멍은 갈라져 피가 솟을 지경이었다. 그들은 판결을 기다리며 오랫동안 다윗 성에 머물러야 했고 막대한 체류 비용으로 인해 고통받았다.

정오가 넘어가자 더위는 극심해져 갔고 시장의 열기는 시들었다. 다윗 성안뿐만이 아니라 성벽 바깥으로도 많은 촌락이 자리하고 있었다. 성벽을 감싸 안으려는 것처럼 늘어선 집들 사이로 무수한 교차로가 존재했고, 비뚤어진 구획 사이에는 이런저런 빈틈이 생겼다. 사람들은 그 빈틈에 장막을 쳤고, 장막 그늘 아래에 물건을 늘어놓았다. 맞바꾸는 식으로 진행되던 거래는 은의 사용이 늘어나면서 점차 다양화되고 세분화되었다. 가격은 풍문에 의해 결정되었는데 서로 간의 필요와 흥정의 매끄러움이 결정된 가격을 끌어내리기도 잡아 올리기도 했다.

진열대에서 파리를 쫓던 상인이 무릎을 모으고 오후의 치명적인 졸음에 몸을 내맡길 즈음, 서기관 여호야다는 성문 밖에서 아히마아스를 기다리고 있었다. 압살롬 왕자가 고센에서 아히도벨을 몰래 만나고 온 지 한 달이 지났을 무렵이었다.

성문은 발 디딜 틈이 없었다. 그러고 보니 셋째 날이로군, 제판을 위한 왕의 행차가 있는 날. 다윗 성까지 올라오는 사건은 대개 증빙이 어려웠고 분쟁이 첨예했고 판단이 까다로웠다. 재판을 오랫동안 기다려온 분쟁인들의 신경은 몹시 날카로웠다. 여호야다는 그런 찡그린 얼굴들을 멀리서 바라보는 중이었다. 할아버지가 돌아가신 뒤부터 그를 대제사장과 구분할 필요가 없어진 사람들은 젊은 서기관을 그저 여호야다라 불렀다.

"날짜 참 기가 막히게 잡았군." 다가오는 사독의 아들에게 여호야다가 인사 삼아 말했다.

"오늘이 셋째 날이었나요? 고르고 고른 게 이 모양이라니." 사람들 사이를 지나오느라 옷을 엉망으로 구긴 아히마아스가 넋 빠진 얼굴로 고개를 저었다.

두 사람이 서로의 화평을 빌며 입을 맞추었다.

"이렇게 복잡할 걸 몰랐어?" 여호야다가 아히마아스를 내려다보며 핀잔을 주었다.

"잊어버렸어. 그나저나 엄청나네. 이 사람들이 다 판결을 구하러 다윗 성으로 올라온 거야?" 아히마아스가 길게 휘파람을 불었다. 구름처럼 몰려든 사람들로 인해 성문은 꽉 막혀 있었다. 창을 든 성문 수비대 병사들이 통행로를 확보하기 위해 소송인들을 통제했다.

"용건부터 말해 봐."

키 큰 여호야다가 앞서 걸었고 아히마아스가 종종걸음으로 뒤따랐다. 체구가 작은 아히마아스가 키득거렸다. 여호야다가 의심스러운 표정을 지었다. 이 녀석, 허파에 바람이 잔뜩 든 게 어째 수상한데.

사독은 죽은 대제사장인 여호야다의 총애를 받았는데, 그런 까닭에 브나야를 비롯한 그의 가족과도 꽤 가까웠다. 집안 관계와 별개로 제사장의 아들과 경호대장의 아들은 죽이 잘 맞았고, 자주 어울렸다. 주로 여호야다가 아히마아스를 가르치고 이끌었지만, 행동이 민첩하고 생각이 기민한 아히마아스가 여호야다를 놀라게 만드는 경우도 없지 않았다.

바늘 하나 꽂을 자리 없는 성문 통로에서 두 사람은 사람들을 밀치며 성안으로 들어가려 애를 썼다.

"샬롬, 요나스. 아이는 잘 크지요? 편지 잘 받았어요. 시간이야 늘 부족하죠. 잠까지 줄였는걸요." 이봐, 좀 비키라고. 이 좁은 통로에 양 떼를 몰고 오다니 제정신인가. "좀 지나갑시다. 길르압 당신이었군요. 아니요. 성안에 들어가려고요." 진땀 나게 더운 날이로군. 그늘에서야 겨우 한숨 놓을 정도로 햇볕이 내리쬐는 그런 날 말이야. "그 집 치즈요? 그럼요. 언제든지요. 스바댜. 오랜만이로군요. 지난번 모임은 왜 건너뛰었어요?"

좁은 사회였다. 혈연과 사업과 관직과 집안으로 얽힌 그들은 여러 끈으로 겹겹이 묶여 있었다. 아히마아스가 인사에 바쁜 여호야다의 옷깃을 잡아당겼다. "결혼연회의 신랑처럼 구는군. 언제까지 인사를 나눌 셈이야? 이래서야 밤이 되고 말겠어."

"그러게 무슨 이야기를 여기서 만나서 하자는 거야. 게다가 이 시간에. 너희 집에서 만나도 됐잖아." 여호야다가 머릿수건 끝을 당겨 목의 땀을 닦았다. "햇볕이라면 질색인데."

"아버지께서 좋아하시질 않아."

여호야다가 놀란 표정을 지었다. "이야기를? 아니면 나를?"

"장사를."

여호야다가 엄한 표정으로 돌아보았다.

"계산이 두 자릿수를 넘으면 발가락을 동원해야 하는 네가 장사는 무슨 장사?"

발끈한 아히마아스가 짜증을 냈다.

"날 그렇게 보는 건 형뿐이라고. 들어봐."

"우선 그늘로 가자." 떠밀린 여호야다가 콧잔등을 찡그렸다.

아히마아스의 설명은 길지 않았다. 그는 이 제안을 사흘 전 저녁에 받았다고 했다. 아히마아스의 얼굴이 흥분으로 벌겠다.

"이집트 사람인데, 이름이 무함마드야."

"네가 만난 사람이?"

"아니, 음. 만나기는 중개인을 만났지. 무함마드의 대리인 중 하나."

"계속해 봐. 들어나 보게." 아히마아스를 응시하며 여호야다가 자기 턱 끝을 득득 긁었다.

"무함마드라는 사람이 엄청난 부자래. 가랑이에 홍해를 꼈는데, 한 손으론 시내 산을 쥐고 흔들고 다른 손으론 메소포타미아를 주물러

댄다더군."

"아무튼 뚜쟁이 혓바닥이란. 근거지가 어딘데?"

"에시온게벨. 무함마드가 트림을 하면 거기 앞바다가 끓어오른다는 거야."

"알맹이 있는 말 좀 해라."

핀잔을 주면서 여호야다는 이스라엘 남동쪽 저 멀리로 붙은 항구 에시온게벨의 무역 품목을 쭉 떠올렸다. 아히마아스가 팔꿈치로 여호야다를 툭 쳤다.

"빵틀을 살짝 달궈놔야 빵이 제대로 익는다는 말씀."

"본론, 본론."

"알았어. 무함마드는 새로운 무역로를 개척하고 싶어 해."

소매를 걷어 올린 아히마아스가 굽힌 양팔을 수직으로 세웠다.

"하나는 해변 길이고, 다른 하나는 왕의 대로지."

"왕의 대로 끝이 에시온게벨이고."

"다윗 성은 해변 길과 왕의 대로 중간 즈음에 있잖아. 양쪽 대로로부터 뚝 떨어져 있다고."

다윗 성은 아히마아스가 세운 팔 사이, 명치 부근에 자리했다.

"정리하면 이런 얘기군." 여호야다가 아히마아스의 팔꿈치와 명치를 쿡 찍고 반대쪽 팔뚝 언저리로 손가락을 옮겼다. "에시온게벨에서 다윗 성, 그리고 중개인이 말한 요점은 아마도…… 욥바."

길게 휘파람을 분 아히마아스가 눈을 휘둥그레 떴다. 여호야다가 피식 웃었다.

"눈치 한 번 기가 막히는군. 중개인이 그러는데, 무함마드는 형이 말한 그 무역로를 개척하고 싶어 한대."

"개척은 무슨. 길이야 가는 사람이 많아지면 자연히 생기는 거지. 문제가 뭐야?"

"그 길을 여럿이 가고 싶지 않다는 거지. 자기 혼자 가서 혼자 먹으려는."

"그래서?"

"무함마드는 안전을 위해 이스라엘이 수비대를 파견해 주길 원해."

"그건 핑계고. 세금 문제가 크겠지."

"형에겐 뭐든 감출 수가 없군."

무함마드는 유력자의 아들인 아히마아스를 통해 다윗 왕궁의 윗선과 접촉하길 바라는 거야. 그런 부자가 저 애에게 들러붙을 이유는 오직 그것뿐이지.

그러나 교역 대상이 많아지면 이스라엘에게도 나쁠 게 없었다.

"알아봐 줄 수 있어."

입이 찢어지려는 아히마아스의 옆구리를 여호야다가 쿡 찔렀다.

"그런데 무함마드는 우리에게 뭘 제공하겠다는 거지?"

상거래 내역 전체를 파악하기 어렵기 때문에 거래 후에 세금을 받아내긴 쉽지 않았다. 그래서 큰 거래를 트려는 자들은 통행증을 받으며 일정한 금액을 미리 냈다. 아히마아스는 무하마드라는 자가 내겠다는 비용을 조심스레 언급했다. 여호야다가 턱밑을 득득 긁었다.

"그건 그렇고, 너는 다리를 놔주고 무슨 이득을 얻는데?"

"그냥 한 자리 끼워주겠다는 거야."

선수로 직접 뛰라는 얘기였다.

"아이고, 너 같이 요령 없는 애한테."

여호야다가 고개를 내젓자 아히마아스가 눈을 흘겼다. 싱글벙글 웃던 여호야다가 생각에 잠겼다. 무함마드는 아히마아스로부터 윗선을 소개받고, 이 애에게 무역로 한자리를 내주겠다는 심산이군. 아히마아스가 달아오를 만했다. 여호야다는 무함마드의 무역로를 통해 오목烏木을 들여 봐도 괜찮겠다는 생각을 했다.

"향 품 이것저것을 끼워서 이윤을 맞춰보는 거지."

고가품은 판로가 적지만 수익률이 높았다. 바야흐로 이스라엘의 황금기가 아닌가. 근래엔 수요도 나쁘지 않은 편이었다.

"향 품은 넘쳐나잖아. 모래에 모래를 더해 어쩌려고?"

"향 품을 기본으로 잡고 오목으로 이득을 보는 거야. 오목 거래량은 왔다 갔다 하니까."

그럴듯하다고 아히마아스는 생각했다. 하지만 그 까만 목재를 어떻게 운반할 셈이지.

"오목은 나무 자체가 비싸지. 게다가 오목으로 가구를 만들어 옮기려니 비용이 커져. 무함마드가 상아 거래를 취급하면 좋겠군."

"그건 왜?"

"오목으로 짠 가구 귀퉁이를 상아로 장식하는 게 유행이잖아. 다윗 성 근처에 장소를 확보하고 목수를 열이든 스물이든 고용하는 건 어떠냐. 재료를 같이 사들여서 만들어 파는 거야. 인건비를 낮게 잡으면 운반비용을 뽑을 수 있어."

아히마아스가 입을 맞추려 들며 엉기자 여호야다가 진땀을 뺐다.

"그렇다고 네가 장사하는 데 찬성하는 건 아냐."

"형이 답을 가지고 있을 줄 알았어."

"이건 아무것도 아냐. 수익과 비용을 무함마드와 어떻게 배분할지가 중요하지." 그가 재료 공급을 도와줄지 어쩔지도 아직 모르잖아. 여호야다가 얼굴을 찌푸렸다. "그나저나 밑천은 있어?"

아히마아스가 난감해했다. "그래서 아버지가 싫어하는 거야." 사독의 아들이 약삭빠르게 덧붙였다. "잔돈 가진 거 좀 있어?"

잔돈으로 해결될 리 없잖아. 여호야다가 얼굴을 찌푸리자 아히마아스가 히죽거렸다.

"하지만 형의 빛나는 착상을 알려드리면 아버지도 승낙하실 거야." 사독의 아들이 맞잡은 손을 비비며 기꺼운 표정을 지었다. "침상 아래에 놓인 금고가 마침내 열리겠지!"

"내 이름을 팔진 마." 평판이 깎이는 건 질색이었다. "착상은 쉬워. 그걸 실제로 이뤄내는 게 어렵지. 그리고 난 너 거기 끼는 거 반대야. 네 원망도 듣기 싫고 제사장의 미움도 받고 싶지 않아."

"아버지는 형을 싫어하지 않아. 좀." 아히마아스가 어깨를 들썩였다. "무서워하는 편이지."

여호야다의 눈이 휘둥그레지자 아히마아스가 키득거렸다.

"그나저나 무함마드의 제안을 일러준 사람이 누구야? 중개인 말이야."

"아? 요나답."

여호야다가 눈을 가늘게 떴다. "내가 아는 그 요나답?"

"밑천만 넉넉했어도 직접 뛰어들었을 거라던데. 헤어질 무렵엔 나한테 돈을 빌려달라고 하더라고. 그렇게나 구미가 당기나 봐."

그 간교한 작자가 고위층 자제들을 알선에 끌어들이며 무함마드로부터 얼마나 많은 은 덩어리를 우려낼지는 신만이 아시리라. 여호야다는 아히마아스가 덫에 붙들렸음을 알아차렸다. 비열한 요나답은 중개료를 빌미로 아히마아스를 벗겨 먹을 농간을 부릴 게 틀림없었다. 잔소리를 퍼부으려던 여호야다가 한숨을 내쉬었다. 일확천금을 거머쥘 생각에 눈이 동그래진 아히마아스에게 지금은 어떤 말을 해도 소용이 없을 터였다. 며칠 내로 요나답 그 천박한 개를 두들겨 패줘야겠어. 손이 아닌 곧고 단단한 말로.

여호야다가 아히마아스에게 요나답이라는 인간의 됨됨이에 대해 열변을 토하려던 찰나, 사관 여호사밧이 내문 모퉁이를 돌았다. 사람들로 내문이 복잡했기에, 여호사밧은 창을 든 성문수비대의 도움을 받아야 했다. 두 사람과 눈이 마주친 여호사밧이 손에 든 두루마리를 치켜 보였다. 당직 사관들이 여호사밧을 줄줄이 뒤따르는 중이었다.

외문과 내문 사이 모퉁이에는 단이 설치되어 있었다. 왕이 행차하면 왕좌가 놓일 자리였다. 성문 수비병들이 만든 길로 여호사밧은 나아갔다. 단에 오른 그가 두루마리를 펴들자 사람들이 우르르 몰려들었다. 재판행차를 기다리던 수백 명에 달하는 사람들이 여호사밧이 선 단 주변으로 밀려들었다.

"이스라엘에 위중한 사안이 밀려들었고, 왕께서는 다급한 현안에 시간과 정신을 우선 내어주기로 결정하셨다. 소송을 가져온 자들은 고향으로 돌아가 그곳의 지혜로운 장로들에게 정의와 진실을 물어라. 그럴 수 없는 자들은 다시 때를 기다려라."

여호사밧이 주변을 쓱 둘러보았다. 수백 명에 이르는 사람이 단 위에 선 자신을 올려다보고 있었다. 몇 주째 연기되고 있는 왕의 재판이 또다시 미뤄진 것이었다. 여호사밧이 단에서 내려왔고 긴장한 수비병들이 창을 세우고 그에게 다가왔다. 밀려드는 항의도 불만에 찬 욕설도 달려드는 사람도 없었다. 그저 낙심한 눈길들이 원망을 품은 채 숨죽일 뿐이었다. 다윗 왕의 판결을 통해 자신의 억울함을 풀고 꺼꾸러진 정의를 세우겠다며 먼 길을 달려온 사람들이었다. 여호사밧의 가슴이 선득해졌다. 그의 겉옷을 아히마아스가 잡아당겼다.

"무슨 일이래요?"

"편찮으셔서 그렇지."

쏠리는 시선을 꺼림칙해하며 사관 여호사밧이 작게 대꾸했다. 지난주에 그가 똑같은 두루마리를 읽었을 때만 해도, 왕의 행차를 간청하는 목소리가 와글와글 끓었었다. 기억을 더듬던 여호사밧이 침울한 표정을 지었다. 그는 사람들의 분노를 이해했다.

그때 외문 쪽에서 소란이 일었다. 사람들이 두리번거리며 외문 안쪽으로 밀려갔다. 성문 사이로 들어선 자들은 화려하게 치장한 소년들이었다. 줄을 맞춰 뛰어든 그들은 소리를 지르고 팔을 휘둘러 성문 사이 세워진 양쪽 벽으로 사람들을 밀어냈다. 짙은 감청색 겉옷에 쪽빛으로 염색한 쿠토네트를 입은 소년들의 머릿수건에는 아름다운 수가 놓였고, 허리띠에도 같은 문양이 자리했다. 그들은 모두 스무 명가량 되었는데, 말간 얼굴은 정갈했고 품행은 엄정했다. 허리에 한 규빗이 넘는 칼을 찬 소년들은 군인처럼 발등을 덮는 신발을 신었는데, 낙타가죽으로 만든 신 끝이 무척 뾰족했다.

스무 명의 소년들 뒤로 전차가 들어섰다. 시선을 한 몸에 받으며 전차는 멈춰 섰다. 고삐가 당겨지자 말들이 머리를 젖혔고 발굽이 땅을 두들겼다. 이집트에서 들여온 전차로군. 유행에 민감한 아히마아스가 입을 딱 벌렸다. 바큇살이 여덟 개인 견고한 앗수르식이 아니라 바큇살이 여섯 개인 날렵한 이집트식이었다. 전차 본체는 매우 화려했다. 색을 칠한 나무로 견고하게 잡은 틀에 무두질한 물소 가죽을 팽팽히 당겨 둘렀고 그 위를 금박으로 장식했는데, 장식 위에 간간히 붙인 청금석이 햇살에 반짝였다. 빠르게 내달리는 말은 화려한 걸 좋아하는 북부 사람이나 탈 짐승이었고, 전차는 평원에 사는 블레셋 사람들이나 관심을 가질만한 물건이었다. 무리지어 달리는 아름다운 소년들과 커다란 말과 화려한 전차의 이채로운 광경이 지켜보는 모든 이에게 묘한 경외감을 주었다. 통로에 몸을 바짝 붙인 사람들의 표정을 여호야다는 주의 깊게 관찰했다.

그리고 압살롬 왕자가 전차에서 내렸다.

널찍한 성문 통로를 메운 수백 명의 사람이 모두 압살롬을 바라보았다. 왕자를 알아본 사람들이 허리를 구부려 절을 했고 공경의 뜻을 보이려 머리를 덮은 수건을 벗었다. 문을 지키던 장군들도, 여호사밧과 여호야다와 아히마아스도 절을 했다. 환하게 웃은 압살롬이 성문을 지키는 장군들을 일으키며 노고를 치하하자, 감격한 그들이 어깨를 떨었다.

"왕자님의 하사품이다."

전차 앞에 선 아름다운 소년들이 허리에 맨 주머니를 끌러 조막만한 은 덩어리를 나눠주었다. 함성과 함께 손들이 빽빽이 뻗었다. 주머니가 빈 소년들이 전차 몰던 그술 사람에게서 새 주머니를 받아갔다. 은 덩어리를 받은 아히마아스가 여호야다에게 의미심장한 미소를 지었다. 잔돈 무시하지 말아. 누가 알아? 모래 위에 모래를 끼얹으면 산이 될지 어쩔지.

"무슨 일로 이리 사람들이 많지?" 여호사밧에게 디가간 압살롬이 태연히 물었다.

"소송 중인 자들이 왕께 판결을 들으러 왔습니다."

"아, 벌써 저들을 만나고 들어가셨나."

잠깐 얼굴을 들었던 여호사밧이 다시 고개를 숙였다.

"아닙니다. 왕께서는 병환 때문에 나오지 못하셨습니다."

압살롬이 주변을 돌아보았다. 사람들과 눈을 맞추며 왕자는 시선을 천천히 돌렸다. 사람들의 시선을 한 몸에 받기 위해 압살롬은 공을 들여 그들 모두와 주의 깊게 눈을 맞추었다. 압살롬은 사람들에게 고향을 물었다. "아, 거긴 좋은 석류가 나는 곳이지." 사람들에게 친근감을 주세요. "그 옆에 자네는?" 골고루 관심을 기울이세요. 모두의 고통에 관심을 지닌 사람이라는 인상을 주어야 합니다. "벧세메스 근방이라니. 이거 우연이군. 거기 자주 갔었지. 자네도 소송 때문에 온 건가?" 왕의 악화된 건강을 파고들어야 합니다. 사람들의 불만을 왕을 대신해 해결해 주세요.

아히도벨은 치밀한 선생이었고 압살롬은 빼어난 학생이었다.

"왕자님, 도와주세요. 판결을 받으러 여길 다시 올 순 없어요."

압살롬에게 가까이 붙은 누군가가 다급히 말하자, 곁에 늘어선 사람들이 저마다의 사정을 앞 다퉈 입에 올렸다. 수비대 병사들이 뛰어들어 그들을 밀어내자 비명 같은 아우성이 터져 나왔다.

그들을 돌아보는 압살롬은 고민에 빠진 표정이었다. 수백 명의 애원과 날카로운 비명이 압살롬을 향해 뻗었다. 압살롬이 천천히 손을 들어 올렸다. 목소리들이 차츰 가라앉았다. 눈을 깜빡이는 압살롬은 갈등하는 것처럼 보였다. 그가 성문 그늘을 돌아보았다. 아까 여호사밧이 섰던 단이 거기 있었다. 압살롬이 사관에게 명령했다.

"내가 앉을 의자를 가져오라."

자애로운 미소를 띤 압살롬이 단을 가리키며 나아가자 소송을 가져온 사람들이 환호성을 질렀다. 사람들 사이로 압살롬이 성큼 나섰다.

"압살롬, 압살롬!"

왕자를 에워싼 사람들이 환호하며 단을 향해 우르르 몰려갔다. 압살롬은 구름을 밟는 기분이었다. 환호에 고무된 왕자는 팔이 잡아당겨 진 뒤에야 가까이 붙은 서기관 여호야다를 돌아보았다.

"송사는 왕이나 그분이 세운 재판관이 판결해야 합니다."

압살롬은 서기관 여호야다를 바로 알아보았다. 왕자를 에워싼 사람들의 환호로 인해 그들은 서로에게 고함치다시피 해야 했다.

"자네로군, 서기관. 자네가 토라에 그토록 능통하다면서? 송사는 왕이나 재판관이 판결해야 한다고? 율법에 그렇게 나왔나?"

빙글거리는 표정과 달리 압살롬의 질문은 퉁명스러웠다. 입 다문 여호사밧을 흘끔 본 여호야다가 대꾸했다.

"관례가 그렇습니다."

"관례란 변하기 마련이야."

"왕자님은 관례에 변화를 줄 권한이 없습니다."

고개를 돌리지 않은 압살롬이 눈 끝으로 여호야다를 노려보았다. 놀란 아히마아스가 잡아끌었지만 여호야다는 꼼짝하지 않았다. 몸을 구부린 압살롬이 여호야다에게 쏘아붙였다.

"나는 왕의 대신이야. 수많은 청원을 내가 처리하고 있단 말일세."

"하지만 중요한 송사는 왕께 올라가지요."

너는 내게 부스러기로 배불리며 만족하라는 거로구나. 그래, 아버지의 병이 몹시 위중했던 몇 년 전에도 중요한 소송은 그분께 올라갔었지. 그런 방식으로 너희 서기관들과 사관들은 나 압살롬이 왕이 아니라는 사실을 끊임없이 상기시켰어. 압살롬이 여호야다의 팔을 붙들었다. 왕자가 저 앞을 향해 턱짓했다.

"여기 모인 사람들을 봐. 그들을 태우는 불길을 봐."

여호야다가 왕자의 팔목을 공손히 잡았다. "왕의 공의가 저들의 불을 끌 겁니다."

"답답하구나. 집에 불이 나면, 너는 네 아버지의 허락을 받고서 물을 뿌리느냐?"

"제 아버지의 식탁에 앉을 땐, 그분의 축복을 받은 뒤에야 빵을 입에 넣습니다."

날카로운 말들이 공중에서 부딪혀나갔다. 압살롬이 뭔가를 되쏘려는 찰나, 사람들이 몰려들어 왕자를 단으로 이끌었다. 두 사람이 급격히 멀어졌다. 아히마아스를 돌아본 여호야다가 언짢은 표정을 지었다. 여호야다와 눈이 잠깐 마주친 여호사밧이 짧게 고개를 저었다.

압살롬은 넓은 단을 둘러보았다. 한가운데에 하얀 자국이 보였다. 왕좌가 놓였던 자리였다. 압살롬의 소년 중 하나가 머리 위로 의자를 들고 왔다. 성문을 지키는 장군들이 앉던 것이었다. 이스라엘 사람들이 손뼉을 치며 기뻐했다. 여호야다는 화를 참아내지 못했다.

"저 우매한 것들이 무엇이 옳고 그른지 판단을 못하는구나."

압살롬이 손짓하자 사람들이 다그치며 악을 써댔고, 붓과 먹 그릇을 허리춤에 둔 당직 사관들이 우왕좌왕했다. 소년들이 나눠준 은으로 허리가 묵직해진 자들이 책상과 의자를 가져왔고, 판결을 받을 자들이 기다린 순서에 따라 줄을 서댔다. 그러나 압살롬은 자리에 앉지 않았다. 아주 천천히 환호가 잦아들다가 이윽고 완전히 사그라졌다. 사람들을 물끄러미 돌아본 압살롬이 무거운 걸음으로 단을 내려왔다.

무너진 기대감으로 그들의 어깨가 축 늘어졌다. 압살롬이 유감스러운 표정을 지었다.

"남은 은덩이를 저들 모두에게 주어라."

압살롬이 소년들을 독촉했다.

"이걸로 편하게 묵을 곳을 찾아라. 왕께서 유능한 재판관을 세우실 때까지 부디 느긋하게 견뎌라."

그들을 다독이며 압살롬이 여호야다를 힐끗거렸다.

"저들 말이 옳다. 나는 왕이 아니며 왕께서 세우신 재판관도 아니다. 내겐 각 성읍에서 올라온 이 중요한 송사를 판결할 권한이 없어." 왕자가 한숨을 내쉬었다. "내가 이 땅에서 재판관이 되면 누구나 재판할 문제를 가지고 내게로 오게 해 정당한 판결을 내려줄 텐데."

햇빛만큼이나 날카로운 눈길들이 여호야다에게로 향했다. 심상치 않은 기운을 느낀 여호사밧이 수비대에게 턱짓을 했고, 아히마아스에게 붙들린 여호야다가 호위를 받으며 천천히 뒷걸음질 쳤다. 자애로운 표정을 지은 압살롬이 안타깝다는 듯 고개를 지었다. 압살롬을 에워싼 자들과 그들에게 속살거리는 자애로운 왕자를 향해, 여호야다가 이를 갈았다.

"저자가 이스라엘 사람들의 마음을 훔치는구나."

끔찍한 징조에 여호야다는 몸을 떨었다. 기름 받은 왕이 세워진 이상 왕국의 모든 일은 그의 처결대로 이뤄져야, 모든 과업은 그의 이름으로 행해져야, 모든 영예는 그의 발치에 바쳐져야 했다. 그것이 그를 왕으로 세운 신의 선택을 존중하는 일이기 때문이었다.

"왕께 가야 할 사랑과 공경이 다른 곳으로 흐르려 해." 여호야다가 아랫입술을 깨물었다. "저자가 도적질을 하는구나."

아히마아스가 넘치는 재기로 여호야다의 비감함을 받았다.

"오, 지혜로운 왕자님은 악당을 종들의 주먹으로 뭉개는 지엄함을 드러내셨습죠."

여호사밧이 다가와 두 사람을 잡아끌었다. 칼 손잡이를 움켜쥔 압살롬의 소년들이 그들을 바라보고 있었다.

두 사람과 함께 성문 밖으로 나가던 여호사밧이 압살롬을 돌아보았다. 엎드린 백성에게 다가가 양쪽 어깨를 잡아 일으키며 위로하는 모습이 다윗과 빼다 박은 듯 흡사했다.

"저들도 그렇게 볼 거야."

여호사밧의 생각을 알아차린 여호야다가 말했다. 왕의 부재 위로 대체자의 그림자가 드리워지는 것만 같았다. 자신을 흘겨보던 압살롬의 눈빛이 여호야다는 잊히지 않았다. 압살롬을 노려보던 여호야다가 혐오를 드러내려 벗은 신발을 탁탁 털었다.

한참 만에야 다윗은 몸을 일으켰다. 왕의 부름에 날카롭게 반응하려 문에 귀를 댄 채 밤을 새우는 시종들을, 다윗은 부르지 않았다. 닭도 울지 않은 이른 시간이었다.

가위는 창턱에 놓여 있었다. 그을음이 솟는 등잔에서 잘려나간 시커먼 심지가 얕은 기름 위를 떠다녔다.

잔에는 물이 담겨 있었다. 그는 탁상에 두루마리를 폈다. 시종들이 갈았던 먹은 말라붙어 있었다. 먹을 바숴 갤 접시에 단지의 물을 적당히 부은 다윗이 남은 물을 여러 차례 나눠 마셨다. 새로 들인 시종은 붓 깎는 솜씨가 시원치 않았다. 붓 두어 개를 들어 내버린 다윗이 나머지 중 몇 개에 칼을 대 직접 손보았다.

손끝은 떨리지 않았다. 좋은 징후였다. 그는 양피지가 펴지도록 넓적한 돌로 귀퉁이를 눌러놓은 뒤 먹을, 오래 묵혀 시커메진 석류껍질을 끓여 만든 새 먹 덩어리를 꼼꼼하게 으깼다. 다윗이 손바닥으로 양피지를 쓱 문질렀다. 양피지 쓸리는 모양새가 매끈했다. 골풀로 만든 붓이 모자라진 않을까. 붓을 깎으려 중간에 일어서긴 싫은데. 이마를 짚은 그는 짧은 기도문을 외웠다. 이스라엘아 들으라. 우리의 하나님 여호와는 오직 한 분이신 여호와시다. 다윗은 정신을 집중하려 애썼다. 그리고는 탁상에 엎드려 첫닭이 울 때까지 쉬지 않고 써내려갔다. 다윗이 거머쥔 붓에서 끝도 없이 검은 자취가 흘렀고, 붓에 괴었던 정신과 염원이 양피지에 낙인처럼 남았다.

그가 써내려가는 것은 시였다. 그것은 다윗의 노래였고 기도였다.

그것은 또한 다윗의 가슴을 짓누르는 납덩이 같은 억눌림이었다.

피가 솟구치는 심장을 붓으로 찍고 가슴에 자리한 납덩이를 긁어, 다윗은 신에 대한 예찬을 지어냈다.

그것은 하나의 토로였다. 그와 동시에 심장의 격렬함과 납의 묵직함이 가득 담긴 하나의 찬미였다. 피 흘리는 아픔과 매인 자의 고통 또한 거기 함께 있었다. 풀 수 없는 매듭처럼 단단히 묶인 그것이 여전히 다윗과 함께.

여호와여 내 기도를 들으시고 나의 부르짖음이 주께 전해지게 하소서.

정말로 죽음과 마주한 순간이 있었다. 죽음, 그 두껍고 긴 장막이 생애를 덮었음을 확신하던 순간이 있었다. 땀에 전 이스라엘 왕은 죽음이 손을 뻗기만을, 그 메마른 입술이 자기 이름을 부르기만을 기다렸다. 자기가 흘린 땀 속에서 허우적거리며.

거기서 다윗은 보았다. 이름을 속살거리는 입술들이 그의 어둑한 침상을 둥글게 에워싸고 있었다. 왕이시여, 다음 이름을 부르세요. 이스라엘을 이어받을 사내의 이름을요. 이 나라를 지배하고 이스라엘 사람들의 목을 밟고 이 땅을 즙 빨고 쥐어짤 사내를 지목하세요.

입술들은 저마다의 이름을 주워섬겼다. 수많은 입술은 다가오고 또한 멀어져서 어둠과 섞였다가 사뭇 떠오르기도 했다. 입술들의 어금니는 칼날 같았고, 혀는 유황 빛을 띠었다. 전혀 다른 조언을 품은 입술도 있었다. 왕이시여, 이스라엘은 오직 그대의 것, 오직 당신만의 것입니다. 그러니 후계자를 요구하는 입술들을 벌주고 베어버리세요. 개들이 그들을 먹어버릴 겁니다. 교훈을 주셔야 합니다.

영원히 잊지 못할 교훈을요.

겨울철 헐벗은 나뭇가지처럼 텅 빈 공간을 찔러대는 뾰족한 가장자리들이, 추문 속에서 허우적대는 왕가를 향해 뻗은 손가락들이 있었다. 수치와 어둠 속에서 다윗을 구부러뜨리기 위해, 손가락들은 쉴 틈 없이 그를 찔러댔었다. 삐죽거리며 조롱하는 입술들은 짙은 어둠을 틈타 다윗의 심장을 물어뜯었다. 어금니가 박힐 때마다 다윗은 애원했었다. 언젠가 맞을 죽음이라면 하루빨리 오기를! 그는 바라고 바랐다.

아, 입술들은 누구였던가. 그들은 다윗의 식탁에서 빵을 뜯어 배를 채우고, 포도주를 들어 올려 왕과 왕가의 복을 빌던 자들이었다.

병상에 기어든 그들은 약삭빠르게 다윗의 남은 수명을 가늠했고, 그 와중에도 쾌유를 비는 말을 간교하게 늘어놓았었다. 그들이 드러낸 비통 속에 감춰진 미소가 다윗을 두들겼었다. 활력을 줘야 한다며 왕의 시든 팔다리를 문질렀을 때, 다정한 표정으로 안색을 살피며 병세를 물었을 때, 슬픈 얼굴을 하고 조제된 약을 다윗의 무릎에 공손히 바쳤을 때, 다윗은 자갈을 삼킨 듯 아무 대꾸하지 않았었다. 병상에서 그는 배웠다.

길은 그들 사이에 자리하지 않았다.

처음에 다윗은 자신의 병을 신의 징계로 여겼다. 반쯤은 사실이었다. 건강을 잠시 앗아가며 신은 다윗에게 이스라엘 왕이 율법 안에서 합당한 자여야 한다는 뜻을 드러내신 것만 같았다. 그러나 그는 몰랐다. 우울감과 그로 인한 소화불량과 복통과 불면증과 손발의 떨림과 기력의 쇠락은 죄로 인해 시작되었지만, 정작 병을 키운 건 다윗이 품은 두려움과 걱정이었다. 육체의 불평이 아니라 영의 호소에 귀를 기울여야 했음을 다윗은 요즘에서야 깨달았다. 너무나 많은 시간과 크나큰 대가를 치르고서야 그는 그 답을 얻어냈다.

그 귀한 깨달음 뒤로, 다윗은 지금처럼 깊은 밤과 이른 새벽에 기도문을 썼다. 그것으로 다윗은 제 영에 귀를 기울이려 들었다. 그는 바람과 한탄과 눈물과 괴로움과 기쁨과 기대를 붓끝에 담았다. 그리고 그것을 신에 대한 찬미와 예찬으로 이어지게 했다. 종종, 그는 자신이 썼던 기도문을 살펴보곤 했다. 거기 새겨진 검은 글자에서는 나드와 침향과 회향과 몰약의 금빛 향이 풍겨 나오는 것만 같았다.

다윗의 병이 사라진 건 아니었다. 그는 여전히 아팠다. 질병의 괴로움은 다윗을 극한에까지 밀어붙이려는 것 같았다. 하지만 그에게는 마실 물이 있었다. 말씀이 둔덕을 적시며 저 멀리 흘러내리고 있었다. 다윗은 고개를 숙이기만 하면 그것을 마실 수 있었다. 괴로울 때 그는 적절히 마셨다. 그는 마르지 않았고, 그렇기에 질병과 그것이 주는 고통에 몰두하지 않을 수 있었다. 그를 괴롭게 만들었던 건 자책과 고립감이었다. 하지만 그는 자기 안의 끈을 느꼈고, 혀뿌리에 쓴 물이 차오르면 느슨해진 끈을 은밀히 당겨 다시금 스스로 맑아지곤 했다.

바쉬둔 먹은 이미 다 쓰고 없었다. 부어진 말씀이 그의 넓어진 세계 안에서 아직도 출렁이고 있었다. 여호와여 큰물이 소리를 높였고 큰물이 그 물결을 높이나이다. 다윗이 의자에 몸을 기댔다. 내면에서 이뤄지는 격렬한 흐름에 그가 몸을 맡겼다. 그의 손이 아직 붓을 거머쥐고 있었다.

붓을 놓고 탁상을 떠나던 다윗은 나단의 선포를 떠올렸다. 칼이 네 집에서 영원토록 떠나지 아니하리라. 그 말은 때로 덫이 되었다. 감미로운 기쁨에 차오른 다윗의 영이 천상에 오르지 못하게 잡아채는 못된 올가미. 하지만 내일의 일을 누가 알겠는가. 죽음이 검은 입을 벌려 내 이름을 부르면 스올에 들어서야 하는걸. 그는 다만 감사하는 마음을 갖게 해달라고 빌었다. 그것만이 제가 갈구할 자격이 있는 유일한 소망이니까요. 다윗이 어지러운 탁상을 내려다보았다. 그는 시종들을 위해 양피지 주변을 간단히 정돈해 두었다.

압살롬이 성문 사이에서 떠벌이는 허튼소리를 다윗은 모르지 않았다. 압살롬이 유력자의 귀에 흘려 넣는 달콤한 약속 또한 다윗은 모두 건네 듣고 있었다.

다윗은 아들을 탓하지 않았다. 그는 내일을 위해 오늘을 사는 젊은이였고, 다윗은 어제를 회상하며 오늘을 보내는 늙은이였다. 압살롬이 바라는 것은 신께서 응해야 얻을 수 있는 것이었고, 신께서 이미 주었다면 다윗이 빼앗을 수 없는 것이었다. 그걸 빼앗으려 들었던 자가 바로 사울이었지. 그 애는 신의 약속을 받아야 할 거야. 그러나 압살롬은 엉뚱한 곳을 기웃거리는 모양이었다. 인간이 쌓은 벽은 언제고 반드시 무너진다는 이야기를 얼마나 자주 말해 주었던가. 하지만 가르침을 제 것으로 만드는 건 그들 각자의 몫이었다. 그의 아들 압살롬은 욕심에 눈멀고 허영심에 들떴다. 그러나 그는 다윗의 아들이었다. 다윗의 침상 가까이에 붙어 병의 무거움을 묻고 아픈 아비를 위로하던 그 아들이었다.

만약 압살롬의 뒤에 아히도벨이 자리한다는 사실을 미리 알았더라면, 다윗은 다르게 행동했을 것이다. 다윗이 아는 가장 날카로운 칼이 아히도벨이었기에, 그는 압살롬이 아히도벨을 만났다는 사실만으로도 두려움을 품었을 것이다. 하지만 다윗은 고센에서의 일을 알지 못했다.

하늘은 청금석처럼 불투명한 푸른빛을 띠었다. 서늘한 바람이 불자 잘못 끼워진 창 가리개가 덜그럭거렸다. 바람이 거셌고 구름이 이쪽에서 저쪽으로 급하게 몰려나갔다. 요동치는 대기를 보며 다윗은 생각했다. 하늘이 뒤틀리는구나.

왜 그런 생각이 들었는지 모를 일이었다. 그건 육감의 발동이었을 수도 있었고 영적 감수성의 예기치 않은 돌출이었을는지도 몰랐다. 두려움을 다스리려, 어쩌면 자신에게 닥쳐온 징조를 회피하려 다윗은 눈을 감았다. 감긴 그의 눈꺼풀이 파르르 떨렸다.

압살롬의 옷매무새를 다듬던 종들이 물러섰다. 압살롬이 뒤를 돌아보았다. 문가에 기댄 다말의 안색은 무척 창백했다.

그 일이 있고 삼 년이 지나서야 그녀는 자기 방을 벗어났다. 그렇지만 압살롬의 방에 오진 않았었다. 다말이 흉한 일을 당한 지 팔 년이 지난 지금껏 단 한 번도.

"의자를 내와. 다과와 함께." 압살롬이 기쁜 얼굴로 종들을 재촉했다.

과부의 옷차림을 한 다말이 압살롬 맞은편에 앉았다. 벗은 얼굴가리개는 그녀의 무릎에 놓였다. 다말이 고개를 들면 압살롬은 미소를 지어주려 했다. 하지만 막상 눈이 마주치자 그럴 수가 없었다. 긴장한 얼굴은 좀처럼 펴지지 않았다.

다말이 어지러운 방 안을 돌아보았다. 종들이 매일 아침 공들여 닦는 커다란 청동거울 주변에 옷들이 널려 있었다. 왕궁에서 자라며 화려한 차림을 자주 봐왔지만, 옷과 장신구와 거기에 향을 입힐 다양한 소품을 이렇게 많이 본 적은 없었다. 금실과 은실로 수를 놓은 겉옷과 허리띠가 많았다. 다채로운 향을 띤 기름들은 대상들이 내어 바친 진기한 유리병에 담겨 있었고, 붉은 카르콤과 연갈색 계피 다발과 아직 꺾이지 않은 노란 운향 꽃과 눈꽃 송이 같은 고벨화를 나눠 담을 향주머니가 여러 개 보였다. 옷과 장신구 사이에서 다말은 발 디딜 틈조차 찾기 어려웠다. 다말이 물었다.

"이렇게 옷차림에 관심이 많았었나요? 옷이 정말 많군요."

"많은 건가." 압살롬이 어물거렸다. "하지만 옷은 무척 중요하단다."

"왜 그렇지요?"

겉치레에 대해 묻는 거니? 혹시 내면이 중요하다는 말을 하고 싶은 거야? 간혹 압살롬의 옷차림에 대해 왈가왈부하는 자들이 있었다. 따분한 그들이야말로 자신들의 내면이 아닌 타인의 외면에 집중하는 셈인데도. 외면이 전부가 아니라는 말은 옳았다. 하지만 수면 아래를 보려면 우선 수면부터 봐야 하는 법이었다. 그리고 시선은 외면의 영향을 받기 마련이었다.

그러나 압살롬은 아무 말도 하지 않았다. 그는 그저 다말에게 웃어 보였다.

그리고 다말은 그 미소가 슬프다고 생각했다.

입을 다문 채 다말은 빗질하기 위해 길게 늘어뜨린 오빠의 머리칼을 바라보았다. 목 받침을 한 압살롬이 누우면, 빗을 든 여종 둘이 어깨가 아프게 빗어 내려야 할 정도로 길고 탐스러운 머리칼이었다. 풍성한 머리칼은 압살롬의 오랜 자랑이었다.

다과를 늘어놓은 종들이 물러난 뒤에도 다말은 입 열지 않았다. 압살롬은 긴 침묵이 불편했다. 그는 조금 뒤에 있을 성문으로의 행차를 생각했고, 늦은 밤까지의 일정을 검토했으며, 사람들에게 건네야 할 암시와 언질을 떠올렸다. 아히도벨이 일러준 대로 그는 성문 사이와 시장 어귀에서 사람들을 부지런히 만나고 다녔다. 삶이 나아지지 않는 사람과 곤란에 처한 사람에게 은 덩어리와 친절한 얼굴을 앞세워 다가간 왕자는, 탄원에 기꺼이 귀 기울였다. 안타까운 표정으로 고개를 끄덕이던 압살롬은 간혹 이렇게 속내를 드러내곤 했다. 내가 왕이었다면 당신들이 이렇게까지 방치되진 않았을 텐데.

"그 사람, 후회한다고 했다지?"

압살롬은 한참 뒤에야 말뜻을 알아들었다. 다말은 창밖을 보는 중이었다. 그 애가 언젠가 암논의 일을 묻겠지. 그의 죽음에 대해 물을 거야. 그러나 육 년이 지난 지금 물을 줄은 미처 몰랐다.

압살롬은 자신의 반응 또한 예측하지 못했다. 가슴에 슬그머니 불꽃이 피어올랐고, 죽은 자에 대한 증오가 새삼스레 치솟았던 것이다. 다말이 압살롬을 향해 시선을 돌렸다. 그녀는 무척 피곤해 보였다.

"꽃이 죽고 열매가 떨어지면 찬바람이 잎을 떨어뜨려. 겨우내 앙상해진 나무는 죽은 것처럼 보여. 모든 게 끝난 것처럼 보이지. 하지만 오빠. 봄이 오면 다시 꽃이 피고 나무엔 잎이 돋아."

증오처럼, 지금 내 안에 피어오르기 시작한 이 검은 불꽃처럼 말이지. 압살롬은 다말의 말을 기다렸다. 숨을 고르던 그녀가 말을 이었다.

"때때로 미움이 되살아나. 바람이 불면 다시 벌겋게 일어나는 숯불처럼 말이야. 하지만 오빠. 가라앉았던 미움이 다시 끓어오를 수 있다면, 사랑 또한 마찬가지야."

"무슨 말인지 모르겠구나."

다말이 손을 틀어쥐자 검은색 상복이 구겨졌다. 오빠는 나를 위해 피를 뒤집어썼지. 나도 알아. 그녀가 손을 저었다.

"복수는 끝났어." 다말의 입이 고통스레 벌어졌고, 마땅한 단어를 갖지 못한 혀가 안타까이 떨렸다. "다 끝났다고. 하지만 오빠는 아직도 고삐를 놓지 않고 있어."

몸을 뒤로 빼며 압살롬은 그가 사람들 앞에서 잘 짓는 부드럽고 여유 있는 미소를 지어 보이려 애썼다. 하지만 얼굴은 우스꽝스럽게 일그러질 뿐이었다. 다말이 다시 입을 뗐다.

"아버지를 원망하지 말아. 아버지는……"

몹시 흥분한 그녀가 숨을 헐떡였다. 이렇게 많은 말을 한 적이 언제였나 싶었다. 그녀가 아무리 말의 꼴을 이루려 애써도 미숙한 혀와 말라붙은 판단력이 혀를 둔하게 붙들고 있었다. 입을 다문 다말이 압살롬을 바라보았다. 그녀는 말하지 못하는 것들을 말하지 않음으로 말하려 했다. 원망이 오빠의 겨울을 끝내지 못하게 만들잖아. 오빠는 아버지의 가장 크고 아름다운 나무였잖아. 차오른 눈물이 뺨을 타고 흘렀다.

"무슨 말을 하는 건지 모르겠다."

"복수가 끝났다고 생각해? 그러면 이 자리에서 말해. 복수가 끝났다고."

압살롬은 입 열지 않았다. 그렇게 선언하면, 자신이 비밀리에 벌이고 있는 모든 일이 부정당하는 것처럼 여겨졌다. 그가 벌떡 일어났다.

"넌 억울하잖니."

압살롬은 화목제를 지냈던 그 날을 떠올렸다. 다정하고 친밀한 기쁨이 나뉘던 그 자리에서 그는 추웠고 아팠고 고독했다. 다말이 그러하니, 자신도 춥고 아프고 고독한 거라고 압살롬은 생각했었다.

"그렇지 않니? 네 인생을 봐. 네가 입은 이 초라한 옷을 봐. 네가 죽을 때까지 뒤집어써야 할 오명을 봐!"

다말을 향해 뻗었던 압살롬의 손이 축 처졌다. 다말의 눈꺼풀이 파르르 떨렸고, 말들이 그녀의 얇은 입술에서 돌아 나왔다.

"나도 아버지를 원망했어." 다말이 입을 열었다. 하지만 어떤 배반감이 아버지의 속을 찢어놓았는지 짐작해 봐. 암논과 오빠에게 속은 아버지가 어떤 조롱을 감당해야 했는지도 떠올려 봐. "아버지에겐 그분이 어쩔 수 없는 이유가 있었어."

"어쩌란 말이니?" 압살롬이 손바닥을 들어 보였다. 내친걸음을 되돌릴 순 없어. 우리 아버지는 옛날의 그분이 아니야. 이제 그는 추하고 너덜너덜해. 이젠 다른 게 필요해. 새로운 깃발과 새로운 방식이, 새로워질 이스라엘에.

"어떤 사람이 암논을 가장 많이 증오하겠어? 나 아니면 누가 그렇겠어?" 그걸 벗어버리기 위해 가졌던 모든 시간이, 그 순간 다말을 폭풍처럼 휩쓸고 지나갔다. "왜········ 대체 왜." 다말은 이해되지 않았다. 왜 내 이름으로부터 그 많은 피가 흘러야 하지? 내가 원치 않았던 이 많은 피와 고통이, 대체 왜.

다말의 여린 주먹과 격정에 찬 눈동자가 부르르 떨렸다.

"오빠가 그를 죽였다는 소식을 듣고 깨달았어. 증오가 우리 모두를 갉아먹었다는 걸. 그날부터 나는 증오를 버려왔어. 한 줌씩, 한 줌씩. 늦은 밤 빈 길을 걸으며 부엉이가 우는 먼 숲 어딘가로 내 증오를 조금씩 찢어 내버렸어."

그건 쉬운 게 아니었다. 목숨을 포기하는 것보다 훨씬 더. 다말이 매듭 묶인 소매를 풀어 걷었다. 손목 위로 긴 흉터들이 구불거렸다. 오래 묵어 희미해진 상처는 다말의 손목만이 아니라 영혼에까지 새겨져 있었다.

"오빠의 딸인 다말은 더 이상 아빠를 찾지 않아. 그 아이를 안고 입 맞춘 게 대체 언제야? 몇 달도 더 되었지? 올케를 들여다본 지는? 그녀는 남편만 믿고 이스라엘에 왔어."

"날 비난하지 마라. 난 널……."

"날 위해 살지 말아. 오빠 자신을 위해 살아, 나도 그러할 테니. 오빠의 삶을 위해 살아, 제발. 누구도 미워하지 말고, 비우면서, 내버리면서 살아."

말을 맺는 다말의 눈이 압살롬에게는 텅 빈 것처럼 보였다.

"그게 오빠의 삶을 좀 더 가볍게 만들 테니."

28

코뚜레

반란은 삼 년 뒤에야 일어났다.

건기가 끝날 때였고, 포도 수확을 마치고 석류와 올리브 거둘 준비할 즈음이었다. 아직 더웠고 모두가 이른 비를 바랄 무렵이었다.

그동안 압살롬은 무기와 전차를 마련했고 용병을 고용했고 성문과 시장에서 인심을 샀다. 가장 중요한 건 사람들의 마음을 얻는 것, 아버지에게로 가야 할 그 마음을 훔치는 것이었다. 그를 위해 압살롬은 각고의 노력을 기울였다. 왕자가 일으켜야 하는 게 바로 그거라오. 잘린 가지에서 잎을 틔우기 위한 아히도벨의 방법을 압살롬은 차근차근 이뤄냈다. 집에 붙어 있을 새도 없이 압살롬은 부지런히 각지를 돌며 여러 지파 장로들과 친분을 쌓았다.

그는 반란군의 집결지로 헤브론을 내정했다. 다윗이 여부스 성을 얻기 전까지 왕성이었던 그곳은 방비나 태세가 훌륭했다. 헤브론은 압살롬의 고향이기도 했다.

압살롬의 힘은 각지에 분산되었고 다윗의 힘은 다윗 성에 집결되었기에, 왕자는 아버지의 뒤를 노렸다. 전쟁 없는 국경은 편안했고 군기는 느슨해져 있었다. 다윗과 함께 이스라엘을 이만큼 세워온 사람들 또한 늙었고 열정을 잃었다. 요압은 요압대로, 브나야는 브나야대로, 아비아달이나 사독이나 후새 또한 각각 압살롬을 미심쩍어했었다. 하지만 그들은 그 이상 파고들지 않았다. 압살롬은 왕의 아들이었고, 그에 대한 의혹을 드러내는 건 분별없이 분쟁을 일으키는 것처럼 여겨졌다. 그들은 이스라엘을 굳건히 세우려 수십 년 동안 지독히 고생한 사람들이었다. 안락과 평안에 안주하려는 마음이 그들 안에 자리한 것도 사실이었다. 다윗의 용사들은 압살롬을 풋내기라고 생각했고, 성문에서 이스라엘 사람들과 시시덕거리는 왕자를 별스럽게 여겼다. 빤히 보이는 위협 앞에서, 블레셋을 짓누르고 암몬을 밟으며 모압을 치고 아람을 꺾었던 다윗의 용사들은 방에 들어온 코끼리를 무시하고 있었다.

여호야다나 여호사밧처럼 영민한 젊은이들 또한 일상의 행복에 취해 암잔한 미래를 내다보지 못했다. 그들 모두는 지독한 졸음에 겨운 것만 같았다. 다윗 성을 향한 말발굽 소리가 지평선을 두들길 때까지, 눈먼 이스라엘은 잠과 열락에 취해 있었다. 압살롬의 명령으로 암논을 때려죽였던 그술 사람들이 요충지에 심겨져 지방 유력자들의 환심을 사고, 동원된 막대한 금은이 말과 칼과 갑옷과 전차와 용병

무리를 압살롬에게 쥐여 줄 때까지, 이스라엘은 일상의 평온에 취해 있었다.

압살롬이 공을 들인 아마사는 반란 직전에야 충성을 맹세했다. 압살롬이 반란에 끌어들인 고위 인사는 그와 아히도벨뿐이었다. 요압의 견제에 시달리던 아마사는 이스라엘 사령관을 미워했고, 갈망하는 지위를 얻으려면 결국 자기를 미워하는 사촌을 꺼꾸러뜨려야 한다고 결론지었다. 압살롬은 아마사에게 단 하나의 약속을 했다.

"다윗 성을 점령해 내가 왕좌에 앉는 순간, 그대는 내 사령관이 될 거요."

아마사에겐 그것 하나면 충분했다.

그러나 압살롬의 수족은 역시 그술 사람들이었다. 그들을 중심으로 압살롬이 그술 땅에 머물 때 포섭했던 아람 사람들이 합세했다. 아람 사람들의 충성을 사는 데 엄청난 금이 들었지만 압살롬은 개의치 않았다. 그는 적지 않은 재산을 죄다 끌어 쓴 것도 모자라 왕자의 지위를 내세워 막대한 빚을 끌어들였고, 고리대업자의 지갑 아가리를 풀게 만들려고 왼손과 오른손처럼 감언이설과 협박을 교대로 휘둘렀다.

때가 무르익었다고 압살롬은 생각했다. 그가 가장 신뢰하는 자들이 길로와 다윗 성을 오갔고, 미리 정해 놓은 밀어密語가 양피지를 바삐 채웠다. 아히도벨은 왕자를 위해 정교하고 세밀한 계책을 짜냈고, 압살롬은 늙은 스승의 기대를 웃도는 신중함으로 모의를 실행해나갔다. 때가 이르자 아히도벨은 반란의 구체적인 순서를 상세히 적어 내렸다. 양피지를 읽어 내리는 압살롬의 눈동자에서 불꽃이 튀었다. 압살롬이 스물여섯 살이었고 다윗이 예순한 살이었다.

압살롬이 그 말을 했을 때 다윗은 포도원을 둘러보는 중이었다. 뻗어 나가는 가지를 돌로 일일이 괴느라 일꾼들이 무척 바빴다.

"제가 그술에 있을 때, 다윗 성에 돌아가게 된다면 헤브론에서 여호와께 큰 제사를 드리겠다고 맹세했습니다."

다윗이 고개를 갸웃거렸다. "칠 년도 더 된 이야기 아니냐. 그 일을 왜 이제야 말하지?"

압살롬이 손을 모으고 공손히 허리를 굽혔다. "지금에야 그 맹세가 기억났습니다."

다윗은 반대할 이유가 없었다. 그는 아들이 자기 소유의 소 몇 마리를 끌고 고향에 다녀오겠다는 의미로 이해했다. 지팡이로 땅끝을 묵묵히 헤집던 다윗이 허락했다.

"평안히 가거라."

허리를 구부린 압살롬이 태연하게 덧붙였다.

"친구 몇 명을 불러 함께 다녀오려 합니다."

"그러려무나." 얼마나 초청할지를 다윗은 묻지 않았다. "네가 아름다운 일을 하려는데, 내가 반대하겠느냐? 평안히 가라."

물러난 압살롬은 심부름꾼을 풀었다. 초청장을 든 그술 사람들이 유력자들의 집으로 달려갔다. 거짓말을 전하려 문지방을 넘은 그들은 꾸민 미소로 메주자에 입 맞췄고, 여호와를 칭송하는 인사말을 아무 거리낌 없이 건넸다. 초청을 거절하는 사람은 거의 없었다. 모두 압살롬의 초청을 권력에 줄을 댈 귀한 기회로 여겼고 이를 기뻐했다.

아히마아스와 여호사밧에게도 그술 사람들이 왔지만, 여호야다의 충고를 떠올린 그들은 초청을 거절했다. 여호야다는 왕자에게 여전히 의구심을 품었고, 압살롬의 행위에 줄곧 비판적이었다.

활력을 얻기 위해 압살롬은 짬짬이 팔굽혀펴기를 했고, 모의와 점검이 이어질 긴 밤을 버텨내려 간략한 식사를 마치고는 의자에 앉아 짧게 잤다. 칼을 빼 들기 직전이었기에 압살롬은 그지없이 예민했다. 모든 정보가 그에게 고였고 모든 일이 그의 결정을 거쳐 집행되었다. 압살롬의 신경은 느슨해질 짬이 없었다. 그는 삶 전체를 이 모의에 쏟아부었다. 막내아들이 죽은 뒤부터 그는 그술 귀족의 딸인 아내와 서로 돌아보지 않고 지내왔다. 아내는 이혼을 원했지만 그는 딸을 포기할 수 없었다. 대신 그는 아내와 딸과 누이가 지내는 이 층에 올라가지 않았고, 심복들과 밤새 모의를 벌인 널찍한 아래층에서 홀로 토막잠을 잤다. 그의 잠은 현저히 줄었는데, 독한 포도주 반 힌을 마셔도 죽어버린 잠은 되살아나지 않았다. 불면 사이 잠깐 드는 꾸벅거림으로 압살롬은 잠을 대체했고, 꿈같은 매일을 몽롱한 채 살아냈다. 새벽녘에 풋잠을 자던 그술 사람들은 창가를 오가는 주인의 성마른 걸음 소리에 잠을 설치곤 했다.

압살롬은 병력이 부족할까 봐 걱정했지만 아히도벨은 개의치 않았다. 이스라엘은 전쟁이 나면 각 지파에 병사 수를 배정해 차출하는 방식으로 군대를 동원했다. 다윗 성을 비롯한 요충지 몇 곳에는 얼마 안 되는 수비 병력이 주둔하고 있었다. 압살롬은 요압을 두려워했지만, 지휘할 병사가 없는 사령관은 상아 막대기 든 얼간이에 불과하다고 아히도벨은 생각했다.

요압이 두려움을 자아냈다면, 브나야는 공포의 대상이었다. 그가 거느린 호위대는 이스라엘 최정예였고 충성심 또한 대단했다. 여기에 블레셋 출신의 잇대가 이끄는 외인부대가 있었다. 외인부대 구성원들은 이스라엘 사람이 아니었다. 그들은 이방 사람으로 태어나 할례 받고 이스라엘에 귀화한 자들이었다. 하지만 가장 강대한 적은 역시 호위대였다. 브나야가 이끄는 철검 든 사자들이 압살롬의 신경을 자꾸만 긁었다.

헤브론 행차를 떠나기 직전 아히도벨에게서 편지가 도착했다. 양피지 안에는 그가 제 주인에게 베푼 모략이 가득했다. 압살롬은 미리 정한 그술 사람 서른 명을 불렀다. 그들 중 일부는 압살롬과 함께 암논을 죽인 자들이었고, 주인의 음모를 지금까지 함께 한 수족들이었다. 숙지한 내용을 다시 한 번 점검받은 그들이 실행할 날짜를 받아 갔다. 나귀를 탄 그들이 이스라엘 각지로 흩어졌다. 서로에게 행운을 비는 그들의 입술들이 잿빛 어둑새벽 속에서 달싹거렸다.

막상 헤브론으로 떠나는 날이 닥쳐오자 압살롬의 불안은 눈 녹듯 사라졌다. 파도가 일던 호수는 두껍게 얼어붙었고 단단한 수면은 거울처럼 반짝였다. 되돌릴 수 없는 상황에 몰려야만 모든 것을 내려놓게 된다는 사실을 압살롬은 깨달았다. 냉담한 그의 아내와 딸 다말과 얼굴가리개를 단단히 고정시킨 누이 다말까지 포장 덮인 마차에 실려 높은 성읍 헤브론으로 동행했다.

왕자에게 초청받은 사람은 이백 명이 넘었다. 그들을 환송하려는 사람들과 왕자의 거창할 행렬을 구경하는 사람들로 성문과 성루가 오랜만에 복작거렸다. 성문을 통과하며 압살롬 일행은 배웅하는 사람들에게 손을 흔들었다. 고개를 꼿꼿이 세운 압살롬이 귓바퀴에 맴도는 아버지의 말을 고요히 되뇌었다.

평안히 가라.

그날 저녁, 압살롬 일행이 무사히 헤브론에 도착했다는 소식이 왕궁과 사령관 집무실에 전해졌다. 일반적인 동향 보고였다. 다윗은 일찍 잠자리에 들었고 끄덕이던 요압은 들은 보고를 곧 잊어버렸다.

헤브론에 도착한 압살롬은 소를 사들였다. 제물로 쓸 수소들이었다. 호기심 품은 사람들의 눈과 귀를 막기 위해 왕자는 헤브론 북쪽에 단을 쌓았다. 초청자들을 단 주변으로 불러 모은 압살롬이 연이틀 기름진 잔치를 벌였다.

왕자가 떠난 지 사흘째 되는 날 요압은 묘한 보고를 받았다. 그럴리가. 왕궁으로 달려간 요압이 스마야에게 왕의 행방을 물었다. 스마야가 우아한 손짓을 곁들이며 조곤조곤 설명했다.

"무함마드라는 이집트 사람이 진기한 짐승을 바쳤어요. 왕께서는 그걸 구경하고 계세요. 여러 경로로 소개가 들어오더니 이젠 선물까지 보내는군요. 다채로운 색깔을 지닌 새가 긴 꼬리를 펼치는데 수백 개의 눈동자가 거기 붙어 있어요. 어둠처럼 까만 몸에 이집트 방언을 떠드는 새도 있고요. 단단한 쇠 격자에 가둬둔 맹수의 갈색 몸엔 먹줄 같은 무늬가 둘렸는데……."

아아, 짐승 따위는 아무래도 좋았다. 요압이 스마야의 목덜미를 움켜잡았다. "왕을 당장 모셔와! 반란이다!"

생각해 보면 토막토막 날아오던 보고는 일정한 징후를 보이고 있었다. 헤브론 어귀에서 노숙하는 장정들에 대한 보고가 있었고, 밀과 대추야자열매와 말린 무화과와 건포도 값이 이유 없이 올랐다는 볼멘소리도 없지 않았다.

문이 열리자 요압이 왕의 소매를 잡아끌었다. 브나야가 두 사람 사이에 우람한 몸을 기울였다.

"반란입니다."

다윗은 요압의 말을 알아듣지 못했다. 멍한 상태로 그는 엉뚱한 말을 되물었다. "왜?"

"압살롬이 반란을 일으켰습니다."

다윗이 눈썹을 찌푸렸다. 칼 손잡이를 움켜쥔 브나야가 끼어들었다.

"사령관, 당신의 혀가 당신을 찌르지 않도록 조심하시오."

요압이 브나야를 노려보았다. 한참 후에야 다윗이 물었다.

"지금 그 애가 어디 있지?"

비가 내렸고 오가는 행인들이 휘날리는 겉옷을 움켜쥐었다. 알현실로 걸어가는 내내 그들은 입 열지 않았다. 스마야가 올린 세마포수건으로 빗물을 닦은 다윗에게 요압이 말했다.

"제 말을 뒷받침해 줄 사람들이 문밖에 있습니다."

다윗이 머리를 까딱거려 들여보내라는 몸짓을 보였다.

헤브론에서 갓 올라온 두 사람은 장사꾼이었고 요압의 옛 부하들이었다. 비에 젖은 그들이 몸을 잘게 떨었다.

"내게 한 말을 그대로 말씀드려라."

엎드린 그들이 요압을 향해 왕을 향해, 한 번씩 고개를 조아렸다.

"저희는 오늘 새벽에 막 헤브론을 나섰습니다. 계약한 올리브기름을 여기로 가져와야 했거든요. 그러는 중에 그 광경을 보았습니다. 이스라엘 사람의 마음이 압살롬에게 돌아갔다! 그들은 왕자를 모시는 아름다운 소년들이었습니다. 왕자의 화려한 전차를 이끌던 잘생긴 아이들 말입니다. 뾰족한 신발이며 멋진 문양이 박힌 옷까지, 어떻게 그들을 몰라볼 수 있겠습니까. 손나팔을 입에 댄 그 애들이 사람들 사이를 지나며 크게 외쳤습니다. 히브리 사람의 마음이 압살롬 왕자에게 모였다! 사람들이 웅성거리며 동요했습니다. 소년들의 외침을 들은 그들 중에 웃으며 손뼉치는 이도 있었고 슬그머니 고개 돌리는 자도 있었습니다."

"너희가 그걸 헤브론 성문에서 보았다 했지?" 요압이 물었다.

"맞습니다. 돌아보니 압살롬 왕자가 성루 아래를 굽어보고 있었습니다."

다윗이 물었다. "그 애가 아무 말도 않더냐."

"고요한 얼굴로 굽어볼 뿐이었습니다. 그들을 꾸짖거나 말리지 않았습니다."

다윗이 요압을 돌아보았다. "헤브론 수비대는 어떻게 된 거지?"

이제껏 잠자코 있던 다른 하나가 동료의 말을 보충하려 입을 떼었다.

"저희는 헤브론에 살고 있고 그곳 수비대를 오랫동안 알고 지냈습니다. 하지만 오늘 새벽에 그들은 보이지 않았습니다. 소년들의 외침을 막아야 할 자들이었는데도 말입니다. 성문 부근에 있던 다른 장사꾼들이 속삭이기로는 수비대 절반은 이미 죽었고, 몇몇은 왕자가 내민 은 덩어리를 삼켰고, 몇몇은 갇혔다고 합니다."

헤브론이 압살롬의 손아귀에 들어갔구나. "내 아들이 벌인 패악이 그것뿐이냐? 너희가 입에 문 소식이 그뿐이야?"

"오는 길에 무장한 자들이 헤브론으로 달려오는 걸 보았습니다. 그중엔 제가 아는 사람들도 있었습니다. 짐승을 사냥해 고기를 먹고 꾀죄죄한 가죽을 팔아 살아가는 자들이지요. 신이 난 그들이 제게 말했습니다. 반역에 가담하려 먼 길을 달려왔다고 말입니다."

"그런 자들이 얼마나 되었지?"

"저희가 멀찌감치 서서 한참 구경했는데, 모여드는 자들을 위해 왕자가 성문 앞에 천막을 쳤습니다. 헤브론 성문을 중심으로 드리운 천막이 펼친 치마폭처럼 보였습니다."

"또?"

"헤브론으로 향하던 자들의 허리춤에 칼이 덜렁거렸습니다. 그들의 칼은 넓고 단단해 보였습니다."

다윗은 아득한 곳으로 꺼져 드는 기분이었다. 헤브론의 수많은 곡물 보관 탑과 넉넉한 저수지와 풍부한 먹을거리 또한 그들에게 빼앗긴 것이다. 헤브론은 유다 지파의 중심이었다. 압살롬이 깔고 앉았는데도 헤브론이 들썩거리질 않는구나. 그건 압살롬이 남부 유다 장로들의 광범위한 지지기반 위에서 움직이고 있다는 의미이기도 했다. 다윗이 요압에게 명령했다.

"네가 쥔 모든 전령을 헤브론 인근에 풀어라. 거기에 내 눈과 귀를 심어놔."

절을 한 요압이 밖으로 나가는 걸 보지도 않고 다윗이 몸을 돌렸다.

"스마야는 시종들을 풀어 모든 제사장과 서기관과 사관과 장군을 왕궁으로 불러라. 브나야, 호위대를 통솔하고 왕궁을 보호하라."

브나야가 대답했다. "저를 비롯한 모두가 의무를 다할 것입니다."

알현실을 나간 브나야가 부하들을 모아놓고 으르렁거렸다.

"우리가 드디어 질문 앞에 섰구나. 따를 것이냐, 달아날 것이냐." 브나야의 성난 짐승들이 허리춤의 칼을 빼 흔들며 반역자에게 복수하겠다고 외쳤다. 브나야는 만족했지만 이를 드러내지는 않았다. 우린 수가 너무 적어. 혼란을 통제해야 해. 혼란이 부풀면 우리 모두 땅에 거꾸러질 거야.

왕의 호출을 받은 이스라엘 유력자들이 얼떨떨한 표정으로 왕궁에 들어섰다. 상황을 전달받은 그들이 경악했다. 무릎 꿇은 그들이 다윗에게 다시 한 번 충성을 맹세했다. 그들 뒤에서 요압이 외쳤다.

"이스라엘과 다윗을 향한 칼에 저주를!"

그들이 동의하는 뜻으로 환성을 올렸다. 그 순간 스마야는 뒤쪽 누군가가 수군대는 소리를 들었다.

"우리 애가 거기 있어. 우리 애가 헤브론에 따라갔다고!"

그때까지만 해도 다윗의 수족들은 일렁이는 동요와 혼란을 잠재울 수 있으리라 여겼다. 늦은 아침 식사를 마친 그들은 정탐꾼을 멀리 보내며 반나절 동안 정보수집에 열중했다. 해가 기울자 요압의 부하들이 왕에게 돌아왔다. 엎드린 그들은 요압이 심었던 다윗의 눈과 귀였다.

귀를 기울인 다윗에게 그들 중 하나가 보고했다. "이동 중인 전차 수십 대가 사방에서 금빛 먼지 구름을 일으켰습니다."

헤브론 근방을 다녀온 자는 아직 숨을 헐떡이고 있었다. "헤브론 성읍 안에서 투구와 갑주로 중무장한 왕자를 보았습니다."

노인을 봤다는 전령도 있었다. "성문 그늘에 앉은 노인 한 명이 손가락으로 여기저기를 가리키며 왕자의 부하들을 꾸짖고 다그쳤습니다."

다윗이 노인의 용모에 대해 물었다. 공포가 그의 등줄기를 타고 올랐다. "아히도벨이구나." 질겁한 왕의 뇌까렸다.

왕좌 가까이 선 자들이 뒤에 선 자들의 귀에 대고 왕의 속삭임을 전했다. 왕의 침통함이 사방으로 퍼져나갔다. 다윗의 목소리가 떨렸다.

"사자가 날개를 달았구나."

사자는 유다를 상징하는 동물이었고 헤브론은 그 핵심이었다. 남쪽을 돌아본 다윗이 웅얼거렸다. "도망가야겠다."

요압이 믿을 수 없다는 표정을 지었다. "우리는 적지 않은 병력을 지녔고, 높다란 성벽도 있습니다."

다윗이 고개를 저었다. "아히도벨의 모략이 얼마나 짙은지 가장 잘 아는 사람이 요압 너와 나다."

"늙은이 하나 때문에 왕성을 버립니까?"

다윗이 손을 저었다. "아히도벨은 쉽게 움직이지 않아. 그가 헤브론에 있다면 일이 충분히 진척되었다는 뜻이다."

도망가세요, 왕이여. 당신 아드님의 칼로부터 달아나세요. 누추한 몰골로 먼지 뒤집어쓰며 먼 광야로 도망가세요. 거기에서 당신의 너저분한 목숨을 구걸하세요. 아히도벨의 목소리가 들리는 것 같았다.

요압을 따로 부른 다윗이 은밀한 명령을 내렸다. "군대를 점검해 봐. 그들이 네 명령을 잘 이행하고 있는지 살펴봐. 압살롬과 내통한 자들이 우리 등을 찌를지도 모른다."

격노한 요압이 아랫입술을 깨물었다. 그걸 보고 다윗은 요압이 압살롬과 한패가 아님을 알아차렸다. 아마도 압살롬은 지위가 낮은 백부장이나 천부장을 포섭했을 거야. 꽤 많이 끌어들인 뒤에야 반란을 일으켰을 테지.

요압의 엄명을 들은 장군들이 알현실을 나갔다. 장군들이 천부장들과 백부장들을 점검하고 의심스러운 자를 붙들 것이었다. 그들의 칼이 혹시 모를 배반자를 찾아 사람 사이를 떠돌리라, 섬뜩한 질문을 품은 채.

브나야는 놀란 눈으로 다윗을 지켜보고 있었다. 오늘 아침만 하더라도 평소와 같이 축 늘어져 있던 다윗이었다. 그러나 압살롬의 반란 소식을 듣고 난 뒤부터 다윗은 정확한 명령을 내리며 대응을 주도하고 있었다. 브나야가 찬찬히 고개를 끄덕였다. 내 주 이스라엘 왕 다윗이 돌아왔구나. 이렇게 다급한 위기의 한복판에서, 내가 알던 그 다윗이. 브나야는 은은한 희열마저 느꼈다. 그가 이를 악물었다. 내가 저분을 지키리라. 반역자의 칼에 맞서는 견고한 칼이 되리라.

"다윗 성을 지킬 군대가 각지에서 소집되는데 얼마나 걸리지?"

얼마나 모일지조차도 모르겠군. 요압이 굵은 땀을 흘렸다.

"반란군이 얼마나 많은지도 우리는 모릅니다."

브나야와 낮은 목소리로 상의하던 외인대장 잇대가 발언했다. 요압이 브나야와 잇대에게로 몸을 돌렸다. 손을 꼽아보던 세 사람이 당장 움직일 수 있는 병사의 수를 보고했다. 생각보다 많았지만 적에 비해 어떨지는 알 수 없었다. 더 많은 전령이 필요해. 다윗이 돌아보자 심기를 헤아린 요압이 고개를 끄덕였다.

다윗이 재차 뜻을 밝혔다. "일단 물러서야 해." 왕의 목소리는 단호했다. "가까우면 사물이 크게 보여. 어느 정도 물러나야 상황이 한눈에 들어오는 법이야."

"우린 다윗 성을 지킬 수 있습니다." 발끈한 요압의 얼굴이 벌겠다.

다윗이 요압을 다독였다. "그래. 우린 지킬 수 있어. 이곳을 버리는 게 아니야. 그들이 밟을 덫을 두고 물러나겠다는 거다, 사령관."

다윗이 손을 들어 해산을 명했다. 짐을 꾸릴 방안을 논의하려 알현실을 나가는 다윗을 호위병들이 뒤따랐다. 이상하게도 다윗은 혼란스럽거나 두렵지 않았다. 그는 칩거를 그만둔 길로 장로가 바라는 대로 해주지 않을 작정이었다.

"간단하게 짐을 꾸려라. 남겨두어도 된다. 그들이 왕궁을 부수거나 불을 지르지는 않을 거야." 왕관을 쓸 압살롬은 자신이 걸터앉을 곳을 필요할 테니.

"왕이시여, 제발." 요압이 왕의 앞을 가로막고 애원했다. "다윗 성을 지켜야 합니다. 시간과 기회가 있어요."

브나야가 요압에게 말했다.

"요압, 우리에게는 늙은이들과 아이들과 여자들이 있어. 먹여야 할 입이 짐이 되는 순간, 다윗 성은 랍바처럼 될 거야."

항변하려던 사령관의 팔꿈치를 다윗이 붙잡았다. "요압, 저들을 꿴 코뚜레를 봐라." 뒤로 돌아간 왕의 손이 알현실에 가득 찬 유력자들을 짚었다.

알현실 안에 머무는 유력자들의 창백한 얼굴을 요압은 돌아보았다. 압살롬이 초청해 헤브론까지 함께 간 자들은 바로 서기관과 사관과 장군과 제사장과 부유한 상인의 아들들이었다. 초청한 암논과 동생들을 겁박해 다윗을 놀라게 했던 압살롬은, 초청장으로 꾄 자들을 억류해 유력자들의 심장을 움켜쥔 것이었다. 아들들을 헤브론에 동행시킨 그들은 하얗게 질려 있었다. 손을 내린 다윗이 알현실 안으로 되돌아갔다. 그들이 왕을 바라보았다.

"다윗 성을 떠날 것이다. 압살롬의 칼이 성을 들이치고 생명을 해할까 두렵구나. 내가 물러난다면 압살롬의 칼은 다윗 성을 내려치지 않을 것이다."

숨을 들이마시자 다윗의 가슴이 부풀었다.

"나는 내게 부어진 기름과 허락된 왕관을 포기하지 않을 것이다. 싸우기 위해 잠시 물러서려는 것이다. 두려워하지 마라. 그들은 혼란을 원한다. 너희의 두려움을 먹어야 혼란은 커질 것이다. 그들이 아닌, 우리가 원하는 방식으로 이 매듭을 풀자."

다윗은 브나야에게 도피할 경로를 물색하라 일렀다.

다윗이 큰 방향을 정하자 충성스러운 자들이 일사불란하게 화답했다. 징발된 수레에 먹을 것이 실렸고, 열린 마구간에서 소와 말과 나귀와 노새가 끌려 나왔다. 성문을 닫아건 브나야의 부하들이 왕궁을 통제했다. 왕의 침전으로 가려는 스마야의 팔을 누군가 붙들었다. 엘리바스였다.

"이보게, 시종장. 내 말을 들어봐."

"아까 들었어요, 엘리바스. 거의 외치다시피 하더군요. '우리 애가 거기 있어!' 둘 다 헤브론에 갔나요?"

"큰아이만."

"당신을 도울 아들이 하나 남았으니 다행이군요."

스마야의 팔꿈치를 붙든 엘리바스의 손에 힘이 들어갔다.

"왕께서 칼을 빼 들면 왕자는 초청해 간 이백 명에게 칼을 들이댈 거야."

"무슨 말을 하고 싶은 거예요?"

"왕자에게 사절을 보내. 인질을 바꾸자고 말해. 마땅한 사람이 없다면 내가 가겠어."

"붙들린 그들과 누구를 맞바꾸지요?"

엘리바스가 얼굴을 일그러뜨렸다.

"내 아들은 염소 껍데기에 불과해. 요압이나 아비아달이나 삼마의 아들을 던져 줘! 왕자에게 고귀한 물개 가죽을 주고, 가련한 내 아들을 데려오란 말이야."

"무책임하기 짝이 없군요!"

스마야와 코가 닿을 정도로 엘리바스가 몸을 기울였다. 뚱뚱한 얼굴이 식은땀에 푹 젖어 있었다.

"더 많은 권력을 쥔 자들이 희생을 치르게 만들라고! 하찮은 사관이 아니라 사령관과 대제사장과……."

"왕이 희생을 치러야겠군요?"

엘리바스가 기운 몸을 바로 폈다. 핏기가 그의 얼굴에서 썰물처럼 빠져나갔다. 팔을 흔들어 엘리바스의 손을 뿌리친 스마야가 치켜든 검지로 서기관의 가슴을 찔렀다.

"고결한 서기관 엘리바스, 당신께 한 말씀 드리지요. 아들의 목숨 때문에 끙끙거리는군요. 하지만 이름 없는 이스라엘 사람들을 떠올려 봐요. 그들은 왕을 위해 정강이 보호대를 차고 숫돌에 칼을 문지르는 겁니다. 반란자 압살롬에 맞서려고, 왕을 위해 자신의 피와 살과 생명을 지급하려고요. 그들이 무슨 권력을 휘둘렀기에 자기 목숨을 내어놓으면서까지 희생하려 들까요?"

엘리바스가 으르렁거렸다.

"멍청하군! 왕자가 뭘 말하는지 모르겠어? 왕자는 이백 명 인질의 가족에게 말하고 있어. 왕을 따르지 말고 다윗 성에 남아 자기에게 만세를 보내라고 윽박지르고 있다고!"

"당신도 방금 왕께 충성을 맹세하고 환호를 보낸 거로 기억하는데요?" 스마야의 입술이 뒤틀렸다. "더 할 말씀이 있나요? 없다면 가보겠어요. 점검해야 할 일이 너무나 많거든요."

다윗은 브나야에게 미갈을 비롯한 부인들과 자녀들을 호위하게 했다. 왕궁 깊은 곳에서는 겁에 질린 여인들의 외마디비명이 울려 퍼졌다.

"입 좀 다물어, 생각을 해야 하니까."

미갈이 다윗의 다른 아내들과 첩들을 꾸짖었다. 여벌의 옷과 아버지 사울에게 받았던 금 장신구 몇 개만을 챙긴 미갈이 다른 방을 돌며 얼굴을 찌푸렸다.

"그 많은 걸 수레에 실었다가는 소가 죽고 말 거야. 아니면 압살롬에게 뒷머리를 밟히거나."

그녀는 다른 아내들이 싸놓은 짐 대부분을 버리게 했고, 이스라엘 사람들 앞에 모습을 드러낼 그녀들이 예쁜 옷을 입거나 화려하게 꾸미지 못하게 단속했다. 턱을 치켜든 그녀는 허리에 양손을 댄 채 그 모든 명령을 숨도 쉬지 않고 쏟아 냈다. 올바른 질서를 부여해 주며 그녀는 희열을 느꼈다. 그녀는 이것이야말로 왕과 그에 버금가는 사람들이 해야 할 소명이라고 생각했다. 미갈 또한 지금의 상황이 두려웠다. 하지만 뼛속까지 푸른 피가 도는 그녀는 자신의 두려움을 들키는 게 더 두려웠다.

착잡한 표정을 짓는 다윗에게 스마야가 다가왔다.

"아무도 남겨놓지 않으면 사람들은 왕께서 왕궁을 내버린 거로 여길 겁니다."

누구도 남아 있지 않은 집은 소유권이 포기된 것으로 간주되었다.

누구를 남기고 누구를 데려가야 할지 다윗은 결정할 수 없었다. 스마야가 조언했다.

"아내들은 남편과 함께 가는 게 옳습니다. 후궁들을 남겨두시고 충직한 시종들로 방벽을 삼으십시오."

다윗은 압살롬이 어머니뻘인 후궁들을 존중할 거라고 여겼고, 그로 인해 왕궁의 내밀한 장소가 칼 든 자들의 약탈로부터 지켜질 거라고 생각했다. 다윗이 후궁 열 명을 어렵사리 지목했다.

"성궤는 어찌해야 합니까?" 요압이 물었다.

다윗은 망설였다. 다른 누구도 아닌, 자기 아들이 일으킨 반란이었다. 자책감에 다윗이 얼굴을 붉혔다. 도망 길에 여호와의 성궤를 가져가는 게 다윗은 몹시 불경한 일처럼 여겨졌다. "성궤를 성막에 그대로 두라." 다윗이 이마를 짚었다.

다윗이 발코니 밖으로 몸을 내밀어 아래를 내다보았다. 짐을 꾸린 이스라엘 사람들이 거리에 가득했다. 다윗 성과 인근에 사는 수천 명이 피난을 준비하고 있었다. 고통이 그를 꿰뚫었다. 다윗이 그토록 피하려 했던 두려움이 순간 그를 삼켰다. 나를 따르기 위해 저들이 집과 평안과 안정을 버리는구나. 저들 중 얼마를 압살롬의 말발굽에서 구해낼 수 있을까.

아들의 단창이 그들의 등을 찌르리라. 아들의 화살에 그들의 가슴이 꿰뚫리리라. 아들의 전차 바퀴가 그들의 등을 짓이기리라. 그들은 남아서 성문을 들어서는 찬탈자를 찬양할 수도 있었다. 그러나 그들은 집을 내어버리고 늙은 왕을 따르려 들었다. 다윗은 부끄러웠다. 그는 아들의 칼에 쫓기는 못난 아버지였고 나라를 잃게 생긴 어리석은 국왕이었다. 창턱을 두 손으로 짚은 다윗이 울자 브나야가 호위병을 뒤로 물렸다.

거리에서, 사람들은 서로를 바라보고 있었다. 성에 남기로 결정한 자들과 짐을 짊어진 자들이 서로를 드문드문 흘겨보았다. 하루도 못 되어 그토록 엄청난 간극이 생겨났다는 사실에 그들 모두 당혹스러워했다. 그들은 마주 보는 두 개의 암벽에 나뉘어 서 있는 것만 같았다. 다들 암담한 망설임으로 고통받았다. 거리와 골목과 주택가와 성문과 왕궁 담 아래에서, 다윗 성 사람들은 서로를 힐끗거리며 난처해했다. 왕이 탈 노새와 부인들이 탈 나귀를 점검하던 스마야가 묘한 거슬림을 느끼곤 뒤돌아보았다. 다윗 성에 남기로 결정한 엘리바스가, 찬탈자에게 환호를 보내려 작정한 서기관이 그늘진 담 뒤에서 시종장을 노려보고 있었다.

왕궁을 나서던 다윗이 북쪽 높은 곳에 자리한 성막을 돌아보았다. 거대한 죄책감이 그를 움켜쥐었다. 신의 성막과 그분의 언약궤마저 내버리고 떠나는구나. 내 자식의 칼에서 달아나려고! 그는 비명을 지르고 싶었다.

스마야가 지팡이 든 다윗을 부축했고 브나야가 길을 텄다. 큰 방패를 든 호위병들이 왕의 양옆을 에워쌌다. 다윗이 잠시 주저앉아 마음을 추슬렀다. 그는 눈을 감았다. 왕의 아래턱이 부들부들 떨렸다.

다윗이 다시 일어섰다. 그의 아내들과 첩들이 왕을 따르며 울었다.

"입들 다물어. 저분을 격동시키지 마." 미갈이 여인들을 다그쳤다.

"의연하게 굴어. 너희는 중심이야. 너희가 무너지면 너희를 뒤따를 자들이 흩어지고 말아." 그녀는 앞장서서 걸었고 고개를 숙이거나 허리를 굽히지 않았으며 자신을 향하는 모든 눈초리를 일일이 응시해 주었다.

열 살이 된 솔로몬은 밧세바의 손에 잡아끌리며 이 모든 상황을 샅샅이 훑어보고 있었다. 울적해진 밧세바가 아이의 뺨에 입 맞추자 솔로몬이 어머니를 토닥였다. "난 괜찮아요, 어머니." 그의 눈은 이 놀라운 광경을 놓치지 않기 위해 커다랗게 열려 있었다.

시종들이 노새와 나귀를 끌고 왔지만 다윗은 타지 않았다. 그는 자신을 향한 수천 개의 시선을 낮은 자세로 감당하고 싶었다. 이 환란을 이겨낼 힘이 거기에서 흘러나올 거라고 다윗은 생각했다. 작살처럼 날아드는 증오 어린 눈빛 아래에서 다윗은 비명을 삼키려 이를 악물었다.

가죽 신에 허리띠 없이 겉옷만 걸친 다윗이 성문에 다다르자 모여든 이스라엘 사람들이 그 자리에 엎드렸다. 내가 이걸 쓸 자격이 있겠는가. 다윗이 왕관을 벗어 뒤에 선 누군가에게 넘겼다. 스마야가 냉큼 다가가 보드라운 천으로 왕관을 감쌌다. 사관 여호사밧이 조바심을 내며 노새를 바쳤지만 다윗은 다시 한 번 거절했다. 고개를 떨어뜨린 다윗이 비에 젖어 축축해진 길을 터벅터벅 걸었다. 성루 너머 잿빛 하늘이 을씨년스럽게 보였다.

왕을 꼭짓점으로 하나의 커다란 봉우리를 이룬 그들이 서서히 성문을 빠져나왔다. 누군가 애가哀歌를 부르자 울음 섞인 합창이 흘렀다. 여호와여 귀를 기울여 들어주소서. 내가 가난하고 궁핍합니다. 주를 의지하는 주의 종을 구원하소서.

뒤돌아보며, 그들은 멀어지는 왕성을 눈으로 훑었다. 빗방울이 점점이 떨어졌다. 머릿수건과 겉옷 소매가 축축이 젖었다. 브나야가 미리 보낸 호위병들이 길을 인도했다. 여름 내내 졸졸거리던 기드론 시내는 어제 내린 비로 인해 꽤 거세져 있었다. 거의 다 익은 보리가 허리 높이에서 살랑였고, 너나 할 거 없이 손을 뻗어 길옆 이삭을 훑었다. 기드론 시냇물은 차가웠다. 수천 명이 옷을 걷고 그 물을 밟아 건넜다. 밀려드는 먹구름이 보였다. 다윗이 요압을 불렀다. 요압은 얼마 진에 다윗 성에 올라온 아비새를 대동하고 있었다.

"정탐 보낸 자들이 돌아왔습니다. 아무도 헤브론에 들어가지 못했습니다. 압살롬의 부하들이 성문을 지킨다고 합니다."

"그들은 미리 준비했고 우리는 허를 찔렸어. 그들이 무엇을 기다리고 있지?"

다윗이 물었지만 누구도 답을 가지고 있지 않았다.

"그들에게 전차가 얼마나 있을까요? 우리를 공격하기 충분할까요?"

브나야의 질문 또한 답이 없긴 마찬가지였다.

다윗이 자기 견해를 드러냈다. "우리가 두려워해야 할 게 그거야. 전차가 달려들어 뒤를 후려치면 우리는 순식간에 무너질 거야. 우리에게는 노인과 여인과 아이가 너무 많아."

"적들이 전차를 쓸 수 없는 곳으로 달아나면 됩니다." 요압의 말에 모두 고개를 끄덕였다. 산의 경사로와 협곡의 돌출된 바위틈과 비로 인해 곧 흐를 와디에 전차 축대는 견디지 못하고 부러질 것이었다. 요압이 올리브 산을 넘어 요단 강 변에 다다르는 경로를 건의해 다윗의 동의를 받았다. 브나야가 미리 나간 호위병들을 정리했다.

몸을 일으킨 다윗은 눈이 푸르고 밝은 머리칼을 지닌 그렛 사람들과 근골이 장대하고 곱실거리는 머리카락을 지닌 블렛 사람들을 보았다. 이스라엘에게 급여를 받고 복무한 그들이 다윗에게 계속 충성해야 할 이유는 없었다. 그들을 이끄는 장군 잇대가 무릎 꿇자 칼과 방패로 무장한 그들이 함께 엎드렸다. 다윗이 잇대에게 말했다.

"네가 왜 우리와 함께 가려고 하느냐? 너희는 우리에게 고용된 자들이다. 너희는 너희 각자의 나라로 돌아가라. 네 동료들과 함께 떠나라. 은혜와 진리가 너희와 함께하기를 바란다."

잇대는 블레셋 가드 출신이었지만 국적과 혈통을 뛰어넘어 다윗을 존경하고 사랑해 왔다. 잇대가 비장한 표정으로 대답했다.

"여호와와 왕을 두고 맹세하건데, 왕이 계시는 곳이면 죽든지 살든지 저도 거기 있겠습니다."

다윗이 잇대의 얼굴에서 눈을 떼지 못했다. 잇대를 일으킨 다윗이 앞을 가리켰다.

"너와 너의 부하들이 앞장서라. 너희가 우리를 이끌어라."

감격으로 얼굴이 벌게진 잇대가 창을 치켜들고는 부하들을 호령했다. 선봉은 가장 믿을만한 용사에게 맡기는 법이었다. 다윗은 충성심을 드러낸 잇대에게 영예롭게 보답한 것이었다. 다윗과 잇대가 나눈 대화가 사람들 사이로 빠르게 퍼져나갔다.

그들은 계속 나아갔다. 요압은 더딘 걸음이 갑갑했지만, 노인과 여자와 아이가 섞인 누더기 행렬에 독촉을 해봤자 반발만 커질 것 같았다. 멀리 나간 잇대의 부하들이 벧메르학이 보인다고 보고해 왔다. 거기에는 왕가의 별궁이 있었다. 다윗은 그곳에 쌓아 둔 식량을 꺼내 수레에 실으라고 일렀다.

요압은 놀라움을 그치지 못했다. 주눅 들고 자책하긴 했지만, 다윗은 상황을 면밀히 들여다보고 가장 적절한 결정을 내리고 있었다. 그 덕에 혼란이 일지 않은 거야. 압살롬은 병들고 나약해진 다윗을 기대하고 칼을 빼 들었을 테지만, 위기에 처하자 왕은 생기롭던 옛 모습을 순식간에 회복했다.

아비새는 왕의 뒤를 따르는 자들의 머릿수에 깜짝 놀랐다. 좁다란 길을 꽉 메운 사람들의 행렬은 지평선 너머까지 이어져 있었다. 여호수아가 히브리 민족을 이끌고 가나안 지경에 들어선 이래로 이렇게 많은 사람이 한꺼번에 이동한 적은 없었다. 그들은 자꾸만 뒤돌아보며 걸었고, 그렇기 때문에 느릿느릿했다. 거둬야 할 보리와 아마를 생각하느라, 내버려 두고 온 포도밭을 떠올리느라 걸음이 무거워진 것이리라. 그들에게는 빈 언덕에 서성일 양이, 무리를 이탈해 저 먼 협곡으로 터덜터덜 걸어갈 염소가, 새끼에게 물릴 젖이 퉁퉁 분 암소가 있을 것이었다. 지금 그들이 돌아보는 건 그들이 가꾸어왔던 삶 전부이리라. 그걸 버리고 따라야 할 왕은 그들에게 대체 무엇이란 말인가. 어디선가 울음소리가 들렸다. 자꾸 참으려 안간힘을 쓰는 탓에 울음소리는 더욱 측은하고 쓰라리게 느껴졌다. 고개 숙인 사람들의 맞닿은 어깨를 통해 나지막한 통곡이 번져나갔고, 거품 같은 흐느낌이 그들의 무릎 아래로 부드럽게 퍼져나갔다. 이 어리석은 사람들아, 울음을 그치게. 목이 멘 뒤에야 아비새는 자신의 뺨이 눈물로 축축해졌음을 깨달았다.

울적한 다윗에게 요압의 전령들이 도착해 상황을 전달했다. 그들의 보고에 다윗은 놀라움을 금치 못했다.

"여러 성읍에서 보낸 전령이 이제야 도착했습니다. 전국 각지에서 온 그들은 모두 같은 사실을 말하고 있습니다. 압살롬은 부하들을 사방에 미리 보내놨다고 합니다. 파견된 모든 자가 같은 날 같은 때에 쇼파르를 불었다고 합니다. 그리고는 압살롬이 헤브론에서 왕이 되었고 새 세상이 열렸다고 소란을 피웠습니다. 그들은 사흘 전에 다윗성을 제외한 전국에서 이런 짓을 벌였는데, 몇몇 성읍에서는 매를 맞고 쫓겨났고 몇몇 곳에서는 박수와 환호를 받았다고 합니다."

아침에 보내져 지금까지 나귀를 타고 내달렸던 자들의 보고도 들어와 있었다.

"날랜 전차가 많았습니다. 수레엔 이미 나귀가 메여 있었습니다. 곧 북진할 것 같았습니다."

섬뜩해진 다윗이 몸을 벌떡 일으켰다. "서두르자. 그들과 우리 사이에 올리브 산을 세워야 한다. 올리브 산으로 전차를 막아야 해."

여자들이 아이들의 손목과 제 손목을 허리띠로 묶었고, 등짐을 진 어른들이 신발 끈을 조였다. 장군들이 노새와 나귀에 노인들을 태웠지만 충분치 못했다. 다윗은 왕가의 짐 대부분을 내어버리게 하고 빈 수레에 노약자를 태우게 했다.

서둘러 걸음을 옮기려던 다윗이 우뚝 멈췄다. 앞에 섰던 사람들이 길 양쪽으로 갈라져 땅에 엎드렸다. 언약궤를 알아본 다윗이 그 자리에 주저앉아 땅을 짚었고, 뒤따르던 자들이 땅에 머리를 댔다. 그곳은 올리브 산으로 통하는 언덕 위였다. 대제사장과 제사장들과 레위 사람들이 언약궤를 짊어진 채 다윗 왕을 기다리고 있었다.

신의 권능이 저 멀리로 퍼져나가는 것만 같구나. 대제사장 아비아달은 사람들이 엎드리는 모양을 보며 그런 생각을 했다. 성막에서 일할 때와 마찬가지로 제사장들은 세마포로 만든 에봇에 엉덩이와 넓적다리를 가리는 천을 둘렀고, 소매가 달린 수를 놓은 긴 세마포 상의와 청색과 자주색과 홍색으로 정교하게 꼬아 만든 허리띠를 매고 있었다. 성스러운 직임을 수행 중인 까닭에 맨발 차림인 그들은, 머리에 미츠네페트라 불리는 모자를 썼다. 여호와께 성결, 모자 황금패에 새겨진 글자를 읽은 다윗이 괴로운 마음으로 땅에 이마를 다시 댔다.

토라는 대제사장에게 통곡하고 옷을 찢고 머리를 푸는 애도를 하지 말라고 가르쳤다. 그렇기에 아비아달은 제 가슴에 차오른 슬픔을 덜어낼 수가 없었다. 아비아달이 다가와 왕을 일으켜 세웠다. 다윗이 펼친 자기 손에 얼굴을 파묻었다. 한참 동안 왕은 고개를 들지 않았다. 사독과 아히마아스와 여호야다가 울먹였고, 아비아달의 아들인 요나단도 훌쩍거렸다.

"찬탈자의 손에 여호와의 성물이 들어가선 안 되지요."

소식을 들은 대제사장 아비아달은 제사장과 레위 사람 모두에게 급히 성막과 언약궤를 챙기라 일렀다. 브나야에게 행로를 귀띔받은 그들은 미리 올리브 산에 올라가 왕을 기다렸다.

저 백성이 다윗 왕의 흔들리는 발을 떠받치는구나. 다윗을 따르는 수많은 사람을 보며 사독은 생각했다. 늙은 목동 다윗을 지키기 위해 양들이 뿔을 세우고 있어. 그 생각을 하자 가슴이 벅차올랐다.

다윗은 사독의 굳은 얼굴 아래 감도는 애잔한 슬픔을 보았다. 아비아달이 다윗에게 다가왔다. 눈물로 얼굴이 축축해진 대제사장이 그를 끌어안았다.

"왕이시여. 다시 쫓기시지만, 이젠 혼자가 아닙니다. 왕을 위한 군대가 있고 여호와의 가호가 있고 그분의 약속인 언약궤가 있습니다. 안심하세요. 언약궤가 승리를 가져다줄 겁니다."

몸을 일으킨 다윗이 고개를 저었다. "궤를 성안에 도로 메어 가시오."

참담함에 고통받은 다윗의 입엔 담즙처럼 쓰디쓴 죄책감이 가득했다. 몸을 수그려 왕의 표정을 살피던 아비아달이 고개를 흔들며 절규했다. "왕을 버리고 어디로 간단 말입니까!"

해체되어 수레에 실린 성막 곁에서, 황금으로 만든 눈부신 궤는 범접할 수 없는 광채를 내뿜고 있었다. 다윗은 거기에 담긴 신의 권능을 보았다. 그렇기에 그는 궤와 함께할 수 없었다. 다윗의 눈빛이 단호해졌다.

"만일 내가 여호와 앞에서 은혜를 얻으면 그분께서 나를 인도하셔서 언약궤와 성막이 놓인 다윗 성에 다시 가게 하실 겁니다. 그게 그분의 뜻이라면.”

다윗은 여호와의 긍휼이 언약궤의 소유 여부에 달려 있지 않다고 여겼다.

사독은 왕의 얼굴이 편안해 보인다고 생각했다.

아비아달이 왕에게 물었다. “저희가 어떻게 해야 합니까?”

“제사장들은 여호와의 뜻을 따르면 됩니다. 그 외엔 내가 말할 게 아니고.” 다윗이 그들 뒤를 가리켰다. “저 아들들을 데리고 성으로 평안히 돌아가시오.”

왕의 눈길을 받은 아히마아스와 요나단이 고개를 숙였다.

“저 애들은 왕을 따르길 소원합니다. 데려가시지요.” 아비아달이 말했다.

“쫓겨 가는 왕에게 아들들을 맡겨선 안 되지. 사람은 각자 맡은 일이 있소. 저들의 쓰임은 지금의 내게 있지 않아.”

“저 애들이 왕의 손과 발이 될 겁니다.”

“내겐 눈과 귀가 더 요긴하오. 내 손과 발이라면 훗날 선한 일에 따로 쓰일 거요.”

말귀를 알아들은 아비아달과 사독이 허리를 굽혔다. “이 아들들을 왕의 뜻대로 쓰게 하겠나이다.”

다윗이 묵묵히 고개를 끄덕였다.

레위 사람들이 언약궤를 들쳐 맸고, 해체된 성막을 실은 수레가 다시 움직였다. 왕과 백성이 엎드려 언약궤를 배웅했다. 언약궤가 산 아래로 내려간 뒤 그들은 다시 길을 떠났다. 가야 할 길은 멀었고 희미한 빛을 받은 올리브 산은 오늘따라 높게만 보였다. 저 산을 넘어 칼 같은 돌들이 모나게 늘어선 모랫길을 한 이틀 걸어야 요단 강에 다다를 것이었다. 뒤를 돈 다윗이 행렬을 굽어보았다. 끝도 없는 이어짐을 보는 다윗의 이마와 눈썹이 슬픔으로 차츰 구불구불해졌다.

잇대는 올리브 산봉우리로 향하는 북동쪽 길로 일행을 인도했다. 언약궤가 놓였던 땅을 지나려던 다윗이 신발을 벗었다. 여기에서부터, 신을 벗은 이곳에서부터 고난의 길이 끝나는 거야. 이제부터 신의 뜻에 다다르는 길이 시작되는 거야. 다윗은, 애통함을 지닌 이스라엘 왕은 그렇게 여기고 싶어 했다. 등으로 회초리가 쏟아지는 것 같은 기분이 느껴졌다. 다윗은 몸을 구부려 낮아지려 했다. 그렇게라도 그는 신의 긍휼을 허락받고 싶었다. 주여, 이 비참함을 속히 거두어주소서. 참아온 고통이 새삼스레 솟구쳤다. 눈을 감은 그가 떨리는 손을 머리 위로 들어 올렸다. 격분과 비탄으로 부스스해진 머리칼을 쥐어뜯으며 그는 산길을 올랐다. 몸이 찢긴 다말이 스스로를 애도하기 위해 그랬던 것처럼, 다윗은 찢겨 너덜너덜해진 영혼을 위로하기 위해 손으로 머리를 가렸다.

그럼으로써 다윗은 딸이 빠졌던 비참한 지경에 다른 방식으로 참여하게 되었다.

다말의 것만큼이나 가련한 비명이 그의 입에서 터져 나왔다. 그는 자신이 더 이상 신의 사랑을 받을 수 없는 존재임을 애통한 절규로 고백했다. 그를 따르는 이스라엘 사람들이 왕처럼 손으로 머리를 가리며 울었다. 모래먼지 묻은 발등으로 눈물이 후드득 쏟아졌다. 그들은 거대한 울음에 떠밀려가는 것처럼 보였다.

발끝만 보며 걷던 다윗이 헤브론으로 향하던 자들의 허리춤에서 덜렁거렸다던 폭넓은 칼을 떠올렸다.

그는 울었다.

떠나지 않으리라 말씀하셨던 칼이 다시 한 번 자신의 집에 들이닥쳤음을 고통스럽게 깨달았기 때문이었다.

29

모략의 향

하얗게 부서지는 햇살을 가리려 브나야는 눈썹 위로 손차양을 올렸다. 흙먼지와 적막한 빛살뿐, 지평선 너머 광야는 텅 비어 있었다. 우뚝 선 그는 올리브 산에 오르는 이스라엘 사람들을 돌아보았다. 행렬은 끝이 없었다.

산 너머 광야 방향으로 구불구불 뻗어 나가는 길이 보였다. 황량한 모래 더미 위로 명아주가 굴렀고, 그 평평한 벌판 너머로 산들의 맞닿은 능선이 보였다. 그 너머로 뻗은 길은 눅눅한 대기 속에 너절하게 풀어져, 산등성이와 흐린 하늘과 뿌연 대기와 한데 뒤섞인 것처럼 보였다.

브나야는 길옆에 솟은 작은 둔덕을 밟고 서 있었다. 길을 오르는 사람들의 머리로 흙을 떨어뜨리지 않기 위해 거구의 사내는 몸을 살살 움직였다. 저 아래에서 피난민을 돕는 아들 여호야다가 보였다.

위쪽에서 쉬고 있던 다윗이 호위대장을 쳐다보았다. 브나야, 내 아들이 오고 있나? 나를 죽일 여호와의 칼이 저 지평선 너머에서 번쩍거리나? 브나야를 부른 다윗이 손바닥으로 옆자리를 툭툭 두들겼다. 사양하던 브나야가 두 손을 모으고 앉았다. 나란히 앉은 그들이 떠나온 왕성을 물끄러미 바라보았다.

"저 두꺼운 방벽을, 견고한 성문을 사랑해 왔습니다." 브나야가 속삭이듯 말했다. 저 성벽을 언제 다시 볼 수 있을까요.

다윗 성에 머물려고 작정한, 그곳 망루와 성벽에 서서 이편을 응시하는 자들이 보였다. 저들 모두가 압살롬을 지지하는 건 아니지. 브나야도 알았다, 그들 모두가 가졌을 만한 그럴싸한 이유를. 천사도 눈물 흘릴 만한 구실이.

"저들이 밉습니다."

다윗은 아무 대답하지 않았다. 그 또한 비슷한 배신감에 아파하는 중이었다. 다윗 성에 남은 자들 또한 다윗을 섬겼던 이스라엘 백성이자 왕을 도왔던 사람들이었다. 그들은 다윗의 벌린 손을 통해 축복을 받았던 자들이었고 다윗이 베푼 이익으로 배불린 자들이었으며 다윗과 함께 앉아 음식을 나누며 웃음을 머금던 자들이었다. 그러나 저들은 왕성에 남아 입성할 반역자를 기다리고 있었다. 그를 주인으로 맞아 섬기기 위해.

지금의 일이 어떻게 매듭지어지든 간에 이 찢긴 마음이 회복될 순 없을 거야. 브나야는 그리 생각하고 있었다.

일어선 다윗이 성가퀴를 보려고 눈을 가늘게 떴다. 돌아선 왕이 브나야의 어깨를 움켜쥐었다. "우리가 저 벽을 다시 볼 것이다."

남은 자들에 대한 배신감에 브나야가 이를 갈자 다윗이 다독였다.

"누가 그들을 정죄하겠느냐? 우리가 성을 나온 것이다. 어쩌면 그들은 내게 버림받은 건지도 몰라."

"그들은 왕을 따라 나왔어야 합니다." 브나야가 항변했다.

"사자의 목을 움켰던 자야. 분노를 삼켜라. 그들을 그 지경에 빠뜨린 건 다름 아닌 너의 왕이니라."

다윗이 펼친 손으로 텅 빈 가슴을 괴롭게 두들겼다.

요압은 보고를 통해 전황을 파악하려 애쓰는 중이었다. 왕자가 북상을 준비 중이라는 보고가 잇따랐다. 아히도벨을 보았다는 보고는 사실이었다. 길로 출신의 늙은 모사는 헤브론 깊은 곳에서 왕자를 위해 짙은 모략을 베푸는 모양이었다.

요압의 보고를 받은 다윗이 눈을 감고 짧게 기도했다. "원컨대 아히도벨의 모략을 어리석게 하옵소서."

요압은 압살롬이 종들을 전국 각지에 미리 보냈다는 사실에 주목했다. 사전에 배반을 약속한 지파가 있던 게 분명해. 아히도벨과 압살롬이 어떤 미끼를 썼을까. 어떤 약속으로 노회한 장로들을 꼬드겼을까. 각 지파에게 병력 차출을 요구하기 위해 왕의 전령들이 떠났다. 다윗은 지파들의 충성을 재확인하길 원했고 병력이 하루빨리 모여들길 갈망했다. 요압은 초조했다. 압살롬에 붙는 지파가 많을수록 왕의 군대는 줄어들 것이었다. 이스라엘 사령관이 남쪽 지평선을 노려보았다. 병력만 있다면. 집결시키고 뚝 떼어 진격시킬 병사들만 있다면 승전의 영광을 단숨에 거머쥘 텐데.

요압은 초조함과 함께 두려움도 느꼈다. 시간이 지나면 모두 반역의 원인을 향해 손가락을 쳐들 거야. 요압이 식은땀을 흘렸다. 압살롬을 불러들이려 한 자가 누구인가. 그를 귀국시킬 꾀를 낸 자가 누구인가. 왕과 왕자를 대면하게 해 반역자의 지위를 회복시켜준 자가 누구인가. 의기소침해진 요압은 무리 중에 겉돌았고 점차 묵묵해졌다. 상황을 반전시킬 계기를 찾으려 눈이 벌게진 그가 사방을 노려보았다.

올리브 신 중턱 노천 제단에 다다랐을 즈음 다윗은 길에 엎드린 한 사람을 보았다. 사람들이 두 갈래로 갈라져 나가는 바람에, 이쪽을 향해 엎드린 그는 물결 속에 솟은 꺼먼 돌처럼 보였다. 아렉 사람 후새를 알아본 다윗이 울음을 터뜨렸다. 이마를 땅에 댄 후새의 옷은 비탄으로 찢겼고 풀어헤친 머리카락은 흙에 쓸렸다. 가늘게 떨리는 후새의 어깨를 다윗이 부둥켰다. 그는 아렉에서 달려온 길이라 했다.

"사흘 전에 낯선 자 두 명이 아렉 성읍 타작마당에 들어서서 쇼파르를 불었습니다. 그들은 왕이 죽었고 압살롬이 헤브론에서 왕이 되었다고 외쳤습니다. 그들은 압살롬을 왕으로 맞으라고 우리에게 윽박질렀지요."

각 지파에 보낸 전령들이 어떤 상황에 맞닥뜨렸을지를 떠올린 요압이 한숨을 내쉬었다. 압살롬이 미리 퍼뜨린 거짓 정보가 얼마나 굳건할까. 자신이 각 성읍에 보낸 왕의 전령이 헛소문과 싸우며 며칠을 허비할 거라는 생각에 요압은 식은땀이 났다. 지파들은 사실 확인을 위해 며칠을 허비할 것이고, 그들이 보낼 지원군도 상당히 지체될 것이었다. 결국 혼돈과 무질서가 압살롬의 무기인 셈이었다.

"압살롬의 군대도 그리 많지는 않을 거야." 아비새가 질문하자 요압이 대꾸했다.

"우리를 따르는 백성이 많으리라는 걸 예측했겠지, 형?"

거의 확실했다.

"그쪽으로 많이 넘어가면 세력이 많아지니 좋을 거고, 이쪽에 많이 남으면 우리 짐이 많아지니 그 또한 좋을 테고."

소문이 지원군의 발목을 잡는 동안 헤브론 병력으로 준비되지 않은 다윗 성을 들이치려 했겠지. 왕의 말처럼, 다윗 성에 머물렀다면 그들은 저 많은 사람을 먹여야 했으리라, 헛소문에 허우적거리는 각 지파가 구원군을 보내줄 거라는 백일몽에 취한 채. 다윗 성을 버려도, 다윗 성을 지켜도 우리가 곤궁해지는 수로구나. 두 번 생각할 것도 없었다. 놀라운 계략이요, 아히도벨. 요압은 진심으로 감탄했다.

"어디로 가실 예정입니까?"

후새의 물음에 답하기 위해 다윗은 한참 동안 숨을 몰아쉬어야 했다. 호위병들에게 둘러싸인 그들은 백성 사이에서 앞일을 논의하는 중이었다. 끓어오른 다윗의 울음이 쉽게 가라앉지 않았다.

"일단 요단 강까지 물러나려고. 사태를 지켜봐야지."

"제가 모시겠나이다."

"아히도벨이었어. 그와 압살롬이 손을 잡았어."

벼락이 후새를 양 갈래로 찢어놓았다. 이마를 감싼 그에게 다윗이 고개를 끄덕였다.

브나야의 호위병들이 왕을 재촉했다. 그들은 많이 뒤처져 있었다. 끝없이 흘러가는 피난민의 물결 속에 멈춰선 그들은 두툼한 너럭바위 같았다. 왕이 후새의 손을 꾹 눌러 잡았다.

"그대도 알지. 그가 어떤 사람인지를."

그보다 지혜로운 자가 없진 않았다. 하지만 다윗과 그의 사람들을 그만큼 잘 아는 자는 존재하지 않았다. 얼굴을 부비며 마른세수를 하는 왕의 손등이 자글자글했다.

"그대에게 부탁이 있어."

다윗이 목소리를 낮추자 후새가 머리를 기울였다. 후새의 양어깨를 잡은 다윗이 그의 귓가에 뭔가를 빠르게 속삭였다. 언덕을 오르며 노새가 비쩍 마른 갈기를 흔들었고 아귀가 설맞은 수레바퀴 축대가 삐걱거렸다.

후새와 헤어진 다윗이 산을 마저 올라갔다. 정상에서 잠시 쉰 이스라엘 왕이 다시 몸을 일으켰다. 그들은 묵묵히 올리브 산을 내려갔다. 산 중턱에서 다윗은 또 다른 방문자를 만났다.

시바는 사울의 시종이었고, 사울의 손자이자 요나단 왕자의 아들인 다리 저는 므비보셋을 모시도록 지정받은 사람이었다. 빵 이백 개와 건포도 백 송이와 무화과 백 개와 포도주가 든 가죽 부대 하나를 지운 나귀들 옆에서, 시바는 엎드려 왕을 맞았다. 시바의 나귀들은 땀에 흠뻑 젖어 있었다.

"나귀들은 왕의 가족을 위해, 빵과 과일은 부하들을 위해 준비했습니다. 광야의 목마름을 잊으시라고 포도주를 마련했습니다."

다윗은 시바의 진상품을 나누어주라 일렀다. 호위대가 시바의 음식을 거머쥐었다. 다윗 옆에 앉은 시바는 므비보셋을 헐뜯었다.

"왕이시여. 므비보셋이 다윗 성에 남았습니다. 흉측하게도, 그는 이스라엘 사람들이 자기에게 할아버지의 나라를 돌려줄 거로 생각한답니다."

시바의 고자질을 듣던 다윗이 버럭 성을 냈다.

"내가 돌아오면 므비보셋에게 내렸던 모든 땅을 빼앗아 네게 주겠다."

음식을 삼키려 잔뜩 벌린 장정들의 입속이 붉었다.

시바와 헤어진 다윗이 산을 마저 내려갔다. 갈 길이 너무도 많이 남아 있었다. 내리막길이 무릎에 고되었던지 다윗이 주춤대다가 얼마 못 가 주저앉았다. 그의 나이 예순하나였다. 다윗의 늙은 몸은 변고와 이간질과 손가락질과 고통스러운 소식을 감당하지 못했고, 수시로 무너졌다. 올리브 산 동쪽, 먼 광야에서 마르고 뜨거운 바람이 불어오고 있었다. 다윗은 올리브나무 그늘에 앉았다. 다리 사이에 머리를 파묻은 채 그는 압살롬을 생각했다. 이것이 네가 원하던 것이었느냐. 젖먹이였던 압살롬은 마아가의 젖을 빨고 있었다. 오물거리던 아기의 부푼 뺨에서 다윗은 생명의 힘찬 약진을 보았었다. 자기 허리에서 나온 생명이 자라나 자신을 아버지라 부를 것이요, 아버지를 경애하고, 자라나 아버지처럼 되길 소원할 거라는 생각에 그의 가슴은 부풀었었다. 이 아기가 아버지라 부를 사람이 자기라는 사실에 다윗이 얼마나 감격했던가.

그랬던 네가 어떻게 내 뒤꿈치를 깨문단 말이냐.

나무에 매달려 깔깔거리던 아들이, 아버지의 강한 어깨와 보석이 두루 박힌 왕관에 감탄하던 아들이, 양털 깎는 행사에 와달라고 청하던 아들이, 발치에 다가와 친근하게 병색을 묻던 아들이, 고개를 어긋매껴 입 맞추며 평안을 빌던 아들이 어떻게 내 등을 짓이기려 전차를 휘몬단 말이냐. 다윗의 감은 눈앞에 후새의 찢긴 옷이 떠올랐다. 바늘과 실로 기워도 터진 사이는 겨우 붙들릴 뿐이었다. 오, 찢긴 천은 결코 되 붙지 않아.

가슴에 길게 드리워진 장막이, 그 빛바랜 아마포 자락이 찢어지는 흐릿한 소리가 다윗에게 또렷이 들렸다. 너로 인해 나라는 깃발은 축 처지고 말았구나. 한때 나의 가장 강한 바람이었던 네가.

올리브 산을 넘으면 바후림이 가까웠다. 시바가 가져온 음식으로 모든 사람을 먹일 수는 없었다. 배고픈 아이들이 칭얼댔고 힘이 부친 노인들이 허덕였다. 다윗에게는 그들을 독려할 기운이 없었다. 그때 갑자기 돌이 날아들었다. 호위병의 투구를 친 돌이 길바닥을 굴렀다. 호위대가 재빨리 왕을 둘러쌌고 칼들이 햇볕 아래 몸을 드러냈다.

돌 던진 자는 언덕 위에서 일행을 굽어보고 있었다.

"떠나가거라! 이 피비린내 나는 살인자야. 이 악당아! 가라, 가거라!"

욕설과 저주가 낯선 이의 입술 사이에서 쏟아져 나왔다. 언덕 위에서 허리 굽힌 시므이는 독한 말을 질겅이며 돌을 집어 던지고 있었다.

시므이는 사울을 사랑한 베냐민 사람이었고, 아브넬과 이스보셋을 다윗이 죽였다고 믿는 극소수 이스라엘 사람 중 하나였다.

"쫓겨 가는구나! 여호와께서 네가 사울 집안에 흘린 피를 모두 갚아주시는 것이다. 사울을 대신한 너를 이제 압살롬이 밀어내는구나! 피를 흘리게 만든 네가 너 자신의 악함으로 인해 재앙을 받는구나!"

다윗은 그자가 누구인지 몰랐다. 바후림은 베냐민 지경이었고, 베냐민에는 아직 사울을 그리워하는 자가 많다는 사실을 떠올렸을 뿐이었다. 돌 던지는 자의 악다구니에는 듣는 사람이 귀를 막게 만드는 지독한 독기가 어려 있었다. 바늘이 귓구멍에 박히는 것만 같았다.

"죽은 개 같은 자식이 어찌 왕을 저주한답니까. 제게 가서 저 머리를 잘라오겠습니다."

요압이 분통을 터뜨렸고 칼을 뺀 아비새가 앞장섰다. 다윗이 언덕 위의 사내와 칼을 뺀 아비새를 번갈아 보았다. 다윗의 눈이 붉었지만 퉁퉁 부은 눈에는 쏟아 낼 눈물이 더 이상 없었다.

"스루야의 아들아, 너희가 무슨 상관이 있다고 그러느냐? 여호와께서 저자에게 다윗을 저주하라고 하셨다면 네가 어떻게 그를 말리겠느냐? 내 몸에서 태어난 아들도 내 목숨을 빼앗으러 오는데, 사울을 잃은 베냐민 사람이 오죽하겠느냐? 저주하게 내버려 두어라." 입을 다문 다윗이 길게 한숨을 내쉬었다. "여호와께서 내 비참한 모습을 보시고 저주를 선함으로 갚아주실 줄 누가 알겠느냐?"

다윗이 일행을 다시 추슬렀다. 잠시 드러났던 햇살이 구름 사이로 사라졌다. 까마귀 날갯짓 같던 시므이의 저주에는 핏발이 돋쳐 있었다. 호위병들이 방패를 들어 시므이가 던진 돌을 튕겨냈다. 게라의 아들 시므이의 욕설이 한여름의 햇볕처럼 달아나는 자들의 머리를 찔러댔고, 흥건히 고인 걸쭉한 저주가 그들의 걸음을 자꾸만 잡아챘다.

왕과 헤어지자마자 후새는 다윗 성에 들어왔다. 그는 기혼 샘에서 목을 축였다. 여인들은 물을 긷자마자 집으로 돌아갔다. 그나마 나지막이 이야기를 나누던 여자들도 후새와 눈이 마주치자 입을 다물어버렸다. 그를 알아보아서가 아니라 흉흉한 다윗 성 사정 때문이었다.

주택가에 공동으로 쓰는 큰 화덕은 식어 있었다. 수문 성루엔 수비대가 없었다. 누군가가 오줌을 싸놓은 성문에서는 지린내가 풍겼다.

지키는 이 없는 성문을 통과한 후새가 얼떨떨한 표정으로 나귀의 배를 툭 찼다. 주택의 문과 덧창은 모두 내려져 있었고 광장은 텅 비어 있었다. 후새는 비통의 거리를 내달았다. 아이들로 늘 가득했던 골목에는 버들고리 공을 지닌 꼬마 하나가 나와 있을 뿐이었다. 홀로 적막함을 두들기던 아이가 텅 빈 골목에 나타난 노인을 보고는 눈이 휘둥그레졌다. 아이가 짚은 방향으로 후새는 나귀를 몰았다.

문을 두들기자 문틈으로 칼을 내밀어졌다. 젊은 종은 후새를 몰랐다. "후새? 후새라고?" 그가 미심쩍은 표정으로 이름을 외워갔다. 초조한 아렉 장로가 아랫입술을 깨물었다. 잠시 후 문이 벌컥 열렸다. 놀란 얼굴을 한 제사장 사독이 후새를 감싸 안아 집 안으로 끌어당겼다. 골방에 있던 아비아달과 요나단 부자가 현관으로 우르르 나왔고 아히마아스가 이 층에서 후다닥 내려왔다. 서로를 붙든 손들이 뜨거운 감격으로 벌벌 떨었다. 왕이 올리브 산을 넘었다는 후새의 말에 아비아달이 긴 숨을 몰아쉬었다.

"천만다행일세!" 가슴을 쓸어내리던 대제사장이 걱정을 내뱉었다. "하지만 약간의 시간을 벌었을 뿐이야. 멀지만 올리브 산을 돌아갈 길이 여럿이니."

"우선은 기뻐해도 좋겠지요. 당면한 위협은 벗어났으니 말입니다."

사독이 아비아달을 진정시켰다. 의자에 노곤한 몸을 묻은 후새가 물었다.

"이제 뭘 해야 하지요?"

둘러앉은 그들이 저마다의 생각에 잠겼다. 그때 종이 들어와 사독에게 문밖 상황을 전했다.

"압살롬의 선발대가 다윗 성 인근에 도착했답니다."

"몇이나 되지?"

"한 부대는 넘고 두 부대는 안 됩니다."

한 부대는 천여 명이니 선발대로서는 꽤 많은 수였다.

"왕자는?" 후새가 종에게 직접 물었다.

"내일 아침에 온답니다. 다윗 성이 비었다는 소식은 이미 전해진 모양입니다."

턱을 괸 후새가 탁자에 앉은 사람들을 가까이 모으려 손을 흔들었다. 올리브 산에서 내려오면서 고안한 계략이 그의 입에서 흘러나왔다. 아비아달이 미심쩍은 표정을 지었다.

"걸려들까?"

후새가 대답했다.

"칼에는 칼을, 독에는 독을."

모략에는 모략을. 후새는 필요한 것들을 떠오르는 대로 말했고, 아비아달의 아들 요나단이 웅얼거리며 이를 외웠다. 아히마아스의 눈초리가 가늘어졌고 사독이 고개를 끄덕였다. 아렉 장로가 피어 올린 모략의 향취로 그들 넷의 얼굴이 푸르스름해졌다.

다윗이 성을 비우고 달아난 다음 날 압살롬은 다윗 성으로 진군했다.

아히도벨과 달리 아버지가 성벽을 의지할 거로 예측했기에, 압살롬은 다소 얼떨떨했다. 선발대가 빈 성을 잘 감시하고 있다는 소식이 보고되었다. 아침을 푸짐하게 먹은 압살롬은 전차에 느긋하게 올랐다. 수십 대의 전차가 나란히 달렸고 창과 방패를 든 병사들이 그를 따라 뛰었다.

간밤에 다시 내린 비로 대기는 축축했고 햇살은 여렸다. 압살롬은 불평꾼들로 뼈를 삼고 뒤집어진 세상에서 기회를 움키려는 자들로 살을 삼아 지휘할 군대를 꾸렸다. 거기에 묵직한 황금에 홀린 아람과 모압의 용병이 껍질을 이루었다.

아마사가 도착한 건 닷새 전이었다.

"미숙한 장군에, 소도둑과 협잡꾼이 천부장과 백부장을 맡은, 어중이떠중이 패거리로군."

  냉랭한 눈으로 아마사는 압살롬의 군대를, 자신이 지휘할 얼간이들을 평가했다. 그가 데려온 천부장과 백부장은 수가 적었기에, 아마사는 지휘계통을 입맛대로 꾸릴 수 없었다. 아마사와 달리 압살롬은 자신의 군대에 도취되어 있었다. 그는 막 도착한 아마사에게 자신이 수년에 이르러 구축한 반란군이 얼마나 강하고 멋진지에 대해 장광설을 늘어놓았다. 아마사는 이들을 지휘해 다윗의 용사들을 쓰러뜨려야 했다. 숨이 막히는군. 새 사령관의 투구 끈이 땀으로 검게 젖었다.

  왕자에게 속아서 헤브론에 끌려온 이백 명은 결박된 채 수레에 실렸다. 반역에 동참하자는 왕자의 꼬드김에 넘어간 사람은 거의 없었다. 아히도벨은 대수롭지 않다는 반응이었다.

  "인질을 걱정한 사람들이 다윗을 따르지 않은 걸로 효과는 충분합니다. 저쪽 수를 일정 정도 속았으면 됩니다."

  내색하지 않았지만, 아히도벨은 변절한 인질이 그렇게나 적다는 사실에 무척 놀랐다. 그렇게나 오랜 세월 압살롬이 다윗을 향한 마음을 훔쳐냈음에도 불구하고 이스라엘 사람들은 다윗 왕을 사랑했다. 그러나 그 많은 입이 다윗에게는 부담이 될 터였다. 아히도벨은 다윗이 좀처럼 버리질 못한다는 사실을 잘 알고 있었다. 아히도벨은 다윗의 그 부분을 찌르려 했다.

  달리던 병사를 쉬게 하고 덜렁이는 전차 바퀴를 갈아내는 동안에도 압살롬의 조바심은 사라지지 않았다. 다윗 성의 분위기가 어떨까.

삼 년간 공들여온 작업이 아름답게 꽃필까.

압살롬은 다윗 성 사람들이 환호할 거라고 생각하진 않았다. 그건 전혀 중요하지 않았다. 압살롬은 다만 군림할 대상이 필요할 뿐이었다. 누군가 나를 아버지를 배반한 파렴치한이라고 비난할 수도 있겠지. 맞아, 난 칼을 든 찬탈자지.

그게 뭐 어떻다고.

무능하고 쇠약한 다윗이 움켜쥐고 내주길 끝내 거부하는 왕관을 양위 받는 게 왜 잘못인지 압살롬은 이해할 수 없었다. 성문 사이에서 그가 낸 약속의 말에 얼마나 많은 눈빛이 동조의 뜻을 내비쳤었나. 변화를 갈망하던 그 시선에 압살롬의 야망이 아름다이 결합했을 뿐이었다. 왕관은 투쟁의 대상이었고, 지킬 능력이 없는 이가 더 나은 자에게 넘기는 건 자연의 이치였다. 누군가가 정복해서 이스라엘을 다스려야 한다면, 그게 내가 아닐 까닭이 무엇인가.

압살롬은 그렇게 생각하고 있었다.

저 멀리 그의 발등상이 될 다윗 성이 보였다. 협력하는 자에게 보호와 이익이, 반역하는 자에게 칼날과 노역이 주어질 것이었다. 다른 무엇보다 왕성의 이름부터 바꿔야겠어. 어떤 무엇보다도 먼저.

그는 전차를 세우고 병사를 정렬시켰다. 가까이 붙은 아마사의 전차를 돌아본 압살롬이 대기 중인 선발대를 가리켰다.

"그대가 저들을 통솔해라."

아마사의 전차가 앞서갔다. 압살롬이 지휘봉을 앞으로 뻗자 마부가 채찍으로 말 등을 때렸다.

선발대를 지휘하던 자가 영접을 나와 있었다. 그가 제 뒤에 놓인 다윗 성을 가리켰다.

"어젯밤 병사를 보내 성문과 왕궁과 저수조와 식량 보관 탑을 확보했나이다."

목을 길게 뺀 압살롬의 눈이 놀라움으로 커졌다. 성문은 활짝 열려 있었고 성문 사이 통로 가득 그를 환영하기 위한 인파가 가득 늘어서 있었다. 마부가 돌아보자 왕자가 고개를 크게 끄덕였다. 축에 꼭 맞게 끼워진 전차 바퀴가 삐걱거림 없이 부드럽게 돌았다. 압살롬이 다윗 성을 거머쥐는 순간이었다.

그때 양쪽 성루에서 뭔가가 나풀거리며 떨어졌다. 압살롬은 그것이 향료 제조소에 보관된 마른 꽃잎임을 깨달았다. 거기엔 아직도 아름다운 향이 흐릿하게 남아 있었다. 바람은 조금도 없었다. 붉고 노랗고 흰 꽃잎들은 아주 천천히 떨어졌다. 몸을 뒤집으며 하강하는 그것을 압살롬은 한참 동안 바라보았다. 그가 투구 위를 쓸어 마른 꽃잎을 움키자 환호성이 울렸다. 성문 안쪽에 늘어선 이스라엘 사람들이 개선한 왕자에게 열광적인 함성을 보냈다. 행렬은 저 안쪽으로 끝도 없이 이어져 있었다. 끊이지 않는 환호와 박수에 압살롬의 가슴이 먹먹해졌다.

"만세, 왕이여! 왕이여, 만세!"

얇은 쇠판을 마주쳐 울리는 제금과 나무막대로 두들기는 작은 북과 잘린 양 뿔로 만든 쇼파르와 갈대를 꺾어 만든 피리로 그들은 왕자를 환영했다. 찌르르 떠는 제금 소리가 깊은 잔상을 남겼고 입을 뾰족이 한 자들이 박자에 따라 쇼파르에 숨결을 불어넣었으며 젊은이들이 피리의 몸을 어루만졌고 여자들이 작은 북을 흥겹게 두들겼다.

"천천히, 할 수 있는 한 가장 천천히 말을 몰아라."

압살롬이 마부에게 명령했다. 그는 이 순간을 멈추고 싶을 지경이었다. 압살롬은 전차가 아니라 열광 위에 올라탄 것만 같았다. 성문 사이에 자리한 어둑한 그림자에 눈이 익자 사람들의 표정이 그제야 보였다. 길 양쪽에 가득 들어선 환영 인파가 압살롬을 전율하게 만들었다. 성문 사이부터 왕궁에 이르는 길 양쪽이 사람들로 가득했다. 암몬 원정군 개선을 상회하는 열광이 반역한 왕자를 맞이하고 있었다. 온몸에 설설 퍼진 풍성한 만족감이 압살롬을 취하게 했다. 기쁨으로 뒤덮인 이 길의 끝에 천국이 자리하고 있을 것만 같았다.

그러나 길의 끝에는 뜻밖의 사람이 서 있었다. 압살롬의 입술 끝이 저도 모르게 슬쩍 올라갔다.

"왕께 만세, 왕께 만세!" 왕자를 맞이하며 그가 외쳤다.

압살롬은 강한 흥미를 느꼈다. "세워라."

전차 가장자리를 붙잡은 왕자가 아렉 장로를 굽어보았다. 압살롬은 후새가 아버지와의 오랜 우정을 배반하고 자기에게 넘어왔다는 사실에 놀라움을 금치 못했다.

"네가 네 친구에게 충성하는 자가 맞는가?"

압살롬이 후새를 비웃었다. 왕자의 조롱에 후새는 노기를 드러내지 않으려 애를 썼다. 아렉 장로의 얼굴을 들여다보려 몸을 구부러뜨린 압살롬이 가죽 채찍을 흔들며 다그쳤다.

"왕의 친구여, 어째서 네 친구를 따라가지 않았느냐?"

수그린 얼굴 아래 어떤 의도가 깃들었는지를 알아내기 위해, 압살롬은 날카로운 눈빛으로 후새를 뜯어보았다.

"제가 무슨 말을 할 수 있겠나이까." 은근한 눈초리로 압살롬에게 굴종을 나타낸 후새가 재빨리 덧붙였다. "저는 여호와와 모든 이스라엘이 택한 자에게 속하는 사람입니다."

환호성에 그토록 취하지 않았더라면, 압살롬은 후새의 모호한 대답에 인상을 찌푸렸을 것이다. 하지만 취해 혼미해진 그는 후새가 자신을 여호와와 이스라엘이 택한 자라는 확증을 해주었다고 생각했다. 미소 짓던 압살롬이 또 다른 사실을 깨달았다. 아하, 사람들을 동원해 내게 환호와 꽃잎과 박수와 경배를 바치게 한 자가 바로 너였군. 그래, 바로 너 후새였어. 압살롬이 치켜든 채찍을 장난스럽게 흔들었다.

"정말이지, 날 놀라게 하는군."

번들거리는 압살롬의 영민한 눈초리에 후새는 마음을 졸였다. 그는 오기에 찬 자신의 대꾸를 압살롬이 알아들을까 몹시 걱정했다. 엎드려야 해. 나를 찢을 벼락을 피하려면, 아주 납작 엎드려야 해. 악을 꺼꾸러뜨리기 위해서 때로는 악한 수단을 써야 하는 법이었다. 무릎 꿇은 후새가 압살롬에게 절했다. 이마를 땅에 붙였던 그가 압살롬을 우러러보며 거짓 충성을 외쳤다.

"내가 다윗을 섬겼던 것과 같이 왕이 될 압살롬을 섬기겠나이다."

울퉁불퉁한 성곽과 삐뚤빼뚤한 포석鋪石.

다윗이 머물던 왕궁, 그가 밧세바를 음흉한 눈길로 훑던 왕궁, 그가 내 손녀의 손을 잡아끌었던 왕궁, 이스라엘을 타락시킨 음험한 계략이 끓어오르던 왕궁. 그 왕궁에 이르는 길은 뒤틀리고 구부러져 있었다.

모퉁이를 돈 아히도벨은 어디선가 풍기는 역겨운 향취를 맡았다. 뭔가가 오래도록 무르고 썩어 문드러지며 나는 냄새 같았다. 주인어른은 왕을 따라 성을 떠났습니다. 집에 남겨진 엘리암의 종이 놀란 얼굴로 대답했다. 엘리암, 너 또한 너만의 고집으로 네 삶을 일구려는 게냐. 노인의 지팡이가 포석에 부딪히며 둔탁한 소리를 냈다.

그는 지난 몇 년의 일을 생각해 보았다. 호의를 베풀어 왕이 받아야 할 신망을 가로채었고 돈주머니로 환심을 사두었으며 거짓 소문으로 혼란을 부추겼었다. 압살롬은 그가 낸 모든 계책을 성실히 이행했고, 드디어 제 아버지를 내쫓기에 이르렀다.

다윗의 가슴이 찢어졌을까? 그랬을 게 틀림없었다.

이 모든 게 내 머리에서 나왔음을 그가 알아차렸을까? 아히도벨은 그걸 알려주기 위해 요압의 눈들에게 자기 모습을 드러냈다.

그가 나를 죽이고 싶을 만큼 증오할까? 아히도벨은 그러기를 바랐다.

그는 다윗 성이 너무도 낯설었다. 이곳을 돌아보지 않은 지 십 년이 지났다. 성이 변할 리 없었다. 달라진 건 아히도벨 자신이었다. 나를 자꾸 밀어내는구나. 그는 이곳이 불편했다.

왕궁 입구에서는 압살롬의 사령관 아마사가 병사를 배치하느라 머리를 싸매는 중이었다. 다윗과 왕가 사람들과 그를 따르는 무리는 올리브 산 너머로 도망간 모양이었다. 당장 추격해야 해. 왕자의 위치를 알려준 아마사가 아히도벨에게 물었다.

"저들을 어떡할까요?"

"누구 말이오?"

"다윗이 왕궁을 지키라며 남기고 간 시종과 후궁 말입니다."

아히도벨이 지팡이 끝으로 창고를 가리켰다.

왕궁을 가로지르며 아히도벨은 리스바를 떠올렸다. 길로를 떠나기 직전 그는 리스바를 불렀다. 황급히 도착한 그녀는 머릿수건도 쓰지 못한 차림이었다. 아히도벨을 태운 전차는 지극히 화려했다. 그 모습에 리스바는 조용히 탄식했다. 그것으로 리스바는 자신이 이런 상황을 예견했음을, 그러나 그 상황이 오지 않기를 기도해 왔음을 은연중에 드러냈다.

"이리되었소."

리스바의 머리칼이 너울거렸고, 아히도벨의 움켜쥔 겉옷 자락이 펄럭였다. 그녀는 전차 발판에 걸친 아히도벨의 발을 쳐다보았다. 위로 올라간 그녀의 눈빛이 아히도벨을 부드럽게 타일렀다. 아직 기회가 남아 있어요. 쥔 칼을 내어던져요, 저 불 속으로. 벼려진 칼날을 불꽃이 핥아 녹이게끔.

그러나 그의 답은 이미 결정되었고, 돌이킬 수 없었다.

입술을 달싹이던 그녀가 고개를 떨어뜨렸다. "정말 감사했습니다. 부디. 평안히."

울음을 터뜨린 그녀가 땅에 엎드렸다. 아히도벨이 허락하지 않았다면, 그녀의 가족은 십의 황무지를 쥐어짜다 죽어갔을 게 분명했다. 리스바는 압살롬이 일으킬 반란에 대해 조금도 몰랐다. 그녀는 다만 늙은 아히도벨과의 영원한 작별을 예감했을 뿐이었다. 리스바가 얼굴을 들기 전에 아히도벨은 전차를 출발시켰다. 전차 바퀴가 삐걱거렸고, 아히도벨의 마음도 그러했다.

그는 스스로에게 다시 한 번 물었다. 다윗이 나를 증오할까.

압살롬은 알현실, 왕의 높은 자리에 앉아 있었다. 방금까지 알랑거리던 그의 부하들은 나가고 없었다. 왕자를 왕좌에 홀로 둔 채 그들은 새로 받은 명령을 집행하러 모두 달려나갔다. 창고가 비워지고, 왕을 따라 달아난 자들의 집이 약탈당하고, 협력을 거부하는 자들이 매달릴 예정이었다. 비스듬히 기대앉은 왕자가 걸어 들어오는 모사를 보며 차갑게 웃었다. 결국 이렇게 되지 않았느냐는, 이렇게 쉬운 일인지 몰랐다는 투의, 짙은 교만이 밴 냉소였다.

"태양은 동쪽에서 떠오르지요."

왕좌에 기댄 압살롬은 턱을 괸 자세를 바꾸지 않았다.

"왕자, 당신 아버지가 올리브 산을 넘어 동쪽으로 달아났소. 그가 다시 떠오르도록 내버려 둘 겁니까?"

"그렇게 되지 않을 거요, 아히도벨. 자, 어떻게 했으면 좋겠소? 모략을 베푸시오, 모사여. 기꺼이 따를 테니."

아히도벨의 늙은 혈관에서 피가 끓어올랐다. 십 년간 묵혀온 복수의 때가 마침내 찾아왔음을, 다윗의 배신背信을 배덕背德으로 되갚는 희열의 순간이 이제야 당도했음을 그는 깨달았다. 흘린 피를 죽음으로 지급해야 하듯, 우리아를 죽인 술수는 모략으로 되갚아져야 했다.

"만일 다윗의 인장 반지를 얻는다면, 그걸 그대로 쓰시겠소?"

"왜 안 그러겠습니까? 그 인장엔 지난 몇십 년간 통용된 권위가 담겨 있는데."

아히도벨 뒤를 따라 들어온 아마사가 대답했고 압살롬이 고개를 끄덕여 거기에 동조했다. 말을 이으려던 아히도벨이 다시 지독한 썩은 냄새를 맡았다. 아까 모퉁이를 돌 때 맡았던 그 냄새였다.

"기존의 권위를 애써 없앨 필요는 없소. 물려받는 게 훨씬 똑똑하지. 아마사 사령관은 아브넬이라는 자를 알고 있소?"

아히도벨은 리스바를, 그녀와 사통했던 아브넬을 예로 들었다. 한 남자의 아내를 육체적으로 소유하는 일은 그 남자가 지닌 명예와 권위를 빼앗는 것으로 여겨졌다. 사랑 여부와 별개로 아브넬은 자신이 섬겼던 사울의 명예와 권위를 빼앗아 자기 것으로 만든 셈이라고 아히도벨은 설명했다. 사람에 따라서는 이스보셋이 사울에게 받은 생물학적 권위보다, 아브넬이 취한 사회적 권위를 높게 볼 수도 있었다. 그게 이스라엘의 관념이었다. 초조해진 아히도벨이 저도 모르게 혀로 입술을 축였다.

"다윗은 후궁들을 두고 갔소."

"나도 보고를 들었소, 아히도벨. 왕궁을 깡그리 비운다면, 그건 우리에게 왕궁을 넘겨주겠다는 의사표시로 받아들여질 테니 그랬겠지."

왕자여, 그건 좋은 선물이오. 내가 학수고대했던 선택이기도 하지.

"다윗이 두고 간 후궁들과 동침하시오."

압살롬과 아마사가 놀란 얼굴로 서로를 돌아보았다. 침묵이 흘렀다. 누구도 깰 수 없을 정도로 침묵은 무겁고 짙었다.

"왕자여. 다윗이 지녔던 명예와 권위가 탐나시오? 그가 수십 년 동안 구축해 온 그것이? 꽤 노력했지만, 당신의 명예와 권위는 아직 그것만큼 탄탄하지 않소. 명예와 권위……. 당신은 찬탈자고 불효한 아들이지. 당신에게는 왕궁과 왕관을 이어받을 정당성이 없소." 없다면 만들어야 해. "빼앗으시오, 왕자. 당신 아버지에게서 강탈하시오. 다윗의 명예를 밟아야만 하오."

더불어 다윗의 아들인 압살롬 너 자신의 명예 또한.

"그게 당신 아버지의 과업과 유산을 물려받을 첫 번째 단계요."

아히도벨이 마른침을 삼키며 압살롬을 관찰했다. 그가 왕자를 압박했다.

"왕에겐 왕의 방도가 있는 법이오."

압살롬이 팔을 벌렸다. "그렇다 해도……."

"이곳 다윗 성은 이십사 년 동안 다윗의 지배를 받아왔소. 그 왕좌에 다윗의 체취가 배어 있지 않소?"

깔고 앉은 왕좌를 압살롬은 눈꼬리로 흘겨보았다.

"여긴 다윗의 권위가 착실히 다져진 땅이오. 그렇기 때문에 당신은 여기서 아버지이자 왕인 다윗의 권위를 철저히 추락시켜야 하오. 다윗의 여자들을 눌러 그를 무너뜨리고, 자기 여자도 지키지 못하는 약해빠진 다윗의 민얼굴을 세상에 드러내야 하오. 그의 여자를 빼앗아 당신이 그를 대체하겠다는 상징적인 선언을 해야 하는 거요!"

발을 까딱거리며 아히도벨의 말을 듣던 압살롬이 턱을 괸 채 물었다. 알아듣지 못한 아히도벨이 고개를 돌려 귀를 기울이는 시늉을 했다.

"뭐라고 하셨소, 왕자?"

"그다음이 뭐냐고 물었소."

"그다음……?"

"과업과 유산을 물려받는 두 번째 단계 말이오."

아히도벨이 숨을 가다듬었다.

"다윗과 그를 추종하는 자들의 완전한 죽음이오."

압살롬이 왕좌에서 내려와 늙은 모사에게로 다가갔다.

"아히도벨. 당신이 어떻게 생각할지 몰라 말해 두는데." 자신의 말을 강조하기 위해 그가 손가락 하나를 세웠다. "난 아버지를 죽이는 게 아니오. 왕으로서 왕을 죽이는 거요. 늙고 어리석은 다윗이 움켜쥔 권력을 계승하기 위해 어쩔 수 없이 이러는 거라오."

그가 꾹꾹 눌러 담은 말을 내뱉었다. "왕으로서."

아히도벨에게서 눈을 뗀 압살롬이 빙그레 웃었다. 흠잡을 데 없이 좋은 계책이었다. 도덕적 갈등은 조금도 느껴지지 않았다. 입성해 왕좌에 걸터앉은 그는 이미 왕이었고, 금과 보석과 뿔로 머리를 치장한 자에게는 그만의 규례와 방식이 존재하는 법이었다. 어디서엔가 개 짖는 소리가 들렸다. 거칠고 위협적인 그 울부짖음이 압살롬에게는 익숙했다.

"모사의 제안에 기꺼이 따르지." 뒷짐 진 압살롬이 말을 이었다. "지붕에 장막을 치고 그곳에 누울 자리를 마련하라, 아마사. 그 여자들을 거기에 올려놔."

그곳이 밧세바를 향한 다윗의 음욕이 솟았던 장소라는 걸, 다말을 굽어보던 암논이 앉았던 자리라는 걸 그들은 알지 못했다. 압살롬에게 그것이 지닌 도덕적 문제는 고려의 대상이 아니었다. 그는 아히도벨이 제공한 순서를 옳게 여겼고, 그러한 현명한 조언을 따르는 건 융통성 있는 행동이었다. 제가 벌일 행위가 스스로를 타락시키고 아버지와 이스라엘 전체를 모독하는 짓임을 압살롬이 모르진 않았다. 그는 다만 왕은 과감성 없이 나아갈 수 없으며 때론 내키지 않는 걸음도 내야 한다고 여겼을 뿐이었다.

압살롬이 나간 뒤 아히도벨은 왕궁을 나섰다. 어디선가 역한 냄새가 흘러나오고 있었다. 코를 큼큼거리던 노인이 인상을 찌푸렸다. 숨쉬기 어려울 정도였다. 맑은 공기를 찾아 허우적거리던 아히도벨이 불현듯 찾아든 옛 기억에 걸음을 멈춰 세웠다.

그것은 헤아릴 수 없을 정도로 오래된 기억이었다. 사람들이 웅성거리며 무언가를 기다리고 있었는데……. 그게 뭐였지, 그들이 기쁜 얼굴로 서성이며 기다렸던 게. 밝고 따사로운 분위기가 가득한 홀이 떠올랐다. 그래…… 뭔가 대단한 일이 벌어지기 직전이었지. 아히도벨이 뒤돌아보았다. 아냐. 저곳이 아냐. 헤브론, 그 누추했던 왕궁에서 벌어진 일이었지. 거기, 지금은 잊힌 자그마한 알현실에서……. 기억이 점차 또렷해졌다. 바로 그곳에서, 한 여인이 그에게 물었었다.

올바르지 않은 일에 대한 질문이었다.

그건 돌이킬 수 없는 것에 대한 질문이기도 했다.

그녀가 누구였었는지를 떠올리려 아히도벨은 안간힘을 썼다.

옷에 배겠다 싶을 정도로 악취가 짙었고, 기억을 가린 망각의 안개 또한 그랬다. 자신이 무어라 대답했던가. 기억은 연무에 싸여 있었고 회상은 흐릿했다. 신의 이름이 흘러나왔었나. 여호와가 일컬어졌던가. 여호와, 여호와라. 복수를 요구하는 심장의 고동과 불면의 밤이 얘기 되었었나. 그랬었나.

그건 누구의 입술이었나?

불명확한 기억을 뒤적이며 그는 스스로에게 불확실한 질문을 물어 댔다. 여호와의 의…… 거스른 자들…… 마땅한 파멸…….

안개 속에서 희뿌연 여인의 목소리가 되울렸다. 그게 누구였는지 아히도벨은 기억할 수 없었다. 별안간 벼락같은 두통이 늙은이의 머리를 두들겼다. 괴로운 표정을 지은 아히도벨이 지팡이를 떨어뜨렸다. 비명을 흘리려 입 벌렸던 그가 다시 냄새를 맡았다.

그리고는 마침내 비리고 역겨운 썩은 냄새가 자신의 목구멍 깊은 곳에서 솟아오르고 있음을 소스라치게 깨달았다.

30
부싯돌

그날 다윗 성 왕궁 지붕에서 펄럭이는 천막을, 모든 이스라엘 사람이 보았다. 여자들의 울음 섞인 비명은 한동안 가라앉지 않았다.

모두가 상상하는 그 일이 거기서 벌어졌다.

누구도 상상하지 못했던 일이었다.

날카로운 달이 떠올랐고 주인이 바뀐 다윗 성은 침묵으로 밤을 맞았다. 점령당한 성의 달아나지 않은 주민들이 나무 창 가리개를 끼워 창을 닫았고, 잠긴 문에 묵직한 가구를 덧대었다. 숨죽인 사람들은 술 취한 점령군이 거리를 내달리며 지르는 괴성과 그들의 토사물로 담벼락이 더러워지는 소리를 들었다.

밤사이에 가랑이처럼 벌어진 다윗 성문으로 반란에 동참한 지파들이 입성했다. 그 옛날 마하나임에서 아브넬의 회의에 참석했던 북부 이스라엘의 장로 몇몇이 그들을 이끌었다. 사울을 추종하던 북부와 다윗이 이끌던 남부의 해묵은 대립이 압살롬이 내려친 부싯돌의 불꽃을 통해 드러나고 있었다. "잘 오셨소!" 잠을 잊은 아마사의 열렬한 환대가 그들을 맞았고 징발된 양과 염소가 잡혀 불에 구워졌다.

다음 날 아침 아히도벨은 후새를 보았다. 반백이 된 아렉 장로는 텅 빈 뜰을 초조히 오가는 중이었다. 후새가 올해로 몇 살이지? 왕과 비슷하니 예순 정도 되었겠군. 하지만 저렇게나 젊어 보이다니. 좋아 보이는군. 아렉 장로여, 좋아 보여. 암갈색 돌기둥 뒤에 서서 아히도벨은 오래도록 후새를 쳐다보았다.

노인의 눈에는 의구심이 가득했다. 후새가 전향한 게 사실일까? 어쩌면 후새 또한 다윗의 행위에 환멸을 느꼈을지도 몰랐다. 이봐요, 아히도벨. 후새가 많은 사람을 동원해 나를 환영했단 말이오. 압살롬은 의기양양해 했다. 그랬다고? 정말 후새가 다윗 성에 남은 사람을 모아 왕자에게 충성을 맹세했다고? 그는 믿어지지 않았다. 후새, 자네가 다윗을 버릴 사람인가? 아니지, 절대 아니야. 하지만 다윗이 아히도벨을 버릴 사람이었던가? 그는 돌기둥 그림자에서 벗어나기 위해 여러 번 걸음을 떼려 들었다. 그러나 잘 되지 않았다.

며칠 전까지 아히도벨은 떳떳했고 정당했다. 그는 밧세바라는 상처를 안고 살아가는 비참한 늙은이였다. 그러나 아히도벨의 창백하고 축축한 손이 압살롬이라는 칼을 다윗의 등에 박는 순간, 그는 가해자가 되었다. 지금껏 자신에게 쏠렸던 동정의 눈길이 물거품처럼 사라지고 말았다는 걸 아히도벨도 알았다. 그는 스스로에게 물었다.

내가 만든 파탄을 나는 부끄러워해야 하나.

후새의 전향은 아히도벨을 혼란케 했다. 그는 후새의 진심이 짐작되지 않았다. 자네의 전향이 거짓임을 내가 밝힌다면 나는 자네를 죽여야만 할 텐데. 서성이는 후새는 뭔가를 골똘히 생각하는 눈치였다. 아히도벨은 잠시 눈을 감아 눈두덩에 몰린 열을 식혀냈다. 그는 지난밤 내내 잠을 이루지 못했다. 눈을 감을 때마다 압살롬이 아버지의 후궁들과 벌이는 짓이 검은 눈꺼풀 아래에서 선명히 떠올랐다. 그는 왕궁 지붕 근처에도 가지 않았음에도 불구하고, 그 장면은 본 것처럼 또렷했다.

눈을 뜬 아히도벨은 깨달았다. 나는 그를 두려워하는구나. 아버지의 여자와 육체관계를 가지라고 아들을 부추긴 자신을 혐오할 후새의 눈빛이 아히도벨은 난감했던 것이다.

아히도벨만큼 아렉 장로를 아낀 사람은 없었다. 이보게. 나는 더러워졌지만 자네까지 그래서야. 반란을 모의하며 아히도벨이 가장 의식한 사람은 후새였다. 그는 자신에게 대항할 자가 후새임을 알았고, 그 말고는 두려운 자가 단 한 명도 없었다. 그렇기에 아히도벨은 후새가 압살롬에게 충성을 다하는 모습이 상상이 되지 않았다. 저자가 가면을 뒤집어쓰고 있군. 가면을 벗긴 뒤엔 그를 죽일 수밖에 없었다. 그러나 후새가 압살롬에 대한 충성을 위장해 적의 소굴에 침투했다면 그건 숭고한 행위였다. 아히도벨은 그 숭고함을 마주할 용기가 나지 않았다. 조용히 물러난 아히도벨이 후새를 등졌다.

알현실은 술에서 덜 깬 점령군 장군들과 압살롬의 추종자들과 황금을 대가로 칼을 제공하는 용병대장들로 북적였다. 찬탈자가 왕좌에 앉아 있었고, 그 아래를 그술 사람들이 옹위하듯 에워싸고 있었다. 아히도벨의 자리는 왕좌와 가장 가까운 곳에 마련되어 있었다. 벗은 투구를 탁자에 올려놓은 아마사와 그를 따라 전향한 다윗의 천부장들이 갑옷의 가죽끈을 헐겁게 늘어뜨렸고, 어젯밤 빈집을 돌며 약탈에 열을 올렸던 용병대장들이 황금과 보석으로 치장된 단검을 만지작거렸다. 압살롬의 꼬드김에 넘어온 몇몇 지파 장로들은 탁자 끝에 몰려 있었는데, 손을 펴 입에 댄 채 서로에게 끊임없이 속삭여댔다. 그술 사람 중 하나가 박수를 쳐 사람들의 주의를 끌자 압살롬이 입을 열었다.

"아히도벨, 지난 몇 년간 당신의 계획은 너무나 절묘했고 우리가 이루려 했던 모든 걸 달성하게 했소. 이제 우리가 무엇을 해야 하지? 알려주게. 내 군대가 당신 계략대로 움직일 테니."

알현실을 쭉 둘러본 아히도벨이 입을 뗐다.

"내가 군사 만 이천 명을 뽑아 지금 당장 다윗을 쫓겠소. 그가 피곤하고 약할 때 공격하면 겁에 질린 왕의 개들이 사방으로 달아날 테고 다윗은 홀로 서게 될 거요. 장담컨대 삼 일 안에 왕자의 머리에 기름이 부어질 겁니다."

거기에 왕관이 올라서리라. 뿔과 보석으로 치장된 고귀한 몰렉의 황금 헌납품이, 내 기름 젖은 탐스러운 머리카락 위로.

하지만 그 정도 인원을 네게 주면 내 손엔 뭐가 남지? 압살롬은 누구도 완전히 믿지 않았다. 게다가 그는 몹시 피곤했다. 그는 지난밤 잠을 이루지 못했고 너무나 날카로워진 신경은 무엇으로도 진정되지 않았다. 그는 다른 누구에게 그토록 많은 병력을 내어줄 마음이 없었고 상황을 그리 다급히 여기지도 않았다. 압살롬이 곤란한 표정을 지었다.

"당장? 식량은 어떻게 조달할 거지? 떠나는 병사들 등에 밀을 가득 지워야 하잖소. 그러면 그들이 느려질 거야."

"나흘 먹을 양이면 충분합니다."

알아듣지 못하는군. 압살롬이 빙그레 웃었다. "그렇게까지 급할 필요가 없다는 얘기요. 궁핍하고 헐벗은 땅에 저들은 웅크리고 있소. 그들에게 어떤 군사가 있지? 호위대? 요압이 이끄는 오합지졸? 변변치도 않아." 너무나 쉽게 차지한 왕성이 압살롬의 자신감을 지나치게 부풀렸다. "다윗의 부하들은 늙었고 그들의 단창은 무뎌졌소."

"냉정한 상황파악이 필요하오."

아히도벨의 목소리가 퉁명스러워지자 압살롬이 물러섰다.

"이것 또한 냉정한 평가요. 관점이 다르다면 몰라도."

압살롬이 손짓하자 탁자 위로 지도가 길게 펴졌다. 긴 탁자를 덮을 정도로 커다란 지도였다. 모두가 일어나 그 위로 몸을 기울였다. 아마사가 지휘봉을 빼 들었다.

"올라온 보고를 종합해 보면, 올리브 산을 지난 다윗은 지금 요단 강 앞까지 갔습니다. 요단 강을 건넌 그는 강을 왼쪽에 끼고 북상하는 중입니다."

"어디로 가는 거지?"

대답을 가진 자는 없었다. 북부의 맹주격인 에브라임 지파는 이미 압살롬에게 병력을 제공했고 그에게 충성하기로 맹세했다. 그 사실은 아마 다윗에게도 알려졌을 게 분명했다.

"골란 고원으로 달아나 그곳에서 병력을 집결시키려는 거로군."

압살롬이 허공을 쿡쿡 찔렀고 배석자들이 고개를 끄덕였다. 아히도벨이 다시 목소리를 돋웠다.

"다윗은 우리에게 동참하지 않은 지파의 합세를 기다리고 있을 겁니다. 그가 병력을 갖추고 태세를 정돈하면 늦습니다. 허둥대는 다윗을 빨리 쳐야 합니다."

반대 의견이 아예 없진 않았다. 어젯밤에 도착한 자들이 그런 생각을 말했고, 용병대장 대부분이 거기 동조했다. 압살롬에게 동조하지 않는 지파와 성읍은 꽤 많았다. 하지만 그들이 어디로 지원군을 보낸단 말인가? 다윗은 이미 근거지를 잃었고 다윗을 지지하는 자들은 집결할 곳이 없었다. 아히도벨 반대편에 선 자들은 그렇게 예상했다. 게다가 용병대장들은 어제 하루로 약탈을 그칠 생각이 전혀 없었다. 그들이 좀 더 신중한 군사 행동을 주장했다. 아히도벨은 그들 모두와 설전을 벌였다. 논쟁이 이어지며 대립각이 날카로워졌다.

압살롬에게는 두 의견 모두 일리 있어 보였다. 턱을 괴고 관망하던 압살롬이 타개책을 떠올렸다.

"아렉 사람 후새를 불러라. 우리가 그의 생각도 들어보자."

후새는 알현실 밖에서 초조해하던 중이었다. 열린 문틈으로 아히도벨의 카랑카랑한 목소리가 울려 나올 때마다 후새의 영혼엔 피멍이 들었다. 올리브 산에서 만난 왕은 압살롬의 전차를 두려워했었다. 만일 압살롬이 이토록 꾸물거릴 걸 알았더라면 다윗은 다윗 성 옆길을 통해 좀 더 빨리 북상했을 것이다. 후새는 아마사의 정탐꾼들이 보았다던 왕의 행로를 곰곰 따져보았다. 왕은 어디로 가야 하는지 결정 못 한 게 분명해. 어쩌면 에브라임의 배반을 파악 못 했을지도 몰랐다. 혹시 병력을 집결시킬 장소가 마땅치 않아서 그러나. 어떤 지파가 배반에 가담했는지 알 수 없기에, 병력을 집결시킬 장소를 정하지 못하는 것 같았다. 다윗 왕께서는 동굴 깊이 계시는구나. 어느 곳이 출구인지 갈피를 못 잡고 계셔. 후새의 마음이 빨갛게 달아올랐다. 왕이시여, 달아나야 합니다. 아히도벨이 압살롬에게 군대를 우려내면 늙은이와 여자와 아이를 끼고 달아나는 당신은 당할 재간이 없어요. 그분께 서두르라고 얘기해 줘야 해. 그리고 압살롬에게 합류한 지파가 어디인지도 전달해야 했다. 만회할 기회가 아직 있어. 약간의 시간을 벌기만 한다면.

하지만 저 승냥이와 재칼에게 어떻게 재갈을 물리지?

안달이 난 후새가 손톱을 물어뜯으려는 찰나, 알현실 문이 열렸다. 그술 사람 중 하나가 그에게 손짓했다.

자신을 향하는 수십 개의 눈초리를 견디기 위해 후새는 미소를 지었다. 그는 아들 바아나와 손자들을 떠올렸고, 인생에서 가장 좋았던 순간들을 기억하려 애썼다. 그게 압박을 견딜 유일한 힘이었다. 허물어지려는 정신을 붙들고 미소를 유지하기 위해 후새는 안간힘을 다했다.

왕좌에 다가가며 후새는 자신이 누구를 상대해야 하는지 단번에 알아차렸다. 단 한 사람이었다. 무릎뼈를 부수는 한이 있더라도 저자를 무릎 꿇려야 했다.

그러나 길로 장로와 눈이 마주치자 어쩔 수 없이, 몸서리쳐지는 통증이 느껴졌다. 아히도벨을 뒤덮은 끈끈한 어두움에 후새는 깊은 고통을 느꼈다. 그 검고 탁한 것이 아히도벨의 영혼에 단단히 들러붙은 게 후새의 눈에는 또렷이 보였다. 무엇이 당신을 이렇게 만들었습니까. 후새는 왈칵 눈물이 터져 나올 것만 같았다. 오그라든 아히도벨의 작은 몸을 움키면 담즙 같은 옥빛 고통이 배어 나올 것만 같았다.

후새가 압살롬 앞에 섰다. 높이 앉은 배신자가 그에게 몸을 구부렸다.

"후새여, 지혜를 빌려주게."

"말씀하소서. 제 속에 든 걸 내놓겠습니다."

"달아난 다윗을 추적하자는 의견이 있어. 만 이천 명이 필요하다 했지?"

"순식간에 해치워버리자는 거요." 아히도벨이 퉁명스럽게 뇌까렸다. 그는 알현실 바깥 창문을 내다보는 중이었다.

"하지만 신중해야 한다는 의견도 있지. 대부분 서둘다 넘어지지 않나. 어때. 아히도벨의 뜻대로 하는 게 옳을까? 후새, 당신 의견을 말해 봐."

몸을 굽혀 압살롬의 명을 받은 후새가 고개를 가로저었다.

"왕의 아버지와 그 부하들을 아실 겁니다. 그들은 용사인 데다 사납기는 새끼를 빼앗긴 들곰 같지요."

"하지만 늙은 곰의 이빨은 헐겁지."

용병대장 하나가 농담을 했고 신경질적인 웃음이 알현실 전체에 부글거리다 가라앉았다.

압살롬이 아히도벨 쪽을 향해 고갯짓을 했다. "모사의 말이 틀리진 않아. 그들은 후환이 될 거야. 빨리 결말을 짓는 쪽도 나쁘진 않아."

후새가 양손을 벌렸다. "성급히 굴다가 병력을 잃는 것보다, 신중한 편이 낫습니다."

"후새의 의견은 따랐다가는 이 자리에 있는 모두가 목 매달릴 겁니다."

아히도벨이 낮은 목소리로 경고하자 알현실의 공기가 얼어붙었다. 후새가 길로 장로를 물끄러미 바라보았다. 다시 엷은 미소를 지은 후새가 압살롬을 향해 손을 뻗었다.

"지혜로운 분께서 현명히 선택하실 겁니다."

아히도벨이 의자에서 일어섰다.

"늙은이와 여자와 어린애가 다윗과 함께 있소. 전차 바퀴 굴러가는 소리만 들려도 그들은 무너지고 흩어질 거요."

압살롬을 돌아본 후새가 목소리 높여 반박했다.

"다윗은 백전노장입니다. 그가 아직도 노약자들과 함께 있겠습니까? 약한 자들을 길에 따로 두고 왕과 병사들은 시간을 벌기 위해 광야 동굴에 숨었을 겁니다." 사람들을 쓱 둘러본 후새가 농담을 했다. "변을 보러 동굴에 들어가진 마세요." 사람들이 낄낄거리며 즐거워했다. 자신감이 커진 후새가 탁자 주변을, 앉은 자들의 등 뒤를 천천히 걸었다. 어찌하는지 지켜보자는 듯, 자리에 앉은 아히도벨이 후새를 응시하며 팔짱을 꼈다.

"암벽 위에 숨은 그들이 돌을 던지고 화살을 쏘면 병사들이 다칠 겁니다. 그들을 추적했다가 손해를 입고 물러날 수도 있습니다. 손해가 많이 날까요? 아뇨! 얼마 되지 않을 겁니다. 하지만 더 중요한 게 있지요. 벌레만큼이나 빨리 흩어지는 소문을 떠올려보세요. 전국에 번져나갈 그 불붙은 말을요!

압살롬이 패배했다!

우리 중 그 누가 무지막지한 혀의 힘을 당하겠습니까?

우린 이 싸움을 신중히 다뤄야 합니다. 이 싸움 하나로 전체 결과가 달라질 수 있어요. 아직 우리 쪽에 붙지 않고 사태를 관망하는 지파가 있습니다. 그자들은 다윗의 작은 승리에 고무되어 그리로 들러붙을 수도 있어요.

다윗과 그의 용사들이 용맹하다는 사실을 온 이스라엘이 압니다. 우리가 지금 그들을 쫓으면, 그들은 편안히 기다리고, 우리는 헐떡이며 달려들게 됩니다. 누가 쉽겠습니까?"

손으로 높은 의자 등을 툭툭 두들기던 후새와 아히도벨의 눈이 마주쳤다.

그 순간 후새는 아히도벨이 자신의 속내를 죄다 간파하고 있음을 깨달았다.

피가 죄다 발아래로 빠져나가는 것 같았고, 뼈마디가 달그락거리는 것만 같았다. 선득해진 그가 시선을 황급히 돌렸다. 오, 무지막지한 혀의 힘이여, 지금 내게 당장! 왕과 그를 따르는 자들의 목숨이 자신에게 달려 있었다. 후새는 압살롬을 바라보았다. 그는 모든 기교를 다해 이 반역자의 마음을 빼앗기로, 겉치레에 열광하는 왕자의 천성을 집중적으로 공략하기로 마음먹었다.

"자자, 제가 드리는 계획은 이렇습니다. 단부터 브엘세바에 이르기까지 온 이스라엘이 이곳에 모이게 하세요. 그런 뒤 이들을 직접 지휘하시는 겁니다. 바닷가 모래같이 많은 병사를 한데 모으는 겁니다."

"그러려면 보름은 걸릴 거요." 잠겼던 아마사의 목소리가 탁했다.

"그럴 리가요. 새로운 사령관이 수완을 발휘하면 열흘도 넉넉할 걸요."

"무리요, 아렉 장로여. 우리가 병력을 집결시키는 사이에 다윗 또한 태세를 정비할 텐데."

아마사의 항변에 후새가 코웃음을 쳤다.

"언약궤와 왕성을 버리고 달아난 빈털터리가 용병을 고용하겠습니까? 그에게 붙을 지파가 몇이나 되지요? 왕성과 헤브론은 우리 발아래 놓였습니다. 병 걸린 다윗이 이스라엘을 제대로 통치하지 못한 세월이 얼마나 되지요? 십일 년입니다, 십일 년! 그가 깃발을 들 때 쇼파르 불어 호응할 자가 몇이나 되겠습니까?"

더 중요한 게 있다는 듯 후새는 손을 뻗어 탁자를 탁탁 두들겼다.

"병사를 이스라엘 각지에서 차출해야만 합니다. 창 잡고 돌 던질 자들을 모조리 불러 모아야 할 이유가 있어요. 우리는 아주 장중한 군대를 꾸려야만 합니다. 역사에 다시없을 웅장한 출정식을 벌여야 하지요. 왜냐? 출정식에 참여하고 다윗의 죽음을 목격한 자들이, 집으로 돌아가 진정한 이스라엘 왕이 누구인지 증언할 것이기 때문입니다. 이것이 새로 왕이 될 분의 인장에 거대한 권위를 부여할 겁니다. 사람들은 본 대로 믿고 들은 대로 생각합니다. 그들에게 왕인 압살롬의 존재를 장중하게 드러내십시오. 압살롬이 곧 왕임을 이스라엘에 알게 하십시오."

후새는 어느새 왕좌 앞까지 나와 있었다. 그는 반역자의 얼굴에 인 변화를 살폈다. 왕좌에 앉은 그의 몸이 후새에게로 기울어져 있었다. 떠밀면 지붕 아래로 굴러떨어질 것처럼, 온 마음과 몸이 그에게로 힘껏.

"그렇게 끌어모은 군대를 전진시키세요. 맹렬하게 다윗을 덮치는 겁니다. 승리를 거두고 돌아와 전례 없이 성대한 개선식을 벌입시다. 창검을 들었던 병사들이 격렬한 환성을 올리면 은 덩어리를 던져 화답해 주세요. 꽃을 날리고 기름과 함께 달콤한 꿀이 개선식 내내 흐르게 하세요. 포도주에 취한 자들이 고향에 돌아가 압살롬 왕을 칭송할 테지요.

새로 등극한 왕이 얼마나 대단한지 이스라엘 전체가 알게 될 겁니다!

지금 있는 군대로 다윗을 사로잡고 그의 용사들을 죽여도 이건 우리만의 이야기가 됩니다. 증인을 불러 모으세요! 왕의 무용을 목격할 자들을 차출하는 겁니다. 압살롬이 이스라엘 왕이 되었다는 사실을 온 세계가 다 알게끔 이스라엘을 당신의 깃발 아래 불러 모으세요!"

격정에 찬 후새의 목소리가 알현실을, 거기 들어앉은 모든 이의 마음을 뒤흔들었다. 펼친 손을 공중에 휘두르며 열정적으로 의견을 밀어붙이던 후새가 압살롬을 향해 몸을 기울이며 급작스레 목소리를 낮췄다.

"쇼파르 소리가 지진을 일으키고 함성이 산을 뽑을 겁니다. 우리의 전차 바퀴에 저들의 창이 부러지고 방패가 쪼개지고 몸이 으깨지겠지요."

왕좌를 향해 속살거리던 후새가 몸을 급하게 돌리며 외쳤다.

"다윗이 어느 성읍에 웅크리기로 작정한다면 굵은 줄을 가져갑시다. 성을 통째 묶어 뽑아 갈릴리 호수에 내던져버리는 겁니다! 고작 성 따위가 왕의 길을 막겠습니까?"

후새가 줄을 잡아당기는 동작을 해보이자 압살롬과 그의 종들이 미소를 교환했다. 히죽거리며 반응을 살핀 후새는 오직 아히도벨만이 대리석 같은 얼굴을 하고 있음을 알아차렸다. 세운 지팡이 위에 몸을 기울인 길로 장로는 후새를 노려보고 있었다. 청금석처럼 단단한 두 개의 눈동자에서 보이지 않는 불꽃이 튀었다.

압살롬은 후새의 의견을 들은 자들이 웅성거리는 소리를 들었다. 아주 멋진 연설이었어. 다른 누구보다도 압살롬 자신이 후새의 의견에 가장 흡족해했다.

"아렉 사람 후새의 계획이 아히도벨의 것보다 낫구나."

압살롬이 만족스러운 표정으로 손뼉을 쳐 주의를 집중시켰다. 후새의 제안에 압살롬은 온 마음을 빼앗겨버렸다. 창검이 햇살을 무수히 반사시키고 깃발이 우렁차게 펄럭일 거야. 자신의 호령에 따라 굴종하고 진군하고 정복하는 이스라엘을 보는 건 압살롬의 오랜 꿈이었다.

뭔가를 말하려던 아히도벨이 급작스레 입을 가렸다. 목구멍에서 다시 썩은 냄새가 올라오고 있었다. 놀란 아히도벨이 저도 모르게 입을 다물고 숨을 멈췄다. 구역질과 욕지기를 간신히 참으며 늙은 길로 장로는 눈을 질끈 감았다. 입 다문 늙은 모사를 힐끗 본 압살롬이 손을 들어 선언했다.

"이스라엘 왕 압살롬의 이름으로 모든 지파 모든 성읍에 전령을 보내라. 내 군사로 지축을 울리게 하고 깃발로 하늘을 덮게 하라. 내가 친히 다윗의 이름을 이 땅에서 지우겠다."

모두가 떠나고 아히도벨만이 남았다.

사람들이 제 할 일을 찾아 각자의 자리로 돌아간 지금, 그는 자기 안에 자리한 심연의 깊은 곳을 들여다보고 있었다. 아, 그녀는 미갈이었다. 지난밤 내내 아히도벨의 내면을 격렬한 고뇌로 들끓게 했던 질문을 냈던 여인은 바로. 그 여자의 질문에 내가 뭐라고 대답했었지?

아히도벨은 떠올리지 못했다.

자기 의를 내세운 자의 비참한 말로라. 아히도벨은 미갈이 미래를 예견한 건지, 그저 허튼소리를 지껄인 건지 알 수 없었다. 그 대화가 왜 지금 떠올랐는지는 더더욱. 몸을 일으켜 밖으로 나서는 아히도벨의 입가에 자조 섞인 웃음이 떠나질 않았다.

그럼에도 불구하고 아히도벨은 복수가 끝났다고 생각했다. 그는 창고로 갔다. 창고에 갇힌 다윗의 시종들은 창을 통해 밖을 내다보고 있었다. 아히도벨이 압살롬의 병사에게 문을 열게 했다. 그리고는 가장 어린 시종을 끌어내게 했다. 다윗의 시종들이 끌려가는 어린 시종을 지키려다가 곤봉에 무참히 얻어맞았다.

겁에 질린 아이가 아히도벨의 말을 알아듣고는 얌전히 앞장섰다. 밧세바와 솔로몬의 방은 이 층 구석이었다. 챙겨가지 못한 물건이 바닥이 흩어져 있었고, 찢긴 침상 위로 문짝이 뜯어진 가구가 넘어져 있었다. 쿠토네트가 있었다. 열 살가량 된 아이가 입었을 법한 옷이었다. 아히도벨은 그것을 집어 들었지만 차마 가슴에 대어보진 못했다.

오그린 아히도벨은 한참 동안 일어나지 못했다.

복수가 끝났는가? 몸을 꼿꼿이 세운 아히도벨이 다윗 성을 돌아보았다. 그는 성벽 위에서 내던져진 우리아처럼 다윗을 높은 왕좌에서 내동댕이쳐지게 했고, 밧세바처럼 그의 후궁들의 정조가 더러워지게 만들었으며, 다윗이 아히도벨 자신에게 그랬던 것처럼 이스라엘에게 혼란과 괴로움을 주었다, 아히도벨의 은밀한 모략은 압살롬을 통해 칼로 피어났고, 이제 생명을 얻은 칼은 더 큰 피의 흐름을 만들어낼 것이었다. 그랬다. 복수는 끝났다.

그러나 그는 기쁘지 않았다.

불의한 방법으로 정의는 이루어지지 않는 걸까. 처음부터 가당찮은 노력이었을지도 몰랐다.

정의를 이룰 수단이 정의로울 필요가 있는가? 아히도벨의 웅얼거렸다.

그러자 귓속에 앉은 누군가가 대꾸했다. 저열한 수단이로군.

분개한 아히도벨이 항변했다. 목적을 위한 발판이 더러운지 깨끗한지는 중요하지 않아. 목적을 위해 어차피 밟힐 테니.

대꾸가 들렸다. 당신 발판을 말하는 게 아니야. 무언가를 밟는 당신 행위를 가리키는 거지.

목소리가 아히도벨을 두들겼고, 산산이 부서진 그는 어둠 너머로 흩어져갔다. 복수가 끝났다고 그는 웅얼거렸다. 그가 압살롬을 따라야 할 이유도 함께 끝났다. 아히도벨은 왕자를 사랑해서 그를 따른 게 아니었다. 불의한 다윗을 때리려 압살롬이라는 망치를 들어 썼을 뿐이었다. 그는 단지 복수를 극대화할 방편이 필요할 따름이었다.

그리고 복수는 끝났다.

그래, 끝났지. 가장 끔찍한 방식으로. 아버지의 여자를 강간하라고 아들을 부추겨서. 배신당한 늙은이가 또 다른 늙은이를 배신당하게 하기 위해. 그의 뒤를 후려친 자의 뒤를 비열하게 후려치기 위해.

그는 누구에게도 작별을 고하지 않았다. 심지어 그가 그토록 심혈을 기울여 반란을 성사시켜준 압살롬에게도 아히도벨은 편지 한 줄 남기지 않았다. 그는 이 진저리나는 왕도에 더 이상 머무르기를 거부했다. 후새의 모략이 압살롬을 파멸시킬 거야. 아무렴 어떤가. 그는 다윗의 가슴에 메울 수 없는 구멍을 내고 싶었을 뿐이었다.

아히도벨을 위해 압살롬의 졸개들이 성문으로 작은 나귀 하나를 끌고 왔다. 약간의 빵과 물을 챙긴 그가 다윗 성을 나섰다. 아무도 늙은 모사를 붙들지 않았다. 이제 마무리를 할 시간이었다. 아히도벨의 나귀가 구불거리는 길을 되짚어 내려갔다.

결정이 내려지자 압살롬의 전령들이 바삐 움직였다. 몇몇씩 짝을 이룬 병사들이 사람들이 떠난 빈집 자물쇠를 부쉈다. 그들은 바닥에 흩어진 밀을 강탈했고 굴러다니는 기름병과 하미쯔 단지를 차출했다. 달아난 사람들이 미처 챙기지 못한 가축들이 성 밖으로 끌려가 도살되어 병사들의 저녁 식사가 되었고, 계곡 그늘에 보관되었던 치즈 단지들도 완악한 손길에 갈취당했다.

눈길을 주의 깊게 피한 후새는 정오가 지나자마자 사독의 집으로 향했다. 성가퀴와 망루에 창 든 병사의 눈이 번뜩였고, 모퉁이와 골목을 압살롬의 정탐꾼이 서성였다. 다윗 성 주민을 의심한 압살롬은 감시의 끈을 늦추지 않았다. 그는 헤브론으로 데려간 인질 대부분을 아직 풀어주지 않고 있었다. 다윗을 따르지 않았던 자, 서기관 엘리바스 같은 자들의 아들이나 형제는 압살롬이 입성한 날 바로 풀려났었다. 압살롬은 남은 인질을 즉각 손 대진 않았다. 펄럭이는 깃발과 지축을 두들기는 발굽 소리에 넋을 빼앗긴 찬탈자는 개선식을 마친 뒤에 인질을 죽이겠다고 결심했고, 전향하지 않은 그들을 암몬 귀족들이 곡괭이질 하는 채석장에 던져 넣어 작열하는 햇살 아래에서 돌을 쪼개 했다.

머릿수건을 깊이 눌러쓴 후새는 두리번거리지 않으려 애를 썼다.

그의 발에 돌이 자꾸 채였다.

사독의 집엔 대제사장이 함께 있었다. "일이 어찌 될지 모르니까." 아비아달은 이곳에 계속 머무를 예정이라고 대답했다.

그들도 압살롬이 어제 벌인 일을 들어 알고 있었다. 말씀의 완벽한 성취에 모두 두려움을 느꼈다. 하미쯔 바른 빵을 씹던 속도가 느려졌고, 결국 후새가 울음을 터뜨리고 말았다. 그는 다윗이 느낄 비참함을 생각하며 한참 동안 울었다. 맞은편에 앉은 아비아달과 사독에게 드리워진 그늘이 몹시 짙었다.

아히도벨의 주장을 꺾은 일을 후새는 간략하게 들려주었다. 그들 모두 거대하게 인 흙먼지가 한 번 지나갔다는 사실을 깨달았다. 대제사장이 핵심을 짚었다.

"우리가 지금 당장 해야 할 일이 뭐지?"

벌어둔 시간을 충분히 활용해야 했다. 다윗은 지원군이 집결할 큰 성읍을 거점 삼아야 했다.

"다윗 성과 충분히 떨어져 있어야 해요." 아히마아스가 의견을 냈고 사독이 동조했다.

"올리브 산에서 뵈었을 땐 요단 강까지 물러나겠다고 하셨어요." 후새가 말했다.

"지금은 북쪽으로 더 가셨을 걸." 아비아달이 걱정했다. "남부에서는 유다를, 북부에서는 에브라임을 잡아야 해. 그들이 가장 강한 지파니까. 에브라임의 충성을 얻어낸 압살롬이 유다의 헤브론과 다윗 성마저 점령했으니, 우리는 지금 매우 불리해."

아직 시간이 있다고 후새는 믿었다. 그가 손을 흔들어 주의를 환기시켰다.

"간략히 말할게요. 우선 그분은 북진해야 해요. 에브라임의 모든 장로가 압살롬에게 붙은 건 아니에요. 에브라임 전체가 압살롬에게 붙지 않았어요."

"하지만 한쪽으로 무게가 쏠리면 그들도 움직일 텐데." 사독이 말했다. "반란군의 절반가량이 에브라임 지파 사람이라는 소문이 있소."

아비아달이 눈썹을 치켜세웠다. "에브라임 지파가 큰 지파라 하여 여호와의 기름 받은 자를 대적할 수 있다고 여기면 오산이야." 한때 언약궤와 성막은 실로에 머물렀으며, 아직도 그곳에서는 여호와께 제사가 드려지곤 했다. "내가 종을 통해 편지를 보내겠어. 압살롬이 제 아버지를 핍박하고 제 아버지의 여인들을 능멸하고 이스라엘 전체를 뒤엎은 죄를 실로 제사장들에게 알리겠어."

아비아달이 실로 제사장들을 묶으면 에브라임 장로 일부도 묶일 것이었다. 후새가 사독에게 부탁했다. "저는 왕을 뵈러 성을 나가겠습니다. 그분께 상황을 알려드려야 해요. 제게 빵과 물과 말린 과일을 싸주십시오."

사독이 손을 저었다. "심부름할 일이 있을까 싶어 우리 아들들을 성 밖에 두었어요. 당신을 무시하는 건 아니지만, 이런 일은 젊은이가 감당하는 게 나을 거요."

사독이 손짓하자 질그릇처럼 수수하게 생긴 여종이 다가왔다.

"이 여인에게 왕께 전할 말을 말해 주시오."

여종이 두어 번 되뇌며 후새의 말을 외웠다. 맨발 차림의 그녀가 빈 물동이를 들었고 두 제사장이 그녀를 위해 축복을 빌었다. 문가에 선 사독이 전할 말을 다시 외워보게 했다.

후새는 왕궁으로 돌아가겠다고 말했다.

"반역자에게로 돌아가겠습니다. 그를 더 혼란스럽게 만들어야 해요."

"그 머리 긴 맹수가 눈치챌 거야." 아비아달이 말했고 사독도 동의했다. 후새는 아히도벨의 성난 눈초리를 떠올렸다.

"오래 머물진 못할 거예요. 내일 밤이나 모레 새벽에 빠져나와야겠지요."

묻는 듯한 후새의 시선에, 두 제사장이 이미 상의한 이야기를 꺼냈다.

"우리는 언약궤와 성막을 지켜야 해. 내 집 사람들과 제사장들과 레위 사람들이 오늘 회막에 들어갈 걸세."

옛일을 떠올린 후새를 향해 사독이 웃었다.

"압살롬이 사울처럼 제사장들을 죽인다 해도 어쩔 수 없어요. 성막과 언약궤를 수호하기 위해 죽어야 한다면, 그렇게 해야죠."

문지방을 넘은 후새가 두 사람을 돌아보았다. 아비아달이 다가와 그를 끌어안았다. "축복하노라, 형제여. 이스라엘의 아들이여."

사독이 후새를 끌어안으며 평안을 빌어주었다. "샬롬, 후새. 신실하고 충직한 자. 왕을 위한 당신의 고귀한 행위가 영원히 기억될 거요."

후새는 눈물을 보이고 싶지 않았다. 흐르는 눈물 한 방울에 영원한 이별이 기약될 것만 같았다.

"샬롬. 주의 종이여. 반역자의 칼이 두 분을 비껴가기를. 언제나 강건하시길."

후새가 뒤돌았다. 그의 눈물이 묻은 메주자가 한동안 반짝거렸다.

물을 길어올 단지를 머리에 이고 밧줄을 허리에 맨 여종은 샘문을 통해 기혼 샘으로 갔다. 강철로 된 심장을 지닌 그녀는 압살롬의 병사들을 지나가면서 조금도 떨지 않았다.

아히마아스와 요나단이 머물던 곳은 에르노겔이라는 샘 근방이었다. 힌놈 골짜기와 기드론 골짜기가 만나는 지점, 샘문에서 남쪽으로 백 걸음가량 떨어진 에르노겔은 물을 길으려는 부녀자들과 가축을 먹이려는 목동들로 늘 북적거렸다.

아히마아스와 요나단은 그곳에 머무르며 설령 있을지 모를 연락을 기다렸다. 여종은 어렵지 않게 그들을 발견했다. 허리에 띠를 단단히 두른 아히마아스와 요나단은 등에 꾸러미를 진 차림새였다. 여종의 말을 두 번 되풀이해 들은 두 사람이 마주 고개를 끄덕이고는 뒤도 돌아보지 않고 동쪽으로 내달았다.

그때 여종의 입술에서 튀어나온 단어 몇 개를 주워들은 소년 하나가 있었다. 낙타가죽 신을 신고 칼을 차고 압살롬의 호위병 노릇을 하던 아이는 이즈음엔 목동 차림으로 성 안팎을 돌며 제 주인의 눈과 귀 노릇을 하고 있었다. 소년이 성문으로 달려가 보고 들은 바를 알렸다. 소년은 그 둘이 누구인지 정확히 알고 있었다. 병사들이 끌고 온 말을 전차에 묶었고, 제사장의 집으로 칼과 차꼬를 든 병사들이 뛰어갔다. 뒷문으로 빠져나간 아비아달과 사독은 샛길을 통해 왕궁 뒤로 돌아갔고, 어둠을 틈타 용케 회막 안으로 들어갔다. 보고를 받은 압살롬이 얼굴을 일그러뜨렸다.

"제사장이 낳은 개들을 죽여서 전차에 매달아 와라. 성막을 병사들로 둘러싸라. 오늘부터는 아무도 회막 안에 들어가지 못한다."

분을 못 이긴 압살롬이 성난 목소리로 외쳤다.

"아마사를 불러와!"

그술 사람들이 제사장의 종들을 불과 쇠로 심문했고, 일이 어떻게 돌아가는지 곧 알게 되었다. 은밀히 움직이던 그들에 의해 후새는 거의 붙잡힐 뻔했다. 기민한 그는 사독의 집으로 향하던 병사들을 보았고, 위기를 직감해 바로 아렉으로 달아났다. 전모를 알게 된 압살롬이 발을 굴렀다.

"병사들을 깨워! 내일 당장 행군한다! 눈뜨자마자, 내일 새벽 당장!"

한참 동안 달린 요나단과 아히마아스가 올리브 산 너머 바후림에 도착했을 때는 서쪽으로 해가 넘어가는 중이었다. 그곳은 다윗이 시므이에게 돌팔매질 당하고 저주와 욕설을 들었던 장소였다. 지평선 가까이서 어른거리는 두 사람이 전차 탄 추적자들의 날카로운 눈에 들어왔다. 말발굽이 지축을 울렸고 바퀴에서 이는 바람이 옷깃을 펄럭이게 했다. 모래알만큼이나 작게 보이던 두 사람은 차츰 붉은 렌즈콩만 해졌다. 하늘이 진분홍으로 물들며 해가 졌고 해 저무는 속도

만큼이나 빠르게 바후림 지평선으로 어둠이 기어들었다. 마을 어귀
로 접어든 두 사람을 어스름이 집어삼켰다.

그곳은 바후림 경계 바깥에 자리한 촌락이었다. 촌락 경계 너머에
전차를 세워놓은 추적자들이 짝을 지어 집을 뒤적였다. 화덕에 불을
피우던 여인들이 비명을 질렀고, 문가에 선 사내들이 험악한 표정을
지었다. 창을 쥔 병사들의 눈빛이 어둠 너머를 더듬었다. 그들은 집
안과 담 아래 우묵한 그늘과 차디찬 침상 아래를 창으로 쑤셔댔다.
창에 찔린 어둠이 덜그럭거리는 소리를 냈다. 그들은 신경질적인 소
울음이 들리는 축사와 가냘프고 측은한 소리가 들리는 양 우리와 찧
은 밀을 널어놓은 마당과 마른 먼지가 풀썩이는 옥상을 두루 살펴보
았다. 창이 사방을 쑤석였고 타고난 날카로움을 훈련으로 배가시킨
야문 눈초리가 사방을 흘겨댔다.

"제가 낯선 자를 보았어요!"

아무것도 건지지 못한 추적자들에게 한 여인이 제 뒤에 자리한 시
커먼 어둠을 짚었다. 마차에 올라탄 자들이 여인이 가리켰던 방향으
로 말머리를 돌렸다.

바퀴 굴러가는 소리가 멀어지자 여인은 찧은 밀을 널어놓은 곳으
로 살그머니 다가갔다. 등잔불도 들지 않은 은밀한 걸음이었다. 여인
의 딸과 남편이 뒤따라와 밀이 담긴 바구니를 치워내고 우물 뚜껑을
들었다. 끌어올려 진 아히마아스와 요나단이 헐떡이며 땅에 길게 누
웠다. 어두운 수면 위에 밧줄 하나만을 의지한 채 숨죽였던 그들이
욱신거리는 팔다리를 벌벌 떨었다. 한참 쉬던 그들이 여인이 내민 건

포도 든 빵을 뜯고 포도주를 삼켰다.

"저 산을 넘어가시오. 길을 무시하고 방향만 잡아 쭉 나아가야 합니다. 달을 돌아보며 방향을 잡아요." 여인의 남편이 갈 곳을 짚어주었다.

그들은 그믐달 때문에 길을 헤맸지만 그 덕에 추적의 손길을 뿌리칠 수 있었다. 해가 떠오를 즈음 그들은 다윗의 정탐꾼을 만났고 왕에게 곧장 안내되었다.

"후새가 성공했구나. 하지만 압살롬이 언제까지나 속고 있진 않을 거야."

그들은 아직 강을 건너지 않은 채 북으로 걷기만 했었다. 추격이 시작된 지금, 강을 건너는 일이 급했다. 다윗의 장군들이 재빨리 움직였다. 해가 떠오르자마자 그들은 요단 강을 건넜다.

다윗은 마하나임으로 도착지를 결정했다. 그는 어떤 조건이나 상황을 고려해 결정하지 않았다. 강가에 머문 이틀 동안 그는 형의 칼날을 기다리는 야곱의 심정으로 기도를 거듭했고 마하나임이라는 응답을 받아냈다. 다윗의 병사들이 왕의 뒤를 따랐다.

마하나임으로 향하는 길은 말라붙었고 길었으며 텁텁했다. 다윗의 병사들이 인근 민가에서 음식을 징발했지만 골고루 먹일 순 없었다. 징발된 빵과 포도주가 왕에게 바쳐졌고 다윗은 그것을 노인과 아이의 입에 넣어주었다. 흐린 달이 떠오른 뒤에야 그들은 불을 피웠고 그 근방 아무 데서나 쓰러져 곯아떨어졌다.

이틀 뒤 그들에게 암몬 사람 소비가 찾아왔다. 그는 다윗에게 친밀하게 굴었던 암몬 왕 나하스의 둘째 아들이었고, 다윗의 신하들을 모욕해 전쟁을 유발시켰던 하눈의 동생이었다. 뒤이어 암미엘의 아들 마길이 왕을 뵈었다. 요나단의 아들 므비보셋을 한동안 돌보았던 마길은 왕에게 은혜를 받은 사람 중 하나였다. 그들이 왕의 불행을 위로하는 중에 로글림에 사는 길르앗 사람 바르실래가 왕을 뵙길 청했다. 부유한 노인인 그는 다윗을 돕기 위해 창고를 열어 닥치는 대로 음식을 가져왔다. 종들이 고삐 잡은 나귀에는 밀과 보리와 밀가루와 콩과 팥과 볶은 녹두와 꿀과 버터와 양과 치즈가 실려 있었다. 주린 자들이 허겁지겁 갈퀴손을 내밀었다.

여호와께서 의로운 자들을 보내주셨구나. 다윗의 감사가 하늘로 향했고 축복이 소비와 마길과 바르실래의 머리에 내려앉았다. 마하나임으로 그들은 함께 올라갔다.

마하나임의 장로들이 손을 들어 올렸고 열린 성문 가득 늘어선 백성이 엎드려 왕을 맞았다. 오직 미갈만이 분한 얼굴로 발을 굴렀다.

"이렇게 돌아오는 마하나임이라니! 이렇게 수치스럽게 돌아오는 옛 왕성이라니!"

다윗이 마하나임에 입성한 그 날, 압살롬과 그의 병사들이 벼린 칼날을 번득이며 요단 강에 다다랐다.

31

엘라나무

요단 강을 건너자마자 압살롬은 다윗이 마하나임에 들어갔다는 소식을 들었다. 그의 전차들은 돌부리에 바큇살이 자주 부러졌고, 때문에 교대로 뒤처졌다. 압살롬은 전차를 따로 떼어 평탄한 길로 북상시켰고, 자신은 노새로 갈아탔다.

그가 쥔 병력은 삼만 명에 달했다. 왕자는 사흘이 넘는 길을 이틀 만에 도착하고자 했다. 압살롬은 빠져나가는 기회를 채찍질로 움켜쥐려 들었지만, 이미 벌어진 간격은 좀처럼 좁혀지지 않았다. 휴식 없이 달린 병사들의 마른입에 먼지 알갱이가 씹혔다.

요압에게 도착하는 보고는 비명 같은 다급함으로 가득했다. 요압의 전령들은 탐색할 필요가 없었다. 압살롬의 군대가 깃발을 펄럭이며 큰길로 내달렸기 때문이었다.

마하나임에서 다윗은 결전에 대비하고 있었다. 그러나 노새 위에 걸터앉은 늙은 왕의 어깨는 갑옷의 무거움을 못 견뎌 했고 지친 심장은 압살롬과의 대면을 걱정하고 있었다. 다윗이 사령관과 호위대장과 외인대장을 가까이 불렀다.

"고작 사천 명이로구나."

그들은 열 배에 달하는 적을 맞이해야 했다. 다윗이 물었다.

"성벽에 머물러야 할까?"

요압은 위험하다고 생각했다.

"우리가 마하나임에 올 때도 식량 때문에 곤란을 겪었습니다. 식량은 여전히 충분치 않습니다. 성벽에 기댔다가 포위당하면 곤궁해질 겁니다."

"나눠야 할까, 집중시켜야 할까?"

모인 사람들이 눈빛을 교환했다. 왕은 병력을 넓고 얕게 세워야 할지, 좁고 두껍게 모아야 할지를 묻고 있었다.

"나눠야 합니다. 왕이시여. 그나마 둘러싸야 하니까요." 요압이 대답했다.

"그러면 얇아지겠죠." 잇대가 의문을 표했다. "그들은 전차로 쉽게 돌파할 겁니다."

"적이 얼마나 되지?" 브나야가 물었다.

"대략 삼만 명."

요압의 대답에 잇대가 한숨을 쉬었다.

전령들의 분명치 않은 보고를 종합해 보면 압살롬의 지휘 아래 들어간 이스라엘 지파의 수는 수천 명에 지나지 않는 듯했다. 헤브론이 점령되었음에도 불구하고 유다 지파는 다윗에게 충성하겠다는 전령을 보내왔다. 대부분의 지파는 양쪽 모두에 미온적이거나 답변을 미루는 중이었다. 정보들이 불완전하고 방향이 제멋대로이긴 했지만, 전반적으로 압살롬은 공들여 규합한 핵심세력 수백 명에 에브라임 지파 약간과 용병집단을 덧붙인 것 같았다.

아비새는 마하나임과 그 근방을 정찰하고 돌아온 참이었다. 왕에게 불려온 그가 흙바닥에 크고 둥근 선을 그렸다.

"마하나임이지요."

그가 성읍 주변 우물과 언덕과 골짜기와 숲을 표시했다. 마하나임 근방엔 엘라나무 숲이 무성했다. 비가 와야 시내가 되는 와디 몇 개와 축축하고 수풀이 무성한 늪지대도 빠짐없이 표시되었다.

"여기가 좋습니다."

아비새가 두들긴 곳은 무성한 수풀지대였다.

"한 체메드Tsemed 정도 되는 면적에 무릎 높이의 수풀이 빽빽이 자라고 있습니다."

"어떤 유익이 있지?" 브나야가 물었다.

"여기 수풀 근처부터 바닥이 무르고 울퉁불퉁해요. 멋모르고 달려오다가 우르르 넘어지기 십상이죠."

"기가 막히는군요." 잇대가 미묘한 웃음을 지었다.

아비새가 고개를 끄덕였다. "왕이시여. 반란군은 전차가 많고 병력도 든든합니다. 적들은 전차로 우리 진영을 가르려 들 겁니다. 전차가 우리를 짓밟으며 관통한 다음에는 단창을 쥐고 전차를 따라 달려온 자들이 갈라진 우리를 덮칠 테죠. 랍바 성 인근에서 암몬과 아람 용병들이 하려 했던 것처럼요. 하지만 우리가 무릎 높이의 수풀을 뒤에 두면 우리를 통과한 전차는 회전하지 못하고 멈춰 설 겁니다. 풀에 바퀴가 뒤엉킬 테니까요. 뒤따라 달려온 적병과 전차가 갈라질 테죠."

"적이 무턱대고 들어올까?" 브나야가 갸우뚱거렸다.

"오게 만들어야지." 요압이 돌을 들어 아비새가 그린 지도에 놓았다. "그러니까 제 아우의 말은 이런 겁니다. 여기에 하나 놓고, 여기와 여기에, 그리고 또 여기에 놓을 수 있죠." 그가 굵은 돌과 잔돌 여러 개를 지도 위에 공들여 두었다. "이렇게 되면 병력이 적은 우리도 적을 에워쌀 수 있어요."

형과 뜻이 통한 아비새가 조용히 웃었다. 요압이 재차 설명했다.

"비록 우리 수가 적지만 유격대를 포기할 순 없습니다. 병력을 일부 떼어놔야 합니다." 요압이 색이 다른 돌 하나를 언덕 근방에 놓자, 아비새가 고개를 끄덕였다. "전차가 한 번 돌격할 테고, 그 뒤를 따라 달려온 병사들이 단창을 던지며 덤벼들 겁니다. 그 일격을 버텨야 해요. 얻어맞으면서 천천히 물러서서 적을 수풀로 끌어들여야 합니다. 버티면서 그들이 충분히 들어오면." 요압이 색이 다른 돌을 집어 가상의 적 옆으로 밀어붙였다. "길어진 적의 옆구리를 잠복했던 유격대가 들이칩니다."

요압은 압살롬이 반란군이라는 거대한 병력을 정교히 다룰 수 없을 거라 확신했다. 전장의 열기에 취한 병사들을 냉정하게 지휘하는 건 쉬운 일이 아니었다. 사령관의 설명을 듣던 그들이 뱀처럼 길게 뻗은 압살롬의 군대를 상상했다. 토막 난 뱀의 고통스러운 꿈틀거림을 보고픈 열망에 그들의 눈이 붉어졌다.

"요점은 두 가지로군. 타격을 견디며 적을 끌어들여야 하고 유격대로 적의 후방을 칠 것. 당황한 적을 단숨에 총공격할 것." 다윗이 지도 위로 손을 뻗었다. 수적으로 열세인 그들에게는 오직 단 한 번의 기회만이 남아 있었다. "한 번의 타격 기회뿐이야. 그걸로 판을 뒤집어야 해."

다윗의 병력은 마하나임까지 그를 따라온 장정들과 잇대의 외인부대와 얼마 안 되는 마하나임의 민병대뿐이었다.

"호위대도 함께 가라." 다윗이 말했다.

요압이 거절했다. "호위대는 왕을 둘러친 담입니다."

"내가 너희와 반드시 함께 나가겠다. 내 담들이 파도에 맞서는 방벽이 될 것이다."

그들이 엎드렸고 브나야가 미리 상의한 내용을 대표로 아뢨다. "저희가 이미 이 일을 의논했습니다. 왕께서 나가시면 안 됩니다. 우리가 전멸하거나 반쯤 죽어도 왕이 무사하면 이스라엘 지파들이 지원군을 보낼 겁니다. 하지만 왕이 안 계시면 후일을 도모할 수 없습니다."

"그래도 호위대는 가야 한다."

"알겠습니다. 제가 그들을 이끌겠습니다. 호위대가 이스라엘의 척추가 될 겁니다. 하지만 왕은 안 됩니다. 부디 마하나임에 남아주십시오."

"내가 어찌해야지?"

"저희에게 용기를 주어 심장을 부풀게 해주시고, 담대한 말을 들려주어서 승리를 의심하지 않게 해주십시오."

다윗이 약속했다.

요압은 병력을 삼등분했다. 얼마 안 되는 예비대까지 모두 끌고 가기로 결정한 그들은 호위대를 브나야에 맡기고 가장 앞 열에 세웠다. 요압은 천 명을 아비새에게 주었고, 이천여 명은 잇대와 자신이 나눠 맡았다. 아비새에겐 전투 경험이 많은 백부장을 많이 할당했다. 어두운 골짜기 아래에서, 비밀스레 우거진 수풀 속에서, 굴곡진 와디의 깊은 주름 사이에서 그들은 지루하고 고통스러운 잠복을 감당해야 했다. 쪼그린 채 굳은 빵과 말린 대추야자열매를 우물거리며.

"불을 피워선 안 돼. 적이 지나갈 때까지 잠자코 기다려야 한다." 요압이 당부했다.

브나야와 잇대의 얼굴이 걱정으로 그늘이 졌다. 엄청나게 많은 사상자가 나올 거야. 마하나임으로 기어들어 오는 압살롬의 허리와 발목을 아비새가 찌를 때까지, 그들은 버텨야 했다.

"치열한 전투가 될 겁니다." 음울한 표정으로 아비새가 돌아보았다.

"우린 아마 죽겠지요. 거의 그럴 겁니다." 잇대가 웃으며 다윗을 돌아보았다. "하지만 왕이시여, 등을 찔릴 자는 아무도 없을 겁니다. 약속합니다. 버텨 선 우리는 이마와 심장으로 적의 칼을 상대할 겁니다."

작전회의를 마치고 물러난 요압은 전령들을 불러들여 보고를 받았다. 죽고 사는 문제야. 요압은 필사적이었다. 전투도 전투지만, 전쟁이 끝난 뒤 벌어질 책임 추궁이 그는 두려웠다. 도망간 살인자를 귀국시키려던 자가 누구지? 왕자의 복귀를 도운 자는? 압살롬이 반란을 도모할 때 미리 알아차렸어야 했던 군사 책임자가 누구였더라? 그는 보이지 않는 바늘 수천 개에 찔리는 기분이었고 말 못 할 고통으로 절절매는 중이었다. 요압은 군공을 세워 과오를 뒤덮고, 닥쳐올 화를 복으로 뒤바꾸어야만 했다. 와라, 배신자야. 네 피로 내 과오를 덮어야 한다. 요압의 전투 의지가 드높았다.

맹렬히 북상하는 압살롬 또한 고민 중이었다. 너희 다윗의 개들을 어떻게 목매달까. 특히, 너 요압. 교활하고 엉큼한 너는 이스라엘에 돌아온 이 년 동안 돌집에 틀어박힌 나를 외면했었지. 비참한 지경에 빠진 나를 내팽개쳤어. 널 끌어내기 위해 네 밭에 불을 놓게 하였잖아. 질기디질긴 요압. 너를 산채로 전차에 매달 거야. 마하나임에서부터 다윗 성까지 네 살점이 흩어지겠지.

아아, 사악한 후새를 어떻게 처결해야 하나. 만일 그 자리에서 아히도벨의 의견을 따랐다면 이미 승리는 나의 것이었을 텐데. 길에 나앉은 다윗의 병사를 전차와 화살로 손쉽게 궤멸시켰을 게 분명했다. 후새는 다윗에게 이틀을 벌어주었고 그 차이는 컸다. 상황을 파악하자마자 압살롬은 아히도벨을 찾았으나 아무도 늙은 모사의 행방을 몰랐다. 하지만 압살롬은 출발을 지체할 수 없었다. 아버지를 흙으로 돌려보내야 해. 그래야만 내 지위가 공고해질 거야.

압살롬은 윤기가 흐르는 긴 머리칼을 매듭을 지어 틀어 올렸고 그 위에 투구를 썼다. 탐스러운 머리칼이 보드라워 투구가 자꾸 미끄러

졌기에, 그는 턱이 아플 정도로 투구 끈을 바짝 조여야 했다. 금 뿔로
장식된 투구엔 화려한 보석들이 박혀 있었다. 갈아탄 노새는 훈련이
부족해서인지 고삐 움직임에 순하게 반응하지 않았고 자꾸만 서성이
려 들었다. 승마에 능한 압살롬이 발 안쪽으로 노새 허리를 툭툭 때
리며 짐승을 길들였다.

밤과 새벽에는 비가 내렸다. 축축해진 길이 발자국으로 문드러졌
다. 몸을 후드득 떨며 압살롬은 겉옷을 여몄다.

다윗 성의 이름을 바꾸는 건 뒤로 미뤄졌다. 마땅한 이름을 찾지
못했기 때문이었다. 내릴 만한 근사한 첫 명령을 떠올리기 위해 압살
롬은 왕좌 근방을 서성거렸다.

출정 직전, 압살롬은 왕의 골짜기라 불리는 기드론 골짜기에 자신
을 위한 기념비를 세우라고 명령했다. 압살롬은 돌의 몸에 자신에 대
한 칭송을 가득 새기라 일렀고, 그걸 압살롬의 손이라고 부르게 했
다. 하루가 안 되어 가장 빼어난 석공들이 차출되었고, 고르고 고른
돌이 기드론으로 옮겨졌다. 개선식을 마치면 압살롬은 몸에 글씨를
가득 새긴 우람한 돌을 보러 빛나는 골짜기로 나갈 작정이었다. 왕자
가 아버지인 왕의 기념비를 세우는 일은 근방의 오랜 풍습이었다. 하
지만 자신의 기념비를 직접 세우는 일은 드물었다. 어떤 작자들은 내
가 해괴한 짓을 벌인다고 욕하겠지. 아들도 없는 내가 스스로 기념비
를 세운다며 우스꽝스럽게 여길 거야. 하지만 다른 사람들의 생각이
그에게 무슨 상관이란 말인가.

그에게는 자신의 욕망이 가장 중요했다. 그 자신의 목마름, 영광에

대한 지독한 갈증이 그렇게나마 해결되어야 했다. 자신을 위한 기념비를 세우라는 명령을 내리고서야 압살롬은 메마른 가슴이 적혀진 듯한 느낌을 받았다.

아주 오래전부터 그의 관심은 자기 자신에게 집중되었었다. 철저하게 자기에게만 몰두하는 인간, 그렇기에 그는 자기 영혼에서 나는 비린내에 아무렇지 않을 수 있었다.

쉽게 이길 거야. 압살롬은 승리를 낙관했다. 지금 지닌 병력만으로도 나는 아버지를 압도하니까. 그는 마하나임에 웅크린 늙은이들이 전혀 두렵지 않았다.

서기관 여호야다는 아비새의 부대에 배속되었다. 그는 쿠토네트에 가죽으로 만든 갑옷을 걸치고 그 위에 겉옷을 입었다.

"기름을 발라두시오. 추운 밤이나 해가 쨍해 건조할 때나 당신에게 좋을 거요."

늙은 병사 하나가 충고해 주었다. 그는 서기관에게 칼과 단창 쓰는 방법도 일러주었다.

"각도를 잘 잡지 않으면 찌르는 사람이 다친다오. 삐거나 부러지지."

능숙한 태도로 시범을 보이는 늙은 병사에게 여호야다가 고개를 끄덕였다. 보급된 식사는 형편없었다. 하미쯔가 발려진 납작한 빵 한 개가 끼니마다 접혀 나왔고, 대여섯 명이 함께 마실 물 한 단지가 따라 나왔다. 아버지의 백성을 도적질한 자의 최후를 내가 보리라. 오만한 자의 곧은 목이 어떻게 부러지나 반드시 지켜보리라. 천천히 빵을 씹으며 여호야다는 수풀 너머를 노려보았다.

제사장이었기에 아비아달의 아들 요나단은 무기를 집어 들 수 없었다. 그는 왕의 곁에 남아 승전을 위한 제사를 집행했다. 손질된 제물은 여호와 앞에서 완전히 태워졌다. 식량의 부족함을 떠올리는 이는 하나도 없었다. 그만큼 그들은 승리가 간절했다. 연기를 바라보는 모든 이의 가슴에 결연한 의지가 담겼다.

아히마아스는 요압의 지휘를 받게 되었다. 그는 요압 곁에 머물다가 사령관의 보고를 왕에게 전달했고 다시 뛰어 내려가 사령관에게 왕의 승인을 전해 주었다. 요단 강에서의 일로 아히마아스는 좋은 소식을 기져다주는 자라는 칭찬을 받았고, 눈에 뜨일 때마다 왕의 격려를 받았다. 더 빨리 달리기 위해 아히마아스는 신발을 내던져버렸다. 사독의 아들은 맨발로 엘라나무 숲을 오갔다.

다윗은 다가올 전투를 담담히 기다리는 중이었다. 그는 마하나임 성문 망루에 설치된 의자에 앉아 전투 준비를 지켜보았다. 성문을 올려다본 사람들은 왕의 모습에 위안을 얻었고 평안을 되찾았다.

그 무렵 다윗은 내적 확신을 지니고 있었다. 이제 나의 고난이 끝나리라. 그는 고난이 막바지에 다다랐음을 확신했다. 태어나자마자 죽은 밧세바의 아기와 암논과 다말과 압살롬은 다윗이 만든 고리에 계속 끼워져 죄의 사슬을 이어나가고 있었다. 내 가족은 여호와의 맷돌에 들어가 있지. 오직 신의 용서만이 우리 모두를 구원할 거야. 다윗은 그리 믿었다. 그렇기에 다윗은 성문 망루에 앉아 끝없이 뉘우치며 신에게 빌었다. 주여, 제 배덕한 아들이 주님께 잘못을 뉘우치고 용서를 빌 기회를 주옵소서. 그가 신의 용서를 받을 기회를 베푸시옵소서. 다윗은 간청했다.

신께서는 그의 백성 모두를 사랑하시잖은가!

그와 그의 아들 모두는 신의 그물에 잡힌 죄인이었다. 죄인은 때때로 의의 그물에 붙들리지. 그러나 회개하며 두려움과 겸손함으로 몸을 오그리면, 신께서는 그물눈을 벌려 죄인을 내보내시곤 하지. 그 자애로운 손길을, 다윗은 간절히 구했다. 고통과 한숨 속에서 다윗은 깨달았다. 그래, 나와 내 아들은 맷돌에 들어가 있지. 그건 회개에 이르게 만드는 여호와의 고통스러운 수단이야.

깨달음은 다윗에게 평안을 주었다. 요단 강에 머무는 이틀 동안 다윗은 자신을 붙들었던 모든 것과 온전히 작별했다. 그는 아무것도 바라는 게 없었으며 아무것도 아쉽지 않았다. 그는 그 누구도 미워하지 않았으며 압살롬의 귀국을 도모한 요압도 배척하지 않았다. 그는 이 모든 상황이 아름다이 종결되기만을 바랄 뿐이었다. 여호와야말로 섭리의 지배자임을 겸허히 받아들이기 위해 다윗은 납작 엎드렸다.

단념되지 않는 한 가지는 오직 압살롬뿐이었다. 그는 자신이 왕관을 버려 아들의 생명과 회개를 구할 수만 있다면 기꺼이 그러고 싶었다. 배신자에 배덕자이며 아버지를 죽이려는 패륜아에 국가 근간을 흔든 역적 압살롬을 다윗은 여전히 사랑했는데, 그것은 사람이 끊을 수 없는, 사람이어서 끊을 수 없는 어떤 뭉클함이었다. 그는 망루에 서서 출진하는 사령관과 장군들과 천부장들과 백부장들에게 일일이 부탁했다.

"소년 압살롬을 너그러이 대우해 주게."

늙은 아버지는 아들이 아직 돌이킬 수 있다고 믿었다. 왕의 당부를 받은 그들이 성문 아래를 통과하며 고개를 숙였다. 육십이 넘은 왕에게 이십 대 중반의 왕자는 아직 소년이었다.

압살롬의 군대는 다음날 나타났다. 정찰대를 보내는 일도 없이, 압살롬은 본대를 한 덩어리로 꾸려 난폭하게 진군했다. 매복한 자들이 끝도 없이 지나가는 왕자의 군대를 보았다. 골짜기의 먹먹한 그림자에 몸을 담근 그들은 가쁜 숨을 내쉬는 적들이 바삐 가도록 내버려두었다. 다윗의 용사들이 정한 수풀은 압살롬에게 아직 멀었다.

마하나임을 잡아 뽑을 생각에 조바심 난 압살롬은 매복을 알아차리지 못했다. 저 멀리 방패를 곧추세운 브나야의 철검 든 사자들이 보였다. 그 너머로 요압과 잇대의 병력이 자리하고 있었다. 압살롬이 지휘봉을 들었고 군대는 그제야 행군을 멈추었다. 아마사가 탄 전차가 왕자에게 다가왔다.

"쉬어야 합니다." 헐떡이는 병사들을 가리키며 아마사가 조언했다.

압살롬이 대꾸했다. "아침 먹은 지 얼마 안 되어서 속이 잠깐 막힌 것이다. 조금 지나면 괜찮아질 거야. 지체할 필요 없어."

쉬게 해줄 수도 없었다. 브나야와 요압과 잇대가 전진했기 때문이었다. 그들의 포진은 단단해 보였지만 종심은 깊지 않았다.

"전차를." 압살롬이 공중으로 손을 뻗었다.

병사들이 벌려 섰고 그 사이로 전차들이 삐걱거리며 서행했다. 마부들이 팔을 흔들어 엉긴 고삐를 풀기 바빴다. 요압의 부대가 무릿매로 돌을 날렸다. 발치에 날아든 돌에 말들이 펄쩍 앞발을 들었다. 다시 돌이 날아들었다. 야문 돌들이 공간을 갈랐고, 준비 안 된 이들의 몸뚱이에 박혔다. 비명 속에서 마차와 사람이 천천히 뒤엉켰다. 덩어리진 압살롬의 군대는 하마처럼 둔중했다.

"뒤로 물려야 합니다."

아마사가 외쳤지만 압살롬은 생각이 달랐다.

"달려나가라. 가서 모두 부숴버려."

명령을 들은 전차들이 우르르 내달렸다. 압살롬은 다윗의 병사들이 뒷걸음질 치는 걸 보았다. 그래 그렇지. "쇠파리 떼에게서 달아난다는 게 말이 되는가?"

잇대의 부하들이 빛나는 단창을 거머쥐었다.

"대답하라, 이스라엘아. 너희가 누굴 위해 죽고자 하느냐." 잇대가 부하들 사이를 가로지르며 악을 써댔다. "오늘 반역자가 스올로 내려간다. 배덕자가 다시는 해를 못 볼 것이다. 우리 손으로, 끝을 보자! 끝을 보자!"

압살롬의 병사들이 달려나가는 전차를 따라 뛰었다. 소리를 지르며 병사들은 전차가 일으키는 먼지 사이를 내달렸다. 쇼파르를 입에 댄 자들의 뺨이 터질 듯 부풀었고 지축이 무너질 듯 되울렸다. 노새에 앉아 그 광경을 보며 압살롬은 황홀경에 빠져들었다. 그래, 후새네 말이 맞구나. 정말 장관이야. 쇼파르 소리가 지진을 일으키고 함성이 산을 후려치는구나. 이제 우리의 전차 바퀴에 너희 피가 묻고 방패가 쪼개지고 깃발이 부러져나가면, 내 발 앞에 엎드린 마하나임이 존귀한 왕께 경배를 올릴 거야.

브나야의 호위대는 침묵 속에서 적의 진격을 지켜보았다. 가슴 높이로 청동 방패를 든 손들이 두려움으로 떨렸다. "아직." 호위대 중심에 선 브나야가 외쳤다. 거리를 가늠하며, 브나야가 부하들을 독려했다. "두려워하지 마라." 호위대 뒤에서 요압과 잇대의 부하들이 쏘고던진 화살과 돌이 말을 때렸고, 나뒹군 말 몸뚱이에 전차가 부딪치며깨져나갔다. 하지만 여전히 수십 대의 전차가 지면을 가득 메우며 맹렬히 달려드는 중이었다. "좁혀서!" 브나야가 부하들과 어깨를 맞댔다. 그들이 다닥다닥 붙여 든 방패는 굵은 밧줄로 연결되어 있었다. 그들은 전차의 돌진을 막으려 자기 몸을 내걸었다.

"여호와와 왕의 은혜를 죽음으로 갚자. 우리가 오늘 죽어, 왕을 살리고 그분의 영광이 되자."

가장 앞섰던 십여 대의 전차가 일렬로 선 호위대원들을 덮쳤다. 말의 가슴과 발굽에 밟힌 자들의 두개골이 빠개졌고 어깨뼈가 으스러졌다. 마부들이 고삐를 흔들며 말에게 악을 써댔지만, 시신과 밧줄로얽힌 방패에 발이 걸린 말들은 어찌할 바를 몰랐다. 그리고 뒤미처돌진한 전차가 속도를 이기지 못하고 앞의 전차에 몸을 들이받았다. 바퀴 축대가 부러지며 나뭇조각이 사방으로 튀었고, 마부들이 수풀너머로 튕겨 나갔다. 말을 제때 세운 전차들도 나아갈 길을 찾지 못해 어수선하게 뒤엉켰고, 철검 든 호위대원들이 악을 쓰며 거기로 뛰어올랐다. 마부와 사수의 시신이 전차 아래로 내던져졌고 엉긴 고삐가 말 옆에서 덜렁거렸다. 선회하려던 몇 대의 전차는 속도를 이기지 못하며 뒤집어졌고, 전차 축대에 연결된 말들이 나동그라지며 다리가 부러졌다.

전차를 제압 중인 브나야가 숨을 몰아쉬기도 전에 해일이 그들을 내리쳤다. 마차를 따라 내달리던 압살롬의 병사들이 단창과 돌을 던진 것이다. 그들을 견제하기 위해 요압의 부하들이 무릿매를 휘둘렀고 단창을 내던졌다. 잇대와 그의 부하들도 호위대를 도우러 뛰쳐나갔다. 방패가 박살 났고 돌을 맞은 머리에서 피가 흘렀다. 몸을 꿰인 자들이 비명을 질렀지만 자비를 구걸하지는 않았다. 모든 병사가 서로를 향해 전력으로 달려들었다. 뒤엉킨 전차들을 중심으로 양쪽 군대가 엉겨붙었다. 브나야의 철검 든 사자들이 울부짖으며 날뛰었다.

통솔력을 잃은 아마사가 악을 써댔지만 군대는 부름에 응답하지 않았다. 그들은 오직 관성대로 내달릴 뿐이었다. 창이 공간을 찔렀고 내려친 칼을 뉘인 칼이 받았으며 이 빠진 방패가 깨져나갔다. 푸릇푸릇한 나뭇잎으로 핏방울이 튀었고 사방에서 비명이 울렸다.

"퇴각하라, 퇴각해!"

잇대와 요압이 악을 써댔고 징이 울렸다. 다윗의 병사들이 물러나기 시작했다. 아군과 적군이 한데 뒤엉키며 무릎 높이의 수풀 속으로 천천히 딸려 들어갔다.

뒤쪽에 선 압살롬은 승기를 거머쥔 것으로 판단했다. 변변치 못한 다윗의 용사들이 문드러지는구나. 오늘 너희가 모두 죽을 것이다. 잔뜩 흥분한 압살롬이 곁에 선 부하들을 재촉했다. "너희 모두 나가라." 압살롬 근처에 서 있던 자들이 함성을 지르며 돌격했다.

압살롬은 전황을 좀 더 자세히 살피고 싶었다. 근처에 낮은 언덕이 보였다. 그는 그리로 이동했다. 젖은 바람이 길게 불었다. 가늘게 떨리는 잎사귀 위로 후드득 빗방울이 떨어졌다.

"그래. 싸워라. 내게 승리를 가져와."

전장을 굽어보며 압살롬이 입안 소리를 웅얼거렸다. 잘린 팔다리가 풀 사이에 처박혔고 꿰뚫린 몸뚱이들이 경련 속에서 죽어갔다.

"너는 어째 진격하질 않느냐?"

옆에 남은 누군가에게 압살롬이 물었다. 그것은 아까 전부터 그의 주변에 어정거리고 있었다. 압살롬이 돌아보았고, 그것과 눈이 마주쳤다. 압살롬이 눈을 껌뻑였다. 빗방울은 그것의 머리와 어깨를 통과해 바닥으로 곧장 떨어지고 있었다. 놀란 시선을 전장으로 천천히 돌린 압살롬이 마른침을 삼켰다. 그것은 끈덕지게 압살롬을 바라보는 중이었다. 저걸 대체 뭐라고 부르지? 압살롬은 알지 못했다. 밤도 아닌데 사방이 어둑했다. 여름의 끝을 알리는 이른 비답지 않게 빗방울이 굵고 세찼다.

그것은 여전히 압살롬을 지켜보고 있었다.

"두렵지 않아."

압살롬이 재빨리 웅얼거렸다. 두렵지 않아. 두렵지 않아.

대기의 흐름이 빨랐고 빗줄기가 거세졌다. 멀리서 천둥이 으르렁거렸다. 함성과 비명이 마구 혼재된 전장에서 고인 빗물에 피가 풀리며 붉은 내를 이뤘다.

"나도 내게 허용되지 않은 것들을 가지고 싶었어."

그것을 돌아보던 압살롬이 저도 모르게 고개를 되돌렸다. 그의 살갗에 닭 껍질 같은 소름이 돋았다.

"내 아버지가 너저분한 왕이었다는 건 세상이 다 알아. 왜 날 노려보나? 뭐 때문에 이러는 거야? 내가 암논을 죽여서?"

빗방울이 맺힌 압살롬의 입술이 달싹거렸다. 중얼거림은 빗소리에 막혀 들리지 않았다. 번개가 섬뜩한 형상을 드러내며 검은 하늘을 찢었다. 북방식으로 매듭지은 압살롬의 수염이 비에 젖으며 축 늘어졌다.

"무섭지 않아. 아무렇지도 않다고."

뇌성과 함께 벼락이 떨어졌다. 긴 벼락의 줄기에서 잔가지들이 뻗어 공간을 참혹하게 갈랐다. 그것이 내뿜는 기괴한 이질감에 압살롬은 몸을 떨었다. 가젤이 사자의 냄새만으로도 질겁하는 것처럼, 압살롬 또한 그것의 존재로 인해 겁을 먹었다. 압살롬이 허리에서 칼을 빼들었다. 전장으로 그는 진격했다.

그것으로부터 빨리 멀어지려는 마음에, 그는 노새의 배를 바삐 걷어찼다.

비명과 함성 사이로 압살롬은 뛰어들었다. 그때 요압의 나팔수들이 미리 약속한 박자로 쇼파르를 불었다. 물 묻은 쇼파르가 새빨갛게 타올랐다.

조바심으로 이를 악물던 아비새의 병사들이 튀어나왔다.

매복한 자들은 수는 극히 적었다. 그러나 그들의 함성은 덩어리진 압살롬 병사들의 등과 옆구리에서 터져 나오고 있었다. 허를 찔린 압살롬의 병사들은 기가 꺾였고, 저도 모르게 뒷걸음질 쳤다. 어두운 하늘이 그들의 두려움을 부풀렸다.

"물러나라! 태세를 정비해!"

아마사가 외쳤다. 그에게는 혼란을 바로잡을 아주 짧은 시간이 필요했다. 그러나 사령관이 낸 물러나라는 외침은 되려 혼란을 부추겼다. 그들은 후퇴했고 몇몇이 무기를 내버리자 여럿이 그에 동조했다. 그들은 달아났다. 돌들이 그들의 등에 박혔다. 빗방울이 흩날렸고 강한 바람이 휘몰아쳤다. 퍼덕거리던 엘라나뭇가지에서 떨어진 녹색 이파리들이 먼 공간을 찌르며 사라져갔다. 수풀 사이를 뛰던 자들이 넘어졌고 동료들에게 짓밟혔다. 시작된 패퇴는 멈춰지지 않았다. 혼란에 빠진 자들의 뼈와 깃발이 부러져나갔다. 괴이한 공포가 번져나갔다. 수풀에 걸려 넘어진 자 위로 또 다른 자가 넘어지며 엉켰고, 함께 죽었다. 너무 많은 에브라임 사람들이 그곳에서 죽었기에, 마하나임 사람들은 이후로 그곳을 에브라임 수풀이라 불렀다.

"달아나라!" 전투를 포기한 사령관 아마사가 말머리를 돌렸다.

아마사, 돼지보다 못한 놈. 압살롬이 저주를 퍼부었다. 그러나 그 또한 이 패퇴를 막을 도리가 없었다. 그가 노새 고삐를 잡아당겼다.

"반역자를 죽여라, 역적의 시체를 가져와!"

안절부절 못한 요압이 부하들을 다그쳤다. 압살롬이 달아나선 안 되었다. 그건 요압 자신을 위해서도 매우 중요했다.

어둑한 하늘 아래 압살롬의 노새는 마구 달렸다. 화살과 돌은 압살롬의 그림자에도 박히지 못했다. 천둥소리 사이로 멀리 함성과 칼 부딪는 소리가 들렸다. 수풀 근방에 엘라나무 숲이 있었고, 빽빽한 관목들은 방벽처럼 엉기며 자랐다. 압살롬은 숨이 막혔다. 패배의 고통과 도주의 다급함이 그의 숨통을 부여잡고 있었다. 고삐 잡지 않은 손으로 단검을 꺼내 투구 끈을 자른 왕자가 투구를 뒤집어 물을 받았다. 물이 고였을 즈음 노새가 크게 비틀거렸고, 투구는 진흙 속에 처박혔다. 압살롬은 떨어뜨린 황금 투구를 어깨너머로 돌아보았다. 그리고 황금 투구를 지나쳐 자신에게 빠르게 다가오는 그것을 보았다. 그것은 바람을 타고 오는 것처럼 너울거렸고, 연기 같았지만 퍼져 흩어지지 않았다. 눈을 깜빡이던 압살롬이 그것에 넋을 빼앗겼다. 고개도 돌리지 못한 채 그는 노새의 배를 걷어찼다. 빗물이 눈에 들어갔다. 눈을 닦아낸 왕자가 뒤돌아보았지만, 그것은 보이지 않았다. 왔던 길로 돌아가야 해. 병력을 모으고 힘을 가다듬을 시간이 그에게 남아 있었다. 다윗 성에 가기만 하면……. 아직 문이 완전히 닫히지 않았어! 두려운 마음에 압살롬은 다시 뒤돌아보았다. 전장과, 그곳에서 불거졌던 위협은 서서히 멀어져 가고 있었다. 숨을 몰아쉰 압살롬이 고개를 돌렸다.

그리고 뭔가가 왕자의 머리를 강하게 쳤다.

한참 후에야 압살롬의 벌린 입에서 꺼억, 하는 뒤틀린 비명이 흘러나왔다. 축 늘어진 손을 들어 올리려던 왕자가 다시 한 번 비명을 흘렸다. 자꾸만 뒤돌아보았던 압살롬은 낮게 드리워진 엘라나뭇가지를 미처 보지 못했고, 달려나간 기세로 인해 그 굵은 가지에 타래져 매듭진 머리가 꿰인 것이었다. 등이 빈 것도 모르고 노새는 저만치 달려나가고 있었다. 가지에 머리카락이 꿰인 왕자가 공중에서 몸을 떨었다. 목이 반쯤 부러진 왕자가 누군가의 외침을 떠올렸다. 당장 내려오지 못해? 여호와께 저주받은 자들이나 나무에 매달리는 법이란다!

요압에게 달려온 병사 한 명이 이 소식을 전했다. 도망가는 적을 추적하던 그는 공중에 매달린 압살롬을 보고는 곧바로 사령관에게 달려왔다.

"방금 압살롬이 엘라나무에 매달린 걸 보았습니다."

요압이 성난 얼굴로 꾸짖었다.

"아니 너는 그것을 보고도 반역자를 그 자리에서 치지 않았단 말이냐? 그랬다면 네게 은 열 세겔과 용사가 매는 허리띠를 주었을 것이다."

여호야다에게 단창 던지는 법을 알려주었던 늙은 병사가 썩은 이를 드러내며 웃었다.

"제 손에 은 천 세겔을 주신다고 해도 손을 들어 왕자를 치지 않았을 겁니다. 왕께서 당신과 아비새와 잇대에게 나를 위해 어린 압살롬을 건드리지 말아 달라고 당부하신 걸 저도 들었습니다."

그가 냉소 짓는 요압을 향해 눈을 가늘게 떴다.

"제가 압살롬에게 손을 댔다면 사령관은 왕의 아들을 죽였다는 이유로 나를 죽였을 겁니다."

압살롬을 죽인 자를 레갑과 바아나처럼 처결하려 했던 요압은 속이 뜨끔했다. 늙은 병사를 밀친 요압이 이를 갈았다.

"내가 너와 꾸물대고 있을 때가 아니다."

단창 세 개를 옆구리에 낀 요압이 병사가 가리켰던 방향으로 내달렸고 부하들이 뒤따랐다. 비에 흠뻑 젖은 시체를 밟지 않기 위해 이리저리 건너뛰며, 요압과 그의 부하들은 압살롬에게로 달려갔다.

압살롬은 이미 맥이 풀린 상태였다. 머리 가죽이 심하게 당겨진 바람에 그의 눈썹은 한껏 치켜세우고 있었고, 몸이 흔들릴 때마다 목이 잡아 뽑히는 것 같았다. 머리카락을 자르려 했지만, 황금 단도는 반들반들한 머리카락에 자꾸만 미끄러졌다. 몸을 흔들어 가지를 부러뜨리려던 시도도 목의 통증 때문에 더해볼 수 없었다. 압살롬의 가련한 움직임을 지켜보던 요압은 웃음을 참지 못했다. 네가 그토록 자랑스러워했던 머리칼이 끝내 네 올무가 되었구나.

그것은 옴짝달싹하지 못하는 압살롬의 눈앞에 계속 어른거리는 중이었다. 압살롬은 고개를 좌우로 돌릴 수도 없었고, 어른거리는 그것을 밀쳐낼 수도 없었다. 이 사이로 비명을 흘리며 압살롬은 자신을 바라보는 그것의 슬픈 눈동자를 마주 보았다. 공중에 둥둥 뜬 그것이 손을 뻗었다. 손끝은 압살롬과 그가 돌아볼 수 없는 그의 뒤를 번갈아 가리켰다.

"이봐요, 왕자. 이게 무슨 꼴이요."

요압, 너로구나.

그는 발을 잡아달라고, 잡아 올려 고통을 줄여주거나 마저 잡아당겨 고통을 끝내달라고 빌 작정이었다.

그러나 아무 말도 나오지 않았다.

왕자에게 치욕적인 제안을 받던 날들이 있었다. 왕자의 귀국을 도모한 나날을 후회하게 만들던 순간이 요압에게 아직 생생했다. 나에게 물었겠다? 남겠소, 마주하겠소.

"친구로 남을지, 적으로 마주 설지 결정하라고 내게 물었소?"

압살롬은 분노에 찬 사령관의 목소리에 희열의 달콤함이 배어 있음을 어렵지 않게 알아차렸다.

"이게 내 대답이오."

단창이 압살롬의 갑옷 사이에 던져졌다. 배로 튀어나온 창끝을 압살롬이 놀란 눈으로 내려다보았다. 요압이 던진 두 번째 단창이 왕자의 몸에 박혔다. 그의 발이 공중에서 버둥거렸고 왕자의 몸이 추처럼 흔들거렸다. 요압이 마지막 단창을 던졌다. 겹겹이 꿰인 압살롬이 비명을 질렀다. 어디선가 짐승들이 바투 짖었다. 왕자는 피에 젖은 수염을 떨며 저주를 씹어 내뱉으려 들었다. 요압이 곁에 선 부하들을 채근했다.

"너희가 뭘 기다리느냐? 어서 저 반역자를 쳐라."

암논에게 날아들었던 정죄의 주먹처럼, 그에게 향했던 맹렬한 구타처럼, 아직 살아있는 압살롬의 찢긴 몸에 칼들이 달려들었다. 압살롬이 지르려던 비명 또한 솟은 핏물에 잠겨 보글거렸다. 매달린 자의 발 아래에 붉은 피 웅덩이가 생겼다. 양털 융단처럼 푹신 거리는 풀밭이 벌겋게 젖었다. 자신이 뿌려 자라게 한 재앙의 줄기를 제 손으로 뽑아낸 사령관이 만족스러운 미소를 지었다.

"징을 쳐라. 적을 쫓지 말라고 해라."

달아난 아마사를 정리할 시간은 충분했다. 그는 사촌이 자기 자리를 노렸다는 사실을 결코 잊지 않았다.

요압이 자기 위치로 돌아왔고, 기다리던 아히마아스도 압살롬의 최후에 대해 알게 되었다.

"제가 왕께 이 소식을 전하겠습니다."

요압이 얼굴을 찌푸렸다. "그 소식을 전할 자는 네가 아니다. 애야, 왕자가 죽었다."

요압은 격분한 왕이 나쁜 소식을 전한 자를 죽일까 걱정했다. 그가 종을 불렀다. 에티오피아 출신의 검고 날렵한 자였다.

"네가 가서 왕께 반역자가 죽고 우리가 승리했다는 사실을 전해라."

에티오피아 사람이 달려갔지만 사독의 아들은 포기하지 않고 요압을 졸랐다.

"저도 가서 소식을 전하겠습니다."

"네가 가봤자 이 소식을 반기지 않을 거야."

아히마아스가 요압에게 매달렸다.

"그래도 가겠습니다. 제가 말을 전하겠습니다."

한숨 쉰 요압이 손을 저어 그를 보냈다.

전투도, 내리던 비도 그쳤다. 요압은 죽은 병사들의 시신을 수습하라는 명령을 내렸다. 요압은 반란군도 수습해 주라고 일렀지만, 승리에 들뜬 자들이 시신에서 값나가는 것들을 빼앗는 것까지 막지는 않았다. 병사 하나가 압살롬을 내렸다. 엘라나무에서 내려진 압살롬의 시체가 수풀 가운데 난 큰 구멍에 던져졌다. 압살롬이 매달린 사실을 처음 알린 늙은 병사에게, 요압이 심술궂은 명령을 내렸다.

"너, 저 구멍 옆에 서서 이 시체가 압살롬임을 알려라."

늙은 병사의 외침을 들은 자들이 너나 할 것 없이 반역자의 시체에 돌을 던졌다. 돌이 무더기 지며 구멍이 메워졌다. 한때 압살롬의 소원은 이복형 암논을 돌팔매 형에 처하려던 것이었다. 저주하던 자가 결국 저주받지 않는가. 깨달음을 얻은 늙은 병사가 몸을 후드득 떨었다. 저주 어린 돌무더기가 곧 두두룩해졌다.

다윗은 마하나임 성문 위에 서 있었다. 늙은 이스라엘 왕은 함성이 울리는 먼 전장에서 시선을 떼지 않았다. 멀리서 들려오는 미약한 함성소리로는 전황을 전혀 파악할 수 없었다. 전령들의 보고가 간간히 이어졌다. 전령의 입에 물린 소식은 누군가의 죽음이나 부상에 대한 것들이었다. 밀고 밀리는 전황은 전령마다 설명이 조금씩 달랐다. 기운이 쇠한 다윗은 의자에서 몇 번이나 꼬꾸라졌다. 깍지 낀 손을 이마에 댄 그가 눈을 질끈 감았다.

죄인을 불쌍히 여기시고 선한 뜻을 펼치시옵소서.

다윗의 소망은 오직 그것뿐이었다.

절절한 기도가 깊이 이르렀을 때 파수꾼이 지평선 너머의 점을 가리켰다. 누군가 마하나임으로 달려오고 있었다. 눈 밝은 자가 아히마아스를 알아보았다.

"사독의 아들은 좋은 사람이니 좋은 소식을 가져올 것이다." 왕이 동의를 구하는 얼굴로 주변을 돌아보았다.

물로 입술을 축인 아히마아스가 땅에 이마를 대며 왕의 평안을 빌었다.

"모든 것이 잘 됐습니다. 오늘 내 주 왕을 대적해 손을 든 사람들을 멸하신 여호와를 찬양합니다. 우리가 이겼습니다."

환호가 터져 나왔다. 에티오피아 종을 앞질러 온 아히마아스의 가슴이 풀무처럼 펄떡였다. 마하나임 전체가 승리의 기쁨으로 들썩였다. 다윗이 아히마아스에게 손짓했다.

"소년 압살롬은 무사하냐?"

아히마아스가 땅에 이마를 붙이며 대답했다.

"요압이 저를 보낼 때 큰 소동이 인 것을 보았는데, 무슨 일인지는 모르겠습니다."

다윗이 아히마아스를 뚫어지게 쳐다보았다. 큰 소동이라. 비통한 예감이 그를 꿰뚫고 지나갔다.

"이쪽에 서서 기다리고 있어라."

성가퀴에 달라붙은 파수꾼이 목소리를 크게 돋웠다. 에티오피아 종이 왕 앞에 무릎 꿇었다.

다윗이 눈을 감고 다시 한 번 기도했다. 지금까지 계속 그러했던 것처럼 그는 압살롬을 살려주기를 여호와께 간구했다. 주님, 그 애가 반드시 여호와 앞에 회개하고 자신의 죄를 돌이키게 해주세요. 그 애를 살려주세요. 그 애에게 기회를 주세요. 그 애가 회개하게요.

에티오피아 사람은 허덕였고 에두른 말은 두루뭉수리 했다.

"내 주 왕이여, 사령관 요압이 보낸 좋은 소식을 들으십시오. 여호와께서 오늘 왕을 대항해 들고 일어난 사람들의 원수를 갚아주셨습니다."

"그가 어떠냐, 어린 압살롬 말이다."

에티오피아 종이 대답했다. "내 주 왕의 원수들과 왕을 해치려고 들고 일어나는 모든 사람이 그 젊은이와 같게 되기를 빕니다."

어떤 일이 벌어졌는지 다윗은 단숨에 이해했다. 그가 자리에서 벌떡 일어섰다. 좌우에서 사람들이 달려들었지만 아무도 다윗을 붙들지 못했다. 너덜너덜한 다윗의 영혼이 길게 찢겼다.

소용없었구나. 아히마아스의 가슴이 저려왔다. 미약한 암시로 늙은 왕이 받을 충격을 조금이나마 줄여보려 했던 나의 시도는, 조금도 소용없었구나. "아아, 이를 어쩐단 말이냐……." 다윗이 울었다.

그는, 진심으로 회개하는 자에게 주께서 어떤 긍휼을 베푸시는지 잘 아는 이스라엘 왕은, 아들의 진정한 회개를 돕고 싶었다. 그런 유약함 때문에 세상 모든 사람에게 성토를 당하고 웃음거리가 된다 해도 그는 아들을 위해 기꺼이 어리석은 자가 되고 싶었다. 아들의 탈선과, 고통 속에 던져진 딸의 비명과, 또 다른 아들의 기이한 타락은 다윗 자신이 저지른 죄를 뿌리로 한 각기 다른 가지들이었다. 다윗이 가슴을 움켜쥐었다. 성가퀴를 더듬거리며 그는 하늘을 바라보았다. 눈물에 젖은 성긴 수염이 공중에 바르르 떨렸다.

"내 아들 압살롬아. 내 아들아, 내 아들 압살롬아! 내가 너 대신 죽을 수만 있었다면, 압살롬아, 내 아들, 내 아들아!"

뜨거웠던 여름이 그렇게 끝났다.

잎이 무성한 무화과나무에서 이른 무화과를 조금 따려던 리스바는 웅성거리는 소리에 고개를 돌렸다.

"마하나임에서 큰 싸움이 났대. 왕자가 반란을 일으켰다는군."

까치발 들어 잎 사이를 뒤적거리던 그녀가 마음을 놓았다. 왕자라니, 반란이라니. 칼이 칼을 부르고, 사람 목숨으로 사람 목숨을 갚아야 하는 폭풍이라니. 그녀와 아들들도 저런 폭풍에 휩쓸릴 뻔했던 순간이 있었다.

흥분한 몇몇 사내들이 소문을 입에 올리며 손을 부산하게 흔들었다. 무슨 일이 있었는지 알모니에게 들어야겠어. 그 애에겐 소문에 밝은 친구들이 있으니. 바람결에 들려온 몇 마디 말에 그녀는 꿈꾸듯 마하나임 풍경을 떠올렸다. 짙고 빽빽한 수풀과 굵고 높은 엘라나무와 성읍을 둘러싼 언덕과 오후가 되면 그늘이 깊어지는 골짜기까지.

집에 돌아가던 그녀는 담 옆에 선 두 며느리를 보았다. 아기를 안은 작은 며느리와 큰 며느리가 다급히 말을 주고받고 있었다. 저쪽 높은 곳에서 소동이 이는 듯했다. 리스바를 돌아본 며느리들의 손가락은 아히도벨의 저택을 가리키고 있었다.

리스바가 불길한 표정으로 그 방향을 돌아보았다.

"얘야, 머릿수건을 잠시 다오. 너는 나를 좀 따라오너라."

짚이는 게 있던 리스바가 아기를 내주고 며느리에게 머릿수건을 받아썼다. 므비보셋이 어머니를 따라나섰다. 낮은 두런거림이 점차 가까워졌다. 누군가가 울먹이는 소리도 들렸다.

그들은 아히도벨의 친척들과 종들이었다. 이유를 묻는 리스바에게 그들이 대답했다. "그분이 저희를 내보냈어요. 모두 내쫓고 홀로 계세요"

오늘 아침 돌아온 아히도벨의 머리엔 먼지가, 눈동자엔 피로가 가득했다고 그들은 덧붙였다. 집에 들어서자마자 아히도벨은 인근에 사는 친척들과 자식들과 종들을 모두 불러 모았다. 그러고는 고작 한 모금의 물을 마셨다. 그들 앞에서 아히도벨은 자기 뜻을 밝혔다.

"압살롬 왕자의 반역은 모두 내가 지시했다. 반역의 뿌리는 바로 나다. 하지만 왕자가 내 마지막 계략을 받지 않았기 때문에 그는 망할 것이고, 가까운 시일 내에 다윗의 병사들이 내 집 문을 두들길 것이다."

잠시 창밖을 보던 아히도벨은 그들 모두를 내보냈다.

그들은 자신들이 왜 내쫓겼는지 짐작조차 하지 못하고 있었다.

"그분을 그렇게 죽게 내버려 둘 거예요?"

리스바가 화를 냈다. 잠긴 현관문을 부순 그들이 문지방을 넘었고 아히도벨을 찾아 그 넓은 집을 헤맸다. 가장 깊이 자리한 방문을 당기던 누군가가 외쳤다. "여기 문이 잠겼어요!"

아들을 대동한 리스바가 문을 밀어보았다. 그녀가 므비보셋의 팔을 잡아당겼다.

"얘야, 문을 부숴."

몰려든 사람들을 돌아보며 그녀가 말했다.

"내가 책임져요."

종들이 창고에서 도끼를 꺼내왔다. 싯딤나무로 만든 문이 조금씩 깨져나갔다. 작은 흠이 패일 때마다 리스바의 가슴에도 먹먹한 균열이 일었다. 그녀는 그 작은 틈에 고개를 들이밀고 싶을 정도로 방 안이 궁금하면서도, 아들의 손을 붙들고 싶을 정도로 그 안의 상황을 맞닥뜨리기 싫었다.

그녀는 두려웠다.

도끼를 내던진 므비보셋이 구멍에 손을 넣어 빗장을 안에서 빼내었다. 문이 열렸다. 도끼질에 인 먼지로 방 안이 부옇다. 축 늘어진 아들의 어깨너머로 희미한 형체가 보였다.

리스바는 앞으로 나아갔다.

틀어 막힌 입에서 흐느낌이 흘러나왔다. 비틀거리는 어머니를 므비보셋이 붙들었다.

창문 너머 들어오는 햇살이 목을 맨 아히도벨을 내리쬐고 있었다. 집을 방문한 사람들에게 은근히 자랑하던 탄탄하고 아름다운 엘라나무 들보에 매인 늙은 장로의 자그마한 몸은 덩이진 벌통처럼 보였다.

여호와의 저주를 받아야 할 존재로 스스로를 규정한 아히도벨이 핏빛으로 물든 자신의 황혼기를 제 손으로 결연히 매듭지었던 것이다.

32

높이 들린 자

군대가 돌아왔다. 씩씩하고 당당한 그들이 피리 불고 북을 두들겼다.

다윗의 울부짖음이 그들을 맞았다.

깃발이 꼬꾸라지고 피리가 꺾였으며 북이 떨림을 그쳤다. 그들은 성문 앞 평평한 마당에서 왕의 피맺힌 절규를 들었다. "압살롬, 내 아들아!"

아무도 그를 말릴 수 없었다. 모두 그렇게 생각했다. 아들을 사랑한 다윗이 목에서 피가 솟도록 운다고.

압살롬의 죽음이 자신의 죄라는 뿌리를 지녔기에 다윗은 통곡한 것이었다. 그러나 누구도 울음의 뿌리를, 그 근원을 헤아리지 못했다.

왕의 울음을 이해하지 못한 건 요압도 마찬가지였다. 어리둥절해

하는 병사들 사이에서 요압은 분노했다. 풀죽은 개선군을 성에 들인 그가 홀로 성루에 올랐다. 왕 곁에 선 자들이 성난 요압을 힐끔거렸다. 엎드린 요압이 왕에게 기다시피 다가갔다. 근처 사람들이 알아듣지 못할 작은 소리로 요압이 왕을 조곤조곤 을러댔다.

"지금 왕께서는 왕의 모든 병사를 수치스럽게 만들고 계십니다. 저들은 왕과 왕의 아들딸과 아내들과 후궁들의 목숨을 구해줬습니다. 왕께서는 저와 병사들이 있으나마나한 사람이라는 사실을 드러내십니다. 차라리 압살롬이 살고 저희가 죽었더라면 왕께서 기뻐하셨으리라는 생각마저 듭니다."

다윗이 부은 눈으로 자신의 사령관을 바라보았다. 눈을 감자 무거운 열기가 느껴졌다.

"이제 밖으로 나가 군대를 위로해 주십시오. 여호와를 두고 맹세하는데 지금 나가지 않으시면 밤이 오기 전에 단 한 명도 왕의 곁에 남아 있지 않을 겁니다. 그것은 왕이 지금까지 당해 온 환란보다 더 큰 환란이 될 겁니다."

그들은 서로를 바라보았다.

두 사람은 서로에게 박힌 시선을 끝내 돌리지 않았다.

다윗이 말없이 성가퀴로 나아갔다.

병사들이 몸을 일으켜 성루에 선 왕을 올려다보았다. "왕께서 나오신다."

다윗이 성루에서 내려와 병사들 사이를 걸었다. "너희들의 용기에 감사한다." 다윗은 칼 든 자들의 용맹을 칭송했다. "마침내 우리가 이기었구나." 다윗이 다친 자의 경과를 물었다. "승리했어. 너의 용맹 덕에." 다윗이 그들의 승리를 축하했다. 그러면서 그는 아브넬을 죽인 자와 압살롬을 죽인 자의 난폭하고도 일방적인 충성에 대해 생각했다.

왕의 뒤에 섰던 아히마아스는 부목을 댄 여호야다를 발견했다. 금이 간 팔뚝이 퉁퉁 부어 있었다. "방패 잡는 법을 배워두지 않았거든." 아히마아스가 그를 끌어안고 울었다. 여호야다는 아히마아스에게 말하지 않았다. 자신과 칼을 맞댄 적들이 그의 친구였거나 그가 알았던 사람이거나 그의 친척이었다는 사실을, 그는 끝내 말하지 못했다. 그 사실은 먼 훗날까지 여호야다의 마음을 갉아먹었다. 여호야다는 안도했고 몹시 행복했다. 살아남았다는 사실은 그에게 터질 듯한 기쁨을 주었다. 다름 아닌 그 기쁨이 여호야다는 부끄러웠다. 눈물이 그의 뺨을 가로질렀다.

다윗은 그렛 사람들과 블렛 사람들이 떠메고 온 누군가를 보았다. 아냐, 아닐 거야. 하지만 잇대가 맞았다. 약속한 대로 그를 비롯한 그의 부하들은 칼과 단창을 정면에서 맞았다. 잇대 또한 어깨와 가슴에 깊은 창상이 나 있었다. 키가 크고 장대한 그렛 사람들과 블렛 사람들이 어깨를 떨며 울었다. 다윗은 그들의 슬픔을 다독일 수 없었다.

승전 소식은 그리고 패전 소식은, 차갑고 축축한 북풍을 타고 순식간에 번져나갔다. 반란에 동조한 지파들이 우왕좌왕했고, 다윗 성에 남았던 압살롬의 얼간이들이 머리를 싸매고 도망갔다. 아마사는 다윗 성에 도착한 뒤에야 왕자의 죽음을 들었다. 수습을 포기한 그는 고향인 베들레헴으로 달아났다. 그는 거기에서 왕의 사자가 가져올 죽음을 받을 생각이었다.

평온을 되찾은 다윗 성에서 대제사장 아비아달은 왕에게 전령을 보냈다. "온 백성이 유일한 이스라엘 왕 다윗의 귀환을 기다립니다." 이것은 압살롬에 붙었던 장로들이 대제사장에게 몰래 부탁해 이뤄진 간청이었다.

생존자와 사망자를 수습한 다윗의 병사들은 사흘을 쉬고서 마하나임을 떠났다. 늙은 왕은 천천히 길을 나가길 바랐다. 길가에 늘어선 사람들이 왕에게 햇곡식을 바쳤다.

반란군을 엄습한 불안과 공포가 온갖 경로를 통해 다윗에게 전달되었다. 그들이 예감한 것처럼 다윗은 그들 모두를 죽일 생각이 없었다. 그러나 다윗은 그들의 불안을 다독여줄 생각 또한 전혀 없었다.

다윗은 이스라엘과 유다의 장로들이 자신을 환영하러 나와야 한다고 생각했다. 그는 이 일을 무척 중요하게 여겼다. "장로들은 각 지역에서 백성을 실질적으로 이끌고 있어. 자신들의 충성이 어디로 향하는지 그들은 드러내야만 해." 반란이 마무리되고 통합이 이뤄지려면 그래야만 했다.

그는 유다 지파가 다시 한 번 나서주기를 원했다. 통합에는 구심점이 필요했다. 되돌아갈 대제사장의 전령에게, 다윗은 전할 말을 심어주었다. "나의 형제이며 친족인 유다 장로들이 나중이 되어서는 안 된다. 그들이 나를 먼저 영접해야 한다. 내 뜻을 전해라."

아마사에 대한 당부를 지닌 전령도 파견되었다. "너는 내 친족이 아니냐? 지난 일은 이미 잊었다. 요압을 대신해 너를 내 군대의 사령관 삼을 작정이다." 그는 요압이 두 번이나 자기 뜻을 어긴 걸 용서할 수 없었다. 다윗은 요압이 지닌 사령관의 인장을 떠올렸다. 그는 칼날이 아니라 인장의 반환이 요압을 죽일 거라는 걸 잘 알았다.

남하하는 길에 대제사장의 연락을 받은 유다 사람들이 대표를 보내 왕을 뵈었다. 장로들은 요단 강 너머에서 왕을 기다리겠다고 전했다. "왕과 모든 신하는 돌아오십시오. 우리가 요단 강에서 기다리겠습니다." 그것은 유다 지파의 충성 서약이었다.

요단 강을 굽어보며 다윗은 슬픈 감회를 느꼈다. 압살롬이 반란을 일으킨 지 일주일도 되지 않았다. 그 짧은 세월에 그 많은 격동이……. 그는 울음을 겨우 참아냈다.

미갈과 다윗의 아내들도 말이 없긴 마찬가지였다. 그들은 남겨진 후궁들이 당한 일을 들었다. 입을 떼지 못한 그들이 충격으로 몸을 떨었다. 머릿속에 떠오른 끔찍한 가정을 그들 누구도 떨쳐내지 못했다. 다윗 성에 남은 게 나였더라면, 왕궁 지붕 천막에 알몸의 압살롬을 마주한 게 나였더라면!

강 건너편에는 왕을 환영하기 위한 사람들이 늘어서 있었다. 그들이 배를 몰고 건너왔다. 왕과 왕의 가족을 모시기 위한 나룻배였다.

"아하. 왕을 저주하던 개 대가리로군."

나룻배에 엎드린 시므이를 알아본 아비새가 이를 드러냈다.

바후림 인근에서 왕을 저주하고 돌을 던지던 시므이는 잔뜩 풀이 죽어 있었다. "죄를 묻지 말아주길 빕니다. 왕은 제 주인입니다. 제가 제 죄를 알기에 왕을 모시러 이스라엘 중에 가장 먼저 나왔습니다."

아비새가 코웃음을 치며 칼을 빼 들었다. "저자가 여호와께 기름받은 왕을 모욕했으니 죽어 마땅하지 않습니까?"

다윗이 화를 냈다. "너희 스루야의 아들들아. 내 일에 왜 나서냐? 너희가 왜 내 적이 되려 하느냐? 오늘은 대사면의 날이다. 오늘 누구도 죽임을 당해선 안 된다." 다윗이 고개를 돌렸다. "너는 죽지 않을 것이다."

감격한 시므이가 코를 땅에 박았다. 하지만 시므이에게 고개를 돌린 다윗의 가슴엔 분노가 들끓고 있었다. 그는 이스라엘 사람들을 통합시킬 생각으로 관대함을 드러냈지만, 아들에게 쫓기는 자신을 부하들 앞에서 모욕한 시므이를 완전히 용서하진 못했다. 언제고 네게 칼이 갈 것이다, 베냐민의 후예야. 하지만 지금은 아니었다.

다윗에게 음식을 갖다 주었던 시바가 아들 열다섯 명과 종 스무 명을 대동하고 물을 건넜다. 그는 피난 가던 왕 곁에 앉아 다리 저는 므비보셋을 헐뜯었다. 시바에게 모함을 당했던 므비보셋도 다른 배를 타고 왕을 뵈러 왔다. 그가 목발을 내던지고는 왕 앞에 엎드려 울었다. 왕이 물었다. "왜 나와 함께 가지 않았지?"

왕이 떠난 날부터 귀환하는 날까지 발도 씻지 않고 수염도 깎지 않고 옷도 빨아 입지 않고 지낸 므비보셋이 대답했다. "따라가기 위해 나귀를 대령하라 일렀지만, 시바가 제 말을 듣지 않았고 도리어 저를 모함했습니다. 왕께서 저를 먹여주시고 제게 많은 것을 내려주셨는데, 제가 어떻게 배반하겠습니까?"

다윗이 시바를 돌아보았다. "내가 가지라 했던 땅을 므비보셋과 나눠 가져라."

시바가 입 열기 전에 므비보셋이 말했다. "그에게 다 주십시오."

다윗이 고개를 끄덕였다. "너희 각자가 원하는 걸 주겠다." 다윗은 시바에게는 땅을 주었고 므비보셋에게는 왕궁으로 타고 갈 나귀를 주었다.

강을 건너기 직전 다윗은 바르실래를 만나 동행을 청했다. "나와 함께 왕궁에 가자."

마하나임에서 자기 재산을 헐어 왕의 군대를 먹였던 바르실래는 고개를 저었다. "제 나이가 팔십입니다. 늙고 어리석은 사람이 왕의 짐이 되어선 안 됩니다.

저는 그저 왕을 전송하려는 것뿐입니다. 저를 제 부모가 묻힌 땅에 묻히게 해주십시오. 여기 제 아들 김함이 있으니 왕께서 데려가셔서 무엇이든 뜻대로 하시길 원합니다."

왕이 대답했다. "김함을 데리고 강을 건너겠다. 내가 무엇이든 네가 기뻐할 것을 그에게 해주겠다. 네가 내게 요구하는 건 무엇이든 너를 위해 해주겠다." 엎드린 바르실래를 다윗이 끌어안았다.

왕과 그의 신하들과 가족들이 배를 탔다. 반대편 강가에 섰던 사람들이 엎드려 왕을 맞았다.

"누구도 죽지 않을 것이다. 대사면의 날이야. 내가 새로 이스라엘의 왕이 된 날이야. 무서워하지 마라. 아무도 안 죽이겠다." 다윗이 그들을 그제야 다독였다.

하지만 균열은 메워지지 않았고 분란의 불꽃은 허옇게 사윈 이스라엘 곳곳에 남아 큰바람을 기다리고 있었다.

이스라엘을 삼킬 거대한 불꽃을 다시 일으킬 바람은 엉뚱한 곳에서 일어났다. 왕과 왕의 가족과 신하들이 강을 건너 떠난 다음, 엎드렸던 이스라엘 장로들과 유다 장로들이 다투었다. 이스라엘 장로들은 압살롬에 동조한 지파들 때문에 신경이 곤두서 있었고, 왕을 자기 친족이라 여기며 거들먹거리는 유다 장로들의 눈빛에 자격지심을 느꼈다. 그들이 발을 굴러댔다. 유다 장로들의 깔보는 시선이 자기들을 훑듯 지나갔다고 이스라엘 장로들은 생각했다.

"유다는 왜 모두와 상의하지 않고 왕을 먼저 모시려 들었나? 왜 그대들만 따로 전령을 보냈지? 왜 다른 지파를 제치고 홀로 왕의 환심을 사려 들었나?"

입을 벌린 유다 장로들이 고개를 흔들었다.

"그건 왕이 우리 친족이기 때문이다. 왜 그렇게 화를 내지? 우리가 왕에게 뭘 얻어먹기라도 했는가? 유다 지파에게 더 많은 권리를 달라고 요구하기라도 했냐는 말이다."

싸늘해진 이스라엘 장로들이 을러댔다.

"너희는 단 하나의 지파지만 우리는 나머지 모두다. 우리의 몫이 너희의 열 배여야 옳다. 그런데 힘이 강한 너희가 더 많은 우리를 멸시하는구나. 왕을 모셔오자는 말을 대제사장을 통해 우리가 먼저 했는데도."

이 다툼을 지켜보던 자가 있었다. 베냐민 지파 사람 비그리의 아들 세바였다. 그는 불량배였고 이간질에 능한 사람이었으며 이득이 걸린 자리에서 손톱을 세워 부스러기를 긁는 자였다. 그가 쇼파르를 불며 소리 질렀다. "이스라엘아! 우리는 다윗과 나눌 몫이 없다."

왕과 함께 다윗 성에 돌아가 충성을 새롭게 맹세하려던 이스라엘 장로들이 발꿈치를 돌렸다. 몇몇은 각자의 집으로 되돌아갔고, 몇몇은 세바의 농간에 귀를 기울였다.

"왕이 우리를 냉담하게 대할 게 분명하다. 유다가 커지고 나머지가 작아지며 그들 몫을 늘이기 위해 우리 몫이 토막 날 게 빤해."

세바의 부추김에 에브라임 지파 일부가 호응했다. 칼과 갑옷과 방패를 손에 쥔 이 패잔병들은 세바의 격렬한 구호에 다시금 불이 붙고 말았다. 뼛속 깊이 도사린 패배감을 씻기 위해 그들은 세바 밑으로 기꺼이 집결했다.

다윗은 세바의 반란에 큰 충격을 받았다. "압살롬이 분열의 쐐기였구나. 그 애가 내 나라를 영원히 가를 균열을 일으켰어." 세바는 균열이 인 땅 한 몫을 집어삼키려는 참이었다. "그놈을 죽여야 한다. 반드시 죽여야 해."

다윗 성에 들어가기 직전 다윗은 베들레헴에서 불러들인 아마사를 만났다. 엎드린 아마사가 사죄했고 다윗은 요압에게 돌려받은 사령관의 인장을 그에게 주었다. 다윗은 이번에야말로 요압을 절대 용서하지 않겠다고 작심했다. 요압은 엄청난 충격을 받았다. 남편의 저주와 욕설이 흘러나가는 걸 막으려고 요압의 아내들이 나무 창 가리개를 꽉 끼우고는 그 위로 두꺼운 천을 둘렀다.

다윗의 명을 받은 아마사는 병력을 모으기 위해 각지에 전령을 보냈다. 하지만 아마사는 며칠 전만 해도 반란군의 사령관이었고, 요단 강에서 화가 난 이스라엘 장로들은 협조에 미온적으로 굴었다. 유다 지방을 훑었지만 아마사는 정해진 병력을 기한 안에 모으지 못했다.

다윗은 마하나임에서 살아남은 호위대 병력을 추려 아비새에게 주었다. "이 병사들을 아마사에게 넘겨주어 세바를 토벌하게 해라."

아비새는 이 명령을 요압에게도 전했다. 요압은 자신의 계획을 털어놓았고 아비새의 눈이 휘둥그레졌다.

"정말 괜찮겠어요?"

아비새의 물음에 요압은 대꾸하지 않았다.

"그냥 모른 척해라."

투구를 깊이 눌러 써 얼굴을 가린 요압이 아비새가 이끄는 병력과 함께 갔다. 나하래를 비롯해 요압이 신임하는 장군들이 그를 뒤따랐다.

아마사와 아비새는 기브온 근방 큰 바위에서 만났다. 아마사가 모집한 병사들은 수도, 준비도 부족해 보였다. 아마사와 아비새가 인수할 병력을 장부와 대조하는 동안 투구를 벗은 요압이 천천히 걸어 나왔다.

"내 형제여, 평안했는가?"

돌아본 아마사는 사촌 형의 인자한 얼굴을 보았다. 당황한 아마사가 엉겁결에 사촌 형의 포옹을 받았다. 요압이 아마사에게 화평의 입맞춤을 했다. "샬롬." 요압이 아마사의 수염을 움켰다. "형제여." 아마사의 눈동자에 경악이 차올랐다.

아마사의 배에 박힌 칼을 비틀어 빼자 내장과 피가 쏟아져 나왔다. 다시 칠 필요도 없군. 아마사가 제가 흘린 피와 내장 위로 엎어졌다. 칼을 빼 든 요압의 추종자들이 놀란 병사들 앞으로 튀어나왔다. 그들은 어젯밤 요압의 언질을 미리 받은 바 있었다.

"요압을 좋아하는 사람과 다윗 편인 사람은 누구든 요압을 따라라."

병사들이 얼떨떨한 환호로 사령관을 맞아들였다. 피 속에 나자빠진 아마사의 시체를 바라보느라 병사들의 긴 행진이 늦춰지자, 요압의 부하 중 하나가 시체를 길 밖으로 끌어내고 겉옷을 던져 덮었다.

세바는 이스라엘 온 지파를 두루 쓸고 다니며 세력을 불리는 중이었다. 더 많은 충성을 이끌어내기 전에 그를 때려눕혀야 했다. 요압은 맹렬한 기세로 세바를 추적했고, 그를 옹립한 오합지졸을 두들겨 벧마아가의 아벨 성으로 달아나게 만들었다. 성을 바짝 조인 요압이 아벨 성읍 사람들에게 외쳤다.

"에브라임 산지에서 온 비그리의 아들 세바, 왕에게 반기를 든 그 사람을 넘겨라."

말귀가 밝은 그들이 세바의 목을 쳤다. 잘린 머리가 성벽을 넘어 요압에게로 굴러들었다. 요압의 부하들이 사령관을 복귀시킬 그 전리품을 들어 바쳤다. 여부스 성벽에 가장 먼저 섰던 그때처럼, 다윗 성에 돌아온 요압은 자신을 용서하고 사령관에 재임명해야 할 이유를 왕의 턱 앞에 들이댔다.

다윗은 사령관의 인장을 되돌려주었다. 환영의 인사말 없이.

직접 선별한 수소를 끌고 올라간 다윗이 성막에 앉았다. 주의 장막 앞에서 그는 속죄제를 올렸다. 그는 할 수 있는 데까지 금식하려 들었지만 그의 몸이 뜻을 따라주지 못했다.

돌아온 다윗은 자신이 남겨두었던 후궁들을 데려오게 했다. 너는 은밀히 행하였으나 나는 이스라엘 무리 앞에 대낮에 행하리라. 압살롬에게 가혹한 짓을 당한 여인들이 왕을 보고 울었다. 왕은 울지 못했다. 눈물 젖은 얼굴들을 한동안 들여다본 왕이 그들을 내보냈다.

벤메르학의 별궁으로 보낸 그녀들을, 다윗은 죽을 때까지 돌아보지 않았다.

크게 건기와 우기로 나뉘는 이스라엘의 계절에서, 우기는 혹독한 건기를 견디게 해주는 바탕이었다. 우기에는 비가 내렸고 열이 식었고 농사를 쉬었다.

물은 생명을 유지시키고 생명을 잉태시키는 매개체인 동시에 생명 그 자체이기도 했다. 세바의 반란이 토벌된 직후 한동안 비가 내리지 않았다. 사람들은 파종을 할 비가 늦어진다고만 생각했다. 그러나 사관들이 다윗에게 바친 달력이 여러 장 뒤로 넘어간 뒤에도 비는 여전히 오지 않았다.

이 가뭄이 삼 년이나 지속될 거라고는 누구도 생각하지 않았다. 첫 해에 그들은 은과 금으로 나라 밖에서 곡물을 사 왔고, 올리브기름과 포도주 단지를 끌어내 밀과 바꾸었다. 두 번째 해엔 밀보다 물이 먼저였다. 말라버린 요단 강 바닥과 물이 숨을 법한 와디 바닥을 곡괭이로 후려쳤지만, 물은 솟지 않았다. 양들과 염소들과 소들이 죽어 갔다. 도축된 가축을 먹으며 그들은 버텼다. 짐승 가죽에 고인 피를 마시고 싶다고 생각할 정도로 그들은 메말랐다. 소금을 친 고기가 구워졌지만 아이들은 고개를 돌렸다. "엄마, 물을 줘."

수십 번에 걸친 속죄제와 화목제는 아무 소용없었다. 둘러 판 큰 구덩이에 회칠을 해 마련한 저수조는 몇 달을 못 버텼다. 짐승 우는 소리가 사라졌고 기진한 아이들이 맥없이 울었다. 수풀이 무성했던 시내엔 뻣뻣한 관목만이 살아남았고 온 나라가 암갈색 모래로 뒤덮였다.

내 나라가 광야가 되는구나, 한때 그랬던 내 영혼처럼.

하얗게 작열하는 태양 아래, 메마른 땅은 깊은 균열을 드러냈다. 다윗의 나이 예순다섯이었다. 그는 비를 위해 금식했고 망연해진 사람들이 왕을 따랐다. 간혹 이슬 같은 물방울이 흩뿌려지는 날이 있었다. 그러면 그들은 갈라진 땅에 묵은 씨앗을 서둘러 뿌렸다. 그리고 사나흘 뒤, 찢긴 땅이 삼킨 씨앗을 뒤적이며 절규했다. 그들 모두 깨달았다. 인간의 방법으로는 신의 재앙을 해결할 수 없었다.

가뭄이 삼 년 째에 접어들자 굶주린 사람들은 메마른 땅 위를 서

성 이며 걸식하기 시작했다. 푸르렀던 에셀나무는 누런 먼지를 쓴 채 죽어버렸고 열매가 풍성했던 대추야자나무는 오그라들고 말았다. 황무지가 된 성읍에 삐뚜름하게 선 다윗의 백성은 옹색하고 꾀죄죄한 점토 인형 같았다. 파종을 위해 아껴둔 씨앗까지 모두 파먹자, 그들은 산당으로 올라갔다. 모래먼지로 버석거리는 입을 놀리며 그들은 자신의 죄를 고백하기 시작했다. 언제나처럼, 이스라엘 사람들은 구석에 몰린 뒤에야 신에게로 돌아왔다.

어느 오후, 여느 때와 다름없던 속죄제 중간에 다윗은 말씀을 들었다. 헤아릴 수 없이 깊은 기도의 터에 이르렀던 그는, 자신을 매혹시키는 영의 세계의 찬란함에 길을 잃은 참이었다.

이 가뭄은 사울과 그 집안 때문이니, 사울이 기브온 사람을 죽였기 때문이다.

눈을 뜬 다윗이 레갑과 바아나를 떠올렸다. 이스보셋의 잘린 목을 들고 온 두 장군은 명예를 위해 원수를 갚았다고 말했었다. 다윗이 제사장들을 불러 모았다.

나이 많은 자들만이 그 일을 기억했다.

"그건 베냐민 지파의 부추김 때문이었어. 그들은 기브온 땅에서 나는 포도의 굵고 탐스러운 알에 홀려 있었지. 내가 사울에게 충성하던 시절에 일어난 일이었다." 다윗은 분명히 기억했다. "하루아침에 땅잃은 기브온 사람들은 베냐민 사람들의 종이 되거나 먹고 살 수단을 찾아 뿔뿔이 흩어져야 했지."

그 때문에 그들은 사울 왕을 증오했다.

"그렇다면 왜 지금 여호와의 징벌이 내리는 걸까요?" 제사장 요나단이 물었다.

"더 이상 회개를 미룰 수 없기 때문이지. 늙은 우리도 기브온에 대한 기억이 가물거리지 않는가. 기브온을 기억하는 사람이 남아 있을 때 그 억울함을 풀어주시려는 거야."

사독이 입을 열었다. "왕이시여. 여호수아가 아모리 족속을 물리쳤을 때, 해가 기브온 위에 머물렀고 달이 아얄론 골짜기에 머물렀습니다."

다윗이 대답했다. "그대의 말은 분명 여호와께로부터 나온 것이로다. 그래, 여호수아가 아모리 족속을 궤멸시키게끔 여호와께서는 기브온 위에 올린 해를 움직이지 않게 하셨지. 그리고 지금 주님께서는 기브온을 애도하기 위해 해를 다시 드러내셨어. 가없는 해가 우리에게 긴 가뭄을 주고 있다."

다윗의 신하들이 전국 각지로 흩어졌다. 기브온 사람들은 사방으로 흩어져 떠돌이 생활을 하고 있었다. 그들 대부분이 비참한 지경에 놓여 있었다. 왕의 말을 전해들은 그들이 모여 대표를 뽑았고 다윗의 부하들이 뽑힌 자들을 다윗 성으로 데려왔다.

"사울의 죄로 인해 저희는 끝 모를 고통을 받았습니다."

다윗이 동의했다.

"너희의 원한을 풀어주려는 것이다. 너희의 소원을 들어주어서 우리 모두가 가뭄의 고통에서 헤어나길 바란다."

잠시 사이를 두던 기브온의 대표가 입을 떼었다.

"이스라엘과 기브온은 화평을 맹세했지만, 이스라엘이 맹세를 먼저 깨버렸습니다. 이스라엘이 속죄하려면 화평을 깬 사울의 자손을 우리에게 주어야 합니다. 맹세를 깬 자가 이 모든 사태의 원인입니다. 화평을 깬 죄를 그들이 물어야 합니다."

너희는 응어리를 풀어야 정의가 이뤄진다고 믿는구나. 너희 또한 피를 피로 씻으려 드는구나. 내 마른 땅을 피로 적시려 안달하는구나. 하지만 다윗은 기울인 고개를 끄덕였다. "절름발이 므비보셋은 안 된다. 그는 내 보호 아래 있어야 한다."

길로 또한 끔찍한 지경에 놓여 있었다. 리스바의 가족도 예외는 아니었다. 먹지 못한 아이들의 팔다리가 앙상해졌고 눈곱 진 눈망울이 툭 불거졌다. 올 초에 딸을 낳은 작은 며느리는 말라붙은 젖을 쥐어짜느라 맥을 놓아 버렸다. 알모니의 아내가 축 늘어진 아이의 뺨을 이마로 비비며 울었다. 집 가까이 흐르던 개울은 재작년에 말라붙었고, 그들 가족의 자부심이었던 포도원과 밀밭은 먼지가 굴러다니는 황무지가 되어 버렸다.

한낮의 열기가 서쪽 벽에 남았을 무렵 칼을 빼 든 자들이 들이닥쳤다.

"우리 집엔 먹을 게 없소."

알모니가 항변했지만 그들은 엉뚱한 질문을 했다.

"네가 사울의 아들이냐?"

알모니가 리스바를 돌아보았다. 그들은 그걸 대답으로 여겼다.

한 고르가 넘는 보리와 미끈거리는 물이 담긴 단지 두 개를 문가에 내어 준 왕의 병사들이 알모니와 므비보셋을 밧줄에 묶었다. 악을 쓰며 달려든 큰 며느리가 완악한 힘에 떠밀려 쓰러졌다. 발에 채인 자루가 넘어지며 보리 알곡이 땅에 흩어졌다. 므비보셋이 가족들을 향해 안타까이 손을 뻗었고, 주린 아이들이 비명을 질렀다. 남편을 쫓아가려던 므비보셋의 아내가 알곡을 보고는 쪼그려 앉았다. 보리를 씹지도 않고 삼키며 그녀가 울었다. "어머니, 먹어야 젖이 돌아요." 비틀거리던 리스바가 문가를, 거기 박힌 메주자를 짚었다. 놋으로 만든 메주자엔 풍성한 밀이 가득 새겨져 있었다.

리스바는 울타리 너머에 선 이드란을 보았다. 깡마른 그는 파리한 얼굴로 이쪽을 건너보고 있었다.

사람들은 아들들을 끌고 간 자들이 다윗의 부하라고 했다. 그러나 잡혀간 곳은 말하는 이마다 달랐다. "그 애들을 찾아야 해." 아이들에겐 엄마가 필요했다. 그녀는 홀로 떠났다.

떠나기 전, 리스바는 잘 숨겼다고 생각한 자신들의 정체를 마을 사람 대부분이 짐작하고 있었다는 사실에 깜짝 놀랐다. 그래. 양 떼에 섞인 염소는, 염소떼에 들어간 양은 눈에 띄기 마련이지. 이드란의 밝은 귀와 가벼운 입도 역할을 했던 게 분명했다.

아이들의 행방을 아는 자는 많지 않았다. 큰 며느리가 급히 구워 준 보리 빵을 조금씩 뜯어 먹으며 리스바는 좋지 않은 예감에 몸을 떨었다. 누렇게 헐벗은 황무지가 그녀 앞에 펼쳐져 있었다. 마른 땅을 훑어 내리는 돌풍에 리스바는 고개를 숙였다. 대지가 피워 올린 열기 사이로 자갈 밟는 소리가 묻혔고, 말라버린 풀의 죽어버린 뿌리 사이로 고요한 흐느낌이 퍼져나갔다. 비가 내렸더라면 아네모네의 붉은 꽃잎이 하늘거렸을 평원이었다.

룸만, 도와줘. 아이들을 지킬 수 있게. 룸만, 힘을 줘.

까슬까슬한 입술 사이로 그녀는 간절히 빌었다.

다윗 성에 다다라서야 리스바는 아들들이 기브온 산당으로 끌려갔다는 소식을 들었다. 불안이 노파의 가슴을 뒤흔들었다.

북으로 올라가며 리스바는 아들들이 끌려간 이유를 알게 되었다. 기브온 사람들의 원한과 가뭄, 그리고 사울의 자손 일곱에 대한 말들이 그녀를 고통스럽게 했다.

사울의 딸 메랍이 아들리엘이라는 남자 사이에서 낳은 아들 다섯에 리스바가 낳은 알모니와 므비보셋이 포함된 일곱 명이 기브온 산당에 묶여 있다고 했다. 리스바의 다리가 후들거렸다. 그들이 내 아이들에게 뭘 하려는 거지? 그녀는 숨이 막혔다. 사울의 그림자는 그녀의 짐작보다 훨씬 더 길었고 상상할 수 없을 만큼 짙었다.

엷고 가는 갈색 흙이 깔린 그 산의 꼭대기는 도드라져 보였다. 듬성듬성 선 종려나무가 푸른 그늘을 드리우는 산꼭대기는 하얀 석회질로 뒤덮여 있었다. 메마른 길 한복판에서, 리스바는 가나안 사람들이 이 산당을 세웠다는 이야기를 얻어들었다. 이스라엘 사람이 이 땅에 살기 전에 세워졌던 산당에 수백 명의 기브온 사람들이 오르고 있었다. 그들은 헐벗은 누더기 차림이었다. 그러나 눈빛만은 강렬했다. 오래 묵은 원한이 이제야 풀리리라. 단단히 다져진 길 양쪽에 말라죽은 대추야자나무가 퇴락한 석상처럼 제멋대로 기울어져 있었다.

먼지 덮인 메마른 길을 짚고 올라가며 리스바는 아들들의 납득되지 않는 죽음을 예비하려 안간힘을 냈다. 아버지가 맺게 한 증오를 아들들이 죽음으로 닦아내야 한다는 사실에 리스바는 숨이 막혔다. 퉁퉁 부은 눈에서 끝도 없이 눈물이 흘러 마른 땅을 적셨다.

산당으로 향하는 길은 사람들로 붐볐다. 하늘은 맑디맑았고 햇볕은 따갑기 그지없었다. 먼지 덮인 누더기를 걸친 사람들이 끝도 없이 산당을 올랐다. 거처를 빼앗기고 생계를 잃은 기브온 사람들이 풍문을 듣고 이곳에 몰려들고 있었다. 그사이에 섞여 리스바 또한 허위허위 비탈을 올랐다.

산당을 지은 옛사람들은, 이 거대한 석회함 내부에 자리한 신의 계획을 보았다고 생각했다. 그렇기 때문에 그들은 돌을 잘라내는 일 없이 곡괭이와 망치만으로 신이 태초에 예정했다고 믿어지는 그의 집을 세상에 끌어내기로 작정했다. 그것은 일반적인 건축보다 훨씬 어려운 일이었다. 산꼭대기를 이루는 거대한 돌덩어리를 부스러뜨리고 깎고 다듬어야 했기 때문이었다. 오직 심미안만으로 거대한 돌을 쪼았던 그들은 몇 번의 두드림이 끝나면 수십 걸음 물러나 작업이 제대로 이뤄지는지 계속 점검해야 했다. 정오가 되면 석공들과 인부들은 뾰족한 잎이 넓적하게 늘어진 대추야자나무의 침침한 그늘 아래서 허기를 메웠고, 해가 기운 다음에야 노곤한 몸을 뉘었다. 그럴 때면 바람에 흔들린 대추야자나무 이파리가 몸을 부비며 자그락거리곤 했다.

수십 년이 지나서야 사람들은 석공들이 보았던 석회암 속 신의 집이 어떤 모양을 지녔는지 알게 되었다. 석공들은 산머리로 이어지는 길을 산의 하얀 속살이 넓게 펼쳐진 신전 마당과 이어 붙였고, 신전 마당에는 삼십 규빗 길이의 계단을 스무 개가량 깎아놓았다. 망치와 끌로 석회암을 갉아내 만든 산당은 끝 모를 인내심과 신에 대한 경외감이 빚어낸 거대한 예술품이었다. 돌가루를 가죽 부대에 채워 종려나무 그늘 바깥으로 버리는 무수한 반복을 통해 얻어낸 하얀 산당을 그들은 각별히 여겼다. 네모지게 돌출된 산당 건물의 양 끝은 하늘을 향해 부드럽게 뻗어 있었는데, 우기에 있을 큰비가 들이치지 않게끔 시원한 그늘을 널리 제공하게끔, 처마가 넓었다. 석공들은 문양이나 기호를 새겨 넣지 않았다. 그래서 가나안을 정복한 이스라엘 사람들은 이 산당을 부수지 않고 여호와께 제사를 올리는 곳으로 삼을 수 있었다. 다윗 성에 성막이 있지만 큰 성읍들은 그들만의 고유한 산당과 제사터를 지녀왔다.

산당 마당에는 제사를 준비하기 위한 좁은 공간이 자리했다. 둥근 번제단과, 제물을 도살할 너른 공간과, 제사를 집전할 사람들이 간간히 쉴 그늘이, 산머리에 유일하게 뿌리박은 대추야자나무 한 그루 밑에 손바닥만 하게 펼쳐져 있었다. 그을음이 지워지지 않은 돌 제단 옆에는 제물을 메어둘 쇠고리가 땅에 단단히 박혀 있었다. 리스바의 시선이 건너편 산자락에 닿았다. 갈가리 찢겨진 올리브나무와 네모난 외곽을 돌로 둘러 소유를 분명히 규정한 모래뿐인 밀밭이 길의 경계를 따라 먼 지평선까지 이어져 있었다. 갈색으로 죽어버린 땅 사이에 손바닥만 한 풀밭과 겨우 살아남은 가시나무가 버짐처럼 남아 있었다. 소 울음소리가 차오르며 시작한 산당의 하루는 불과 재로 땅을 그을게 하고 연기와 티끌로 하늘을 채우고서야 끝났을 것이었다. 그러나 지금은 아무 제물도 없이 땅에 박힌 고리는 비어 있었다.

리스바는 사방을 둘러보았다. 기브온 사람들이 이렇게나 많았나. 노파의 말을 들은 사람들이 산당 안쪽을 가리켰다. 내 아들들이 저기 있나 봐. 울음이 터져 나왔고 리스바는 그걸 멈출 수가 없었다.

미뤄졌던 복수는 아직 시작되지 않았다. 알모니와 므비보셋은 낯선 사촌 다섯 명과 함께 등 뒤로 손이 묶인 채 나란히 서 있었다. 그들 일곱이 밟고 선 긴 의자는 마하나임에서 세 모자가 썼던 노간주나무의자를 떠올리게 했고, 그것만큼이나 반들반들했다. 붙들린 자들의 목에는 밧줄이 동여매져 있었다. 줄의 반대편 끝은 높이 세운 양쪽 기둥에 이어진 가로대 위에 고정되어 있었다. 산당을 둘러싼 긴장감만큼이나, 줄은 팽팽했다. 놀란 나머지 리스바는 비명조차 지르지 못했다.

아니야, 안 돼!

사형장에서 흔히 들을 법한 모욕이나 희롱은 없었다. 기브온 사람들은 복수가 경건하게 이뤄지길 바랐다.

아들들에게 다가가기 위해, 리스바는 사람들의 어깨를 밀어냈다. 리스바가 아무리 헤치고 밀어내도 사람들의 틈은 벌어지지 않았다. "비켜요! 내 아들에게 가야 해!" 벽에 갇힌 그녀가 허우적거렸다. 오,

얘들아, 내 사랑하는 아들들아.

거리는 조금도 좁혀지지 않았다. 산당을 메운 사람들은 하나의 단단한 벽이자 너울지는 거대한 파도였다. 그들의 어깨가 출렁이며 늙고 초라한 여인을 밖으로 떠밀었다. 숨이 막히도록 고통스러운 순간이었지만 리스바는 아들들을 향한 시선을 한순간도 떼지 않았다. 부푼 뱃가죽에 처음 느껴졌던 태동이 떠올랐다. 그녀의 가슴에 출렁이다 목까지 차올랐던 수많은 말은, 입 안에서 뱅글거릴 뿐 밖으로 나오지 못했다.

아들들이 주었던 기쁨의 순간들이 떠올랐다.

그들로 인해 가슴 아팠던 나날들이 기억났다.

그녀는 알모니의 자긍심과 므비보셋의 다정다감함을 사랑했다.

너무 많은 말이 솟구쳐 리스바의 목을 메이게 했다.

안락하고 근심 없던 왕궁에서 벗어난 그들은 자신들의 삶을 살아야 한다는 어머니의 강제를 이해하려 애썼고, 결국 삶을 쟁취해냈다. 그녀는 아들들이 그 사실에 자부심을 느끼길 바랐다. 그 자부심을 위해 그들은 그 세월을 견뎌왔던 것이다. 눈물이 리스바의 광대뼈를 적셨고 턱에 맺혔다. 성난 기브온 사람들을 슬픈 눈으로 굽어보는 아들들을 향해 리스바는 손을 흔들어댔다. 길을 열어 줘요! 말 대신 비통한 울음이 터져 나왔다. 그녀의 앙상한 손이 아들들을 향해 간절히 뻗었다.

그 순간, 알모니가 어머니를 발견했고, 형의 외침을 들은 므비보셋이 고개를 돌렸다. 두 아들이 뭔가 간절히 외쳤지만 군중의 함성에 금세 묻혀 버렸다. 리스바가 소리를 쥐어짰다.

"눈을 감아!"

기브온 사람들이 노래를 불렀다. 성막에 오르며 부르는 노래였다. 내가 환난 중에 여호와께 부르짖었더니 내게 응답하셨도다.

노랫소리가 커지자 기브온 사람 하나가 매달린 자들의 발판, 그 긴 의자를 잡아 뺐다. 비명을 지른 리스바가 눈을 질끈 감았다. 매달린 자들이 더운 공기를 걷어찼고 고통스러운 버둥거림이 가로대에 묶인 밧줄 매듭을 삐걱이게 했다. 매달린 자들의 얼굴이 벌겋게 부풀고 입술 사이로 혀가 흘러나왔다. 비통에 잠긴 노파가 무너져 내렸다. 기브온 사람들의 노랫소리가 사방에 가득했다. 내가 화평을 미워하는 자와 함께 오래 거하였도다. 나는 화평을 원할지라도 내가 말할 때 저희는 싸우려 하는도다.

그들은 자비를 베풀어 매달린 자들의 고통을 감해 주었다. 버둥거리던 다리가 붙들렸고, 매달린 자들의 목이 부러졌다. 한참 동안 노래가 이어졌다. 매달린 사람들의 바짓단에서 흐른 오줌과 똥이 발가락 끝에 맺힐 때까지.

원한을 갚은 자들이 하얀 산당에서 조용히 내려갔다. 복수는 그들이 꿈꿨던 것처럼 달콤하지 않았다. 뿌리 깊은 환멸을 곱씹으며 그들은 산당을 내려섰다. 리스바의 땅이 흔들렸고 하늘이 수레바퀴처럼 빙글 돌았다. 눈을 감아라, 애야. 끝내 잇지 못한 비명 같은 말들이 그녀의 뇌리에 울려 퍼졌다.

네가 당할 일들이 좀 더 쉬워지도록.

흘러내린 눈물이 입술 사이에 맺혔다. 비탄에 빠진 리스바가 절규했다.

"알모니야! 므비보셋아! 아악…… 내 아들아! 너희 대신 내가 죽었더라면. 내가 대신 죽었더라면!"

33
떨림

늙은 다윗이 어느 날 보석 세공인을 불렀다. 이스라엘 전체에서 가장 솜씨가 빼어난 자였다. 다윗은 자신을 기리는 반지를 만들고 그 아름다운 반지에 문장 하나를 새기라 일렀다.

"전쟁에서 승리해 환호할 때 교만하지 않게 하고, 절망에 빠졌을 때 좌절하지 않게 하며, 스스로에게 용기와 희망을 주는 글귀여야 한다."

보석 세공인은 반지를 만들었지만 새길만한 글귀를 찾을 수 없었다. 답을 줄 사람은 한 사람뿐이었다.

그는 솔로몬을 찾아갔다.

지혜로운 왕자는 보석 세공인이 용건을 아뢴 뒤에도 한참 동안 입을 열지 않았다. 구름 한 점 없는 고요한 창공을 새 한 마리가 가로질렀다. 기쁠 때도 슬픔을 잊지 말게 하고, 높아질 때도 비천했을 때를 기억하며, 좌절할 때도 올라갈 일을 기약하고, 괴로울 때도 즐겁던 날을 떠올리게 만들 한 마디를 궁리하는 왕자의 눈이 창공처럼 맑았다. 솔로몬이 말했다.

"이 또한 지나가리라."

사울의 자손 일곱이 매달린 뒤 비가 내렸다. 그러나 가뭄은 이스라엘과 다윗의 건강에 깊은 손톱자국을 남겨 놓았다.

결국 다윗은 드러눕고 말았다. 회복을 기대할 수 없을 정도로 이번 병은 깊었다.

이때를 노려 아도니야 왕자가 왕관을 꿈꾸었다. 그는 전차를 만들어 타고 다니며 가려 뽑은 소년들에게 은 덩어리를 내던지게 해 사람들의 환심을 사려 했다. 사독은 입을 딱 벌렸다. 집요하리랄 만치 흡사한 형제의 모습에 사독은 끔찍함마저 느꼈다.

브나야는 여전히 호위대장이었고, 죽은 잇대를 대신해 글렛과 블렛 사람들의 무리도 아울러 통솔했다. 사독은 선지자 나단과 연락해 사안을 협의하고 브나야에게 도움을 요청했다.

아도니야가 날뛰었던 건 왕궁 내에서 자신을 지지하는 사람들이 있었기 때문이었다. 대제사장 아비아달과 사령관 요압이 아도니야를 왕의 재목으로 여겼다. 대제사장과 사령관은 자신들과 가까운 아도니야가 왕이 되길 바랐다.

어느 날 아도니야는 자기를 좋아하는 자들과 형제들과 유다 장로들을 초청해 에느로겔 근방 소헬렛 바위에서 모임을 가졌다. 아도니야는 그곳에서 양과 소와 송아지를 제물로 잡았다. 이스라엘을 요구하던 그의 형이 헤브론에서 살찐 수소를 바쳤던 것처럼.

사독은 일을 빨리 매듭지어야 한다고 생각했다. 나단을 부른 사독이 밧세바와 협의했다. 뜻밖의 제의를 받은 밧세바의 얼굴이 홍조로 붉었다. 브나야를 부른 그들이 병상에 누운 다윗에게 함께 나갔다.

"제물을 함께 먹으며 은밀한 약속을 모의하는 자들이 있습니다." 사독은 솔로몬이 왕이 되어야 한다고 주장했다. "제멋대로 회합하는 방자한 자들이 왕을 세워선 안 됩니다."

다윗은 나단과 밧세바와 브나야와 사독의 얼굴을 한참 동안 들여다보았다. 마침내 다윗이 고개를 끄덕였다.

"솔로몬을 기혼 샘에 데려가 그에게 기름을 부어라. 쇼파르를 불고 그가 왕이 되었다고 외쳐라."

솔로몬의 기름 덮인 머리에 왕관이 올랐다. 아도니야를 비롯한 그의 추종자들은 머리를 싸매고 각자의 거처로 달아났다. 즉위식은 그걸로 끝났다.

며칠 뒤 다윗은 숨을 거두었다. 죽기 직전 그는 솔로몬에게 결코 용서할 수 없는 두 사람의 이름을 댔다. 자신을 배반하고 윽박지른 사령관 요압과 비참한 지경에 빠진 자신을 저주한 시므이였다. 솔로몬은 호위대장 브나야에게 명령해 요압을 잡으라고 일렀다. 요압은 성막으로까지 달아났다. 밖으로 나오라는 브나야의 말에 요압은 성막에서 죽겠다고 악을 쓰며 버텼다. 돌아온 브나야에게 솔로몬이 말했다.

"그자가 내 아버지 다윗을 두 번 속였고 그분이 용납한 사람 둘을 죽였소. 하나가 아브넬이고 다른 하나가 아마사요. 그가 흐르게 한 부당한 피가 내 아버지를 고통스럽게 했소. 그 때문에 그는 죽어야 하오."

솔로몬의 명령을 다시 받아온 브나야가 번제단에 달린 뿔을 붙들고 늘어진 요압을 찔러 죽였다. 솔로몬은 사령관의 직위를 브나야에게 주었다.

집 밖으로 나오면 죽이겠다는 명령을 받은 시므이는 달아난 종을 잡으러 잠깐 나왔던 사실이 발각되어 목이 잘렸다. 솔로몬 또한 잊는 법이 없는 사람이었다.

압살롬의 반란을 성공적으로 저지했던 후새는 복귀한 다윗을 짧게 뵙고는 아렉으로 돌아갔다. 긴장이 풀린 그는 집에 도착하자마자 잠깐 앓고 죽었다. 가뭄이 발생하기 전의 일이자, 세바의 반란을 진압한 요압이 의기양양해할 무렵의 일이었다. 먼 훗날 솔로몬은 후새의 아들 바아나를 열두 행정구역 중 하나를 다스리는 관장으로 임명했다. 솔로몬은 은혜 또한 잊지 않는 사람이었다.

솔로몬은 아도니야를 살려두었지만, 아도니야는 죽을 길을 스스로 찾았다. 형들과 마찬가지로 그 또한 음란한 욕심을 감당치 못했다. 뼈가 시린 아버지에게 온기를 주려 동침시켰던 수넴 여자 아비삭이 아도니야의 눈에 들었다. 아도니야는 왕의 어머니 밧세바에게 아비삭을 얻게 해달라고 부탁했다.

"누군가의 여자와 동침하는 일은 그의 모든 것을 획득하는 행위라는 걸 아직 모른답니까?"

솔로몬은 이복형의 부탁에 깃든 오만함을 용서하지 않았고, 결국 그를 죽였다. 그는 모든 도전에 준엄히 대응해야 왕의 권위와 권한이 존중받는다고 믿었고, 눈물 많은 아버지에게 부족했던 게 그것이었다고 생각했다.

죽기 몇 달 전에 다윗은 다윗 성의 이름을 바꾸었다. 그는 이스라엘 왕성에 자기 이름을 주었던 걸 후회했고, 깊은 땅으로 돌아가기 전에 그 터에 합당한 이름을 남기고자 했다. 그는 아름다운 단어 하나를 떠올렸고, 그 땅이 그렇게 쓰이기를 소망했다. 그때부터 다윗 성은 예루살렘, 평화의 터라고 불리기 시작했다.

다윗 시대에 정비된 왕의 대로와 해변 길의 효용은 솔로몬의 치세에 이르러 절정에 달했다. 거대한 부가 거기에서 창출되었다. 남과 북을 잇는 통상무역을 통해 이스라엘로 금과 은이 쏟아져 들어왔다. 이스라엘의 가장 찬란한 시절이었다. 다윗의 진정한 유산은 솔로몬의 머리에 씌워진 왕관이 아니라, 그의 발아래 둔 두 개의 길이었다.

다윗을 사랑하고 그를 따랐던 대제사장 아비아달은 자기 생각을 드러내는데 주저함이 없는 사람이었다. 아도니야에게 마음을 주었던 그는 솔로몬이 왕이 되자 곤경에 처했다. 솔로몬은 아버지에 대한 아비아달의 충성을 기억해 그를 대제사장에서 물러나게 하고 아나돗으로 추방했지만 목숨을 빼앗지는 않았다. 그가 잃은 지위는 사독이 물려받았다.

밧세바는 평안한 노년을 보내다가 땅에 묻혔다. 지혜롭지도 현숙하지도 못했던 그녀는 추문의 주인공이었다. 아도니야의 죽음에 질겁한 그녀는 행동거지를 삼갔고, 영민한 아들을 죽을 때까지 두려워했다.

다윗과 비슷한 시기에 미갈 또한 흙으로 돌아갔다. 미갈에게는 죽을 때까지 자녀가 없었다. 다윗은 미갈을 사랑했고 종종 그녀 위로 몸을 구부렸지만, 그녀에게는 아이가 들어서지 않았다. 골리앗을 죽인 목동을 사랑한 그녀는 평생 그 결정이 옳았음을 증명하기 위해 신경을 곤두세웠던 사람이었다. 또한 그녀는 신의 뜻을 평생 이해하지 못한 사람이기도 했다. 그녀는 다윗을 사랑했지만 그가 사랑한 여호와를 사랑하지 않았고, 신에 대한 남편의 열정을 종종 무시하곤 했다. 그녀는 왕을 비웃을 정도로 자긍심이 강했던 왕의 딸이었다.

브나야의 아들 여호야다는 충성과 지혜로 솔로몬을 보좌했다. 압살롬 반란 뒤에 그는 특별한 직임을 맡지 않았다. 그는 권력과 가깝지도 멀지도 않은 거리를 두고 싶어 했다. 그는 간간히 지혜로운 충고를 올리는 거로 자신의 존재 가치를 증명하며 평탄한 삶을 살았다.

아히마아스는 다윗 왕가에 좋은 소식을 전해 주는 자로 오래 남았다. 그는 솔로몬의 딸 바스맛과 결혼했으며 솔로몬의 열두 행정구역 중 하나인 납달리를 다스리는 관장에 임명되었다.

암논에게 나쁜 꾀를 부어주었던 요나답은 병을 앓았다. 때때로 발작과 광증이 그에게 나타났다. 흙바닥에서 몸을 뒤트는 그의 곁을 모두가 질겁하며 떠나갔다. 베들레헴의 돌집에 홀로 남은 그는 앙상하게 시들어갔다.

다말의 일을 아는 사람은 드물었다. 솔로몬은 불우한 이복누이를 진심으로 동정했고 풍족하게 살게 도왔지만, 그녀를 찾아가진 않았다. 간혹 그녀의 집 부근에서 발을 질질 끄는 소리가 들렸고 날개 퍼덕이던 올빼미가 구슬프게 울었으며 이슬 젖은 꽃들이 부드럽게 흔들렸다. 담 너머에서 숨죽인 울음소리가 들리면 공주의 이웃들은 슬픈 얼굴로 고개를 숙이곤 했다.

고모의 이름을 받은 압살롬의 딸 다말은 무척 예뻤는데, 커가면서 그 명성이 확고해졌다. 기브아 사람 우리엘은 이 아름다운 처녀의 아버지가 누구인지 개의치 않았다. 우리엘은 다말과 낳은 딸의 이름을 마아가라고 지었다. 압살롬이 다말을 기억하려 했던 것처럼, 우리엘은 딸에게 증조할머니인 그술 공주의 이름을 주어 딸이 뿌리를 기억하도록 했다. 솔로몬이 죽고 이스라엘이 두 개의 왕국으로 다시 쪼개졌을 때, 마아가는 유다 왕 르호보암과 결혼해 아비얌을 낳았다. 마아가는 여호와를 능멸했으며 이방신인 아세라 여신을 열렬히 숭배했다. 아비얌 왕의 뒤를 이은 아사 왕은 태후 마아가를 내쫓았고, 반으로 부러뜨린 아세라 우상을 불살라버렸다. 찢긴 옷에 재를 뒤집어쓴 늙은 태후는 맨발로 광야 어딘가를 헤매야 했지만, 그건 아주 먼 훗날의 일이었다.

그리고 리스바가 있었다.

먼 산에서 새가 울었다. 울음을 구별하려 귀를 기울이던 리스바가 다시 걸음을 내디뎠다. 기우뚱거리긴 했지만 그녀는 용케 넘어지지 않고 비탈길을 올랐다.

아들들의 시신은 베냐민 땅 셀라에 묻혔다. 여전히 길로에 거주하는 리스바는 간혹 종이 모는 수레를 타고 이곳 셀라에 왔다. 매년 마지막 걸음이라고 여겼건만, 다음 해에도 그다음 해에도, 그녀는 셀라를 찾곤 했다.

사울의 자손 일곱을 매단 기브아 사람들은 매달린 시체를 내리지 못하게 했다. 높이 들린 자들의 몸에 신의 저주가 흘러내리기를 원한 것이었다. 산당에서 내려간 리스바는 굵은 베를 사와 매달린 시체 곁에 깔고 그 위에 앉았다. 어른거리는 자칼과 하이에나와 빙빙 도는 까마귀와 독수리로부터 그녀는 아들들의 시신을 지켰다. 밤과 낮 어느 때에도 쉬지 않고 그녀는 작대기 하나와 어머니의 뜨거운 사랑만으로 짐승들의 부리와 어금니로부터 아들들을, 매달린 자들의 존엄을 지켜냈다. 바위에 기대 졸던 그녀는 간혹 꿈을 꾸었다. 새들이 날개를 퍼덕였고 재우치는 짐승들이 꿈의 언저리에서 길게 울었다. 아주 먼 옛날 마하나임에서 들었던 소리들이었다. 그녀는 이제 그 소리들이 무엇을 뜻하는지 알 것 같았다.

그리고 마침내 삼 년의 가뭄을 끝내는 긴 비가 온 땅을 풍성히 적셨다. 그녀는 울면서 시신을 지켰지만 뺨과 턱을 적셨던 눈물은 흘러내린 빗물에 온통 가려지고 말았다.

리스바의 뜨거운 모성애에 대한 소문이 이스라엘 전역에 퍼졌다. 비를 본 다윗은 기브아 사람들의 앙심이 풀렸다고 생각했다. 그는 유족에게 시신을 내어주라 일렀다. 다윗은 길르앗 야베스에 묻혔던 사울과 요나단의 뼈를 꺼내고는 셀라까지 이를 직접 가져왔다. 비바람에 상한 아들들의 시신을 선조와 함께 묻는 자리에 리스바는 없었다. 그녀는 아들들을 기브아 사람에게 내준 다윗을 용서하지 않았다.

무덤은 햇빛이 비치는 언덕에 자리했다. 무덤 앞 돌비석엔 묻힌 자들의 이름이 새겨져 있었다. 이스라엘의 왕 사울과 그 아들 요나단과 알모니와 므비보셋과…… . 그녀는 왕이라는 글자의 음각에 들어간 먼지와 모래를 매만져 보았다. 그녀가 아들들의 이름을 여러 번 쓸어내렸다.

그녀는 후회하지 않았다. 수많은 길 앞에서 그녀는 내릴 수 있는 최선의 선택을 결행해 왔다고 자부했다. 변화로 가득 찬 삶을 견뎌 나가기 위해 얼마나 많은 피와 눈물이 필요했던가.

그랬다. 그녀는 인생의 난관을 뚫고 헤치며 상처를 기꺼이 견디어 냈다는 사실에, 아들들에게 드넓은 삶의 지경을 제시했다는 사실에, 커다란 자부심을 느꼈다. 그녀는 어린 알모니의 반항심 가득했던 눈과 룸만의 무덤을 쓰다듬던 맏아들의 두꺼운 손과 늙은 어머니를 다독이던 둘째 아들의 따스한 손길을 떠올려 보았다. 고통이 너무나 거세 리스바는 창에 찔리기라도 한 듯 몸을 구부렸다.

내년에 다시 이곳에 올 수 있을까. 그녀는 궁금했다. 이젠 며느리들과 손자들이 이 무덤을 돌봐야 하리라. 그녀는 손자들에게 왜 아버지가 죽어야 했는지에 대한 이야기를 아직 들려주지 못했다. 그러나 이제 해야 하리라. 네 근원이 어디 있는지 알아야 해. 사랑스러운 뺨을 지닌 아가들아. 네 뿌리가 어디로부터 자라나 지금의 너를 이루었는지 알아야만 하지.

내가 그 이야기를 들려줄 수 있을까. 나 자신도 아직 이해하지 못하는 그 애들의 죽음을 말할 수 있을까. 내 목에 걸려서 흘러나오지 못하는 이 긴 이야기의 첫머리를 어떻게 꺼내야 하나.

비가 내리는 날 밤, 북동쪽에서 부는 찬바람에 보리 이삭이 패고 양들이 우리에서 몸을 부딪는 깊은 밤에 그 맑은 눈동자들을 바라봐야 하리라. 이야기를 들려줘야 하리라, 내 사랑하는 아이들에게.

바람 한 줄기가 불어와 리스바를 감쌌다. 그녀의 머릿수건이 몸을 뒤집으며 저 먼 광야 너머로 끝도 없이 날아갔다.

끝.

삼키는 칼 2

초판 1쇄 발행 | 2017년 3월 28일

지은이 | 이중세
발행처 | 마음지기
발행인 | 노인영
편집 | 박은혜
디자인 | 박옥 · 강지나
표지 삽화 | 문영인

등록번호 | 제25100-2014-000054(2014년 8월 29일)   **주소** | 서울시 구로구 공원로 3, 208호
전화 | 02-6341-5112~3   **FAX** | 02-6341-5115   **이메일** | maum_jg@naver.com   *이 도서의
국립중앙도서관 출판예정도서목록(CIP)은 서지정보유통지원시스템 홈페이지(http://seoji.nl.
go.kr)와 국가자료공동목록시스템(http://www.nl.go.kr/kolisnet)에서 이용하실 수 있습니다.
(CIP제어번호: 2017007102)

ISBN 979-11-86590-21-8 04810 / 979-11-86590-22-5 04810 (세트)

마음지기는 여러분의 소중한 꿈과 아이디어가 담긴 원고 및 기획을 기다립니다.

마음지기는 ───────

성공은 사람을 넓게 만듭니다. 그러나 실패는 사람을 깊게 만듭니다. 마음지기는 성공을 통해 그 지경을 넓혀 가고, 때때로 찾아오는 어려움을 통해서 영의 깊이를 더해 갈 것입니다. 무슨 일에든지 먼저 마음을 지킬 것입니다.

높은 산꼭대기에 있는 나무의 뿌리가 산 아래 있는 나무의 뿌리보다 깊습니다. 뿌리가 깊기에 견고히 설 수 있습니다. 마음지기는 주님께 깊이 뿌리내리고 그 어떤 상황에서도 주님을 찬양할 것입니다.

"하나님과 가까이 교제하고 교감하는 사람은 그렇지 못한 사람보다 더 행복하다"라고 마시 시머프는 말했습니다. 마음지기는 하나님과 교감하고 교제하기 위해서 하루 24시간을 주님과 동행할 것입니다.

─────── "모든 지킬 만한 것 중에 더욱 네 마음을 지키라 생명의 근원이 이에서 남이니라" 잠언 4:23